西安工业大学专著基金项目资助

让文学语言重归生活大地：

论方言写作——以陈忠实为中心

王素◎著

中国社会科学出版社

图书在版编目(CIP)数据

让文学语言重归生活大地:论方言写作:以陈忠实为中心/王素著.
—北京：中国社会科学出版社，2017.8
ISBN 978－7－5203－0978－3

Ⅰ.①让…　Ⅱ.①王…　Ⅲ.①小说创作—文学创作研究—中国—当代　Ⅳ.①I207.42

中国版本图书馆 CIP 数据核字(2017)第 218212 号

出 版 人　赵剑英
责任编辑　熊　瑞
责任校对　朱妍洁
责任印制　戴　宽

出　　版　中国社会科学出版社
社　　址　北京鼓楼西大街甲 158 号
邮　　编　100720
网　　址　http://www.csspw.cn
发 行 部　010－84083685
门 市 部　010－84029450
经　　销　新华书店及其他书店

印刷装订　北京君升印刷有限公司
版　　次　2017 年 8 月第 1 版
印　　次　2017 年 8 月第 1 次印刷

开　　本　710×1000　1/16
印　　张　19.5
插　　页　2
字　　数　259 千字
定　　价　89.00 元

凡购买中国社会科学出版社图书，如有质量问题请与本社营销中心联系调换
电话：010－84083683

目　录

颇有见地的方言写作研究

畅广元

《让文学语言重归生活大地：论方言写作——以陈忠实为中心》一书，是王素同志的一部文学论著。我读后不仅从学理上受到启迪，而且被其认真研究的精神所感动。

文学是语言艺术，可我们以往却很少从语言层面去研究一部作品的文学性。王素的这部论著尽管还有其不足之处，但他能以陈忠实的作品为对象，从方言写作的角度探讨其写作策略，揭示其“淘采语言的智慧”。对一位年轻的文学研究者来说，这种创新欲求和钻研精神应该得到充分的肯定和赞赏。

王素是把陈忠实的方言写作，置于汉语文学方言写作的历史渊源与发展现状的背景下展开他的研究的，这就使他的思路具有一种历史感和现实感。在此基础上，他首先清晰地论述了陈忠实的方言写作是怎样随着文化语境的变迁而演变出三个阶段；进而有理有据地说明陈忠实方言写作的动因；最后颇具创意地以“极富弹性的方言”“作为生活语言的方言”和“作为民间语言的方言”，分别论证了陈忠实作品中的“形象化叙述”“生命体验的展示”和“个人视野的民间立场之表达”。这其中最值得人们关注的有两点：一是作者把“更新和改造现实主义创作方法的需要”作为陈忠实方言写作的重要动因，这是对文学规律有深度理解的见解。陈忠实的文学之路有一个从“革命的现实主义”转进到“文化批判现实主义”的过程，处于前者的写作状态，既不能不“与强势政治话语周旋”，又不能不接受强势政治话语的表达方式；进入后者的写作状态，为了更强烈、更鲜明地展示作家的生命体验，表达作家对民族命运的深切关注和“个人视野的民间立场”，必然在“多重文化语境交汇中”吸纳具有鲜活生命力的方言，自觉调整和更新其语言表达的结构形态。只有这样才能符合文化批判现实主义的要求。二是作者对陈忠实方言写作策略的描述和概括较为准确。为了把作为小说家的陈忠实“淘采语言的智慧”真实地呈现出来，王素通过作家是怎样具体地精选方言来完成其形象化的叙述，表现其独特的生命体验和坚定的文化批判立场的分析，给读者留下的印象相当深刻。

人们不难发现，在做上述的研究时，王素并不是要把文学语言方言化，因为他恪守的基本学理是：优秀的方言写作的价值在于强化作品独特的审美品性，它扎根于生活的真实，奠基于作家独具的强烈的现实感和深邃的历史感，有赖于作家高尚的艺术人格。

王素师从梁道礼教授，梁教授治学严谨，向以厚积薄发著称。现在他能秉承师门之德，撰写出这样一部颇有见地的论著，我真诚地向他表示祝贺！期盼他持之以恒地提高自己的理论辨析能力，在今后的学术研究上取得更丰硕的成果。

是为序。

引　言

本书研究陈忠实积极吸纳关中方言资源进行文学书写的小说创作实践，以及这一实践创造出的艺术辉煌。附论方言书写在路遥、贾平凹小说创作中的存在样态，以展示他们在方言运用上所表现出的“异量之美”。在进入这个话题之前，有必要厘清方言与现代汉语、普通话之间的一般关系。

第一节　现代汉语·方言·普通话

《现代汉语》教科书一般都这样说：“汉语是汉民族使用的语言，现代汉语是现代汉民族使用的语言。”① 应该说，这是从狭义上定义“汉语”“现代汉语”。“汉语”之“汉”，有中华56个民族里“汉族”之义，在这个意义上，汉语就是汉民族使用的共同语。如同苗族人使用的共同语称“苗语”，壮族人使用的共同语称“壮语”一样。然而，自西汉以来，“汉”同时又兼有“汉人”即“中国人”义。“中国”一词，首见于《诗经·大雅·民劳》“惠此中国，以绥四方”。小序称“《民劳》，召穆公刺厉王也”。召穆公是周武王的弟弟召公奭的后代。召公奭和周公旦协助周武王克商。立国后虽然各有封国，但周武王特

① 黄伯荣、廖序东：《现代汉语》（增订二版）上册，高等教育出版社1991年版，第2页。

准周、召二公各遣其长子去管理他们的封国，留周、召二公为左弼右辅，继续协助他管理各诸侯国。周、召二公次子的嫡长子，世袭周、召二公的左弼右辅的职位。西周自周武王兴至周幽王灭，共有 13 代天子（包括周厉王被放后代天子摄政的“共和”）。周厉王是第十代天子，则《民劳》是反映西周晚期王畿之地社会生活的诗篇。在《民劳》中，“中国”与“四方”对文。“四方”，指拱卫周京师及王畿的诸夏各个诸侯国；“中国”，则指周天子所定都的京师及王畿。“中国”一词，再见于《春秋》三传。在《春秋》三传里，“中国”经常与“夷狄”对文。“中国”，指诸夏所居的黄河中下游这片土地，以别于夷狄所居的“四裔”之地。自汉武帝遣张骞通西域，西域人称来自中土汉王朝的人为“汉人”。此后相沿成习，世界遂呼“中国人”为“汉人”。[①] 汉朝时的“中国”，汉族人口是当时“中国”人口的主体。但当时“中国”的人口中，还有内附归化的其他民族人口。内附人口中，也有人转用汉语。例如汉武帝身边的宠臣金日磾和他的家族。在这个意义上，汉语，又是“汉人”即“中国人”使用的语言系统。现代汉语，是汉民族和“汉人”即“中国人”当下在口头和书面上使用的语言形式。

“现代汉语”是相对“古代汉语”而言的。“现代汉语”这个词组中的“现代”，有纯表“时段”意义的有别于“过去”和“将来”的“现在”义。其实，时间无始无终，浑然一体，人所体验的永远是“此刻”“此刻”“此刻”……根本没有什么“现在”“过去”和“将来”的“时段”之分。所谓的“现在”“过去”和“将来”，只不过是处身“此刻”的人，对根本就无法切割的时间，做出的人为切割：把“我”正体验着的“此刻”唤作“现在”，把“此刻”以前的时间唤作“过去”；把“此刻”以后的时间唤作“将来”。人虽然把浑然一

① 文献可参考陈登原《国史旧闻》第一分册第一四八条“汉人汉子”罗列的文献线索。按：尽管汉族是华夏民族的主体，但自西汉起，汉人是“中国人”的代称，并不专指汉族人。

体的时间人为地切割成“过去”“现在”和“将来”不同的时段，实际上，“过去”“将来”时段上的人，和“现在”时段上的人一样，也是恒处于“此刻”“此刻”“此刻”……之中。就像大河东去，从星宿海到入海口，九曲十八湾，虽然流经中国西北、中原、华北不同的地段，流淌的却是同一股水一样。从这个意义上说，“现代汉语”和“古代汉语”同处在一个“共时性”的结构之中。

“现代汉语”这个词组中的“现代”，同时又蕴含有在政治经济学上有别于“古代”的“现代”义。政治经济学上的“现代”，乃是社会发展变革的结果，迥然有别于“古代”的政治、经济、文化内涵——例如，民族国家，民主政治，市场经济，科学精神，等等。由于政治经济学上的“现代”，有其可以确切辨识的标志性内涵，故而，尽管政治经济学上的“现代”，是从政治经济学上的“古代”的肌体上伸展出来的，且与“古代”有着千丝万缕的联系，但政治经济学上的“现代”，是有其清晰可辨的开端的。就中国而言，政治经济学上的“现代”，肇端于 1911 年追求“民族共和”的辛亥革命和 1919 年呼唤“德（Democracy，民主）、赛（Science，科学）二先生”的五四新文化运动。“现代汉语”，就是从五四新文化运动用“白话文”取代“文言文”的“文学革命”中起步的。从这个意义上可以说，“现代汉语”是汉语在中国“现代”这个“时代”的展开，是汉语“历时性”展开中的一个阶段。“‘共时性’结构”和“‘历时性’展开”，是瑞士语言学家索绪尔《普通语言学原理》讨论到“语言”和“言语”的差异时，使用的一对概念：任何“语言”都具有“共时性”的结构；作为“共时性”结构的语言，在不同的时代“历时性”展开为不同时代的具体的“言语”，“言语”是“语言”活生生的现实。这对概念，给现代西方人文社科思想提供了思维新“范式”，引发了西方人文社科各个门类思维“范式”上的“语言学转向”。

“现代汉语从‘五四新文化运动’起步”这段因缘，在很大程度上决定着“现代汉语”在语言上的一般状况。

现代汉语包括汉语方言和普通话。

“方言”之“方”，是个空间概念——在康德的批判哲学里，空间和时间，即“方”和“时”，是既不属于“先验理性”，也不属于“实践理性”，却是让“先验理性”和“实践理性”成为可能的纯粹的“先验形式”。汉语“方言”，就是只在一个地方流行，在语音、词汇、语法等方面都和汉语标准语有差异的汉语。汉语方言，是汉语在向四面八方“历时性”展开过程中形成的。而汉语方言之所以成为一“方”之“言”，是由于自然和社会两方面的原因，它们程度不等地孤悬在主流汉语之外，“历时性”展开的速度，远远低于主流汉语“历时性”展开的速度，积年累月，就成了只在某一地域里流行的方言。从某种意义上可以说，汉语方言就像是“汉语里的‘桃花源’”：由于“历时性”展开慢——“不知有汉，何论魏晋”，故而，方言更多地保留有在主流汉语中已经流失的某些时段上汉语的原生态。《聂荣臻元帅回忆录》第十二章谈道“晋察冀根据地得以顺利建立和巩固的根本原因”之一是“人民充分发动起来了”时，提到平西大山里一个叫“野三坡”的地方：此地高山环绕，“形成一个独立的世界……一溜儿几十个村庄，过着与世隔绝，自给自足的生活。他们一直打着‘反清复明’的旗号，一直到民国十八年（一九二九年）才知道清朝已经灭亡了……当地人说：‘燕王扫北，都没来过这个地方。’清朝势力也始终没有到过这地方，这里的男人不剃头，女人不缠脚……”这里的制度、风俗、语言，一直停滞在明代，甚至更前。聂荣臻说：“像这样什么外人都没有进去过的地方，我们都进去了……经过深入细致的发动群众工作……成为我们可靠的根据地。”① 八路军进去之前的“野三坡”，引而申之，触类而长之，可以看作是汉语方言形成的一个缩影。

汉语方言有广义和狭义之分。广义的汉语方言包括社会方言和地域方言两种。所谓社会方言，就是某一行业或某一组织内部的通用语。

---

① 聂荣臻：《聂荣臻元帅回忆录》，解放军出版社 2005 年版，第 325—326 页。

在中国古代，士农工商，各有“勿使杂处”的居所，士恒居于“国”（又称“都”，用城墙围起来的行政中心所在地），农恒居于“野”（农耕作业区），工、商恒居于“肆”（在“都”中划定区域内，为官府提供供给服务的作坊和店铺），① 人被制度分割成一坨儿一坨儿的。汉以前，“士之子恒为士，农之子恒为农，工之子恒为工，商之子恒为商”，除了“士”败落后“降为皂隶”（杂役）之外，“四民”之间几乎没有流动的可能；唐以后，渐有松动。科举制的实施，为农家子跻身士大夫行列提供了通道。但能经过这一通道，“朝为田舍郎”而“暮登天子堂”者，只限于少数幸运儿。四民之间流动的空间，仍然不宽敞。故而三百六十行，经常有只在本行业内部流通而别的行业的人难得其要的“行话”。社会方言于是乎生。狭义的汉语方言，专指地域方言。所谓的地域方言，乃是汉语在各个地方的地域变体，《现代汉语词典》将“方言”定义为“一种语言，跟标准语有区别的只在一个地区使用的话。”定义的就是地域方言。中华民族历史悠久，地域辽阔。在漫漫的历史长河中，由于山川阻隔，人被自然环境分割成一片儿一片儿的，不同地域之间的人际交往受自然环境的限制，有难有易，汉语标准语对于不同地域语言的影响，也有浅有深。和外界交往密，受标准语影响深的地域，在语言上紧跟主流汉语；和外界交往难，受汉语标准语影响浅的地域，跟不上主流汉语的“历时性”延展，语言上更多地保持着自己的风貌，地域方言也就逐渐形成。进入“现代”，制度更新，科学发达，随着人克服自然限制的能力空前增强，人际交流的空间空前拓展，方言也随之发生着变异或更新。例如，由于士农工商“四民”制度的废除，现代人在各行业间快速流动，社会方言在萎缩中发生变异：“行业”对社会方言的影响逐渐式微；“亚文化族群”——例如“80后”“90后”“小白领”“飙车党”“网络

① 《春秋谷梁传》卷十三《成公元年传》，李学勤主编《十三经注疏（标点本）》，北京大学出版社1999年版，第211页。《管子》卷八《小匡第二十》，（清）戴望纂《管子校正》，《诸子集成》第五册，上海书店1986年影印本，第121页。

族”等——在社会方言更新上日趋活跃。再如，由于现代社会人口流动的速度和规模空前提高，异地谋生的人不同程度地采用标准语，标准语对地域方言的渗透力度空前提高，地域方言在异地谋生人那里，有向标准语趋同的趋势。但地域方言，仍然在地域方言诞生地顽强地流行着。

笔者所讨论的方言即地域意义上的方言。具体说，就是陈忠实在文学书写中积极调动的语言资源——关中方言。关中方言属于汉语十大方言区里“官方方言（北方方言）”区众多“次方言”里的一个“方言片”。

汉语方言或曰方言汉语在汉语“历时性”展开中形成的。根据方言调查之所得，依据一定的标准，可以从语音、词汇、语法大体趋同上，把众多汉语方言，归并成若干个不同“方言区”。中国现代方言学家对于现代汉语方言区，先后有五大方言、六大方言、七大方言、八大方言、九大方言、十大方言等不同的划分。现代汉语方言学对汉语方言区的划分呈现出一定的弹性，有其可以理解的缘由。汉语方言区的划分，建立在方言调查工作的基础之上。而方言调查工作的深入程度，有浅有深。例如，当“平话方言”——广西不少地区通行的不同于官话、白话、客家话的汉语方言，使用人自称为“平话”，尚未进入方言调查工作者的调查视野的时候——平话方言 20 世纪 80 年代才成为方言学界关注的热点，汉语方言至多能划分出九个方言区。汉语方言区的划分，是方言学家按一定的操作模式，对方言调查之所得进行的归并。方言学家进行归并时，使用的操作模式有差异，也可能使方言区的划分结果，出现可以理解的弹性。例如，当一些方言学家按自己选定的操作模式，判定晋方言只是北方方言里的一个“方言片”，不足以划分为单独的“方言区”的时候，汉语方言区就只有八个了。本书参照湖北省语言文字工作委员会 2006 年 9 月出版的第九届全国推广普通话宣传手册，将方言按地域分为十大方言区：官方方言（北方方言）、晋语方言、吴语方言、粤语方言、湘语方言、赣语方言、闽语方言、徽语方言、客家方言、平话方言。十大方言区的划分，是 20 世纪 90 年代中国社科院和澳大利亚人文学院共同编制的《中国语言地图集》里的划分。我们既然已经注意到，汉语方言界对晋方言、平话方言够不够划分成独立的方言区，还存在有争议，为什么仍然认同十大方言区的划分？因为我们相信：科学发现是累积的。一般而言，后起的认识，要比先前的认识更完善些。方言区划分，是对已经调查到的方言，按某一标准，对一个个互相类似的被称为“次方言”的方言片进行的归并。随着方言调查工作的继续深入，方言片内部在语言上更细致的差异的发现，使“方言片”又可以再细分成若干个小方言片。如果小方言片中的各个地点方言差异仍然存在，还可以再细致地区分为若干个“点方言”。

在全国所有的地域方言里，有一种方言是各个方言区的人们基本上都能够听得懂的方言，就是基础方言。有史以来，在一个相当长的时段内，中华民族一直在当时称作“中国”，后来称作“中原”的黄河中下游地区繁衍生息。黄河中下游地区，地处现代中国的北方。在这片古称“中国”土地上繁衍生息的各个族群，交往频繁，风俗趋同，语言趋同。随着“中国”的北绥南化，包括语言在内的“中国”文化渐次向南北扩散。驯致至今，北方方言覆盖的地域最宽，包括东北、华北、中原、西北、西南 20 多个省（自治区、直辖市），其分布地域大约占全国面积的 70%，使用的人口也最多，也占汉语人口的 70% 左右，其余九大方言的使用人口总和大约只占汉语人口的 30%。由于北方方言的一致性比较高，使用人口比使用其他方言的人口多得多，所以北方方言就成了汉语中的基础方言。至少自春秋时代起，汉语共同语都是从北方方言这个基础方言发展出来的。汉语共同语，在春秋时代叫作“雅言”，汉代称为“通语”，明清时代叫“官话”，民国时期又改称“国语”，新中国成立以后，称为“普通话”。

“普通话”是新中国在全国推广通用的汉语标准语。1955 年 10 月，全国文字改革会议和现代汉语规范问题学术会议相继召开，从语音、词汇、语法三个方面确定了现代汉语共同语的标准。按此标准，制定出在全国通行的汉语标准语——“普通话”。1982 年修改宪法时，将“推广普通话”写进《中华人民共和国宪法》：“国家推广全国通用的普通话。”至此，普通话具有了明确的法律地位，成为全国通用的语言。负责推广普通话工作的政府职能部门，是“中国语言文字工作委员会”，简称“国家语委”。

《辞海》2000 年第 1 版这样定义“普通话”：“以北京语音为标准音、以北方话为基础方言、以典范的现代白话文著作为语法规范的现代汉民族共同语。普通话不等于北方话或北京话，因为它还吸收其他方言以及古代汉语和其他民族语言中的成分，比其他方言更丰富、更完善。”据此可见，“普通话”只是现代汉语的一种规范形态，并不直接就等于是“现代汉语”。例如，方言同样是“现代汉语”言语里活跃着的语言形式，普通话尽管可以吸收方言的某些语言成分，但涵盖不了方言的全部内容。“现代汉语”和“普通话”，是两个在内涵和外延上有明显差异的不同的概念。

然而，在日常生活里甚至在一些不太严谨的学术著述中，“现代汉语”和“普通话”，往往被不加区别地使用。这是因为人们有一种相当普遍的观念：“普通话”既然是现代汉语的规范化，是国家明文推广的现代汉语，随着普通话向全国的推广，各地方言必然要向普通话趋同。普通话是现代汉语的将来时和归宿。题曰《现代汉语词典》的辞书，除了收有少数经白话文作家“雅化”因而和普通话有关的方言词汇，其实就是“普通话词典”，就是这种观念在辞书编纂中的反映。（按：新修订的第 6 版，在这个方面已经有了很大的改进。）然而，普通话负有规范“现代汉语”的使命是一回事，普通话能不能最终消融甚至取代方言却是另外一回事。从现实状况看，普通话推广给全国人民提供了一套超方言交流的共同语，但毕竟还未达到全面取代方言的地步。例如，各方言区的中小学学生，进课堂用普通话；课堂以外，还是习惯于用乡音交流。例如，出外务工人员，在异地谋生学着用普通话，以便更顺畅地融入异地社会；返乡，立即改用乡音。当然，也有外出务工的少男少女，返乡还说普通话。这当然是在“国家语委”里供职的工作人员最乐意看到的，但本土乡亲往往会讥笑他（她）们“撇洋腔”。可见方言在“现代”依然是“现代汉语”中的活跃因素，把普通话直接等同于现代汉语，乃至于把方言排除在现代汉语之外的观点，无论是自觉还是不自觉的，都是错误的。

“现代汉语”与“普通话”的主要差异在：“普通话”固然吸收许多方言的若干成分，但排斥的更多，方言里被普通话排斥的那一部分，依然活跃在“现代汉语”的“言语”里。新中国成立后，政府采用了一系列措施来推广普通话，方言运用呈现出明显的收缩趋势。例如，除个别少数民族地区保留有民族语广播电视节目，保留有用民族语教学的学校，全国各地的广播电视——港、澳特别行政区和台湾地区除外，一律用普通话播音，全国各地的学校，一律用普通话教学——教师使用普通话流畅不流畅是另一回事。中国人在现代，不分民族和地域，要接收信息，要获得知识，不通普通话是不可能的。但不管方言运用如何收缩，只要方言还在“言语”中流行，基础方言之外的九大方言与普通话明显不同的部分，包括它们与普通话之间在语音、语法和词汇方面的差别，仍将长期存在于现代汉语中。这就造成“国内双语并存”局面。大多数当代中国人，在家庭、乡邻之间的私人场合说着方言汉语，而在学校、社会等公共场合说着普通话。方言是家庭、乡土或区域语言，普通话是学校、社会语言。现代汉语“言语”过程中普通话和方言“双语并存”的局面，是以“在全国推广普通话”为职能的“国家语委”不乐意看到的，但它给中国现代作家文学书写中的语言选择，提供了可以回旋的空间。

一种成熟的语言，在口头使用的语言形式之外，还有与之相配合的文字书写系统。现代汉语通用的文字书写系统，称作“现代白话文”。“现代白话文”，是相对“古代文言文”而言的。“白话”就是口头语。“白话文”，就是以汉语通用的口头语为语言基础的文字书写系统，因而迥然有别于脱离汉语口头语的“文言文”文字书写系统。现代汉语通用的口头语是普通话。严格地说，“现代白话文”，应该就是以普通话为语言基础的文字书写系统。如果严格遵守“国家推广全国通用的普通话”的要求，严格以“普通话”为语言基础，自然是“规范的现代白话文”。但“规范的现代白话文”，只有普通话水平很高的电台、电视台“普通话节目”正式演播稿以及权威报纸杂志刊布的重要文章——例如《政府工作报告》，全国党代会决议，政府签订的外交条约、外交公报，政府颁布的法律、法规，等等，才算得上，不会大面积出现在一般人的日常书写和作家的文学书写中。记得笔者的老师曾经提到，叶圣陶 20 世纪 60 年代出版过一本小册子，专挑当时《人民日报》等权威报刊已经刊布的有影响的新闻稿中语言表达的不规范处。“不规范处”，有的是不符合现代汉语语法规范的要求；有的则是用普通话去要求，显得“不规范”。他说他当时读时，不由得肃然起敬：此公心细如发，不愧为国文教员出身，五四白话文运动中涌现出的著名作家！笔者今天读来，也觉得文字表述应该讲究严谨再严谨；但同时又觉得，这些“用普通话去要求显得‘不规范’”的“不规范处”，并未影响到这些新闻稿的社会影响力。常见的“现代白话文”，包括当代知名作家书写的白话文，基本上是以“普通话”为基础，又从“现代汉语”“言语”中吸取大量语言成分的不那么“规范”的“白话文”。笔者认为，其中原因不难理解：“普通话推广”正在进行中。不同层次的人，普通话水平有高有低。严格要求普通话水平低的人用普通话去书写，肯定会影响到他们表达的完善度。对于文学作家来说，还有更深一层的理由。从某种意义上可以说，普通话是“均质化”的现代汉语。“均质化”的语言，适用于表达“一般”；而作家书写的，总是“个别”。用“一般”性的普通话去表达“个别”，肯定有不尽如人意处。当书写人感觉到用普通话表达不尽如人意的时候，自然要动用自己已得心应手的方言资源，以求表达清晰准确。

“现代白话文”书写系统，分实用和文学两类。实用白话文，例如政府工作报告、政府颁布的法律法规、中央和国务院下发的各种文件，都是凛遵“国家推广全国通用的普通话”宪法条文，用“规范的现代白话文”书写的。民间书写的实用白话文，包括一些作家书写的白话文，就不那么“规范”了。不是他们不想遵守宪法，而是正如上面提到的：普通话推广尚在进行之中，不同层次的民众，接受普通话的水平参差不齐。但一些文学作家有意识积极吸纳方言进行的文学书写，就应该另作别论了。尽管“推广普通话”是国家的既定国策，尽管普通话推广以来在文学批评领域也出现过反对“滥用方言”的意见；然而，且不说古往今来中国作家文学书写的经验已经证实，仅从当下倡导的“文艺为人民服务”上考量，作家文学书写在语言选择上，也拥有无可争议的自由权。因为现代汉语是现代中国人民使用的语言，现代汉语包括方言和普通话。对于用汉语写作“为人民服务”的中国作家而言，现代汉语有多宽广，汉语作家的语言选择范围就有多宽广。汉语方言中同样有文学书写可资利用的丰富多彩的语言资源。

第二节　汉语文学方言写作的历史渊源与发展现状

在20世纪30年代还当作天方夜谭的“地球村”的预言，到20世纪最后20年，已成为全球聚焦的中心。随着改革开放活跃起来的中国经济，雄心勃勃，积极参与经济全球化，企盼在“全球化”中推进自身的现代化。在全球化的语境下，中国文化应该向何处去？20世纪90年代以来，一些在80年代卓有建树的中国作家，基于自己的文化立场和语言自觉，陆续推出了一批地域色彩甚浓，体现着“中国作风和中国气派”，因而风格独具的小说。在这些小说风格独具的地域色彩中，我们很容易辨认出其间的方言背景，比如王蒙、王朔、刘恒、陈建功与北京方言，冯骥才与天津方言，张炜、莫言、尤凤伟、刘玉堂与山东方言，陈忠实、路遥、贾平凹与陕西方言，韩东等“南京青年作家群”与南京方言，阎连科、李佩甫、乔叶与河南方言，铁凝与河北方言，韩少功、彭建明、何顿、何立伟与湖南方言，方方、池莉、刘醒龙、姜天民、熊召政与湖北方言，等等。方言写作可谓蔚为大观。其中，陈忠实带有浓郁秦腔秦调的方言写作，更多地体现着令人怦然心动的“中国作风和中国气派”，尤为值得关注。

本书就以陈忠实的文学书写为方言写作的样本，分析当代中国作家积极调动方言资源进行文学书写的来龙去脉，总结当代作家积极调动方言资源进行文学书写的实际成就。在从“积极吸纳方言进入文学书写”这个角度审视陈忠实的文学创作之前，对方言写作的历史渊源与发展现状做一番考察是必要的。

所谓的“方言写作”，是指文学作家在创作中有意识地使用地方话进行的文学书写，指文学作家在创作中从词汇、语法、语气、语感等方面积极吸纳汉语方言言语资源，从而创造出一些具有独特的地域语言风味、文化气质的文学作品。就中国文学书写状况来看，方言写作又分为两类：第一类是狭义的方言写作。这类的方言写作，文学书写纯粹运用方言，用方言进行思维，用方言进行表达。运用方言本身，就是他们的价值追求。最惹人注目者，莫如清末韩邦庆的《海上花列传》。第二类是广义的方言写作。这类方言写作就是在使用共同语写作的过程中，有意识地吸收一些方言俗语，以填补、渲染、烘托共同语无力表达的地域情境，增强文学写作地域文化色彩的浓度和地域历史感的厚度。在这一类文学书写中，方言经过书面语的加工，既不妨碍共同理解又不失方言的味道。有论者把这种“广义的方言写作”，称为“泛方言写作”。按笔者的理解，“泛”，就是把在“纯方言写作”中当作独立价值去追求的方言书写，泛化成为实现一个更高层次价值而选择的书写策略。文学写作，是事涉公共事务的创造性的个人劳动。一个作家——不论杰出还是平庸，莫不希望自己的作品最大限度地示后传远。从这个意义上说，“纯方言写作”，无异于文学上的“自杀”。故而，当代中国文学中的方言写作，主要就是这种“泛方言写作”的形式。从中国文学史看，泛方言写作作为一种文学书写方式，实贯穿于中国文学发展的始终。虽然在相当长的一个时段里，方言在文字书写中没有取得与雅言平等的地位，但这并不影响泛方言写作在中国文学发展史上扮演重要的角色。

严谨地说，现代文学中的方言写作，是“现代”风格意识强的中国作家的有意识追求——一般而言，“古代”重传统；张扬个性是“现代”人的意识和“现代”艺术的艺术风格。然而，积极吸收方言进行文学书写，并不是现代文学家们的独创，中国古代的文学家早已做过这样的尝试。“方言”一词，可能创自西汉人扬雄，此公集二十余年调查之功，编出中国第一部方言词典《方言》；但远在周代，就出现了类乎“方言”的观念，例如“殊方异语”的认识。据《礼记》和其他古书例如《国语·周语·召公谏周厉王弥谤》《春秋公羊传解诂·宣公十五年诂》《汉书·食货志》里的说法，中国最早的诗歌总集《诗经》中号称“以一国之事系一人之本”的“十五国风”，都是采自当时各诸侯国出自匹夫匹妇之口的民间歌谣。这些歌谣使用的，应该就是十五国风原生地的方言。只不过十五国风属于口头文学，和“写作”尚隔一尘。另外，我们今天看到的十五国风，是经过周王朝“采诗”部门统一整理而后，才录入文字文本，赋、诵给周天子听的。为了让周天子听得懂，“采诗”人在“比其音律，以闻于天子”① 的时候，已经用“雅言”做过某种程度的处理，其方言面目，有所削弱；但在统一整理的时候，仍然刻意保留下一定的地方风味，以求存八方“风俗”之真。“雅言”，是经过精心组织而“文饰”化了的言语。周时已意识到“殊方异语”，便以王畿一带——雒邑及雒邑周边地区的方言为标准，确定“雅言”作为官方通行语。东周铜器上的铭辞，使用的应该是“雅言”。何以见之？铜器上的铭辞，具有记事传远性。《左传》记载：孔子根据他读过的古书《志》里的观点，曾经断言过：

---

① （汉）班固：《汉书·食货志》，中华书局1997年版，第1118页。

“言之不文，则行之不远。”① “文”，就是按一定的标准对言语进行精细组织。在《论语·宪问》里，孔子还赞赏过郑国“为命”的严谨：“子曰：为命，裨谌草创之，世叔讨论之，行人子羽修饰之，东里子产润色之”。《论语注疏》里说，“为命”，就是“郑国将有事于诸侯，而谋会盟之辞”。② “讨论，修饰，润色”，除了反复斟酌会盟文件的具体条文之外，还有一项内容，就是汰去盟辞表述中郑国方言因素，修饰润色成各诸侯国通用的“雅言”。孔子是推广“雅言”的热心人。例如，孔子是宋籍鲁人，讲述《诗》《书》，却使用“雅言”。因为他坚信：“言之不文，则行之不远”。热心推广“雅言”，和孔子自称“东西南北人”，以“道”济天下为志业有关。后孔子而出的文学作家，就大不相同了。身处一定地域文化氛围中的文学作家——例如《楚辞》里的作者，习惯于用楚方言抒情达志。自汉代起，把战国时楚国的屈原、宋玉等，以及汉代隶籍楚地的东方朔、淮南小山等的创作，统称为《楚辞》，是因为它们“皆书楚语，作楚声，纪楚地，名楚物”③。他们之所以用方言写作，是因为方言更容易把他们和他们处身的历史、文化交融在一起。但也有以方言写作为不足取，以“雅言”写作为“黄钟之正响”者。例如，刘勰在《文心雕龙·声律》中说道：“诗人综韵，率多情切，《楚辞》辞楚，故讹韵实繁。及张华论韵，谓士衡多楚，《文赋》亦称知楚不易，可谓衔灵均之声余，失黄钟之正响也。”④ 陆机（字士衡）生于吴长于吴，中岁入洛。从陆机之弟陆云《与兄平原书》中——陆机入洛，授官平原令，时人以“平原”呼陆机。就像现在官场上恭呼姓范的局长、副局长为“范局”，恭呼姓刘的处长、副处长为“刘处”一样——能够侧面看到，入洛后

① 杨伯峻：《春秋左传注·襄公二十五年》，中华书局2009年版，第1024页。

② （魏）何晏注，（宋）邢昺疏：《论语注疏》，李学勤主编《十三经注疏（标点本）》，北京大学出版社1999年版，第185—186页。

③ （宋）黄伯思：《东观馀论·翼骚序》，（宋）陈振孙《直斋书录解题》卷十五，上海古籍出版社1987年版，第433页。

④ 范文澜：《文心雕龙注》，人民文学出版社1958年版，第553页。

的陆机，也想用当时的标准共同语——以洛下方言为语言基础的“雅言”“通语”写作。但无奈“知楚不易”——乡音不仅弥漫于陆机的“显意识”，而且扎根于陆机的“潜意识”；显意识易改，潜意识难控，无论你怎么有意识的控制，乡音仍然是下笔就不觉冒头。可见方言写作在文学书写中，自古以来就有其必然性的一面。

“秦王扫六合”，倡导“车同轨，书同文”，以秦小篆取代关东六国使用的东土文字；用以杂糅有关东六国语汇的秦语词汇为基本语汇的书面语，取代关东各地的方言书写，做到了六合之内书面语的统一。秦原是西周的“附庸”，镐京之乱，勤王有功，周平王始裂岐西之地，封秦为诸侯。秦位列诸侯之后，自孝公（前361—前338年在位）起，普天下求贤，广纳客卿，天下士纷纷西向，把六国语汇带入秦语中。古代汉语的文字书写系统——文言文肇始于此。至此，文学书写开始与口语相脱离。但“书同文”只是对书面语的要求，对日常言语中方言运用的影响并不大。例如，汉武帝设置的“乐府”衙门，依然能采集到“赵、代、秦、楚之讴”①。例如，扬雄利用在朝廷供职参与接待八方使臣的方便，积二十余年方言调查之功，编成中国第一部方言字典——《方言》。说明即便是在“书同文”很久之后，“文言”也只是在书写中存在；八方晋京官员口语使用的依然是各自的方言。这说明即便有“书同文”的诏令，方言依然是“言语”中的活跃因素。

汉代刘向《说苑·善说》中提到古《越人歌》。题曰“越人”歌，应该是“越”地方的人用越言唱出来的歌。如果此“越”，就是越王勾践所承之越或周太伯避位所奔之荆蛮百越的话，则《越人歌》可部分弥补《诗经》里无“楚风”之憾，楚、越同属荆蛮。不过，晚近有论者考订，《说苑》里的《越人歌》是春秋时楚人用楚语翻译过来用侗壮语唱的侗壮老歌，此“越”在今越南北邻的广西侗壮之地。果真如此的话，《越人歌》采用的不能算是汉语方言，因为彼时的侗壮，

① （汉）班固：《汉书·礼乐志》，中华书局1997年版，第1028页。

还是彼时“中国”的化外之民。但也有人不服气，用会稽方言把《越人歌》翻译过来，发现二者若合符节。果真如此，《越人歌》就应该是用汉语方言唱的。因为会稽是越王勾践所承之“越”的国都，此“越”是克纣之后周武王分封给夏少康之苗裔的侯国。古代文学研究者发现，唐诗大量使用过方言，① 例如柳宗元的诗就使用了许多方言。② 这应该是货真价实的吸纳方言进行的文学书写。宋代黄庭坚和江西诗派倡导所谓的“宁拙毋巧，宁朴毋华，宁粗毋弱，宁僻毋俗”③，试图“以俗为雅”，“俗”包括“俗事”——唐以后发生的因而不能算是“典故”的典故，和“俗语”——地方方言，如宋陈师道《后山诗话》提到的“有甚意头”“没些巴鼻”之类。④ 黄庭坚“以俗为雅”，实际上已是有意识地运用方言词来创作，以成就他们文学创新之梦。宋词元曲中，方言成分更多。词是从民间跻身“大雅之堂”的新文类。由于词出身于民间，故而即便已跻身大雅，仍保持着“词不忌俗”的传统；正如近体律绝是文人雅士精心打造出来的，一直坚持“诗不厌雅”一样。古人形容五言律诗写作之难，至云：“作五律，犹请四十位贤人，杂不得一个俗客!”强调的就是“诗不厌雅”的传统。黄庭坚“以俗为雅，点铁成金”，也是“诗不厌雅”的一种表现。只不过“为雅”的方式不同寻常罢了。

宋代以来，接近口语的“语体文”逐渐发达，“白话小说”之类的“俗文学”越来越兴盛，方言土语在说书人的书场中大面积抬头，到明清开始大量进入文人的文学创作中，成为小说、戏曲等俗文学语言的一部分。如《醒世姻缘传》用了鲁东方言，《水浒传》《金瓶梅》

---

① 多洛肯：《唐代诗歌语言研究刍论》，《新疆大学学报》2005 年第 6 期。

② 杜纯粹：《柳宗元诗文中的方言词笺注五例》，《云梦学刊》2004 年第 4 期。

③ （宋）陈师道：《后山诗话》，陈良运主编《中国历代诗学论著选》，百花文艺出版社 1995 年版，第 385 页。

④ （宋）陈师道《后山诗话》：“熙宁初，有人自常调上书，迎合宰相意，虽擢御使。苏长公戏之曰：‘有甚意头求富贵，没些巴鼻使奸邪。’‘有甚意头’‘没些巴鼻’，皆俗语也。”陈良运主编：《中国历代诗学论著选》，百花文艺出版社 1995 年版，第 46 页。

人物对话杂用山东方言，《西游记》和《儒林外史》分别有淮安方言和安徽全椒方言的成分，《红楼梦》则主要是下江官话（南京方言）和北京话的综合。“俗文学”成功的语言试验甚至影响到“雅文学”的语言运用观。例如“前七子”领袖人物李梦阳晚年猛醒“真诗乃在民间”①，教人假如想在古诗近体上出人头地，先读民歌集《打枣杆》。“公安派”领袖人物袁宏道主张文章要用当代语言、自己的语言，提出“宁今宁俗，不肯拾人一字”②的口号；一些论者甚至把文学书写的语言选择，从操作层面提升到价值层面，例如《京本通俗小说》中提出“话须通俗方传远，语必关风始动人”③。方言书写以其“通俗”性，在文学书写中的地位骤然提升，晚清文坛甚至出现了一些纯粹用方言写作的小说，如韩邦庆的《海上花列传》等。此时竟然还产生了“方言《圣经》”，让主、耶稣以及使徒们说汉语方言，真让人匪夷所思！但静下心仔细想，“话须通俗方传远”嘛，传教士算是把弘教心思用足了。

晚清以降，面对国家腐败、民族衰弱的现实，一些有识之士认识到开启民智的重要性，白话与小说在开民智、新民德上不可替代的作用，受到有识之士的普遍重视。有人创办起《白话报》，用方言白话向普通老百姓传递新信息。《无锡白话报》创办人裘廷梁的一篇文章，题曰《论白话为维新之本》，从中可见倡导白话的有识之士的用心；有人大声疾呼借助小说“浅而易解，乐而多趣”之长，通过更新小说而催生出来的“熏”“浸”“刺”“提”等“不可思议之力”来全面更新国人的观念，最著名的即梁启超那篇《论小说与群治之关系》。在开民智、新民德价值观的感召下，一些出过洋，见过世面的论者，基于列强“言文合一”的经验，更是高调提倡用方言白话创作。黄遵宪

① （明）李梦阳：《李空同全集》卷五十《诗集自序》，明万历浙江思山堂本。

② （明）袁宏道：《与冯琢庵师》，钱伯成笺校《袁宏道集笺校》卷二十二，上海古籍出版社2008年版，第780页。

③ 《京本通俗小说·冯玉梅团圆》，上海古籍出版社1988年版，第88页。

在《日本国志·学术志》中指出“语言与文字离，则通文者少，语言与文字合，则通文者多。……若小说家言，更有直用方言以笔之于书者，则语言与文字几乎复合矣。”① 并积极倡导文学书写恢复“言文合一”的传统，以和世界潮流接轨。中国文学批评史把黄遵宪之倡导的文学意义，称之为“诗界革命”。

明清以来的白话小说多用方言土语这个传统，在五四白话文运动中有了新的发展机遇。五四白话文运动的最初阶段，胡适就大力提倡方言写作，希望把运用方言作为一种颠覆文言写作的武器。他和陈独秀等人提倡的“言文一致”的文学语言观，给民间口语中发掘“新汉语”“新文学”语言资源的实践提供了理论上的依据。胡适要求作家在使用白话时不避俗字俗语，充分采纳各地的土话及大胆地方言化。五四运动的第一代学人希冀借文学语言革命和整个书面语系统的革新，对国人的深层思想意识进行启蒙。李大钊说，如果要真正做到大众化和中国化，就必须更多地运用地方土语。鲁迅一直到20世纪30年代，还在为捍卫白话文不懈斗争，不仅写出了以轻松犀利著称的《门外文谈》，甚至不惜为捍卫白话文与老友林语堂闹翻。而刘大白、刘半农等诗人和许钦文、王鲁彦、黎锦明、台静农等乡土小说家，则直接尝试把方言引入新文学的创作，在他们的作品中，方言运用非常突出。周作人1923年提出“乡土艺术”也倡导把“土气息泥滋味”表现在文字上。20世纪30年代，五四对“文学革命”的呼吁，转换成对“革命文学”追求。“革命文学”的“革命”性质，集中表现在为唤起民众的“革命”意识，“革命文学”首先应该完成自身语言的通俗化、大众化。在1934年开始的“大众语”讨论中，更集中讨论过方言运用的问题。瞿秋白、茅盾特别是“左联”的一些人士，都强调方言写作的“通俗”性，是让“革命文学”“动人”“传远”的最佳助力。把《京本通俗小说·冯玉梅团圆》作者的那个信念：“话须通俗方传

① （清）黄遵宪：《日本国志·学术志》，天津人民出版社1995年版，第778页。

远，语必关风始动人”，稍加改动，例如用“革命”替代“关风”，即可活画出“革命文学”特别垂青方言写作的用心。“革命文学”中的方言运用，是和阶级意识诉求同声呼应的。这样做不免显得有些狭隘。1939 年前后延续近四年的有关“民族形式”的讨论，才把方言写作问题引向更深广的领域。但是，在“十里洋场”的上海等大都市，谈论“文学大众化”“民族形式”易，实践起来难。真正将文艺大众化问题与方言土语联系起来并大规模地付诸艺术实践的，则发生在当时的延安特别行政区。因为在那里，对“革命文学”的期待更高。在把“唤起民众”当作克敌制胜“三大法宝”之一的根据地延安，“政党对文艺直接干预的政治之力、‘大众’诉求基础的转变与对象的明确、知识分子大众化的全方位策略”①，使得文艺大众化得到真正的实现。在这一大的文化背景下，小说中运用方言进行文学书写的现象，成为一道惹人注目的文化新景观，出现了以《小二黑结婚》《李有才板话》等一批更新人们眼界的作品。在这种成绩的鼓舞下，各地方言创作不断得到提倡。如 1947 年华南地区兴起方言文学运动，1948 年成立了中华全国文艺协会香港分会方言文学研究会，次年模仿五四新文学运动的样式发起关于方言文学的讨论与推广的运动，并发表了一些粤语小说及诗歌、杂文。此时，方言的意识形态功能被茅盾、郭沫若等人空前强调，方言运用上升为文学大众化的重要内容和标志。

新中国成立后，运用方言土语的文学书写，遭遇一种新语境。那就是新中国成立后突出强调建立标准语，提倡语言的规范化，强化语言的统一。1956 年，普通话作为现代汉语的规范形式，向全国推广。1982 年修改宪法时，“推广普通话”作为基本国策被确定下来。

这一国策，对增强国家凝聚力，提高中华民族的文化水平，从而推进中国的现代化，都是十分必要的。但是在这一国策的执行过程中，一些人忽视了文学书写的特殊性，因而出现过反对在文学书写中所谓

① 石凤珍：《左翼文艺大众化讨论与延安文艺大众化运动》，《文学评论》2007 年第 3 期。

“滥用”方言的意见。在这一语境中，大量使用东北方言进行文学书写的周立波的《暴风骤雨》，尽管获得过“斯大林文学奖”，也不免受到一些人挑剔性的质疑。当然，这样的意见并未能遏止作家们在文学书写中运用方言的热情。因为，在意识形态层面，文学书写中的方言运用，和“文艺为工农兵服务”价值定位的实现，和“为中国老百姓所喜闻乐见的中国作风和中国气派”的“民族形式”的提倡密切关联着。“十七年”里，像老舍、沙丁、柳青、欧阳山、赵树理、周立波、孙犁、马烽、西戎、刘绍棠等老一辈和新进作家，在创作中依然坚持着吸收方言进行文学书写的实践。他们的劳绩，在20世纪80—90年代被“乡土文学”研究者以“乡土文学四绝”——赵树理的“山药蛋文学”、柳青的“蛤蟆滩文学”、周立波的“茶子花文学”、孙犁的“白洋淀文学”的方式肯定下来。“乡土文学四绝”给中国现代文学中的“方言写作”增添了新光彩，提供了新经验。他们的小说，的确从不同的层面，体现出“为中国老百姓所喜闻乐见的中国作风和中国气派”。

十年“文化大革命”，中国无处不惨遭破坏，对文学事业的摧残，尤让人惨不忍睹。“十年浩劫”结束之后，百废待兴。文学迎来了他的“新时期”。

“新时期”之初，文学与意识形态的关系还比较紧密。那个时代的人，亟亟于“拨乱反正”，无暇他顾。当时轰动全国的创作，都是以文学叙事取胜，多数作家都无暇顾及包括方言运用在内的叙事技巧。就是在这样的创作背景下，一些创作依然在不经意间涉及方言问题。如高晓声的小说，在语言运用上就略带苏南方言特色，使作品具有质朴的乡土气息。古华洋溢着湘文化气息的文学书写，是他的创作受到关注的原因之一。

20世纪80年代中期，西方文学、哲学理论著作大量被译介引入，国人的眼界大开。文学评论的关注点随之转向，文学的自身发展规律和审美属性得以凸显。中国文学评论家和中国作家对文学语言的认识，被提升到一个崭新的层次："语言是思想的父母，而不是思想的产儿"[1]。"语言本体论"被作家、评论家们提升到了一个空前的高度。在这种文学创作语言理论的影响下，在作家创作中，语言个性化、多元化意识骤然增强，出现了大量具有显著地域语言特色的小说作品。"语言本体论"也唤醒了中国作家的本土文化意识，"寻根文学"悄然兴起。在文学"寻根"潮流中，方言作为地域文化的载体，再次受到"寻根文学"作家的重视。他们"试图从大众的语言中寻找到中国文化的原始面貌和发展过程，怀有人类史社会学意义上的用心，并力图将此反映出来"[2]。但他们似乎更愿意在作品文化"寻根"的品格上下功夫，方言的运用更像是他们文化寻根的副产品。相反，在非"寻根"作家的一些风俗小说创作中，却表现出强烈的方言书写倾向，如冯骥才的"津味小说"，刘心武、邓友梅的"京味小说"，陈忠实、路遥、贾平凹等陕西作家小说创作中的方言书写，等等。

20世纪90年代以后，小说家进入了一个更为自由的语言运用期。一部分作家更是打破所谓"滥用方言"的顾忌，大胆调动方言语言资源来进行创作，方言热、方言文学由此兴起。北方作家充分利用自己方言母语与普通话的兼容性，展示出了自己这一语言资源的优势；南方作家的方言母语虽然受到与普通话差距大的限制，但他们也并没有放弃使用自己的母语资源，而是采用各种叙事策略使自己的方言母语为己所用。20世纪90年代以来具有代表性的作家，北方如陈忠实、莫言、李锐、阎连科、张炜、杨争光等，南方如韩少功、方方等，他们的作品都表现出一种十分鲜明的方言化创作倾向。

值得关注的是，陈忠实以其文学书写对关中方言的创造性运用，以其作品中充溢着的浓郁的关中地方文化色彩，为"秦地小说"树立

① 转引自赵澧、徐京安主编《唯美主义》，中国人民大学出版社1988年版，第158页。

② 王安忆：《我读我看·大陆台湾小说语言比较》，上海人民出版社2001年版，第140页。

起“一杆旗”，被评论家称之为陕西当代文学创作“三座高峰”之一。李继凯注意到这一现象是陕西当代文学的一个共同创作趋势，他谈到，陕西作家“近些年来，注意对作为地域文化的秦地方言给予积极的创造性使用，这一点几乎成为秦地近年比较活跃的小说家的一种共识”①。纵观陈忠实的小说创作，可以明显地看到，陈忠实始终有意识地将关中方言作为创作的一种重要表现手段而不断开掘，积极使用。从中可以看到秦地方言的运用和秦地小说互生互存的密切关联，也能看到方言书写在现代文学创作中发挥出的巨大补充能量和活力作用，更能看到陈忠实对现代文学所做出的语言开掘和贡献。

第三节　陈忠实方言写作实践的研究概况及意义

20 世纪以来，在“语言学转向”的背景下，西方文学理论和文学批评开始注重文学形式特别是文学语言的研究，从俄国“形式主义文派”到欧美“新批评”，从结构主义到解构主义，从西方马克思主义、新历史主义到女性主义，西方掀起了一轮又一轮的在语言学影响下的多元化的文学研究热潮。这股借鉴语言哲学、语言学成果进行文学研究的热潮影响到我国的文艺美学和文学批评的研究，学界在此背景下出现了语言研究热潮，地域文化研究和方言写作逐渐成为引人注目的话题，吸引众多研究者关注。专著有赵园的《北京：城与人》,② 该书是国内地域文学文化研究的开拓之作，其中“京味小说与北京文化”一章对京味小说文学方言的分析和论述，更是国内从文化角度对文学方言写作进行研究的开篇之作。北大严家炎教授主编的“二十世纪中国文学与区域文化丛书”，从区域文化的角度进入文学研究，书稿中大多有专章或专节论述地域方言和文学之间的联系。董正宇的《方言

① 李继凯：《秦地小说与三秦文化》，湖南教育出版社 1997 年版，第 56 页。
② 赵园：《北京：城与人》，上海文艺出版社 1991 年版。

视域中的文学湘军》，[①] 该书不仅把地域性的“方言写作”作为“文学湘军”崛起的支撑力量，而且把“方言写作”作为文学史中的贯穿现象进行全方位、系统性的研究，体现了地域文学研究的新创获。近年论题相近的代表性论文有田中阳的《论方言在当代小说中的叙述功能》[②]《论方言在当代小说中的修辞功能》，[③] 张新颖的《行将失传的方言和它的世界——从这个角度看丑行或浪漫》，[④] 何锡章、王中的《方言与中国现代文学初论》[⑤] 等，这些论文从学理上对方言之于小说的叙述、修辞功能，方言与作家作品的关系进行了阐释和评述。

随着被誉为“关中史诗”的长篇小说《白鹿原》的问世，近年来国内评论界对当代陕西作家陈忠实及其作品表现出浓厚的兴趣。尽管陈忠实早在20世纪70年代就开始创作，在《白鹿原》之前已经发表过不少中短篇小说，其中也不乏佳作，但由于还处于文学试验与探索的阶段，故论者对其前期作品讨论较少。这种现象可以理解：横空出世的《白鹿原》和陈忠实前期作品相比，似乎出自不同的手笔。比较完整的讨论陈忠实自70年代以来创作的有李建军的《宁静的丰收——陈忠实论》[⑥]、公炎冰的《踏过泥泞五十秋——陈忠实论》[⑦]、畅广元的《陈忠实论——从文化角度考察》[⑧] 等。李建军的《宁静的丰收——陈忠实论》从创作心理学入手对创作主体的精神流程及其在小说中的呈现方式做深度考察，重点是对《白鹿原》进行相当全面的系统性解读；同时也指出了陈忠实前期作品的缺陷，认为他的前期作品由于受主流意识形态的影响，人物缺乏饱满的个性，对生活的书写流于表象化的记录，情

---

① 董正宇：《方言视域中的文学湘军》，中国社会科学出版社2008年版。
② 田中阳：《论方言在当代小说中的叙述功能》，《求索》1996年第1期。
③ 田中阳：《论方言在当代小说中的修辞功能》，《中国文学研究》1995年第3期。
④ 张新颖：《行将失传的方言和它的世界——从这个角度看丑行或浪漫》，《上海文学》2003年第12期。
⑤ 何锡章、王中：《方言与中国现代文学初论》，《文学评论》2006年第1期。
⑥ 李建军：《宁静的丰收——陈忠实论》，华夏出版社2000年版。
⑦ 公炎冰：《踏过泥泞五十秋——陈忠实论》，陕西人民出版社2002年版。
⑧ 畅广元：《陈忠实论——从文化角度考察》，人民文学出版社2003年版。

节的设置流于简单化、模式化。公炎冰的《踏过泥泞五十秋——陈忠实论》对陈忠实作品重点分析其中的内容和思想。畅广元先生的《陈忠实论——从文化角度考察》侧重对陈忠实笔下的人物进行文化性格分析，此书把陈忠实笔下的人物分成十种性格进行论述。此外，有的论者从社会学和政治意识形态的角度考察陈忠实的作品，有的从文化研究角度对陈忠实作品进行文化关照和反思，有的从比较文学角度研究陈忠实小说与现代小说的某种同步性，还有一些从原型批评以及叙事学等角度出发的分析文章。这些研究各有所长，但在研究的大方向上有互相趋同的一面：都是“从文化角度考察”，从文化语境及文化语境变迁的方方面面，透析陈忠实“踏过泥泞五十秋”所获得的“宁静的丰收”。陈忠实“踏过泥泞五十秋”所获得的“宁静的丰收”里，有没有不随“文化语境变迁”而变迁的一以贯之的追求？如果有，表现在何处？对陈忠实“踏过泥泞”，以“宁静”的心态期待“丰收”有何影响？还没有真正进入这些研究著述的视野。例如，对陈忠实文学创作五十年里，虽然时隐时现、时多时少却是一以贯之的积极吸纳关中方言资源进行文学书写的实践，进行全面而系统的研究，还是一个有待填补的空白。本书试图填补这一空白。

陈忠实是从白鹿原走出来的作家。他始终眷恋这片生他养他的土地，那里有他永远也斩不断的“根”。综观陈忠实的文学创作，方言以或隐或显的状态，分布在他不同的写作时段；以或多或少的分量，存在于他创作的不同文本的字里行间；也以或有意追求或无意渗透的方式，沉淀在他的创作追求中。方言作为与作家本人的故土情结血肉相融的元素，作为地域文化精神的重要载体，内化在陈忠实很多作品的肌理中，决定着作品特殊的地方韵味，使他的创作呈现出别具一格的风采。因而对陈忠实积极吸纳关中方言进行文学书写的研究，对于陈忠实文学创作的研究，乃至于对中国现代文学地域性文学的研究，中国文学语言的“现代”锤炼研究来说，都具有十分重要的意义。“踏过泥泞五十秋”，陈忠实以自己“宁静的丰收”，向世人证明，他无愧为积极吸纳方言进行文学书写并加以创造性运用的语言大师，经过加工和改造，他把关中方言锤炼成极具特色的文学语言，既有浓烈的地域风味，又能让全国的读者读得兴味盎然。本书选取陈忠实方言写作实践进行个案研究，希望通过对陈忠实方言写作的类型特征、形成动因、表现形式、审美价值以及代表性文本的论述，全方位、系统性地研究陈忠实的创作与关中方言之间的密切关系，从而归结陈忠实作品的地域特质和风韵，彰显新世纪地域文学乃至现代汉语文学语言的创新路向。

第一章　文化语境的变迁与陈忠实方言写作演变

陈忠实自言，“我是由描写语言开始小说写作的”[1]。描写语言描写的是人对世界的感觉以及人对感觉的综合。从这种意义上说，“描写语言”是一种“跟着感觉走”的感性语言。只要你“感觉”，描写语言就如“如影逐形，如响逐声”一样随之而起；或者说，人总是带着一副“感觉图标”——语言去感觉。人最基始的“感觉图标”是出生地的方言，其次才是后来习得的普通话。从白鹿原走出来的陈忠实，像多数“老陕”一样，乡音难改。笔者读大学时有位教现代文学的教授，祖籍陕西蓝田，最擅长讲郭沫若五四时期的诗、抗战时期的话剧。他用通行语写文章，授课一口蓝田官话，讲起来滔滔不绝，激情澎湃，学生们最乐意听。让他改用普通话授课，立即思绪不畅，言语无味，风采全无。白鹿原熏陶出来的陈忠实也是一样，白鹿原流行的关中方言是他感觉世界、理解世界、描述世界的“通道和探杖”。关中方言是陈忠实“描写语言”里的基始语言。离开关中方言，他就像无家可归，到处漂泊的游子。但在陈忠实文学书写中，方言运用却经历了一个曲折的历程：

① 陈忠实：《寻找属于自己的句子——〈白鹿原〉创作手记》，上海文艺出版社2009年版，第58页。

他一开始从事文学创作的时候，总是先把他用关中方言感受和意识到的东西，“翻译”成一般性的话语，以一般性的言语方式进入文学书写，如是者有年；接着，他尝试着动用关中方言资源，以克服“一般性言语”在描写上的不足与缺欠，如是者有年；最后，在关中方言中，他找到了自己文学书写可以栖息的语言之“家”。就陈忠实个人而言，这段曲折昭示着他的文学书写，经历了从舍弃“本真”“盲目出走”到回归“本真”“白首还乡”的“精神和心理剥离”的历程。就客观环境而论，导演这层曲折的，是时代文化语境的变迁。

“语境”，是随着20世纪西方理论潮流“语言学转向”而滋生出来，在西方人文学科中得到广泛运用的新词儿。笔者在前面提到，对20世纪西方思想走向影响巨大的索绪尔《普通语言学原理》，十分注意区分“语言”和“言语”：“语言”是个“共时性”的结构；“言语”则是语言“共时性结构”在不同时代具体运用里的“历时性”展开。“言语”，才是活生生的语言现实。在这一理论视域中，一个孤立的语词，例如汉语里的一个字，是没有意义的；把语词（字）嵌入句子中，意义才会滋生出来。换句话说就是，一个语词（字）的意义，取决于它在句子中的上下文关联。例如“败”这个字，除了它是一个由“贝”“攵”两部分组成，所指在“毁”的“会意字”或“会意兼形声字”之外，再也没有别的什么意义。它的意义，是人在具体“言语”时把它置入不同的上下文关联中滋生出来的。例如《吴越春秋》的作者把“败”字嵌入“败军之将不可以言勇”，在这种上下文关联中，“败”的意义是“被别人战胜”；《吕氏春秋》的作者把“败”字嵌入“败楚人于城濮”，在这种上下文关联中，“败”的意义是“战胜别人”。如此这般的上下文关联，就是语词在“言语”中意义得以滋生的“语境”。推而广之，世间万事，无不处在前后左右上下的关联之中。就像语词的意义总是取决于上下文关联一样，世间万事的当下状态和未来走向，都取决于它与四面八方其他事务的复杂关联。例如政治制度更新，有决定制度更新的“上下文关联”，决定制度向这一方向而不是向另一个方向更新的“上下文关联”，可以称之为制度更新的“政治语境”；经济模式转型，有迫使经济转型的“上下文关联”，迫使经济向这一方向转型而不向另一个方向转型的“上下文关联”，可以称之为经济转型的“经济语境”。文学创作也有决定文学创作总体趋向的文化上的“上下文关联”，现代文艺学称之为文学创作的“文化语境”。王一川论及中国近五十年文学语言变迁时，把近五十年文学语言的变迁，归因于近五十年文化语境的变迁。他用“特定时代的整体文化氛围”，定义“文化语境”。用释放“一种特殊压力，规定着一般语言的角色”，来界定“文化语境”的功能。而“一般语言”所扮演的“角色”，就是用自身“言语”上的“变化”，去应对来自“文化语境”的“压力”。王一川由此引出特定时代的文学书写中，作家对语言的选择和运用，不是作家自己就能做主的，而是由特定时代的文化语境所决定的结论：“文化语境是指影响语言变化的特定时代总体文化氛围，包括时代精神、知识范型、价值体系等，这种氛围总是产生一种特殊需要或压力，规定着一般语言的角色。”而“这种一般语言状况既是文化语境压力的结果，又与文学中的语言状况具有直接关联：作家对语言的选择和使用受制于当时一般语言状况的总体语境。”因此，“不能仅仅在文学内部谈论语言，而是从文化语境状况去说明一般语言状况进而阐释文学语言状况”①。近五十年文学语言的变化和近五十年文化语境变化产生出的“压力”之间的关联，是当世之人亲历目睹过的，因而格外醒目。其实，由此上溯，近百年，近千年，甚至更远，文学语言的变化，莫不是文化语境变化“压力”的结果。特定时代的文化语境，是特定时代里的作家、读者、评论家共享的。故而，就小说而言，文化语境既是左右着作家创作趋向，特别是小说语言的选择和运用趋向的决定因素，又是让小说获得读者和批评家的理解成为可能的基本原因。小说家总是在一定的文化语境中

---

① 王一川：《近五十年文学语言研究札记》，《文学评论》1999 年第 4 期。

进行创作。文化语境的变迁，必然影响到作家的小说创作观念与思维方式以及对小说语言的选择和运用。换句话说，随着文化语境的变化，小说的语言选择与表达方式必然会发生相应的变革。

从开始走上文学道路直至现在，陈忠实的创作生涯已有将近50年，他的创作经历过几次大的转折。细究起来，这些转折，无一不与陈忠实身处其中的文化语境的变迁相关联。陈忠实在2011年回顾道："20世纪80年代不断发生的精神和心理的剥离，使我的创作发展到《白鹿原》的萌发和完成。这个时期的整个生活背景是'思想解放'，在我是精神和心理的剥离。"[①] "思想解放"是陈忠实基于个人体验对20世纪80年代"这个时期整个生活背景"——"解放思想"所产生出来的实际效果的形象化描述。准确地说应该是"这个时期整个生活背景是'解放思想'"。"生活背景"是个老词儿。作为"这个时期整个生活背景"的"解放思想"，是针对僵化固陋的"两个'凡是'"提出来的。从"两个'凡是'"到"解放思想"，其间有王一川所说的"影响语言变化"的"时代精神，知识范型，价值体系"即"文化语境"的根本转换。陈忠实所说的"思想解放"的生活背景中更深层次的是文化语境的变迁。在陈忠实的回顾里，"这个时期的整体的生活背景是'思想解放'，在我是精神和心理的剥离"。这个说法，很值得玩味："我—你—他"——我们生活在同一的文化语境中；但对同一的文化语境，每个人都有各自不同的体验和应对。有的人可能是如"鱼在水中，浑然不觉"；有的人则"沉在水中又能浮出水面，冷暖自知"。陈忠实所说的"精神和心理的剥离"，按中国"吾日三省吾身：与人谋而不忠乎？与朋友交而不信乎？传不习乎"的老传统来讲，应该是剥去精神上、心理中由"熏习"凝结成的不属于"我"的东西，以显"我"的"真性"。和同时代人一样，陈忠实经历了在中国发生的几次文化语境大变迁。幸运的是，在文化语境变迁中，

① 陈忠实：《精神"剥离"引发的创作新机》，《商洛学院学报》2011年第10期。

陈忠实一直进行着“精神和心理”上的自我“剥离”。在“剥离”中，更清楚地认识自己，更主动地感受时代“特殊的需要或压力”。这种自我“剥离”，使陈忠实的创作越来越趋向于按自己主动感受到的时代的“压力”，用“自己的方式”，回应时代的“需要”。具体表现为从“文化大革命”后期到“新时期”，从“新时期”到“后新时期”，他的创作观念不断更新、创作方式不断延展与小说语言的选择和运用不断开拓。

第一节 1965 年至 20 世纪 70 年代中期
——与强势政治话语周旋

陈忠实的文学创作道路，是从 1965 年开始的。处女作即 1965 年年初刊布于《西安晚报》副刊上的散文《夜走流沙沟》。那时，在陕西发表文学作品，有《延河》杂志、《陕西日报》副刊和《西安日报》副刊三个平台。紧接着又接二连三发表了五六篇散文。按当时的标准，一个文学小青年，初露头角就能接二连三地发表作品，无论在哪个报刊，都是编辑部乐于扶植的“好苗子”。可惜第二年，“文化大革命”开始了。陈忠实刚刚起步的文学历程被迫中断，直至“文化大革命”后期，才有机会重新继续他对文学之梦的追寻——尝试着写小说。

一般而言，在太平年月里生活的人，喜欢写散文；身经多故之后，才想写小说。

陈忠实最初的小说创作，是在“文化大革命”后期一个偶然的“机缘”性语境中展开的。

“文化大革命”在“文化”上的标志性特征，是“革命第一，领袖至上”：一切行动服从于“革命”，一切行动效忠于“领袖”，政治话语高于一切，重于一切，主宰着一切。在那时，政治话语不仅弥漫于整个社会生活，而且还延伸到私人生活的各个角落。

其实，政治话语原本只是众多社会话语里的一种，和其他社会话语一样，也是施之有地，用之有度，并非天然就具有“高于一切，重于一切，主宰着一切”的性质。例如，在中国古代，人生有“五伦”。政治话语——例如“为臣忠，执事敬”“武死战，文死谏”等，只是在“五伦”里“君臣”那一“伦”才适用的话语。“五伦”里“父子”一伦讲“孝”，“兄弟”一伦讲“悌”，“夫妇”一伦讲“敬”，“友朋”一伦讲“信”，在这四伦里都不讲“政治”。孔子是最讲政治原则的人，但孔子明确反对把在“君臣”一伦才适用的政治话语，滥施于其他四伦。例如，按理说，“普天之下，莫非王土；率土之滨，莫非王臣”，天底下的每个人都承担有“为臣忠”的政治责任。但一涉父子关系，中国伦理鼓励的不是“为臣忠”，而是“子为父隐”。从《论语》里能够看到，孔子周游列国时，在楚国遇到一桩事：为“父”者“顺手牵走”邻家的一只羊，邻家告官，立案调查。为子者指证父亲“攘羊”属实。同乡人夸为子者为人“正直”。孔子不认可乡人的夸赞。孔子说，此时，为“子”者正确的选择，不是实话实说，而是“子为父隐”——编个理由——例如，“攘羊”是自己所为，父亲并不知情，把事实真相遮掩过去，以换取父亲不受谴责不受罪。从“讲政治”的立场上说，向官府隐瞒真相，无论是出自什么动机，都是政治上“不忠”的表现。但“子为父隐”，却是官府不咎、伦理鼓励的行为。因为政治话语“为臣忠”在“君臣”一伦才有效，不适用于“父子”。“父子”一伦讲“孝”。孔子说，为父者无端责打你，为人子者正确的选择，是先挨几棍，然后赶紧跑开；为子者不挨几棍，解不了为父者的心头之恨，惹得为父者心里不痛快，是“不孝”；为子者硬撑着让为父者往死里打，无疑要陷为父者于“不慈”，那是为子者最大的“不孝”！故而，“大义灭亲”，只有在某种畸形境遇里，才能获得中国伦理的有限肯定；中国伦理更乐于谴责“大义灭亲”者“冷血动物”的一面，例如《史记》对吴起“杀妻取直”的谴责，唐人对安史之乱中坚守孤城的张巡“杀妾食士”的臧否。把颇有人情味的《四郎探母》演绎成“大义凛然”的《三关排筵》，只有在“以阶级斗争为纲”的畸形语境中，才有可能发生。落实到文字表述上，政治话语是只有在“廊庙文字”——例如在诏、敕、奏、启、策问、论疏之类的政论文字中才会使用的话语，在文艺性的作品中很是少见。因为政治话语是事涉国家社稷的公共话语；而文艺话语，则是个人的独白。文艺话语多是围绕一己之离愁别恨、叹老嗟卑展开的。当然，文学史上也有过临时跨出“话语边界”，热衷于“客串”政治的作家，例如“新乐府”时期的白居易。不过，那只是白居易多彩人生中一个意外的小插曲——当时白居易官居左拾遗，“身是谏官”，受当时“皇帝新即位，宰府有正人，屡降玺书，访求人病”① 政治语境的鼓舞，这才多少有些莽撞地跨出文学的边界，把“启奏之外，有可以救济人病，裨补时阙，而难于指言”的政治话题，“辄歌咏之，欲稍稍递进闻于上”。不过，白居易很快就发现此路不通，迅速自我放弃了“新乐府”，从此终其一生都是在“感伤诗”“闲适诗”“杂律诗”中悠悠度岁。

政治话语是在中国近现代才大面积地“跨界”闯入文艺的。“维新”“图强”的压力，给政治话语“跨界闯入”提供了动力。从近代两篇颇有影响的论文的题目：裘廷梁《论白话为维新之本》、梁启超《论小说与群治的关系》，就可以看到躁动起来的政治话语是多么的来势汹汹又当仁不让——“维新”（制度更新）“群治”（民主政体）在当时是最核心的政治话语。“维新”在辛亥革命的枪炮声中得到实现：清帝逊位，民国建立。中国迎来了“现代”的曙光。“现代”社会的标志性特征之一，是“民主政治”。受“现实政治不民主”的刺激，五四运动爆发。五四的作家们，在通过“文学革命”推进“启蒙”的同时，出于“救亡图存”的热情，文学书写渐次涉入政治。不过，五四时代的作家，一般都有两套话语，分别使用。例如，鲁迅的第一本杂文集《坟》里面的“时评”，集中使用政治话语；小说创作使用的，还是文

---

① （唐）白居易：《与元九书》，郭绍虞主编、王文生副主编《中国历代文论选》（一卷本），上海古籍出版社2004年版，第141页。

艺话语。包括涉入政治较深的《呐喊》，即便有政治话语，也是迂曲又含蓄的。政治话语成为文学书写的主干话语，始于20世纪30年代左翼文学家倡导的“革命文学”。从此，政治话语在左翼作家的文学书写中一发而不可收拾。经过20世纪30年代的左翼文艺运动，40年代的延安为解决“文艺为什么人”的问题而发起的“文艺整风运动”，50—60年代一波接一波的思想批判、文艺批判、学术批判运动的推波助澜，到“文化大革命”时，达到了登峰造极的地步。

“文化大革命”前夕，政治话语中最核心的话语——“阶级斗争”话语，就已经以文艺领域为演练场，为即将出台的“文化大革命”造势。文艺界“整风”进行得如火如荼。“文化大革命”率先拉出来，为即将开始的“文化大革命”祭旗的，就是吴晗新编历史剧《海瑞罢官》、邓拓的《燕山夜话》——吴晗从第二次国共合作起，就是和中共走得很近的“红色教授”；邓拓在新中国成立之前，就率先在晋绥解放区主持编辑出版了《毛泽东选集》。各省市紧跟，纷纷挖出本省市的“吴晗”“邓拓”。在掀起“文化大革命”的“动员令”——《林彪同志委托江青同志召开的部队文艺工作座谈会纪要》中，文艺界被描述成一团漆黑。在由“史无前例”的“文化大革命”创造出的“史无前例”的粗俗而横暴的政治话语里，新中国成立十七年以来的文艺界，不仅被一条“资产阶级黑线”把持着，而且还是阴谋颠覆新中国社会主义事业的“牛鬼蛇神”的大本营。与此同时，围绕“革命样板戏”的创作，江青之流的风云人物，还刻意打造一套和中国文学经验、世界文学经验、“十七年文学”经验“彻底决裂”的文学话语“新”系统。1966年11月，“中央文革小组”顾问康生在“首都文艺界无产阶级文化大革命大会”上宣布，京剧《智取威虎山》等几部据说是经江青指导过的文艺作品为“革命样板戏”。此后，“文化大革命”喉舌之一《红旗》杂志1967年第6期刊登江青的《谈京剧革命》——“彻底决裂”的呓语，就肇端于此人。《红旗》杂志配发的社论，并不仅仅把“样板戏”当作文艺样板，首先是作为“政治样板”向全国推荐的：“‘样板戏’不仅是京剧的优秀样板，而且是无产阶级的优秀样板，也是无产阶级文化大革命各个阵地上‘斗、批、改’的优秀样板。”从此，以“彻底决裂”为中心的文学“新”话语，成了“文化大革命”期间评判一切文艺作品的唯一标准。几乎所有的古今中外文学作品，都成了“毒草”，被打入禁宫。众多享有盛誉的作家，包括为“革命文学”出过力的20世纪30年代左翼文学的中坚人物，在毛泽东《在延安文艺座谈会上的讲话》熏陶下成长起来的边区作家、解放区作家，都被当作“牛鬼蛇神”“横扫”出局，成为批斗的对象，其他作家的命运，可想而知。这种极端到疯狂程度的“反文化”的“文化”政策，当然得不到人民的拥护。“文化大革命”后期，文艺政策稍微做了一些调整。例如，重拍、新拍了一些电影，解禁了一些文学刊物。这一小小松动，给文学青年提供了一个“机缘”，重新唤起了他们的“文学梦”。但此时在“文化大革命”中形成的强势政治话语，仍然禁锢着文学思维。期冀在刊物上公开发表作品的作者，无不主动向“样板戏创作经验”靠拢。即便如此，稍有差池，也会立即遭到抨击，被诬为“资产阶级文艺思想回潮”“黑线复辟”。例如晋剧《三上桃峰》。王一川把“文化大革命”制造出的文化语境冷峻地描述为“政治整合、语言俗化与大众群言”①。按笔者的理解，“语言俗化”，应该是指在“政治整合”下，政治呓语满天飞，粗俗而横暴的政治话语无处不在。“大众群言”，应该是指在“政治整合”下，人不分老幼，地不分南北，都按一个腔口说话。那情形，和马克思在《评普鲁士书报检查令》里严厉抨击的《普鲁士书报检查令》笼罩下的普鲁士有几分相似，但又不全像。因为，比“铁血宰相”俾斯麦“书报检查令”严厉千百倍的希特勒治下的“法西斯文化”，还未出世呢！“文化大革命”，是中国人民梦碎的时代。在这样的语境中，文学青年即便有“文学之梦”，也注定好梦难圆。

---

① 王一川：《文学理论讲演录》，广西师范大学出版社2004年版，第66页。

不难想见，这样的政治氛围，这样的文化语境，对于沉浸在“文学梦”中的陈忠实的打击力度了。在《我的文学生涯》中，陈忠实回顾了从 1965 年至 2003 年期间低落的心境：“1965 年我连续发表了五六篇散文，虽然明白离一个作家的距离仍然十分遥远，可是信心却无疑更加坚定了。不幸的是，第二年春天，我们国家发生了一场动乱，就把我的梦彻底摧毁了。我十分悲观，看不出有什么希望，甚至连生活的意义也觉得黯然无光了。我一生中最悲观的时期，就发生在这一段。我发现，为了文学这个爱好，我可以默默地忍受生活的艰难和心灵上的屈辱；而一旦不得不放弃文学创作的追求，我变得脆弱了，麻木了，冷漠了，甚至凑合为生了。”① “文化大革命”后期，为了重续文学的梦想，在文艺政策稍有松动提供的机缘里，陈忠实随“机”顺“缘”，创作了《接班以后》（1973）、《高家兄弟》（1974）、《公社书记》（1975）、《无畏》（1976）等短篇小说，受重于一时。据说，其中的《无畏》，《人民文学》杂志很看重，专门召陈忠实到编辑部，住在招待所，反复修改而后刊布的。陈忠实此期创作的小说，故事间架尽落“文革俗套”；不过，陈忠实在对“俗套故事”进行形象演绎的时候，还时不时地表现出那么一点“个人特色”——例如，有选择地使用一些关中方言，以渲染关中农村生活气氛，因而和当时各刊物刊布的小说相比较，还不是时时处处都让人觉得那么“俗不可耐”。无论是有意识的选择，还是无意识的运用，方言运用在陈忠实此期的小说创作中，成了缓冲政治话语的“强势”性的“调节器”。尽管“调节”的能量微乎其微，但从中还是能够看到陈忠实此时的创作，在与强势政治话语的周旋中不经意间流露出的那么一点“小机灵”。套用沙俄时代一位评论家的话说，陈忠实这么做，算是在“黑暗王国”里，残留下的“一线光明”。② 重续旧梦的陈忠实，已经脱去《夜走流沙沟》

---

① 陈忠实：《我的文学生涯》，《小说评论》2003 年第 5 期。

② 俄国沙皇尼古拉钳制言论，人民生活在政治高压之下。有人创作了话剧《大雷雨》，呼吁拨云见日。杜勃留波夫评论《大雷雨》的长篇论文，题曰《黑暗王国里的一线光明》。

时的稚嫩。这应该感谢他生长的那个乡野社会。

自古以来，中国农村都是自成一体的。“文化大革命”固然是席卷神州大地各个角落的“大革命”，但农村毕竟不同于城市，农民毕竟不同于学生——即便你给农民胳臂上套上“红袖章”，他也难成为“红卫兵”。千百年来，农民——尤其是农村的主事人，为一方安宁，练就了一身只有农民才会有的“支应”术：你闹你的，我活我的，皇粮一交，和你没话！当然，面对“史无前例”的“不仅触及皮肉，还要触及灵魂”的“文化大革命”，这一招儿未必能如既往那样奏效，但在广大农村仍然采用。中国农村就是凭借这一招儿，在“文化大革命”中自我保全下来的。农村进行的“文化大革命”完全是另一番气象。在乡野文化氛围中摸爬滚打，在农村基层当过大大小小“干部”的陈忠实，耳濡目染，对农民这一套“支应”术——准确地说，应该是“农民独有的智慧”，不学自通。这可能是陈忠实此期创作的小说，虽“俗”但还未“俗”到“俗不可耐”地步的原因。在审视陈忠实“文化大革命”后期创作的时候，陈忠实乡野生活的生活语境，及其对陈忠实此期创作的影响，应该得到关注。可惜现代中国的文学批评家和文化学者，只乐意赞颂光明，只满足于鞭挞黑暗。对“黑暗王国”里残存的那“一线光明”，很少有人去探究。例如，对“新时期”文学贡献辉煌的“新时期”作家里面，有两类作家值得深入研究。一类是受“反右派”运动的牵连，封笔十几年后，骤然得到“复出”的作家，例如王蒙、刘宾雁、张贤亮、高晓声等；另一类是在“文化大革命”后期随“机”顺“缘”，搭“文化政策稍有调整”的“顺风车”起步，在“新时期”艺术才华骤然得到全幅展现的作家，例如蒋子龙、谌容、冯骥才等。陈忠实属于后一类，只不过在“新时期”贡献不像蒋子龙、谌容他们那么辉煌罢了。对后一类作家的研究，评论家对他们“文化大革命”后期的创作，多取“为尊者讳”的态度。要么避而不提，要么浮泛地归之于“在所难免的时代局限”。其实，这些作家“文化大革命”后期的创作中，有那个特殊时期才逼出来的，在其他时代根本不可能见到的“文学智慧”。解剖这种“文学智慧”，对人与社会的复杂关系，对作家与作品的复杂关系，都会有更新的发现。笔者想，日后肯定会有人去做这项很有意思又很有意义的研究工作。

“文化大革命”后期的陈忠实，生活在“乡野社会”的生活语境中。然而，当陈忠实伏案写作的时候，语境立即发生转换。为继续“文学梦”计，他必须暂时脱离他的生活语境，鼓励自己投入到“文化大革命”语境中。这应该是陈忠实由乡野生活熏染出的“农民智慧”的一种“积极”表现。我们想强调的是，对于由乡野生活熏陶出来的陈忠实，“文革语境”是外来输入的——“文革语境”灌输进来的东西，“难学”而“易舍”；“生活语境”是他沉浸其中的——“生活语境”熏陶出来的东西，“易得”而“难断”。不然，就不会有后来的陈忠实了。

毋庸讳言，陈忠实此时的文学创作，和当时其他的创作者的创作一样，是与“文化大革命”中极“左”的革命叙述成规捆绑在一起的。陈忠实此期的小说创作，盘桓于当时盛行的高调政治话语之间。在以下几个方面，体现着那个时代共有的特征。

（1）赞美与贬斥——政治立场鲜明的叙述语式。按照“阶级斗争”模式，“文化大革命”时期创作的作品中，总会有以正面人物和反面人物为代表的不同“阶级”之间的明暗斗争。陈忠实此期的创作，尝试着运用两种不同的叙述语式，分别叙写正面人物和反面人物。在叙述英雄人物时，往往采用那些十分庄重而严肃的语言，采用仰视视角和溢美的语汇叙事，叙事时经常由于“场面流露”不能尽兴或不足以尽兴，“倾向性”往往由作者明明白白地直接说出来。如《接班以后》反映在农村基层发生的所谓的“两个阶级、两条路线”的斗争。生产大队领导班子改选，地主分子刘敬斋趁机造谣，挑拨离间，煽风点火，试图把水搅浑，以达到他的罪恶目的。还真的有人上当。“敌我矛盾”与“人民内部矛盾”交织在一起，让新接班的刘东海工作起来甚感棘手。陈忠实按当时流行模式进行的略带个人色彩的形象演绎，让刘东海挫败了刘敬斋的阴谋，教育了战友，团结了同志。在“革命阶级”最终战胜“反动阶级”，“无产阶级革命路线”最终战胜“资产阶级反动路线”的凯歌声中，塑造了刘东海这个新干部的形象。《接班以后》叙事“套子”一点也不新鲜。在当时，就有人编了一个“段子”——“书记不在家，队长要麻达，忆苦思甜解疙瘩”[①]，嘲讽当时创作的“套路化”；但陈忠实形象演绎“套路故事”时展示出的那一点点“个人色彩”，例如动用关中方言对关中农村生活气息的渲染，还是给细心的读者留下了印象。或许是苦于艺术才华无处表现的缘故，陈忠实这一时期的小说，像同时期流行的其他人的小说一样，对小说中人物的命名，往往刻意经营。这原本是文学创作中的常态，无须挑剔。按“文化人类学”著述，例如卡西尔《人论》第八章里的说法，“‘命名’是人对已知世界的编码。而‘名’是人进入未知世界的‘通道’和‘探杖’”。[②] 人对事物的命名，蕴含着人对世界的认识和理解，它是人对世间万物的一种解读和诠释。而人对自己子孙的命名，体现着人对子孙未来的期待和展望——广义地说，同时也是人对“人”自身未来的期待和展望。在中国，给人命名，是一种文化。有文化的中国人，名不轻起的原因，就在这里；更有文化的中国人，在名之外，还有“字”有“号”的原因，也在这里。有人还专门把给别人命“名”取“字”的文化意义，写成文章，郑重收入文集，以示后传远。例如苏洵文集中的《仲兄字文甫说》。可见给人取名文化意义之深厚。小说中的人物是作家千辛万苦孕育出来的，有类母亲十月怀胎，故而作家们为作品中的人物尤其是中心人物命名，绝非信手拈来，而是煞费苦心。“文化大革命”时期的文学作品中，人物命名也十分讲究。不过，文化意味寡淡，政治色彩浓烈，阶级立场鲜明。例如，

① 姜德华：《愿这样的顺口溜不再流传》，《上海戏剧》1981 年第 1 期。

② ［德］恩斯特·卡西尔：《人论：人类文化哲学导引》，甘阳译，上海译文出版社 2013 年版，第 187 页。

陈忠实此时的小说给正面（英雄）人物的命名，总是与许多美好的、伟大的、崇高的、雄壮的事物联系在一起，寄予着作家的政治寓意，例如“刘东海”“刘建山”“高兆丰”“赵聚海”，打眼一看就知道是正面人物的名字。对反面人物命名，也煞费苦心。例如，按中国传统，“字以表德”，名也如此。现实生活中，再坏的坏人，也不会给自己取个丑名字——旧时农村社会里人丁不旺，几辈单传的家户，有时会给难得的儿子起个丑得连阎王爷都不想收的小名，不在此例。因为进学堂时还要取个学名，学名一般都起得很是堂皇而响亮。例如《接班以后》里的地主分子刘敬斋，“敬”是天地间最高尚的品德之一，按说这个反动人物当不得一个“敬”字；但那是刘敬斋他爹给他起的，无法更改。作家常自吹自己在想象中想干什么就能干什么；实际上即便是在“想象中”，作家的权力也没有大到像雍正皇帝那样，一道圣旨，就可以把反对派领袖改名为“阿其那”“塞思黑”（猪、狗）。“生活真实”限制着作家。“艺术真实立基于生活真实”，是毛泽东强调过的，再疯狂的“左派”——包括江青也只能偷梁换柱，明面上还得尊重“生活真实”在创作中的地位。然而，还有别的办法：名字不能改，“绰号”随意起。给反面人物安一个丑绰号，一样能表达作者憎恶阶级敌人的政治立场。而给自己看不入眼的人物，起个绰号以寓褒贬，是农民素有的智慧之一。赵树理的小说，运用此类智慧，最是拿手。陈忠实说，赵树理是他终生难忘的文学启蒙老师。但对读《白鹿原》和《李家庄的变迁》《灵泉洞》，不难发现，陈忠实和赵树理根本不是一路。然而陈忠实此期的创作，有时也会给反面人物起绰号，这应该是在强势政治话语高压之下，不得已而求其次。“文化大革命”时期的小说，在英雄人物的语言设计上，作家们也十分讲究当时甚是看重的话语的政治性，既要利用语言渲染其非凡的气势，又要显示出他们的才干和优秀品格。因此，我们可以把这种叙述语式称为“赞美叙述语式”。例如《接班以后》里这段充满“激情”的叙述：

> 不管四队的情况多复杂，刘家桥大队的革命和生产的形势总的是好的。在大队党支部的领导下，批林整风运动步步深入，分布在街心显眼地方的大批判专栏，不断地更换着新的内容，漫长的冬天的夜晚，不断地有这个或那个生产队召开批判林彪的会议。河滩里，高高的井架上，电灯在夜幕里闪着耀眼的光辉，把紧张繁忙的打井工地照耀得如同白昼。劳动的号子，热烈的回答，紧张的呼号，不时传到村里来。白天，这个场面就更加壮观。十里长的大渠工地上，人们沿渠一字儿摆开，推车挑担，拉夯运石，红旗在凛冽的寒风中啪啪作响，广播在播送着工程的进度和先进事迹。紧张欢乐的号子声，从早到夜，一直不停。刘家桥啊，在社会主义革命的大道上，高歌猛进！[①]

这段叙事，现在无论怎么看，都更像是“死人办报，官僚办报”[②]时《人民日报》逢年过节例行要刊布的充满大话、空话、废话的新闻通稿，但这正是当时流行的小说叙事语言。然而，在当时有几位作家稍微有点例外。他们凭借自己对农村、工厂生活格外熟悉的长处，能把空洞浮夸的高调政治话语尽可能地“生活场景”化，把大话、空话、废话写得“看上去”就像真事儿似的。浩然于此时出版的《金光大道》、蒋子龙于此时发表的《机电局长》，堪为样本。你不能否认，这也是一种“文学智慧”和“文学本领”，而且是未必人人都能达到的文学智慧和文学本领。例如，靠这种文学智慧和本领，写过《机电局长》的蒋子龙，在“新时期”文学中照样光彩夺目；靠这种文学智慧和本领，浩然在文学“新时期”仍然能在《苍生》中延续他的艺术生命。陈忠实“文化大革命”后期创作的小说，包括1976年发表的

① 陈忠实：《接班以后》，西北大学中文系写作教研室编《陕西文学新作选》，陕西人民出版社1975年版，第97页。

② 毛泽东批《人民日报》：“不是书生办报，不是政治家办报，是死人办报。”丁晓平：《中共中央第一支笔：胡乔木在毛泽东邓小平身边的日子》，中国青年出版社2011年版，第271页。

《无畏》，也多多少少绽放着这种智慧和本领，只是不像蒋子龙《机电局长》表现得那么老道而已。不过，上引那一段《接班以后》里的文字，寡淡无味，不在此处的言说之内，陈忠实“文化大革命”后期小说创作中有待发掘的“残存的一线光明”，另有所在。

与“赞美叙述语式”相对的是“贬斥叙述语式”。这种叙述语式被陈忠实用来对反面人物进行叙述和描写。与前者相比，这种叙述语式，总是用明显贬义的词汇带几分刻薄地描写反面人物。如同“文化大革命”中其他小说一样，陈忠实也将所谓的“坏人”写得一无是处，试图以此来引发读者对反面人物的厌恶和痛恨。对反面人物的描写，由于过分追求政治立场的鲜明，往往牺牲艺术表现上的分寸，因而经常适得其反——过头话总是难以取信于人的，包括对坏到“十恶不赦”的坏人书写中的过头话。迄今为止，不是一直有人在为“十恶不赦”的殷纣王书写中的过头话，进行严肃认真的澄清吗？或许是已经发现了纯粹的“贬斥叙述语式”面临的窘迫，陈忠实此期的小说，仿效赵树理，给反面人物起个戏谑性的绰号，试图以“绰号”的生动，补救“纯贬斥叙述”的窘迫。当然，这么一丁点“小花样”，弥补不了叙述语言整体上的缺失。但这是没有办法的办法。当时的创作语境，给创作者残留下来的，大概就只剩下这么一丁点创作空间了。现在重读陈忠实“文化大革命”后期的创作，叙事除了长于给高调政治话语以“生活化”的包装，让人看上去还像那么回事之外，多不足取，但读到诸如“踢腿骡子刘天印”“假圣人”“瞎城隍”之类的绰号时，仍不禁莞尔。

（2）语言模式的单一。陈忠实“文化大革命”后期创作的小说，和陈忠实“新时期”“后新时期”创作的小说一样，都是取材于农村生活。只不过陈忠实此期创作的小说，中心人物都是掌管一个生产队或一个生产大队的农村基层干部。通览陈忠实“文化大革命”时期的小说，你会奇怪，陈忠实此期的创作，语言模式竟是如此单一：那么热衷于让他笔下这些农民出身的人物发高言傥论，那么偏向于让他笔下这些农民出身的人物说豪言壮语。在陈忠实此期的小说中，人们看到的总是一个正面人物——生产队长或大队书记，和他周围的人——他的工作伙伴，他的妻子儿女，他的邻里亲朋，围绕着官方政策喋喋不休。他的工作伙伴总是因为秉性上的粗疏，和他意见相左；他的妻子儿女总是由于亲情上的弱点，对他产生抱怨；他的邻里亲朋，总是基于个人利益，对他加以阻挠。那时人与人之间的关系，竟是如此之单纯？现在的回答是：是，又不全是。按当时倡导的“革命风气”的要求，应该是这么单纯。从那个时代的青年光棍儿总想娶媳妇，大姑娘总想出嫁，从那个时代的成年人照样生儿育女看，又不全是那么单纯。那时的人，除了被自上而下灌输下来的“革命风气”层层包裹之外，和现在的人，没有两样儿，尤其是在农村。生活在乡野世界里的陈忠实，为什么舍此而就彼？在陈忠实此期的小说中，人们还会看到，陈忠实笔下的正面人物，总是能见微知著，高屋建瓴地开导他的工作伙伴往深处想，要求他的妻子儿女往大处看，劝说他的邻里亲朋往远处思量。在开导、要求、劝说之中，口吻趋同，经常是领袖语录和中央指示脱口而出，大道理一套一套的。工作伙伴、妻子儿女、邻里亲朋，一个个还真的都心悦诚服。那时的语言选择竟是如此之单调？领袖语录真有如此大的摄人之魅力？现在的回答同样是：是，又不全是。那时人们的普遍心理中，确实有一种近乎狂热的对伟大领袖话语的“语言崇拜”——伟大领袖说出的话，“一句顶一万句”，比“圣旨”还要灵验。那时，广播喇叭不仅布满街头，而且直接接到了农民的炕头。领袖语录天天播，最新指示“不过夜”，硬往你耳朵里灌。一个不识字的老农民，也能学说上几口，村干部一套一套又一套，就不足为怪了。借王一川《中国近五十年文学语言研究札记》里的概念，众口一词，语言单一，是那个时代“语言的一般状况”。那时能拿到场面上说的，包括在农村，就是这么单调！然而，农村毕竟是农村，村干部毕竟只是个村干部。那时的生产队长、大队支书，在“官场说官话，人场说人话”这一点上，和现在的村长、村支书没有两样儿，甚至比现在更厉害。陈忠实当过农村干部。“人话”是他自幼就沉浸其中的，“官话”是他当上农村干部以后才慢慢学会的。陈忠实对“人话”的熟悉程度，远非“官话”可比。为什么一进入小说创作，就舍此而就彼呢？这应该是由此时“政治话语高于一切”的整体文化语境压力下，必然产生出的文学语言选择和运用结果。“文化大革命”已经一去不复返了，但文学书写在“文革语境”压力下形成的一些“习气”，还有待于继续清除。例如，“新时期”文学骁将冯骥才，在2014年“两会”小组发言中，特别提到：“在人性上，腐败分子和一般人没有差别”。冯骥才似乎在暗示，时下时兴的“政治小说”——“反腐”小说，还存在把腐败分子“妖魔化”的“套路”。当然，官员大面积腐败，让人憎恶，无论怎么写都不解气，但就艺术“习气”而言，时下把“腐败分子妖魔化”和昔日把“英雄人物圣人化”的大革命同源共祖。

当然，和其他话语的言说方式相比，言说政治话语的语言，总是一本正经的，至少从表面看上去是这样。但是，自古以来，言说政治话语的语言虽然是一本正经的，但是它的言说方式依然多样，并不都是像“政治话语高于一切”的“文化大革命”时期那样，一本正经到只有“耷拉个寡妇脸”这么一副面孔——“耷拉个寡妇脸”只是个比喻，这么比喻，丝毫没有不尊重妇女的意味。《战国策》是战国时期政治话语的集萃，那里面的政治话语的言说方式丰富多彩。《史记·滑稽列传》里的人物，言说的都是政治话题，也不是个个都“耷拉个寡妇脸”，一本正经；而是有人装作“愁眉苦脸”——例如楚庄王身边的那个优孟，有人故意“嬉皮笑脸”——例如汉武帝跟前的东方朔，用各自不同的生动活泼的言说，谈笑之中，“排难解纷”。按理说，在“文化大革命”中操控中国文化走向的江青、康生、张春桥、姚文元之流，文化水平都不算低。奇怪的是，他们怎么一涉文化，就立即变态：个个都喜欢“耷拉个寡妇脸”，以此来调教全国人民，让全国人民都像他们那样“心如枯井”“从一而终”。根据他们垮台后披露出的材料看，实际上他们自己——特别是江青、康生，即便是在“文化大革命”中“装寡妇”的时候，私下里个人的文化消费，也不是单一的，而是多样的，甚至还很有些“文人雅致”。谁能想象他们一涉公共事务，就马上变脸呢？在这群“寡妇主义”者统治下，文学语言的选择和运用，肯定是“模式单一”，岂能容他？在这种文化语境中，假如不甘心沉默，还想发声儿，只有顺从，谁都没有办法去扭转；除非甘“冒天下之大不韪”，颠覆这种“寡妇主义”式的“文化大革命”文化语境。顺从，或者说与强势政治话语周旋，是不甘沉默，试图借搭“文革顺风车”继续文学之梦的作家，注定要遭受的命运。浩然的命运，颇能说明一些问题。浩然的小说，以其能坚持“文艺为工农兵服务，为无产阶级政治服务”，是江青、姚文元之流稍微能看得上眼的少数几位作家之一。然而，浩然在“文化大革命”前的创作中，尽管也好唱政治高调，文学语言选择和运用却不是模式单一，而是多样化的。即便是高调政治话语，他也能尽可能把它们“点化”成农民的话语，用农民习惯的言说方式去言说，仿佛真的发自农民的心扉，例如他的《艳阳天》。但到了“文化大革命”，写《金光大道》的时候，他仿佛完全变了个人似的，未经“点化”的政治高调，原汁原味，径直闯进文学语言，触头碰脑，在在皆是；从观念中直接生发出来情节，不惜违背生活逻辑，堂而皇之充任小说结构的主干，夸饰无度，几乎让人难以卒读。人还是同一个人，文学语言的选择和运用，差别何止天渊！个中缘由，就不能单纯从作家个人品德上去搜求，而更需要到整体文化语境的变迁中去寻觅。当然，深思细找，《艳阳天》中已经埋伏下向《金光大道》蜕变的“因子”，只不过这些“因子”为《艳阳天》擅长农村叙事所压倒，不仔细搜寻，往往被轻易放过去；这些“因子”到《金光大道》里，骤然“裂变”成在在皆是的“亮点”，让人难以卒读而已。平心而论，正如《艳阳天》里埋伏有向《金光大道》蜕变的“因子”一样，《金光大道》也并非“一无是处”，里面也多多少少延续有《艳阳天》擅长农村叙事的“长项”，即便不刻意搜寻，也能发现。讨论陈忠实却提到浩然，有些突兀。讨论陈忠实提到浩然，是因为两个人都是从乡野走出来且擅长农村叙事的作家，具有一定的可比性。在此之外，还想说明，对于一个热心于文学事业的作家——包括浩然在内——来说，如“文化大革命”这般险恶的文化语境，可以暂时扭曲他们的创作心灵，却无法彻底泯灭他们的艺术良知。陈忠实此期的创作，包括那篇《无畏》，也不例外。陈忠实此期的创作，语言模式单一，是有目共睹的事实。但“语言模式单一”，只是集中表现在正面人物和反面人物身上。对介乎正面人物和反面人物之间的不好不坏、亦好亦坏的“中间人物”的书写，语言尚不失多变和生动。陈忠实此期的小说中，语言模式单一的背后，也有一些和“单一语言模式”异质的言语因素，例如对关中农村生活气息的渲染，对关中方言有选择的运用。只不过这些和“单一语言模式”异质的因素，屈于“文化大革命”文化语境的压力，悄悄躲在作品的某个角落里，不敢伸张而已。随着整体文化语境的转换，假如有一个允许他伸展的环境，这些“异质因素”肯定会大放异彩。

（3）语言形态上追求正统、浅白，谨守当时的小说语言规范。和《白鹿原》语言上的汪洋恣肆相比，陈忠实“文化大革命”后期的小说，语言浅白寡淡到令人难以置信的程度。但这种语言形态，恰恰是当时鼓励和提倡的“正统”文学书写方式。作为由某种文化语境催生出来的“浅白”语言形态，和一般人常说的“通俗”有关联，又绝不同于一般人常说的“通俗”。一般人常说的“通俗”，只是“浅白语言形态”的一种言说策略。催生“浅白语言形态”的价值指向，却不在“通俗”，而在“高深”！或曰寓“高深”（的革命大道理）于“通俗”（的语言图解）。这种语言形态，是用“人民群众”听得懂的语言，“通俗”地“图解”当下要去完成的政治任务，向人民群众灌输“革命大道理”，让“革命思想”在人民群众中落地生根，从而一举占领文艺这块“意识形态滩头阵地”。这种“浅白语言形态”，发端于20世纪30年代大都市里左翼文学家热心倡导的“革命文学”和20世纪

40年代陕甘宁边区倡导的“文化下乡”；在20世纪60年代上海伴随“社教”而兴起的，到茶馆广场、田间地头用“讲革命故事”的方式和资产阶级争夺“意识形态阵地”的运动中获得普及和推广；在20世纪70年代大力宣传“革命样板戏”创作经验中得到强化，从此成为“文化大革命”后期复苏起来的文学“正统”的叙事方式。20世纪30年代大都市左翼文学向往“浅白”，20世纪40年代陕甘宁边区“文化下乡”鼓励“浅白”，20世纪60年代上海兴盛一时的“讲革命故事”本身就是“浅白”。至于“革命样板戏”，从表面上看，《红灯记》语言典雅凝重，《智取威虎山》语言秾丽多彩，《沙家浜》语言诙谐幽默，无论如何都看不到“浅白”的影子。何以说“革命样板戏”“强化”了“浅白语言形态”？在“革命样板戏”中看不到“浅白语言形态”，那只是特殊的艺术媒介造成的假象。逐一分析“革命样板戏”的“核心唱段”，不难发现，其中无不贯穿着“浅白”的精神，有的用它去教育别人，有的拿它来说服自己。只不过“革命样板戏”因袭的，是“诗化”了的京戏和芭蕾舞形式。经过“诗化”艺术形式的包装，“浅白语言形态”很容易就被遮掩过去了罢了。但“革命样板戏”倡导人热衷于强化“浅白”的意识，有时也会情不自禁地露出“马脚”来。例如《红色娘子军》里后来特意增加的那一段洪常青对着写有“无产阶级只有解放全人类才能彻底解放自己”领袖语录的黑板，向吴琼花“传授革命道理”的舞蹈。“浅白”既然被尊为“正统”的语言形态，在“文化大革命”后期逐渐复苏起来的文学样式，必然要受其荼毒。戏剧、电影，或许可以另作别论。戏剧可以用“诗化”的语言遮掩语言形态上的“浅白”，例如“革命样板戏”对“核心唱段”的华丽包装。电影可以用电影语言的“场面性”，淡化“浅白的语言形态”，例如《创业》对“送宝书”那场戏“场面化”的处理，人们完全被视觉形象所吸引，没有几个人会去思考它想要去“图解”的“精神可以变物质”这个“高深”的“革命大道理”。小说就不一样了，小说的媒介就是语言，“话有三说”，是丑是美，一眼就能看穿。故而，“浅白语言形态”在小说中表现的格外扎眼。问题在于“人分十等”“话有三说”。为什么“文化大革命”后期涉身于复苏的文艺舞台上的人物，不分左中右，或从这个方向，或从另一个相反的方向，都落入了“浅白语言形态”的窠臼？这与涉身于“文化大革命”后期复苏的文艺舞台上各类人物的心态有密切关系。

伴随着“文化大革命”后期文化禁锢略有松动，涉身于复苏的文艺舞台上的人物有三类。一类是“文化大革命”训练出来的打算“走出彼得堡”，在文学上一显身手的极左派。例如当时上海《朝霞》杂志旗下收拢的人物。《走出彼得堡》是“文化大革命”期间上海写作组炮制的一篇文章的题目。此文借列宁劝说高尔基“走出彼得堡”的典故，分析中国文艺界十七年里被“一条资产阶级黑线统治”的原因；一类是对“左派”祸害文艺的行径心存不满，试图借机恢复文学创作正常态的“另有所图”的作家。例如电影《创业》的编剧张天民等；还有一类是受“文学复苏”感召，试图继续“文学梦”，散布在全国各地的文学上的“散兵游勇”。陈忠实属于“散兵游勇”这一类。三类人有三种不同的心态。“极左派”是“文化大革命”训练出来的，有强硬的政治后台，政治立场坚定，文学目标明确——杀入文学界，就是为了替“无产阶级占领意识形态阵地”。因而有恃无恐：认定“浅白”就是“无产阶级文学”的本色。“浅白”就“浅白”，只要能夺回“意识形态阵地”，哪怕“一条道儿走到黑”。这一类人物是心甘情愿地在“浅白”中讨生活。“另有所图”的作家，是一些残存下来的“文化大革命”前就从事过文学创作的作家。他们之所以会萌生“另有所图”的念头，是既往的文学经验告诉他们，“左派”高唱的“文学为无产阶级政治服务”，是可以接受过来为我所用的口号。但文学应该首先是“文学”，然后才说得上“服务”的问题。“左派”只要“政治”，不要“文学”的行径，首先就违背了“文学为无产阶级政治服务”的宗旨。“左派”那一套，只能得逞于一时，根本无法持续长久。更为重要的是，他们已经明显感觉到，某种有利于己的政治势力正在抬头。因而，他们同样也有恃无恐：不是说文学应该“为无产阶级服务”吗？为了更有效地“为无产阶级政治服务”，该“复辟”的就得复辟、该“回潮”的理应回潮，铁下心来往前走，即便是“撞上南墙也不回头”。这一类人物，是借“浅白语言形态”先站稳脚跟，以实现“另有所图”。从而从另一个相反的方向，落入“浅白”的窠臼。这两类人，“一条道儿走到黑”也罢，“撞上南墙也不回头”也罢，方向不同，目标各别，但他们都还能从中尝到一点“创造的快感”。像陈忠实这一类单凭一股热情，仅想搭个“顺风车”而步入“文化大革命”后期稍显复苏气象的文学舞台上的“散兵游勇”，境况就完全不同了。

“文化大革命”后期文化禁锢上的小小松动，让散布在全国各地的文学青年们久已麻木的心灵稍得复苏。和当时企望继续文学之梦的文学青年一样，追梦心切的陈忠实，能搭上文革文化禁锢略有松动的“顺风车”，应该是心感侥幸。试想，假如人家不松动，他不还得照样“默默忍受生活的艰难和心灵上的屈辱”，在“黯然无光”的日子里，“凑合为生”吗？这些“散兵游勇”们，既不像立志在文学上独领风骚的“极左派”那么目标明确，也不像已经明显感觉到某种政治势力正在抬头而“另有所图”的人物那么义无反顾；而是除了一股热情之外，“两眼一抹黑”，只求得个“顺风”，平安驶船。陈忠实此期的心情，应该是就像初被人家娶进门的“新媳妇”，兴奋而又紧张。让他兴奋的是苍天有眼，给了他一个“圆梦”的机会；让他紧张的是，晋剧《三上桃峰》的遭遇，已经向如陈忠实这样的文学“散兵游勇”们告诫，尽管文坛呈现出某种“复苏”气象，但掌管文学艺术的人——当时国务院的“文化组”，还都是些唯江青之命是听，像江青那样刻薄严厉，说变脸就变脸的难伺候的主儿，这家“媳妇”不好当。陈忠实此时的创作心态，应该是既跃跃欲试，又诚惶诚恐——就像是个粗有一把子力气的“短工”，主家派下来的活计，自己觉得力不从心；自己想卖力讨好去干的活计，主家又看不上。左右为难之际，只能处处看人眼色，时时赔着小心，唯恐稍不留神，触犯人家的禁忌，失去“圆梦”的机会。此是陈忠实此期的小说，不忌“浅白”，总是小心翼翼地在由文革文化语境规定的“语法”的樊篱里播撒着语言的原因。上面所引《接班以后》中介绍刘家桥大队的革命和生产形势的语句就是如此。陈忠实写过散文。按理说，在当时就能够感觉到：这么写不合适。但他还是按“文革语法”的要求，写下来了。一时糊涂？抑或是有意追风？旁人不能妄加揣测。然而有一点，此时的陈忠实心里跟明镜似的：不那么写，就得走人！农村生活的阅历告诉他：委曲求全——“委屈”才能“求全”嘛。

不宜过多责备陈忠实这些“文化大革命”后期文学舞台上的“散兵游勇”缺乏“自主”意识。一位后来扭转中国乾坤的伟大人物，不也是靠他那丰富的政治经验，在“委曲求全”中，才渡过文革难关，从而换得扭转乾坤的机会吗？陈忠实以及和陈忠实一样只图“搭个顺风车”的文学上的“散兵游勇”，是一群除了“热情”之外一无所有的文学青年。他们只能“在莽撞的道路上摸索而行”——这句话借自法国作家雨果的《〈克伦威尔〉序》。[①] 他们在“摸索而行”的过程中，付出了代价，例如1976年应和“批邓反击右倾翻案风”政治需要而创作的《无畏》；也有收获，例如陈忠实此期小说有意无意地使用“难场”“嫽嫽嫽！真个嫽呀！”“规程”等方言，点染生活气息，营造地域氛围，以淡化“浅白语言形态”的空洞与苍白。

“文化大革命”不堪回首，但后期那一段“在莽撞的道路上摸索而行”的创作经历，对陈忠实日后的创作来说，并不是全无裨益。“摸索”中暴露出的“莽撞”习气，在新的文化语境中，促使陈忠实“精神和心理的剥离”，“剥离”让陈忠实逐渐分清了精神和艺术上的“非我”和“自我”。从此，陈忠实不再是徒有“热情”，同时还有驾驭“热情”的目标。“莽撞摸索”中积累下的经验和教训——在“与

① ［法］雨果：《雨果论文学》，柳鸣九译，上海译文出版社2011年版，第27页。

强势政治话语周旋”中设法“淡化”政治话语的“强势”性，保留一点“文学的本真”，给陈忠实已意识到的“精神自我”“艺术自我”在一个新的文化语境中全幅展现奠定了基础。“新的文化语境”，就是“新时期”由“解放思想”营造出的让全民都获得“思想解放”的语境。文化学者把这种语境催生出来的效果，概括为“启蒙”。

第二节 “新时期”
——“解放思想”文化语境中自发的方言创作

1978年年底，经过历时一个多月的中央工作会议的充分准备，中共十一届三中全会召开。会议确认：“解放思想是当前的一个重大政治问题”，“民主是解放思想的重要条件”，“实践是检验真理的唯一标准”。标志着中国的政治文化发生了有重要历史意义的巨大变化。1949年以后在中国政治文化中一天比一天显得强势的极“左”的那一套，遭到了扬弃，中国终于从“假马克思主义禁锢”“重大问题一两个人说了算，别人只能奉命行事”“一切从本本出发，思想僵化，迷信盛行”的政治阴影中走了出来。① 一个新的时代开始了。

“新的时代”，是一个回归“实事求是”的“转型”时代，一个鼓励挣脱“僵化思想”束缚的时代，一个久被压抑的“创造活力”竞相绽放的时代，一个重新接续五四诉求呼唤“科学和民主”的时代，一个让全中国人民重新燃起“理想和激情”的时代。那个时代，在中国社会主义革命史上被定性为“新时期”。“新时期”在文化语境上的总体特征，被设计“新时期”的政治家概括为“解放思想”。积极思考中国未来的“新时期”的学者，对以“解放思想”为特征的“新时期”，另有自己的文化期待，那就是“启蒙”。“启蒙”的文化诉求和

---

① 邓小平：《解放思想　实事求是　团结一致向前看》，《邓小平文选（1975—1982）》，人民出版社1983年版，第130页。《邓小平文选》编者为此文撰写的题解中指出：“这篇讲话实际上是三中全会的主题报告”。

“解放思想”的政治决策有联系：假如没有“解放思想”的政治决策，知识界就不可能萌生出“启蒙”的文化诉求；也有区别：文化上的“启蒙”诉求，能兼容政治上的“解放思想”；政治上的“解放思想”，却涵盖不了文化上“启蒙”诉求的全部内容。这为日后的曲折，埋下了伏笔。政治上的“解放思想”，是中共针对党内“思想僵化”的现实危险而提出来的。“解放思想”，就是要求全党从党内种种极左思潮制造出的种种“假马克思主义”的思想禁锢中解放出来，回归到“民主集中”“实事求是”“理论联系实际”的路线上，“研究新情况，解决新问题”，从而带领全国人民，在一个新的思想基础上，“团结一致向前看”。文化上的“启蒙”诉求，是针对全体中国国民的精神处境提出来的，视域要比“解放思想”开阔一些。中国虽然自古就有开发少年儿童智力，培养少年儿童“成人”的“蒙学”，思想文化意义上的“启蒙”，却是个随着“西风东渐”输入进来的外来词。西方文化史上的“启蒙”（enlighten），针对的是“中世纪”的黑暗和愚昧，并且和政治经济学上的“现代”紧密关联着。西文“启蒙”本来是“照亮”的意思。“照亮”，就是要照亮人的心灵，让人的心灵从中世纪的黑暗中走出来；“照亮”，就是要照亮世界，让世界从中世纪的黑暗中走出来。故而，研究“启蒙思想文化”的西方学者，从西方“启蒙”实践中辨识出两条标志性成果：“人的发现”，和“世界的发现”。“人的发现”，“把人从由信仰、幻想、地位、名誉等编织出来的纱幕的层层包裹下沉沉欲睡的状态中唤醒过来”，让人按“人”的标准重新认识自己；“人的发现”，催生出“民主”诉求。“世界的发现”，把世界从中世纪“神学迷信”中解放出来；“世界的发现”，铸造出“科学”精神。①

随着“文化大革命”结束和“新时期”的到来，在“文化大革

① ［瑞士］雅各布·布克哈特：《意大利文艺复兴时期的文化》第四篇，何新译，商务印书馆 1979 年版，第 280—281 页。

命”中“蛰伏”一直到“新时期”才活跃起来的中国知识精英们，在社会大浩劫之后痛定思痛，深入思考民族大悲剧产生的原因，从“领袖神化—群众奴化”“放纵狂热—扼杀理性”等反面教训中认识到：只有用“现代”思想文化，对全民进行“启蒙”式的补课，提高全国人民的思想文化素质，彻底肃清封建残余的影响，才能从根本上避免“文化大革命”悲剧的重演。于是，重新高举五四的旗帜，继续对全国人民进行思想文化上的“现代”启蒙，成为他们对“解放思想”的文化期待。1979 年著名历史学家黎澍发表了《消灭封建残余影响是中国现代化的重要条件》，为新时期的思想文化启蒙吹起了响亮的号角。用什么去“消灭封建残余的影响”？只能靠五四新文化运动热情呼唤的“德、赛二先生”——科学和民主。同年，著名美学家李泽厚出版了《中国近代思想史论》与《批判哲学的批判》，重新张扬以“科学”与“民主”为核心的五四新文化精神。1981 年是鲁迅先生 100 周年诞辰，一大批学者从阐发鲁迅先生的“改造国民性”思想入手，来定位“新时期”的文化目标。在“解放思想”大语境中，启蒙文化诉求，在包括文学在内的人文学科中，迅速延展开来。政论电视片《河殇》，唱出了启蒙文化诉求的“最强音”。文学中的启蒙——当然是“广义”的或“泛化”了的“启蒙”，早在 20 世纪 70 年代后期的“伤痕文学”与“反思文学”中就已经出现端倪，从“反思文学”先锋人物刘心武一篇小说的标题——《醒来吧，弟弟》，可以看出“反思文学”的“启蒙”用心。① 进入 80 年代中后期，受“反资产阶级自由化”“清除精神污染”的牵连，精英们的“启蒙”文化诉求小受其挫，几乎风流云散。但“启蒙”仍然以“广义”或“泛化”的方式，在文学中延续着。例如，在“解放思想”的感召下，“新时期”的作家们普遍感觉

---

① 在一些思想更解放的人士看来，刘心武用来“启蒙”的，多是些久已听腻了的旧道理，而不是他们心目中的“启蒙”。故而模仿刘心武悯人忧天的口吻，在西单“民主墙”上贴出《醒来吧，刘心武》，反唇相讥，指出刘心武“启蒙”他人的时候，先须自我“启蒙”。此可见作家与政治精英之间的不同。

到单纯从“阶级意识”进行文学书写的狭隘，开始关注“普遍的人性”或曰“人感性那一面”。在思想解放中，他们渐渐地与五四倡导的“新文化”恢复了精神上的联系，在文学上承担起五四新文化的启蒙使命。陈忠实所谓“那个时期整个生活背景是‘思想解放’，在我是精神和心理的剥离”，就是在“解放思想”文化语境的感召下进行的精神和心理上的“自我启蒙”。

或许是因为陈忠实有“文化大革命”后期那段“委曲求全”的经历，陈忠实对“新时期”时代文化语境的变化是非常敏感的。“新时期”更新了的文化语境，给他带来了新机遇。陈忠实在《60 岁的时候》对自己漫长的艺术探索过程和人生历程的回顾中，动情地说：“有两次自我把握和两次反省，成为关键性的选择和转折。一次把握，是在 1978 年之初，当中国文学复兴的春潮涌动的候，我正在灞河水利工地任副总指挥。我在完成了家乡的这个工程之后离开了，调入文化馆。我那时候，对我的把握是，文学创作可以当作事业来干的时代，终于出现了。”[①] 陈忠实把握住了“新时期”给他提供的机遇。从 1978 年 10 月写《南北寨》开始到 1982 年春夏之交，陈忠实的小说创作进入喷发期，在此期间，他集中写了 30 多个短篇。然而，历史时期的交替，可以在瞬间完成；人的思想行为，却是有惯性的。旧的历史时期的终结与新的历史时期的到来，并不意味着作家的创作会随之立即发生“立竿见影”式的变革。文学书写上的更新，还有待于作家对更新了的文化语境有了自己真切的体验和自己的回应方式之后——用陈忠实自己的话说，有待于自己在“思想解放”的“生活背景”中完成“精神和心理的剥离”之后，始能确立。

“文化大革命”结束，万象更新，中国社会主义革命和建设进入了一个新时期。新时期的政治路线已经确定：把全党的思想从党内种种极左思潮制造的“假马克思主义”的禁锢中解放出来，回归到“民主集

① 陈忠实：《60 岁的时候》，《档案天地》2011 年第 3 期。

中”“实事求是”“理论联系实际”的正确路线上，率领全国人民“团结一致向前看”。新时期的文学向何处去？按五四以来——尤其是毛泽东《在延安文艺座谈会上的讲话》发表以后积累下来的思维习惯，此时文学的最佳选择，莫过于迅速肃清“四人帮”的流毒和影响，解放思想，充分发挥文学“教育人民，团结人民，打击敌人，消灭敌人的有利武器”之长，为新的政治路线“服”好“务”。“解放思想”的政治路线，对文学也是这么期待的。邓小平《在中国文学艺术工作者第四次代表大会上的祝辞》中，这样肯定从“文化大革命”结束到1979年文艺界取得的成绩：“粉碎‘四人帮’以后……文艺工作者心情舒畅，创作热情高涨。短短几年里，通过清算林彪、‘四人帮’的罪行和谬论，已经出现了许多优秀的小说、诗歌、戏剧、电影、曲艺、报告文学以及音乐、舞蹈、摄影、美术等作品。这些作品，对于打破林彪、‘四人帮’设置的精神枷锁，肃清他们的流毒和影响，对于解放思想，振奋精神，鼓舞人民同心同德，向四个现代化进军，起了积极的作用”。邓小平进一步期待：“文艺工作者，要同教育工作者、理论工作者、新闻工作者、政治工作者以及其他有关同志相互合作，在意识形态领域中，同各种妨害四个现代化的思想习惯进行长期的、有效的斗争。要批判剥削阶级思想和小生产守旧狭隘心理的影响，批判无政府主义、极端个人主义，克服官僚主义。要恢复和发扬我们党和人民的革命传统，培养和树立优良的道德风尚，为建设高度发展的社会主义精神文明做出积极的贡献。”① 总体而言，“新时期”的文学书写，依然政治意味浓烈。此期轰动一时的作品，多是以其文学书写中的政治意味，才赢得举国上下关注的。例如蒋子龙《乔厂长上任记》中的乔光朴，从人物性格的复杂性、丰富性上考量，似乎并不是那么出色。但这并不影响《乔厂长上任记》轰动一时。因为乔光朴身上那股“敢想、敢说、敢干、敢负责”的劲头，正是“解放思想，实事求是，团结一致

① 《邓小平文选》第2卷，人民出版社1994年版，第209页。

向前看”的政治路线所期待的共产党人的政治品格。谌容的《人到中年》更能说明一些问题。谌容的小说《人到中年》，是想通过对经历了“十年蹉跎”的眼科医生，依然理想不泯、热情不减，无怨无悔、全心全意为患者服务的忘我工作精神的文学书写，更新人们既往对知识分子的片面认识，唤起社会对知识分子生活待遇、落实知识分子政策的关注。不料想评论界和读者对这一严肃的主题，反应平淡——那时，在人们的普遍心理中，“公而忘私”“不计较个人得失”，是任何一个具有正直人格的人都应该去履行的普普通通的道德。在工人农民都在“艰苦奋斗”的时候，知识分子生活待遇的高低，算不上什么大事；倒是小说中不起眼的一个穿插性人物——“马克思主义老太太”，喧宾夺主，成了批评家和读者竞相关注的亮点。在《人到中年》里，“马克思主义老太太”只是个陪护“首长”前来就医的“首长夫人”。按理说，“首长”是“人民的勤务员”；首长夫人，是“勤务员”的“勤务员”，理应谦恭才是，而她竟颐指气使又满口“革命大道理”，由此获得个“马克思主义老太太”的雅号。对于《人到中年》的叙事来说，这位被称为“马克思主义老太太”的首长夫人，只是个“闲来之笔”。有她，小说叙事增添不了多少分量；无她，小说叙事损失不了多少分量。“闲来之笔”成为亮点，只不过因它无意之间抖搂出满口“革命大道理”的“首长夫人”“浩阳巾下掩藏着的鬼脸”——这副嘴脸是谁惯的？是不是每个首长身边，都有一个对人民颐指气使又满口“革命大道理”的夫人？“文化大革命”恐怕就是这么闹腾起来的吧？给人们提供了可以恣意渲染的政治话题而已。其实，《人到中年》并无意暗示“文化大革命”是由“马克思主义老太太”们闹腾起来的，更没有把当时知识分子待遇差、政策落实不到位，归咎于官员们说一套做一套，口惠而实不至。那个时期的官员们，在这方面还是蛮积极的。复出的官员，也存在级别、待遇、受牵连的子女的“政策落实”的问题——当然，混迹于官员队伍中、漏网的“四人帮”的残渣余孽除外。但是，这位“马克思主义老太太”，并不是“四人帮”的残渣余孽——如果真是“四人帮”的残渣余孽的话，还好理解；而她竟是堂堂正正的在“文化大革命”中陪着受迫害的“首长”吃尽苦头的“首长”夫人！这就让人不由得掩卷深思了。这说明，在文学“新时期”，不仅官方期待文学承担起自己的政治使命，广大读者的阅读习惯也鼓励文学书写加强政治性书写。这就是“转型”时期文学创作的语境。身处这种文化语境中的陈忠实，文学书写不可能不考虑读者的阅读需求和时代对文学的期待。

陈忠实此期的小说创作，受主导性的政治文化的影响，在小说语言的选择和运用上，主动向时代政治靠拢，艺术地为“解放思想”服务，还以“惯性”的方式存在着。1979 年，陈忠实创作的小说《信任》，获得全国优秀短篇小说奖——2011 年，陈忠实在陕西一所高校的讲演中，还特别提到这篇获奖小说，作为他思想转折的成功典范。在《获奖感言》中，陈忠实表明他信服柳青的上好“三个学校”——即“生活的学校、艺术的学校、政治的学校”的主张；陈忠实表示，他的创作，从“三个学校”中获益匪浅。① 柳青是一位值得尊敬的优秀作家。上好“三个学校”，也是柳青矜为独得之秘的美学心得——柳青有一本记录自己美学心得的笔记本。“文化大革命”“抄家”中，笔记本落入红卫兵之手，后来被人以《美学笔记》的名义，用手抄本的形式播散开来。《美学笔记》是当时陕西高校文科生竟相寻觅的手抄本之一。上好“三个学校”，源出于此。一位作家，当然应该上好“生活学校”“艺术学校”。上好“生活学校”，创作上的源头活水，不请自来；上好“艺术学校”，在艺术表现上，不仅能舒展自如，而且能风格独具。然而，对于一个作家的素养来说，上好“政治学校”，是否也和上好“生活学校”“艺术学校”同等重要呢？现实生活中的作家，应该有自己正确的政治选择。问题是现实生活中的作

① 陈忠实：《我信服柳青三个学校的主张》，《陈忠实文集》第 1 卷，广州出版社 2004 年版，第 533 页。

家，上好了“政治学校”，做出了正确的政治选择，对他的文学创作来说，是不是像上好“生活学校，艺术学校”那样，必然就能产生出具有决定意义的“正能量”呢？马克思主义创始人思考文学问题时，批评“席勒式”，鼓励“莎士比亚化”；呼唤“真正艺术家的勇气”；注意到“创作方法和世界观的矛盾”，认为先进的创作方法，能够部分地克服落后的世界观的局限。可见在马克思主义的视域内，对这个问题也不持肯定的态度。事实上中国文学史对这一问题的回答，更是否定的。白居易在“新乐府”时期，关心民生疾苦，“唯歌生民病”，在政治选择上无可挑剔，“政治学校”上得不错，但“新乐府”的艺术成就并不高。元和八年，小挫丧志，政治上软弱的弱点暴露无遗。文学上也转向“感伤诗”“闲适诗”创作——“苦词无一句，忧叹无一声”①。“小挫丧志”，说明白居易“政治学校”上得还不怎么好。但白居易诗歌艺术中的精品，多出自“感伤诗”。苏轼夸宋仁宗朝名相李沆是个“立朝有大节”的“伟丈夫”——政治上完全合格。但正确的政治选择，并不妨碍李沆在文学上追随“西昆体”，而“西昆体”在当时就被讥为文学中的下乘。晚明阮大铖党附奸相马士英，祸害南明，政治上绝对“不及格”；但他创作的传奇戏曲剧本，无论哪一本文学史，都在必书之列。这说明，把上好“政治学校”提升到和上好“生活学校”“艺术学校”并列的位置，只是柳青这位由特定时代——新民主主义革命和社会主义革命时代——培养出来的作家的独得之秘，而不是古今作家素养论里的通则。柳青上好“三个学校”的美学心得里面，有特定时代打上的特殊烙印——上好“政治学校”，才能确保“文学为无产阶级政治服务”。陈忠实在《获奖感言》里重申柳青这个美学心得，说明陈忠实在新时期，“精神和心理”上还留存着有待于进一步“剥离”的残留物。这就决定了陈忠实在新时

---

① （唐）白居易：《序洛诗》，陈友琴编《古典文学研究资料汇编·白居易卷》，中华书局1962年版，第416页。

期，紧跟“拨乱反正”“解放思想，实事求是，团结一致向前看”的政治思想路线，把对“文化大革命”的历史批判和对极左路线的历史反思，当作重要的文学主题。如《南北寨》叙写了正直务实的南寨大队党支部书记常克俭与热衷政治运动的公社革委会主任韩克明的冲突，揭示极左思想给农民生活带来的巨大危害，以及“解放思想”即便在农村基层也刻不容缓。《小河边》叙写在“文化大革命”中备受打击迫害的研究员李玉、“走资派”老八和在运动中被错定为“地主分子”的大队党支书在新时期获得“平反”之后走向新生活的故事，以展现“拨乱反正”政治路线的英明。

其实，批判和反思“文化大革命”，颂扬“解放思想”带来的新气象，是“新时期”文学创作中的普遍趋向。差别只是不同的作家有不同的批判路数和不同的反思角度。例如，北岛和舒婷的路数，就不同于张贤亮、丛维熙；张贤亮、丛维熙的路数，就不同于王蒙、刘心武……陈忠实“新时期”的小说创作，也有他的批判路数和反思角度。

陈忠实曾经担任农村人民公社的基层干部长达十年之久。他熟悉农村基层干部，熟悉农村基层干部常年与之打交道的各色农民。长期担任农村人民公社基层干部的经历，不仅影响着陈忠实的生活方式，而且影响到他的文学思维。陈忠实“新时期”的小说，如同陈忠实“文化大革命”后期的创作那样，喜欢以农村基层干部作为主人公，如《南北寨》中的常克俭、《小河边》中的刘老大、《七爷》中的七爷、《立身篇》中的王书记、《早晨》和《第一刀》中的冯豹子、《乡村》中的王泰来、《正气篇》和《征服》中的南恒、《绿地》中的侯志峰、《铁锁》中的会计铁锁等——从理论上说，农村基层干部是党和政府在农村基层的代理人。陈忠实在塑造农村基层干部的艺术形象时，一般都尽力突出他们崇高的政治人格或者道德人格。从这里不仅能够看到农村基层干部出身的陈忠实的自我期待，更能看出《在延安艺术座谈会上的讲话》发表以来逐步形成的文学叙事成规在陈忠实

“新时期”小说创作中的延续。陈忠实“新时期”创作的小说和后来的《白鹿原》一样，叙写的都是发生在关中农村的生活故事。但陈忠实此期创作的视角，还不是“农民”的或“农村文化”的，他总是从“农村基层干部”的立场来审视农村生活。这一独特视角，自有其长：农村基层干部成天和各色农民打交道，“农村干部视角”有助于把农村生活的复杂性全部展现出来。但这一独特视角，也有其短。农村基层干部是党和政府在农村的代理人，思想行动，首先得有“大局意识”。坚持按“大局意识”干工作，集中抓农村工作中的主要矛盾和主要矛盾中的主导方面，自然是个优秀的农村基层干部；然而，一个作家在创作中，总是从“农村基层干部”的立场审视农村生活，就有可能把原本复杂的农村生活简单化。陈忠实此期对实行“联产承包责任制”以后农村涌现出的新人新事新气象的文学书写，颇能表现出“以‘农村基层干部’的立场审视农村生活”的“短”和“长”。

陈忠实此期所写的摆脱极左政策“实行联产承包责任制”管理的农村新人的小说，虽然已经突破“文化大革命”时的禁区，例如开始书写乡村爱情。但是小说里的爱情书写，还没有回归到个人情感上，仍然在很大程度上附着于当时农村的集体主义事业上。如《枣林曲》中玉蝉与社娃的爱情。玉蝉与社娃在为大队嫁接大枣的共同劳动中相爱，由于家人劝说，玉蝉离开枣林到城市等待做合同工的机会，但她内心充满了背叛集体事业和恋人的痛苦。最终，为了能和恋人一起为农村发展集体经济尽力，玉蝉放弃了进入城市工作的机会，毅然回到了枣林，回到了恋人的身旁。这篇小说值得关注的是人物的言语，如玉蝉说：

“队里实行责任制，今年庄稼也长得好，我出来做合同工，为自己挣钱，不光彩！”

“总得是合理合法挣钱！要是大伙都自找门路做合同工，生产队就没法子搞了！”

“靠人不气长，亲姊妹也是这！靠自己队里富，干梆硬正，自由！”[①]

玉蝉的语言似乎不像一位乡村少女的声气，更像一位农村干部做思想工作的口吻，在这里很难听到属于恋人之间的呢喃燕语与应有的柔情，听不到属于爱情的个人话语。纯属个人的爱情被时代的政治所统率，小说中无论是人物还是叙述人对爱情的阐释也都与宏大的农村集体事业联系起来。在《精神“剥离”引发的创作新机》中，陈忠实坦言“文化大革命”后至1982年的创作：“这就清楚不过地表明，不仅理念，包括情感，我都还倾注在集体经济上。”[②] 事实是，从1978年开始，在“联产承包责任制”的冲击下，农村集体经济已经趋于瓦解——“生产队”真格是“没法子搞了”。此时的陈忠实的文学书写，“理念包括情感都还倾注在集体经济上”，应该是长期担任农村基层干部养成的视角对陈忠实文学思维的影响。

然而，这只是问题的一个方面，此时的陈忠实，还有更值得关注的另一面。

虽然陈忠实这一时期的创作仍然“惯性”地被政治话语范式所拘囿，但时代文化语境的变化已促使他开始反思。在《60岁的时候》陈忠实曾谈到这次重要的反省：“大概是1978年秋天。当新时期文学如雨后春笋般从解冻的文坛发生时，我很鼓舞也很冷静。冷静是出于对自身具体情况的判断。我以为排除‘文化大革命’中那些‘极左’思想不难，而要荡涤自有阅读能力以来所接受的‘极左’的非文学观念并不容易。我选择了读书，借来了一些世界经典作家的经典作品，以真正的文学来摒弃思维和意识中的非文学观念，目的仅仅只有一点，进入文学的本真。这次反省，大约持续四个月。”[③] 在《从感性体验出发的生命飞升旅

---

① 陈忠实：《枣林曲》，《陈忠实文集》第1卷，广州出版社2004年版，第156页。

② 陈忠实：《精神“剥离”引发的创作新机》，《商洛学院学报》2011年第5期。

③ 陈忠实：《60岁的时候》，《档案天地》2011年第3期。

程》中，陈忠实总结了这次阅读的收获：“到 1979 年的春节过后，我在依然凛冽的寒风里敏感到春的骚动，开始涌动起写作的欲望。这一年，我写了近十篇小说，《信任》获得全国短篇小说奖。此前一年冬天围着火炉的阅读，不仅从极左的文艺禁锢下得到拯救和重生，而且开始形成自己，也成为我创作道路上的一次深刻的记忆。现在看，当是第一次打开自己。”① 陈忠实初次尝到“精神和心理”上“剥离”的甜头。“第一次打开自己”的陈忠实，同时也打开了自己昔日有意无意禁锢起来的文学视野。

当直接干预生活的政治性兴奋消退之后，在“精神和心理剥离”中树立起的“文学的本真”的推动下，陈忠实便把思考的方向逐步转向人性、人的苦难命运、人的不幸遭遇这一层面，力图在开阔的社会历史变迁中去透视普通人的命运。陈忠实笔下开始出现不涉及农村政策而更多关注人性的秦地风情小说。在此类创作中，思考人性的异化，颂扬人性美，成为陈忠实的新主题。陈忠实在这个时期，开始关注社会视角下小人物的人性之光和新中国成立后的泛政治化语境中人性的扭曲、异化与沉沦。《回首往事》女主人公刘兰芝在反右运动中违心地批判了恋人吴康，时过境迁，当她面对吴康的儿子不由得为自己在当时的政治高压下人性的迷失而悔恨。《田园》写进城后抛弃结发妻子重组家庭的副厂长宋涛若干年后回乡参加儿子婚礼，见到前妻秀芬，物质上、地位上优越的宋涛，面对依然痴情而又宽容的秀芬，内心为歉疚之情所折磨，由于意识到自己的人性为多变而贪婪的欲望所扭曲而痛苦。《珍珠》讲述了乡村女子田珍珠的经历。田珍珠以前是“我”的学生，她的文艺才能突出，在“我”政治上被诬陷之际没有落井下石，更没有在自己的婚姻问题上屈从于权势，为此她失去了入党的机会，失去了到剧团当演员的机会，只能靠给死人唱戏和做吹鼓手谋生。当“我”为珍珠的遭遇感到痛苦时，珍珠却很坦然，她认为凭出力唱

① 陈忠实：《从感性体验出发的生命飞升旅程》，《商洛学院学报》2011 年第 1 期。

戏挣钱没有什么可丢人的。在“靠人气不长”，不受别人拨弄，自己拿自己的主意，才能活得“干梆硬正”这一点上，珍珠和《枣林曲》中的玉蝉有一比。但同样是意识到了“靠别人活气短”，咋个活法才“自由”？玉蝉的选择，看上去很“刚强”：“靠队里富，才干梆硬正，自由!”珍珠的选择，听起来很“淡然”：“凭出力唱戏挣钱没有什么丢人的……”一“刚”一“淡”之间，不难看出陈忠实审视人物的视角正在悄悄地发生变化：审视人物的视角，从“集体本位”悄悄挪移向“个体本位”。不管陈忠实意识到还是没有意识到，“挪移”的背后，有知识精英们呼唤的“启蒙”影响的因子。

在这个时期，陈忠实开始站在“个体本位”的价值立场上，批判性地审视不良社会规范给包括农民在内的生命个体所带来的压抑及对人性的扭曲。他开始以“悲悯”的情怀——借用鲁迅的话说：“哀其不幸，怒其不争”，省思农民的生存境况，关注农民的不幸，思考农民的未来。而“个体本位”的价值立场与“悲悯情怀”，正是现代启蒙叙述的核心精神。个体本位叙事立场的选择，显示陈忠实这个阶段的小说创作已从革命话语中剥离出来，积极寻觅“更新”文学书写方向的可能性。这一时期的小说与陈忠实的早期创作相比，早期充满激情的叙述已趋于平静，赞美与贬斥的叙述语式被作者客观冷静的叙事态度所替代，作者让自己退居幕后，尽量让作品中的人物活跃起来，作家的倾向不直接表述，而是通过事件、场面自然地流露出来。陈忠实这一时期的一些小说，语言选择发生了明显的变化。流布于作品语言层面的，多是规范型的汉语书面语，很注意语言的雅洁性和陈述的哲理性——这是“启蒙”知识精英们惯有的言说语言的选择。如《土地诗篇》的题目选择，以及开篇的景物描写：

月亮从小河那边的坡岭上露出半缺的脸儿来了，河面上罩着一层水汽，像烟，又像雾。川道里顺着河堤和灌渠排列的条条林带，恰似高高低低峰峦起伏的群山。前日落过一场透雨，湿润润的夜气里，飘荡着秋庄稼业已成熟的腻腻香味，灌进夜行者的鼻孔里来。①

这里用充满诗意的笔调，描写乡村傍晚清新宜人的暮色，似乎或多或少有些象征的意味。用词都经过精心锤炼，显得雅致优美——除了那句“川道里顺着河堤和灌渠排列的条条林带，恰似高高低低峰峦起伏的群山”稍嫌不文之外。这种笔调，在陈忠实昔日的小说里，是不经见的。那句“不文”，说明陈忠实此时虽然选择了这种笔调，还不适应这种笔调。这种笔调，固然“雅洁优美”，但它不是陈忠实的“本色当行”笔调。这种过于书面化而非日常化的语言表达方式的背后，依稀可见以“启蒙”话语相标榜的知识分子精英话语独白的立场。在“现代化”征程上的中国，亟须“启蒙”。但“启蒙”不能只是“痛痛快快”的“话语”，还应该“扎扎实实”地“实践”。新时期启蒙话语是在对“文化大革命”话语的颠覆和反叛中出场的，它最初与当时的解放思想思潮合拍，说明它自身所具有的意识形态色彩。从某种意义上说，任何“意识形态”都具有“标榜”性。以“启蒙”话语相标榜，和以“革命”相标榜，以“马克思主义”相标榜一样，很容易滑入徒有其名而失其实。如果说陈忠实昔日把政治事件或政治事件影响下的社会生活作为叙述对象的小说仍然属于集体的政治公共话语，那么，尝试着选择知识分子启蒙话语中的人道主义话语，则标志着陈忠实开始寻找属于自己文学书写的“个人话语”。不过，陈忠实此时寻找到的“个人话语”的背后，还隐藏着一个巨大的“群体”阴影——例如对启蒙话语的有意追随和对启蒙知识精英话语言说方式的无意仿效。须知，任何“追随”和“仿效”，都不属于“文学的本真”！刻薄一点说，陈忠实小说的语言在挣脱旧的意识形态束缚之后，以反抗的姿态依附于另一种意识形态。陈

---

① 陈忠实：《土地诗篇》，《陈忠实精选集》，北京燕山出版社 2006 年版，第 10 页。

忠实在小说语言的选择和运用上，还有待于在“精神和心理剥离”中进一步锤炼。对于追求文学“本真”的作家来说，“客气”剥尽，“本真”始现，这是古今中外文学经验证明了的。

值得注意的是，关中方言在陈忠实这一时期的小说中比前一时期增多了，不仅人物对话中有方言，叙述语言中也出现了方言。如1982年冬天陈忠实第一部中篇小说《康家小院》描写康田生面对家庭矛盾时的心理活动：“老汉抽着烟，睁巴着黏糊糊的眼睛，寻思怎么办。对儿媳再恨再厌，他不能像儿子那样不顾后果地愣下去。”① “睁巴着”活画出康家老汉困顿中的神态，“愣下去”则传达出康家老汉心中对简单粗暴的儿子的失望。再如《尤代表轶事》中对尤志茂妻子的描写：“尤志茂有个好女人，她一天三晌照样出工挣工分，回到屋里喂猪喂鸡。她不弹嫌男人变成地主分子了，照样一日三顿，把饭食端到柿树下，双手递到尤志茂手上，给他说宽心话。在屋子里又规劝毛毛躁躁的儿女……尤志茂的好女人洗刷过锅碗，从门里出来了，解下围腰，在台阶下拍打前胸和后襟的灰尘，噼噼啪啪响着……四十出头了，胖胖儿的身材，墩墩儿的个子，胸膛高高儿，屁股蛋圆圆儿……她拍打干净，领着女儿莲蓬到后边的窑里去了，此后就不再出来。”② 这里用非常生动的关中生活语言描画出一位普通的农家主妇形象。陈忠实似乎给自己小说的语言选择，找到了一个可以安居的“家”。

不过，此时的陈忠实小说创作中对方言的采撷，更多是为了适应笔下的表现对象，从工具层面考虑多；对方言在文学书写价值层面上的意义，还有待于在小说语言选择和运用实践中深入体认。陈忠实此时的方言书写，还属自发型泛方言写作，这是一种缺乏理论自觉在自然状态下进行的方言写作行为。

陈忠实出生于西安市东郊灞桥区西蒋村，其方言属于北方方言之

---

① 陈忠实：《康家小院》，《陈忠实文集》第1卷，广州出版社2004年版，第435页。

② 陈忠实：《尤代表轶事》，《陈忠实文集》第1卷，广州出版社2004年版，第219页。

下的关中次方言区，一方水土养一方人，从小就生活在关中农村的陈忠实，耳闻目睹关中近乎原生态的一切，养就一份浓浓的乡土情结。对于土地和家乡，他始终怀着深深的依恋之情，即使后来落户城市，仍然无法割舍这种感情。正如陈忠实所言："我是从这个世界里（农村世界）滚过来的，我出生于一个世代农耕的农民家庭。"[①] 陈忠实不但把农村视作生养他的地方，更视为精神寄托之所，甚至视为自己的母体而加以维护。那些从少习得的母语方言，那些铭刻了他人生初忆的语言符码，自然而然地成为他在摆脱革命话语之后表情达意最为便利而贴切的利器，方言乡韵也因此成为此时创作的活水源头之一。但是，作为一种自发状态的泛方言写作，陈忠实小说中不少方言话语成分显得生涩、粗糙，草创的痕迹明显。如《猪的喜剧》："灵啊，今年麦子稍微比去年收成好些，忙后猪就涨价！口粮稍稍宽敞点，庄稼人就想给圈里添一头猪娃。"[②] "忙后"是指麦收夏忙过后，还是指手头正忙者的活路忙完之后？这让读者读来未免有些费解；"口粮稍稍宽敞点"，想表达的是：按天算，口粮从夏收吃到秋收还富裕一些。在普通话中，表时间长短和表空间大小，各用不同的词语：表空间回旋余地大一些用"宽敞"，表时间回旋余地大一些用"宽裕""宽余"。方言没那么严谨，例如在关中你向当地老乡打听："从这儿到袁家庄有多远?"他会回答你："不远远儿。走路用不了半个小时。""口粮稍稍宽敞点"，明显源于方言用法。但仔细考虑，如采用共同语中"宽裕"一词，语义更为贴切，且易于接受。再如《信任》中的一段景物描写：

春天雨后的傍晚，山清水秀，空气清新；块块云彩悠然漫浮；麦苗孕穗，油菜结荚；南坡上开得雪一样白的洋槐花，散发着阵

① 陈忠实：《中篇小说集〈四妹子〉后记》，《陈忠实文集》第5卷，广州出版社2004年版，第335页。

② 陈忠实：《猪的喜剧》，《陈忠实文集》第1卷，广州出版社2004年版，第103页。

> 阵清香，在坡下沟口的靠茬红薯地里，党支部书记罗坤和五六个社员，执鞭扶犁，在松软的土地上耕翻。①

这些句子从句法上看，主谓宾俱全，有头有尾，都是十分通顺规范的标准汉语，用词也较书面化，如“傍晚”“山清水秀”，是概括性的、抽象的状态描绘；“麦苗孕穗，油菜结荚”则显示了作者用词的精心锤炼；“执鞭扶犁，在松软的土地上耕翻”是对动作行为概况的描写，用词雅致优美。标准的书面化的语言中夹杂着一个方言词语“靠茬”，这对非关中方言区的读者来说，是难以理解的。类似的还有《信任》开篇所用的方言词语“漂凉带刺”，从“带刺”来看，似指讽刺挖苦，但“漂凉”仍觉费解。可见，选择和运用方言进行文学书写，固然能借助于文学语言的更新，更新人们对生活的认识；但“化俗为雅”，却是一个需要付出更多艺术苦心的艰难过程。

第三节 “后新时期”
——多重文化语境交会中自觉的方言写作

“解放思想”最重要的成果，是中共执政理念从“以阶级斗争为纲”转向“以经济建设为中心”。中共十二大以后，“一心一意搞建设”成为意识形态的主流话语，②“满足人民不断增长的物质、文化需要”成为新的关注点和价值标准。随着经济上“改革开放”的不断深入，中国对外界思想文化上的接受，也日趋开放和积极。各种西方现代文化思潮与文学流派如意识流、表现主义、象征主义、荒诞派、存在主义、弗洛伊德精神分析理论等，或是由“供内部批判参考”转为向广大读者公开发行，或是由全译取代过去的“节译”，

① 陈忠实：《信任》，《陈忠实文集》，广州出版社2004年版，第64页。

② 邓小平：《一心一意搞建设》，《邓小平文选》第3卷，人民出版社1993年版，第9—11页。

在中国公开露面，让过去只能按一种模式思维，只会用一套话语表述的中国作家、艺术家感到目不暇接。各式各样的西方文学新经验极大地开阔了作家艺术家的视野，对中国文坛产生了深远的影响。其实，五四以后的中国对西方现代文化思潮和文学创作并不是全然陌生。五四新文化运动的闯将们就是通过大力译介西方现代文化思潮和文学创作，成功取代“旧文化”、确立“新文化”的。在20世纪三四十年代，撷取西方现代文化精华而进行的“现代主义”文学尝试，在中国作家的文学创作——尤其是在诗歌创作中，已经形成了一定的气候，在中国现代文学史上也占据一定的地位。只不过新中国成立之后，文化语境骤改，包括现代主义在内的文学新尝试，统统被当作资产阶级的腐朽没落文化受到了严厉的批判和排斥，从此在公众视野中销声匿迹，直至改革开放以后才重见天日罢了。西方现代派文学的思想与哲学基础相当复杂，主要是尼采的悲观主义哲学、柏格森的直觉主义、弗洛伊德的精神分析学说和荣格的集体无意识论。这些学说的共同特点是反对理性的压制，重视直觉和下意识活动的作用。要求文学深入到意识和精神的更深层次，去探求人性的奥秘，而不满足于表面的描写。这些无疑都十分适合刚刚从“思想僵化”中解放出来的中国文学的胃口。从思想内涵上看，现代派文学重在表现无孔不入的资本主义对社会的全面控制以及对人的全面异化，着重表现现代人的精神世界的空无着落和心理的压抑和苦闷。这更让在“十年浩劫”中生活过的中国人备感亲切。这就促成了积极借鉴和吸收西方现代文化在“新时期”蔚然成风的局面。对于西方现代文化在中国蔓延，政治意识强的人不免要追查原因，问它几个“为什么”。其实，问题并不难回答。公道地说，西方现代文化并不像它自己宣称的那样有多么“普世”，也不是有多么强势，而是“十年浩劫”造成的中国人民普遍的精神饥渴，成就了西方现代文化在改革开放的中国得志一时。假如真要追究“责任”的话，“改革开放”在客观上似乎应该分担一定的责任，尽管在主观上它绝对没有向这个方面“开放”的意思。过去有一段时间，不是老说这么一句话嘛——“打开窗户，接受新鲜空气；苍蝇和蚊子也会乘机而入”。

20世纪80年代后期至90年代初，“社会主义市场经济”在中国大地上逐步酝酿成熟并成呼之欲出之势——尽管邓小平1985年和美国时代公司总编辑的谈话中，已经强调过“社会主义和市场经济不存在根本矛盾”。但“市场经济”在邓小平“南方讲话”严肃澄清之前，在中国还一直被不少人认定为是资本主义才有的生产方式，姓“资”而不姓“社”。不过，“姓‘社’还是姓‘资’”，只是少数政治警惕性强而思想又明显落伍的人物，死缠硬泡要求辩明的，一般人对此漠不关心。绝大多数人还是相信“不管白猫黑猫，能抓住老鼠的就是好猫”。伴随着“计划经济”向“市场经济”的转型，中国社会的文化转型也在加速进行。社会的经济活动、特别是市场经济因素，以它强大的无孔不入的辐射力一步步拆解着“新时期”之初意识形态的整合性，“倒逼”着思想文化“与时俱进”。在中国，“倒逼”是“解放思想”“经济转型”“文化转型”“制度改革”的原动力。如果说中国现代化有“中国特色”的话，那么，“特色”就是中国的现代化改革，不是谁预先就设计好的，而是被各式各样的“中国问题”“倒逼”出来的。有一位美国传记作家为某位中国领导人写了一本传记，题曰《×××改变了中国》。由于这本传记在中国并不那么畅销，于是抱怨中国人愚钝，至今还不了解这位领导人的贡献。其实，哪个中国人都比这位“抬轿子”的美国人聪颖。他们明白，把中国命运和人民幸福完全托付给“大救星”的时代，已经一去不复返了。在市场经济的“倒逼”之下，一元文化时代的全民精神信念的同一性被打破，多元共生的文化生态逐步形成。“文化转型”之后，让后“新时期”中国文化人惊异的是，“现代”的东西尚未“消化”完毕，“后现代”的就已经悄悄来临。这不值得大惊小怪。自“解放思想，改革开放”路线确定之后，中国几乎是以“跨越”式的步伐，奔跑在“现代化”的征途上。一些问题被滞后，一些问题被提前，是意料之中的事。后现代主义文化思潮也来源于西方。有学者把后现代主义的理论特征概括为“反对中心性、整体性、体系性”①。把后现代主义的文学追求概括为“深度模式削平，历史意识消失，主体性丧失，距离消失等”，解构可以说是其主要的文本策略。② 后现代主义文化思潮早在20世纪80年代初就被介绍进来，但那时的中国，正忙于“拨乱反正”，无暇顾及世界文化的走向，直到20世纪90年代初才为学界所注目。文化语境总是在悄悄地发生变化，并且“变化着的文化语境”在它完成“变化”之前，经常是与其他文化语境交融在一起的。因此，在中国，后现代文化语境的形成，也不是待西方的后现代主义思潮在中国大举登陆时始有可能，而是早就在默默地酝酿之中。而且，由于中国“现代化”进程的特殊性，中国最初的后现代文化语境很可能是自发出现的，并且与具有“中国特色”的现代文化语境汇合在一起。80年代中后期直至90年代中国作家的创作，便是在这种复杂的文化语境中展开的。

20世纪80年代中期，陈忠实明显地感受到一种来自精神上的自我束缚，多年担任农村基层干部养成的浓厚的政治情结，使他在改革开放“新时期”的创作，在一定程度上陷入困局。他在创作《初夏》时已经意识到，由于对旧有那一套“革命现实主义”创作路数的熟悉，“所以在创作《初夏》的过程中我怎么样也无法从革命现实主义的文学窠臼中跳出来。为了迁就一些既定的东西，结果其他的很多内容反而进不去，所以人物就叛逃了。整个写作过程别扭得很!”③ “现实主义”是19世纪初欧洲为对抗文学浪漫主义而兴起的文学新思潮，以对现实生活进行批判性的审视和书写而著称，同时也是马克思、恩格斯一有机会就向作家推荐的创作方法。④ 而“革命现实主义”，却是

---

① 王岳川：《后现代主义文化研究》，北京大学出版社1992年版，第15页。

② 同上书，第236页。

③ 李遇春、陈忠实：《走向生命体验的艺术探索》，李清霞编选《陈忠实研究资料》，山东文艺出版社2006年版，第61页。

④ ［德］马克思：《致斐·拉萨尔》，［德］恩格斯：《致斐·拉萨尔》，［德］恩格斯：《致玛·哈克奈斯》，《马克思恩格斯选集》第四卷，人民出版社1995年版，第553、556、682页。

1957年“反右”以后才在中国走红的文学新概念，在马克思、恩格斯的著作中，只有“现实主义”，没有出现过“革命”这个前缀。给“现实主义”加上“革命”的前缀，大概是因为后来由于言论忤时被划成“右派分子”的秦兆阳，1956年发表过一篇沿马克思、恩格斯思路写就，在当时有些影响的长篇论文《现实主义——广阔的道路》。加“革命”前缀，是要和右派视为“广阔的道路”的“现实主义”划清界限，同时也表现对马克思、恩格斯文学思想的“发展”。从此，马克思、恩格斯推荐的“现实主义”创作方法在“革命”这个前缀的制约下，“现实主义”创作原则渐遭抛弃。在文学书写中，无原则地肯定现在，歌颂光明，替代对现实的批判性审视。“革命现实主义”成了套在作家头上的“紧箍咒”。陈忠实迫切需要探索新的创作路径。

陈忠实对创作新路径的探索，是和积极吸收西方现代文学新经验同步进行的。陈忠实在这个时期，在阅读西方现实主义经典作家的经典作品之外，还接触了一些西方现代主义文学作品，使他感到耳目一新。1985年，陈忠实随中国作家代表团出访泰国。在他印象里，泰国是东南亚的一个小国，“越战”期间是美军的后勤补给基地，因而经济上要比周边国家繁荣一些。但曼谷街头市民五颜六色的式样各异的衣服，还是让他惊讶不已。由此他想到了他新近接触到的西方文学新经验的丰富多彩，想到了国内某些人对“奇装异服”的“痛心疾首”，想到了中国服饰的“清一色”，想到了“清一色”服饰下包裹着的“思维定式”和凝固的“心理结构”，想到了“思维定式”导致的“错误判断”……由此及彼的联想，触动了陈忠实，使他意识到：“久而久之的制约所形成的固定的心理结构和思维定式，由此而产生的社会和道德的错误判断，这才是小至服饰、一种发型的变异都会引发社会广泛舆论的全部因由，更不要说政治、政策、教育、文艺的发展变化了。”① 一种“破禁放足不做囚”的念头萌生了。陈忠实此时创作了

① 陈忠实：《破禁放足不做囚》，《陈忠实文集》第5卷，广州出版社2004年版，第241页。

人物和故事都有别于往日创作的《蓝袍先生》，旨在剖析封建传统以及“左”倾思想对人们心灵的禁锢，表述了自己迫切要求冲破禁忌的愿望。在《从感性体验出发的生命飞升旅程》中，陈忠实回顾了这一段心路历程：“1985 年，是我写作的重要转折。在文学艺术的各种流派新潮的涌动里，接纳并试验了我以为可以信赖的学说，打开了自己；在见识各种新论的时候，吸收了不少自以为有用的东西，丰富了自己；也在纷繁的见识中进行了选择，开始重新确立自己，争取实现对生活的独自发现和独立表述。”① 在陈忠实接触的各种文艺新思潮中，“文化心理结构”说对他影响深远，促成了创作上质的飞跃。陈忠实从政治视角和社会视角逐步转向文化视角，他意识到仅仅关注现实生活远远不够，必须从对生活的表象描写深入乡土、民族的历史文化之反思，由此在创作上他自觉地走向地域化，逐渐脱离了一度懵懵懂懂追求变革而缺乏真见识的阴影，找到了自己的文学个性。相应地，在文学语言的观念和实践层面，也发生了一场静悄悄的变革，陈忠实自己将之称为“小说语言的自觉”：

　　我很自然地发生对以往写作中语言演变的检索。我是由描写语言开始小说写作的。生动和准确的描写成为那个时期的语言追求，这大约在我热衷短篇小说写作的时段。这个时候对语言似乎没有太明显的刻意，完全凭着对要写人物的某种感觉去写作，是一种含糊盲目的尽兴式写作，我对小说语言的自觉，发生在随后的中篇小说写作的时候，说来不单纯是语言自觉，而是由对小说创作新的理解引发的。②

“描写”，只能描写眼睛看到的，耳朵听到的，鼻子闻到的，舌头

① 陈忠实：《从感性体验出发的生命飞升旅程》，《商洛学院学报》2011 年第 1 期。
② 陈忠实：《〈白鹿原〉小说叙述语言的自觉实践》，《商洛学院学报》2010 年第 5 期。

尝到的，身体触摸到的。感觉不及的东西，描写无从下笔。从这个意义上可以说："描写语言"，是感性化的语言。运用得好，借用马克思的话说，有助于文学书写的"莎士比亚化"；用中国文学经验说，有助于文学书写出来的东西"栩栩如生，宛若在目"。选择和运用"描写语言"开始小说写作，说明陈忠实起步就踏到了"正点子"上。但满足于感性的"描写语言"，正如陈忠实自己说的，很容易放纵"跟着感觉走"之类的"尽兴式写作"。"跟着感觉走"，将有碍于对"历史内容"的意识和体察。从"文化大革命"后期重续文学梦开始，陈忠实就陆续结交了一些在学院里教中文的朋友，在毛泽东文艺思想之外，还接触过马列文论。他应该清楚，"意识到的历史内容"与"莎士比亚化"的"完美融合"，是马克思、恩格斯对"未来"文学的殷切期待。《蓝袍先生》就是陈忠实为矫正昔日"尽兴式写作""莎士比亚化"有余而"意识到的历史内容"不足的"盲目"而进行的新尝试。

这一时期陈忠实创作了《蓝袍先生》《四妹子》等试验之作，就语言而言，和陈忠实往日的创作相比，试验之作每一部作品都有与之相适应的语言选择，差异很大。"新尝试"不断积累起来的"语言选择和运用"经验，在《白鹿原》创作中，终于修成了"正果"。在对《白鹿原》的语言形态的思索中，陈忠实有了明确的"方言写作"意识：

> 我已经确定要用叙述语言来表述已经意识和体验到的那一段历史生活内容，或者说必须寻找到和那一段乡村历史生活内容最相称的语言方式，即叙述，而且必须是形象化的叙述。①

从"对语言似乎没有太明显的刻意"到"必须寻找和那一段乡村历史内容最相称的语言方式"，是在创作观念更新基础上生发出的

---

① 陈忠实：《〈白鹿原〉小说叙述语言的自觉实践》，《商洛学院学报》2010年第5期。

“语言自觉”。用20世纪最流行的话语说，陈忠实算是完成了他文学创作上的“语言学转向”。

陈忠实刻意“寻找”的“语言方式”，是这样一种语言方式：①它必须能够充分承担起“已经意识和体验到的那一段历史生活内容”；②它必须是“形象化的”，即马克思所说的“莎士比亚化”的而非“席勒式”的。陈忠实在方言里，找到了这种“语言方式”的“栖身之地”。

“和那一段乡村历史生活内容最相称的语言方式”，“栖身”于方言之中。①方言和一个地方的地域文化和历史有着“同质”的关联：方言以一个地方的文化和历史为“血肉”，一个地方的文化和历史以自己的方言为“外壳”。和“共同语”相比，方言更能充分承担起“意识和体验到的那一段历史生活内容的叙述”。②尽管从一般意义上说，“任何语言都是抽象的”，但和“共同语”相比，方言较少地受到理性“污染”，保留感性成分最多，因而是最有助于“形象化叙述”的语言。如果说，与“共同语”相联系的，是一个社会主流价值观，是一种经过调和的共性文化，那么，与方言相联系的，则是一个社会的民间价值观，具有鲜明的地域性文化特色。从海德格尔开始，西方文化哲学就不再如既往那样，仅仅满足于在“逻辑”“认识”“意志”“反思”“我思”“自我”“主体”等范畴内认识和理解“人”，进而追问“人”“先于”逻辑、“先于”认识、“先于”意志、“先于”反思、“先于”我思、“先于”自我、“先于”主体的驻足之所。追问最终不约而同地指向“语言”。“语言是存在的家园”，“语词破碎处，万物不复存”，成了风行于20世纪西方文化哲学中的通行话语。① 前文引述过曾经风靡欧美的文化人类学家卡西尔《人论》第八章里的一段名言：“命名，是人对世界的编码。而名，是人进入未知世界的探杖和

---

① 甘阳：《从“理性的批判”到“文化的批判”》，［德］卡西尔：《语言与神话》中译本“代序”，《语言与神话》，生活·读书·新知三联书店1988年版，第1—25页。

通道”。英国学者渥尔德在《印度佛教史》里说，佛祖释迦牟尼要求他的门徒分化四方时，一定要先学会当地方言，一定要用当地方言而不是用官话传教。① 佛祖为什么要对外出弘法的弟子们有这种额外要求？佛祖清楚，一个地方的方言，是一个地方地域文化精神赖以栖息的家园，是进入这个地方地域精神文化世界的“通道”。不通晓方言，就无法理解这个地方的地域精神文化。如是，即便和当地人面对面坐着，也是生活在两个世界里的不相干的陌生人。通晓了方言，才有可能借助方言这个“通道”，进入当地人的心灵世界，发现当地人的精神困惑，才能够对症下药，有针对性地弘法，让佛法在当地人的心灵中落地生根。佛祖这位显身于南亚的“东圣”和卡西尔这位生活在北美的“西贤”，时隔古今，“慧眼”不二，堪为精神史上一段佳话因缘。它印证了在人的精神史上，“是真理占有我，而不是我占有真理”这句话的恰当性——这句话出自马克思《评普鲁士书报检查令》，人分“东”“西”，“理”有一贯。陈忠实扬弃了以往观察生活的政治视角，转向开掘生活所在的地域的历史文化，不能不借重方言土语。由此不难理解陈忠实20世纪90年代以后的作品，方言因素在文学书写中一天比一天活跃的原因。在《白鹿原》的文学书写中，方言成分使用最为丰富。有人统计过，《白鹿原》里面使用关中方言词和土话的地方多达1100处。②“1100处”是个什么概念？1988年国家语委委托山西大学计算机系对现代汉语常用字做过统计，统计结果是：现代汉语常用字2500个。两相比较，你就明白“1100处”是个什么概念了。无怪乎有人说，《白鹿原》称得上是一部关中地区方言的集成。当然，靠实验数据说话，是自然科学研究中的研究成规，在文学研究中，未必有那么重要。因为同样是运用方言，有人能“以俗为雅”，别开生面；有人却空耗资源，无所成就。若仅按方言使用概率高低论文学书

---

① ［英］渥德尔：《印度佛教史》，王世安译，商务印书馆1987年版，第150页。

② 韩承红、江秀玲：《小说唱响的秦之声——陈忠实小说的关中方言与民俗色彩》，《中华文化论坛》2005年第3期。

写，《海上花列传》至今无人可比。文学研究关注的不在文学书写中方言使用概率的高低，而在作家在文学书写中选择方言的精神命脉和作家文学书写中运用方言的艺术旨归。

陈忠实选择方言进入文学书写的精神命脉，使他意识到：和一般性的陈述语言相比，方言更有助于他对他“已经意识和体验到的那一段乡村历史生活内容”的“形象化叙述”。陈忠实在小说中对方言土语的运用，有他的独特之处。方言不仅出现在乡村人物的对话中；他还把方言成分大量融入他“意识和体验到的那一段乡村历史生活”的叙述之中，以表达自身的生存体验与对社会历史与现实的文化思考。方言土语是当代作家文学书写中乐于调动的重要语言资源，但方言在不同作家的文学书写中的“出场方式”是有差异的。例如陈忠实和贾平凹，一个生活在秦岭北麓的白鹿原，一个生活在商洛山中的棣花镇，文学书写中都喜欢调动方言语言资源。以笔者的阅读心得，贾平凹调动方言，似乎更多地会心于《世说新语》里魏晋人物燕居清言时方言脱口而出而表现出的别样的精神风度，试图在文学书写中，把文言雅语和白话方言杂糅起来，创造一种能体现自己精神风度的风格性很强的言语方式，让人闻声知人，入耳难忘。贾平凹的方言运用，透出一种“山岚涧曲”般的灵秀。陈忠实调动方言，更多是会心于方言中栖居有他已经“意识和体验到的那一段乡村历史生活内容”，陈忠实的方言运用，体现着陈忠实醉心于发掘一个地方地域精神文化史的用心之厚重。莫言的小说系列，也着意再现胶东高密地域文化风俗史，文学书写也喜欢调动方言因素。就其对读者的阅读期待而言，莫言运用方言，例如《檀香刑》用方言土语再造出一个地方戏曲“猫腔”，更多是为了不动声色地渲染高密地域文化中曾一度弥漫的狰狞与恐怖，营造一种氛围，让人对极其精致的“檀香刑”不寒而栗，体验“柔性残暴”的可怕。陈忠实运用方言，是为了牵人进入一个相对陌生的语境，让人和语境中的人和事亲近起来，以更新人对一个地方地域文化精神的认识。

赵树理是现代文学史上以农民为书写对象，在文学书写中喜欢动用方言资源的著名的先行者。赵树理的创作，树立起一个文学书写新范式，被认为是毛泽东《在延安文艺座谈会上的讲话》催生出的新硕果。后起的陈忠实也是以农民为书写对象，在文学书写中也喜欢调动方言。陈忠实是把赵树理当做终生难忘的“文学启蒙老师”对待的。然而，正如笔者在前文说过的，“难忘”归难忘，但对比阅读陈忠实和赵树理，很容易发现两个人不一路。赵树理动用方言资源，多是施用于小说中的人物语言。早在 20 世纪 40 年代，周扬在论及《讲话》催生出的文学创作上的进步时指出：中国文学在人物语言上有所进步，而叙述语言仍然是知识分子式的，因此应该对叙述语言来一场“打扫”①。“人物语言上有所进步”，应该主要是指以农村生活为题材的赵树理等，大胆地让笔下的人物说方言土语，从而带来的“语肖其人”的新气象。“叙述语言仍然是知识分子式的”，没有进步，应该也包括赵树理的“叙述语言”在内。自延安“文艺整风”开始，周扬就是文学事业的掌门人。在文艺界的大大小小会议上，喜欢不带底稿就文学问题发表讲话，尽管他那一口湖南土话很难懂，但由于周扬能敏锐把握住政治动向又很熟悉文艺界的情况，故而听者依然乐此不疲。按我们的理解，周扬所谓“知识分子式的”叙述语言，是指一种书面化的叙述语言，是指“一般”性压倒“个别”性的叙述语言，因而是缺乏中国人讲究的“身临其境”感和黑格尔强调的“饱满的生气灌注”的叙述语言。陈忠实积极调动方言资源进行的文学书写，方言不仅施用于小说人物语言，而且融化进小说的叙述语言，成为小说叙事极力去营造的历史文化氛围的一个不可或缺的组成部分。在这一点上，陈忠实受《创业史》艺术沾溉不浅。陈忠实 1974 年以郊区公社干部的身份在西安市南泥湾“五七干校”受训的那半年，劳动之余“纯粹欣赏

---

① 孔范今、施战军主编，路晓冰编选：《莫言研究资料》，山东文艺出版社 2006 年版，第 317 页。

式”的反复阅读《创业史》，心血没有白费。陈忠实小说叙述语言上的更新，算是告慰了周扬生前的遗憾。陈忠实小说采用的叙述方式是讲述式，其中大多有一个显在的叙述者，这个显在的叙述者非常接近隐身于作品中的作者，有时二者几乎是合一的。可以说，在陈忠实的小说中，方言的使用已不仅是塑造人物的方法，而是一种承载着丰厚的地域文化，彰显人的本真自由和生存常态的整体的语言策略。如果说“新时期”陈忠实文学书写中对方言探索性的试用，为陈忠实挣脱叙述语言“知识分子式”的“一般”化奠定了基础的话，那么，陈忠实在“后新时期”文学书写对方言的创造性使用——主要指在《白鹿原》的创作中，此前“探索性”的实践修成了“正果”——他终于寻找到了真正属于“自己”的“能承载起意识到的历史生活内容”的叙述语言，找到了他可以栖息的语言之“家”。从此，陈忠实有了自己的声音，有了从容应对“意识到的历史内容”的得心应手的工具。这是陈忠实不倦进行“精神和心理剥离”的结果。

第二章　陈忠实方言写作的动因

陕西人经常骄傲地称陕西作家群为“陕军”。一个“陕”字，把陕西作家风格各异的作品中共同洋溢着的秦地独有的精气神儿，活灵活现地表达出来。作为陕西作家群中有代表性的作家，陈忠实的小说创作无疑带有更强烈的地域文化色彩。语言是文化的载体，作为地域文化重要载体的方言，它凝结积淀着特定地域的历史文化内涵，反映着某一地域的自然与人文特色，独特的风俗与民情。正是在这一意义上，陈忠实在以乡村乡土为题材的创作中，有意识地从关中方言宝库中提炼、采撷鲜活的、富有表现力的语汇进入文学书写，用浸润着泥土气息的语言，创作出无愧于关河，无愧于时代的优秀作品。第一章探讨了文化语境变迁中陈忠实方言写作的历程，本章试图从创作心理、文学传统和创作方法等维度来进一步讨论陈忠实方言写作的多重动因。

第一节　乡土依恋与方言情结

20 世纪 70 年代末，农村实行了联产承包责任制，生产队的土地承包给了农户。陈忠实第一次（也是最后一次）在“自家的土地上”收割完庄稼之后，就离开了家乡，卸下灞桥公社灞河水利工程副总指挥之职，来到西安市郊区文化馆工作。身份由过去的“以工代干”转为正儿八经的“干部”。那时西安市的行政区划，分两坨儿：市区和郊区。新城、碑林、莲湖三个区管辖城墙以内和东关、西关、南关、北关四个“正街”，属于市区。市区内居住的是吃“商品粮”的居民；市区周围现在分成雁塔、灞桥、未央三个区管辖的地盘，那时统一由当时称之为“郊区”的机构管辖。郊区区委书记一般都挂个西安市委副书记的头衔，行政级别比城区区委书记要高半格。郊区管理的是生产商品粮的农民。文化馆是当时为了活跃农村基层文化生活在县和地区两级设置的文化机构，负责发现和培训农村基层文化骨干，组织和推动农村基层开展文化活动，曾经是基层农村一支重要的文化生力军，现如今已经是形同虚设了。1982 年，陈忠实由郊区文化馆调到省作协专业创作组。“创作组”是沿袭“文化大革命”时的旧称呼。“文化大革命”后期，文艺政策略有松动，经常举办一些“画展”“文艺会演”“戏剧调演”，以装点升平。但那时旧有的创作队伍，多散布在农村和“五七干校”劳动锻炼，“改造思想”，尚未归建，为应付“画展”“会演”“调演”，各地负责的“革委会”纷纷临时抽调人员，组成“创作组”，脱产突击创作，以求在“画展”“会演”“调演”活动中露脸。例如，当年的“陕西省美术创作组”，因创作出的作品在全国美展上普获好评，给陕西省“革委会”争了不少光，在当时曾名噪一时。“作协专业创作组”，实际上就是“文化大革命”前的“驻会作家”。调入“作协专业创作组”，意味着陈忠实由业余文化工作者转为专业作家。调入郊区文化馆以后，陈忠实在市区拥有住所，此后全家搬迁到城市。虽然离开家乡，但陈忠实不管走到哪里都是一口地道的乡音。在一次访谈中，陈忠实深情地谈到自己的母语：“方言是生活和时代背景的重要组成部分，关中方言许多都是咱们民族的原始语言，古语中的很多词句用法都在其中保留了下来。”① 陈忠实的说法可能有

① 李晓晨：《陈忠实访谈录：无论小说还是电影，人物与时代都是血肉相连的》，《文艺报》2012 年 4 月 20 日。

些夸张——对陕西方言研究颇深的陕西方言学者孙立新说：“关中方言……属于中原官话。”① “中原官话”是汉魏以来开始流行的汉语共同语，还不是“咱们民族的原始语言”。

不过，从有些夸张的说法里，不难窥到陈忠实浓厚的眷恋母语方言的情结。陈忠实的方言写作动因从心理学角度可以追溯到他强烈的母语方言情结。这里所谓“方言情结”指的是作家出于对乡土家园的情感依恋和精神家园的理性追求，对从小习得的母语方言情有独钟，并自觉或不自觉地采撷、提炼和运用方言话语进行文学创作的强烈心理倾向和冲动。陈忠实的母语方言情结具有极强的乡土性，这源于他对乡土家园根深蒂固的情感依恋。

陈忠实的家乡在陕西关中，即陕豫交界的函谷关以西，宝鸡大散关以东，蓝田武关以北，铜川金锁关以南绵延八百里的渭河平原。由于此地地处“三秦”之中，又称作“秦中”。由于渭水通贯秦中，此地又称“秦川”“渭川”。西汉把京畿所在的秦中分成京兆、右扶风、左冯翊三个辅护京师的郡，此地又称“三辅”。按说，关中岐山是周太王的发祥地。此地的称谓何以只和“秦”相联系，而没有攀附“周”？这大概是因为“周”在周太王时只是个僻居西岐的小部落，到周文王时才真正发迹，而周文王仅仅是殷天子手下的“西伯”。武王克商之后，奄有天下。为了更有效地镇“殷顽”、统天下，周公营雒邑。周王室虽然在镐京，但政治中心明显东移，此地地望并非因为是西周王畿所在而有所提高。一直到戎狄破镐京，平王东迁，把岐西之地尽赐予前来勤王的秦襄公，令其自行收复。经数代秦人的经营，此地地望才迅速抬高，令关东诸国不敢小视。此地自古就以“民风淳朴，慕尚经术，关河形胜”著称。明季思想界巨擘顾炎武，为推进“反清复明”之大业，足迹遍天下，最终选择落脚于渭川，就是相中

① 孙立新：《陕西方言语音特点综述》，《陕西方言纵横谈》，华夏文艺出版社2000年版，第2页。

关中“民风淳朴，慕尚经术，关河形胜”，可与图事。陈忠实出生在西安东郊灞河川东岸原畔上的一个村落。从村子出来，往上走，就是白鹿原原面。那里有秦末刘邦驻军的“灞上”。从村子出来，往下走不远，就是闻名中外的半坡仰韶文化遗址。再走不远，就是古来郊迎祖饯之所——灞桥。此处是历代诗人发思古之幽情的处所，近年有好事者把历代诗人咏灞桥的诗收集在一起，编成厚厚一大册《历代诗人咏灞桥》，交出版社付梓，据说销路不俗。对于自己的家乡，陈忠实总是以充满深情的笔触去绘写，并在《白鹿原》中达到极致。2007 年，陈忠实出版了短篇小说集《关中风月》——描写关中人物与故事，表现陕西关中风情的小说集，并参加了 2007 年上海书展。在由读者投票评出的 2007 上海书展“十大优秀文艺新书”中，《关中风月》和季羡林《书斋杂录》赫然在列。2008 年重庆出版社编辑出版了《吟诵关中：陈忠实最新作品集》，很受欢迎。由此可见，在新世纪，陈忠实是以其作品中浓郁的关中地域色彩，获得广大读者的认可的。当然，这一印象，在很大程度上是由横空出世的《白鹿原》打造出来的。可以说，家乡独特的地域风貌和风土人情给予了他绵绵不绝的动力和灵感。陈忠实把“眷恋故乡”的情怀，视为“人类共性之一”，称之为人“心灵深处最温馨的一隅”。这种“最温馨”的“眷恋故乡”的情结，就像是树上刻字，树越长而字越显，积久而弥坚。这种“最温馨”的“恋乡”情怀，经常缘情自诱，不请自来。对于这一点，陈忠实体验甚深。陈忠实说，当他看到编撰整齐的《历代诗人咏灞桥》，不由得“心灵深处的某一根最灵敏也最绵软的神经便发出颤音来”，他说：“这种情绪说来十分简单十分单纯……灞桥是我的家乡，这种单纯甚至幼稚的儿童心理情感……窃以为是最纯净最虔诚也最令人心动的情愫。无论普通人乃至将军总统，无论操哪种语言着哪一种肤色的种族，无论他在人类社会哪个领域做出过怎样杰出的贡献，对于故乡的虔诚的情怀都是一脉相通的，可谓人类共性之一。……多年以后，仍会发觉心灵深处最温馨的一隅，依然还是自己的家园自己的故乡。”① 强烈的乡土情怀是与故园的一系列“具象记忆”紧密相连的，例如故园春季的和风，秋季的细雨，冬天的雪，夏天的虹霓，原野上的落日，树梢上的浮云，墟里上的炊烟，集市上的赛会，西窗的灯火，东作的泥土芳香……语言，尤其是方言，作为语言的地域变体，它是特定区域人们对生活世界的认知和思维的结晶，因而常常成为故园情怀存储和释放的载体。

很多人见到陈忠实，都对他一口方言浓重的关中话印象深刻。陈忠实不管走到哪里，在什么场合讲话，他的语言的基本面貌都是“乡音无改”。即便有书面语——例如前面引文里突然蹦出个文绉绉的“窃以为”，让他用方言说出来，也有另外一番滋味。陈忠实不仅在生活中使用方言，方言还成为他的创作语言，在作品中编织着带有浓郁地域气息的乡土艺术世界。陈忠实早期小说虽受“文革话语”拘囿，但由于母语潜移默化的渗透，小说中人物对话和故事叙述，时杂方言。随方言而来的关中农村生活氛围、情调气息，意外地成为“文革话语”僵硬浮泛的调节因素，成为我们称之为“黑暗王国”里残存的“一线光明”。新时期摆脱了文革话语和政治话语之后，陈忠实受到当时“寻根文学”和文化心理结构学说的影响，开始探索中国古老的文化传统在人们心理层面上刻下的印痕，以及传统文化与现代文明的冲突。这使他的眼光投向自己生活的这片乡土，用传统的精神资源对抗物化世界对人的异化，方言便是作家“精神上剥离”了政治话语之后，寻觅到的可供他意识到的“文学本真”栖息的家园。陈忠实在文学书写中大量动用方言资源，有回归传统的意味。但陈忠实的“回归传统”，只是对通过方言体味乡土生活中所浸润的传统文化精神有兴趣，并没有让传统淹没自己。陈忠实把目光投向乡土，就像希腊神话中的安泰扑向大地的怀抱，他试图从乡土文化的乳汁中吸取营养，让自己获得再生的能量。自从

① 陈忠实：《故乡，心灵中最温馨的一隅》，《陈忠实文集》第5卷，广州出版社2004年版，第420页。

陈忠实踏上文学之旅那一天起，先后操控他语言选择与运用的，有“十七年”流行的“革命话语”、“文化大革命”中囊括一切的“政治语言”以及新时期启蒙话语等盛极一时的“主导性话语”。陈忠实和这些主导性话语周旋的日子越久，心理上越不踏实，创作上越不自信，越来越萌生冲破主导性话语束缚的冲动。从20世纪80年代中期起，陈忠实开始了超越主导性语言的主宰，“寻找属于自己的句子”“寻找属于自己的语言”，以再生自己的努力。乡土文化的乳汁，给了他充裕的再生能量。他在关中方言中，找到了“属于自己的句子”“属于自己的语言”的栖息之地。他发现，在这里他可以大有作为。只有在这里，他在“精神和心理剥离”中体验到的“文学的本真”，才有了尽情施展之地。

由此不难理解，陈忠实的作品不仅在小说叙事中大量动用方言资源，散文甚至诗词创作中也杂有方言因子。陈忠实的作品，以小说《白鹿原》中的方言运用最为纯熟老到。方言在表现关中地域色彩，渲染关中民众之言谈心理、表情动作等方面，都发挥出无可替代的独到作用。例如，鹿子霖就任第一保障所乡约，借机敛财。上任后第一次执行公务便是按土地亩数和人头收缴印章税，不承想白嘉轩一语道破收税的因由，给鹿子霖一个倒憋气。鹿子霖试图遮掩事实的真相：“鹿子霖虽然被这话噎得难受，却只能是玩笑且当它玩笑：‘嘉轩兄谝什么闲传，这是史县长的命令。’”①“谝”（pian）在关中方言里指闲谈，聊天，尤指聊得特别过瘾、尽兴。“闲传”（han chuan）在关中方言里指闲着没事儿顺口说出来的“没影儿的事”“逗乐子的话”。一句方言“谝什么闲传”，把鹿子霖这个人物故作轻松又虚荣狡诈的心理活画了出来。再如，卖房产卖地，在关中农村是“丢人败家”的耻辱事。鹿子霖买了白嘉轩宅院里白孝文的房，大张旗鼓地拆房，以当众羞辱白嘉轩。此时的白嘉轩，心里肯定像刀绞似的。但他表面上却跟没事儿似的：“白嘉轩把拐杖靠在肩头，腾出手来抱拳还礼：‘子霖

① 陈忠实：《白鹿原》，《陈忠实文集》第4卷，广州出版社2004年版，第93页。

呀我真该谢承你哩！这三间门房撑在院子里楦着我的眼，我早都想一脚把它踢倒……’”① 白嘉轩一生感到骄傲的，是他娶过七房老婆。只可惜前六房走马灯似的，和他厮守一年半载之后，便撒手人寰。只有第七房老婆给他留下白孝文、白孝武、白孝义、白灵三儿一女四个子息。青年白孝文，吸毒赌博串门子，整个儿一个败家胚子。白嘉轩拿他干生气没办法。看见白孝文住过的三间房，想起这个败家子，心里就窝火。“楦眼”（关中方言发音为：xuan nian）在关中方言里有“碍眼”“杵眼”“看见就不顺眼”的意思。“这三间房撑在院子里楦着我的眼，我早都想一脚把它踢倒”，活画出白嘉轩的工于心计、遇事不乱方寸，性格刚强、不肯示弱的心理。陈忠实非常重视人物在小说中的“柱梁”作用，他认为：“读小说是为了寻求动人的故事，这是任何阅读者的最基本的阅读心理渴求。然而故事总是由人物演绎的，人物的情感世界和人物的追求以及命运的最终归宿，才是撑起故事框架的柱梁，才是决定故事质量的主宰，也是决定读者阅读兴趣的最基本的因素。”② 方言在陈忠实小说中是表现人物心理性格的重要手段，那些活跃在人们口头的语言最能传达人物的神韵。北京人民艺术剧院把《白鹿原》搬上话剧舞台，导演规定，尽量用“老陕话”说台词，还别出心裁地把“华阴老腔”搬上舞台，就是考虑到“京腔”难肖《白鹿原》里人物的腔口。用“京腔”虽然是中国话剧的规范，但只顾遵守话剧规范，会付出牺牲人物神韵、顿失艺术氛围的代价。当然，也不是没有打破常规的先例，例如，20 世纪 60 年代，四川人民艺术剧院和中国青年艺术剧院重新排演的话剧《抓壮丁》，就沿《抓壮丁》20 世纪 40 年代在延安初次上演时的路数，纯用四川方言表演，很是出彩。

《白鹿原》出版之后，陈忠实一度停止了小说创作，重返他创作历程的起点，散文成为颇受他青睐的文体。散文和小说，分别属于两

---

① 陈忠实：《白鹿原》，《陈忠实文集》第 4 卷，广州出版社 2004 年版，第 272 页。

② 陈忠实：《人物才是撑起故事框架的柱梁》，《陈忠实文集》第 6 卷，广州出版社 2004 年版，第 284 页。

个不同的文类。小说面向大众，叙事语言讲究“宛若在目”，人物语言讲究“语肖其人”。散文属于文人雅士写给自己和与自己志趣相投的人看的文类。语言多用书面语，讲究雅洁纯净，含蓄隽永，洒脱俊逸。在陈忠实的散文写作中，方言出现的频率稍低，这可能与一般作家都会有的尊重文体规范的意识有关，但仍不时出现。如《朋友的故事》里“接着就急嘟嘟地告诉我说，他刚刚出版的那本书出了问题”①，关中方言“急嘟嘟”表达着书面语中“急忙”的意思，“嘟嘟”则渲染“朋友”“着急得不得了”的情态；再如，“我反正是不再大惊小怪更不会惊惊乍乍的了”②，“反正是”“惊惊乍乍”常见于关中口语。“反正是”，有书面语“无论如何”的意思，也有“无论如何”不能穷尽的“见多不怪，从容淡定”的意态。“惊惊乍乍”，和书面语“大惊小怪”实际上没有多大差别，但“惊惊乍乍”有“大惊小怪”缺乏的“宛若在目”的生动感。陈忠实在散文书写中使用这些方言词语，应当是作者从小习得的方言母语的无意识流露。陈忠实创作散文时，有时考虑到散文的文体规范，也会流露出他对方言既爱又担忧的心理，他担心使用较为生僻的方言词会影响读者的阅读，但又割舍不下方言鲜活生动的表现力，因此会对一些词语进行普通话和方言的互释和翻译。如《朋友的故事》中：“‘有看法’就是‘有问题’，用关中方言说就是有麻达或者说有麻缠或者说惹下是非了捅了娄子了拉屎拉到锅台上了惹下麻达了。方言麻达在汉语里更广泛的含义是麻烦。”③“有看法”是时下官面上既含混又确有所指的官面话。不了解中国国情的“老外”，很难明白其中的奥妙。常傻乎乎地问：“有看法不好吗？谁没有自己的看法呀？”其实，他们不明白，上面若是有“看法”，下面必然有“麻达”。从普通话中的“有看法”，联想到方言的“麻达”“麻缠”“惹下是非”“捅了娄子”“拉

---

① 陈忠实：《朋友的故事》，《陈忠实文集》第6卷，广州出版社2004年版，第37页。
② 同上书，第38页。
③ 同上。

屎拉到锅台上”，这一连串关中方言，算是把“有看法”的真实意涵，剔抉得题无剩义。陈忠实在写作散文时，为了消除阅读障碍，选择用受众更广的普通话书写，但“江山易改，禀性难移”，母语方言总是不时地涌现到笔端与普通话对抗，强烈地要求展示自身。有时，陈忠实也会有意识地运用方言中富有表现力的成分为作品增光添彩，如《朋友的故事》中充满地域色彩的对话：“没毬事了”① “好咧好咧现在没事了”②。这两句想表达的，是“上面”对朋友新出的那本书“有看法”这件事过去了。“没毬事了”语涉粗俗，辞欠雅驯。但“毬事”这个粗俗方言，能表达雅驯的书面语无法表达的“领导‘有看法’”这件事本身，就是闲得无聊的领导生出来的没有一点意思的“闲毬事”。“好咧好咧”，则用四个字就渲染出书面语需用一长串话才能依稀表明的“既不甘心，又感到庆幸”“从此再也不用把领导‘有看法’这闲毬事当回事咧”的意味。这些方言口语的运用既调整了文章行文节奏，又描画出人物的声口。

小说创作是陈忠实的主业。《白鹿原》付梓以后，如释重负的陈忠实萌生出“余事做诗人”的雅兴，尝试着用古典诗词抒情达志。陈忠实的“本色”是小说家，只是“余事做诗人”。在把“作诗”当作“余事”来对待的活动中，心态放松，最容易流露自己的“本色”。虽然自从“词”作为一种文类登上大雅的那一天起，就明确宣布：“词别是一家”，和“诗”不一路。尽管笔者在前面也说过，词不忌“俗”，有别于诗不厌“雅”。在这里，我想补充一点：虽然和“诗不厌雅”相比，“词不忌俗”；但跻身“大雅”之后，在词的创作中，使用“俗语”“俗事”，还是要受到更高的艺术规范——例如“典重”“浑成”“协律”的约束，③ 并不像写小说，方言俗语可以冲口而出。

---

① 陈忠实：《朋友的故事》，《陈忠实文集》第6卷，广州出版社2004年版，第40页。

② 同上书，第41页。

③ （宋）李清照：《论词》，（宋）胡仔《苕溪渔隐丛话》后集卷三十三引“李易安云”，人民文学出版社1981年版，第254页。

但在“余事做诗人”的陈忠实那里，母语方言的强大渗透力，甚至可以穿越文体禁忌，直接进入诗词创作中。如《小重山·创作感怀》：“春来寒去复重重，掼下秃笔时，桃正红。独立掩卷默无声，却想哭，鼻涩泪不涌。”① 笔是作家的命根子，不到文完意足，作家是不会放下手中的笔的。在这里，铺叙“写完《白鹿原》，放下手中笔”时，陈忠实使用了关中方言口语中动词“掼”。“掼下”（guān ha）相当于普通话中的“放下，扔下，撂下”，但具有更浓的感情色彩，更强的力度感，指心安理得地放下，无忧无虑地扔下，不假思索地撂下，果断而用力地甩下。笔者不通词律，不知此处用“掼”字是否“协律”。假如暂时搁置“协律”等文体规范不计，仅从抒情达志上考量，用“放”用“扔”用“撂”，都没有用方言词“掼”这个词，更能淋漓写出作家完成《白鹿原》之后如释重负的心态。尽管“掼下秃笔时”，更像元曲的腔口，有失词“典重”的雅致。陈忠实有一首题目很是雅致的诗——《墨洇点点润屐痕》，诗中有句：“窑炕落生小米养。”②“窑”是关中平原边沿丘陵沟壑区农村多数农家的住所——在原畔找一个合适的地界，向下掘土，挖出一个高十来米，宽十来米的窑面，掘下来的土垫成院子。在窑面上掏个高三四米、宽三米、深四五米的拱形的洞，安上门窗，就是农家居住的窑。掏窑为居，只要有力气，用少许一些砖石木料就可以完成，建筑成本低。窑洞上有厚厚的窑背保温，住进去冬暖夏凉，故而丘陵沟壑区农家多选择窑居。关中农家，无论住的是房子还是窑洞，家家都盘炕。“炕”是关中农家睡觉的“床”，冬日取暖的“暖气”，新收获下的粮食的“烘干机”。当然，现在农家新盖的宅院不盘炕了，学城里人，改睡“席梦思”。但老年人仍习惯于住老屋睡炕。陈忠实的老家，就在关中平原的南沿儿，再往南，就进蓝田山了。《白鹿原》里，白嘉轩娶的最后一房老婆，就是

① 陈忠实：《小重山·创作感怀》，《陈忠实文集》第7卷，广州出版社2004年版，第477页。

② 陈忠实：《墨洇点点润屐痕》，《陈忠实文集》第7卷，广州出版社2004年版，第482页。

蓝田山里人家的姑娘。“小米”是关中五谷杂粮里的一种，但产量低，在关中并不多种。关中主要杂粮是产量高的苞谷（玉米）。苞谷馍、苞谷糁子是关中农家秋、冬、春三季的主食。陕北的田土气候条件不同于关中，地薄缺雨，种啥庄稼产量都差不多，谷最耐旱，故而陕北农户家家都种谷，小米是陕北农户家的主粮，边区农户所交公粮也多是小米。故而，老一辈共产党人常说他们是“小米养大的”。“窑炕落生”是个“俗语”——关中方言里的词汇，“小米养”，是个“俗事”——晚近才有人使用的“革命典故”。陈忠实在回忆自己阅读外国翻译小说经历的文章里，称他们家“祖居”的是“老屋”，而不是窑洞。陈忠实也不是喝小米粥、吃小米饭长大的，苞谷馍、苞谷糁子是他青少年时的家常饭。陈忠实“窑炕落生小米养”，是说他出身农家院，共产党把他培养成人。方言“落生”相当于“出生”，但多了婴儿呱呱坠地的画面感，“落生”虽然是诗人不常用的“俗语”，有违“诗不厌雅”的规范，入诗却能增强诗的形象性。当然，虽然“诗不厌雅”，但黄庭坚和江西诗派在近体诗创作中，早已开“以俗为雅，以故为新，点铁成金，夺胎换骨”的先例。唐代诗僧梵志、拾得写诗，张口就是大白话。聂绀弩“文化大革命”时写的古体诗，也明白如话，充满了语言调侃。评论家和文学史上说，他们的诗也“自成一体”。聂绀弩的诗另作别论。“梵志拾得体”“真”倒是真格儿地“真”，但就像梵志、拾得信奉的禅是“教外别传”一样，梵志写的诗是“诗外别体”，不是诗的“本色”之“真”。故而在黄庭坚那里，为追求诗歌语言创新，可以“以俗为雅”——大胆使用前人未曾使用过的“俗语”“俗事”，却不能“以‘雅’为‘俗’”——把诗写成“大白话”。由于“窑炕落生小米养”过于“明白如话”，多少落入诗家忌讳的诗可以“以俗为雅”却不能“以‘雅’为‘俗’”，因而全无“墨泅点点润屐痕”那样的“诗”的“蕴藉”又“高雅”的风致。然而，在积极调动方言俗事语言资源，“通过更新语言更新人的认识”这一点上，“以‘雅’为

‘俗’”和“以俗为雅”是别无二致的。另外，更值得关注的是，“以俗为雅”在本色是诗人的黄庭坚那里，不算新鲜。诗圣杜甫不是说过“语不惊人死不休”吗？在“余事做诗人”的陈忠实那里，“以‘雅’为‘俗’”就显得不同寻常了。第一，一般而言，和本色是诗人作家的相比，“余事做诗人”的诗作，更留意、更尊重“诗不厌雅”的文体规范。方言语汇不经意地出现在陈忠实的诗作中，可以测量出陈忠实的文学意识里，方言情结究竟有多么浓。第二，“余事做诗人”陈忠实能和本色是诗人的黄庭坚，在积极调动方言资源，通过更新语言，“以实现更新人的认识”上遥契冥合，可以说明方言在文学书写上究竟有多么强的穿透力。以上言说，无意评判陈忠实的诗词创作，而是想借陈忠实创作的诗词，透析陈忠实文学书写意识中的“方言情结”。

可以说，一个人一出生，从少习得的母语方言就在他心灵刻下了最初的符码，这种记忆深刻的心理符码最终必然导致语言感情上的归依和偏好。根据语言习得理论，一个人习得了一种语言，就意味着具备了这种语言的语言能力和语言交际能力。同时，由于语言与文化天然的密切关系，语言习得也意味着文化习得的同时获得。语言习得与文化习得对一个人的第二语言学习和接受将产生“正迁移”和“负迁移”两种作用。也就是说，陈忠实自幼习得的关中方言，作为一种先在的语言和文化，对其终生都会产生潜在的影响。正是这种潜在的影响，使得陈忠实的方言意识渐渐明确，并对自己的母语方言产生强烈的心理依附，爱屋及乌。总之，从乡土情怀到乡音认同，这种源自内心的语言固守观念是陈忠实母语方言情结产生的情感根源和心理演变轨迹。

第二节　中国方言写作文学传统的影响

中国农村尤其是关中一带的农村，有“耕读传家”的传统——顾炎武夸“秦人慕经术，重节义”，应该与此有关。一直到现在，关中农村农家宅院门楼子的门楣上，一般都有用瓷砖镶嵌而成书有“耕读传家”字样的匾额。不过，现如今关中农家院，“读”的传统——挣着命也要供个大学生出来，还保持着；“耕”已经是农村人的“副业”，大多数农村人都跑到城里挣大钱去了，农忙时才跑回来“耕”。新中国成立前，所谓“耕”，就是希望有几亩地，自耕自种，让家人不愁吃喝；所谓“读”，就是节衣缩食，供个学生念书。供学生念书，也不像现在，为求个大功名，换城市户口；识字通道理，在农村公私场合，能支应个事儿，撑得住门面就心满意足了。所以，在关中农村“耕读传家”的农家院里，存书有三类：一是老辈儿上私塾时留下来的四书五经、学堂里念书的学生留下来的中小学课本；二是有“农村生活教科书”性质的《朱伯庐治家格言》，以及历斗、医学验方、相牛相马经之类的农用书；三是供雪天、雨天闲下来消遣阅读的坊间刊行的《三国演义》《说岳全传》之类的稗官小说。新中国成立后，除了四书五经被送进“历史博物馆”了，《朱伯庐治家格言》不时兴了，其他基本上照旧。像陈忠实这个年龄段又出身于农家院的人，假如从小就喜欢文学阅读，能接触到的文学作品，有以下几类。第一，家里一般都有的《三国演义》之类的稗官小说。一般农家子弟都是从《三国演义》《水浒传》等中国古典小说开始文学阅读的。第二，新华书店很容易买到的 20 世纪 50 年代后期集中出版的《三里湾》《青春之歌》《林海雪原》《铁道游击队》《敌后武工队》等，20 世纪 60 年代陆续出版的，例如《三家巷》《创业史》《红岩》等中国现代作家的新创作。第三，中学图书馆能借到的新中国成立后出版的新中国成立前白话文作家的“自选集”，为向十年国庆献礼而出版的新中国作家的作品集，翻译过来的俄国和苏联作家，例如托尔斯泰、契诃夫、高尔基、肖洛霍夫等的小说。新中国成立后经过校注出版的中国古代作家的文集和翻译过来的英、法等欧洲作家们的文学名著，不过这一类著述，大多流入到了大学图书馆，中学图书馆收藏不多。陈忠实青少年时代的文学阅读，无出一般中学图书馆的收藏范围。从成名后陈忠实的自述看，青少年时期文学阅读对他一生都有影响的有四本书：赵树理的《三里湾》、柳青的《创业史》、王汶石的《风雪之夜》和肖洛霍夫的《静静的顿河》。那个时代喜欢文学阅读的初中生竞相阅读的《林海雪原》《铁道游击队》《敌后武工队》等，喜欢文学阅读的高中生一般都竞相阅读的《青春之歌》《三家巷》和苏联小说《勇敢》等，一本都没有提到。由此可以揣测，青少年时期陈忠实的文学阅读有偏好。《三里湾》等四本书，都是以农村生活为题材。前三本在文学书写中调动方言资源方面，有异曲同工之妙。《静静的顿河》文学书写中流贯的磅礴而浑厚的“史诗”气息，在陈忠实《白鹿原》的文学书写中重新可以见到。陈忠实始终难忘这四本书，似乎在昭示，陈忠实自小就有关注乡野社会，再现乡野社会一个地方文化风俗史的情结。当然，能帮助他了却这一“情结”的，不止这四本书。只不过限于他当时的阅读视野，这四本书最合他的胃口罢了。后来的阅读实践，已经向他证明，古今中外的优秀文学作品，都能在这一方面向他提供营养。

古今中外文学史上都有着源远流长的方言写作传统。这里说的“方言”，是在“某个地区流行的语言”宽泛意义上的“方言”，包括民族语。西方最早运用方言写作整部著作的是但丁。罗马帝国横跨欧亚（西亚），通行语是拉丁语，各行省和各诸侯国本地的语言属于方言土语。但丁对当时通行的拉丁语不满，改用意大利的方言创作了《神曲》。后来又有莎士比亚用英国方言写作剧本，使英国方言文学得以确立。当然，罗马帝国的势力一直未能如愿进入英伦诸岛。西班牙塞万提斯的名著《唐·吉诃德》也是运用方言——西班牙语写成的。僻处北欧大森林里的德意志人的祖先，当时是罗马帝国的化外之民，尽管他们不断南迁，但他们的文学书写，按例用他们的土语而拒绝罗马的驯化。此外，还有俄国诗人普希金成功运用俄罗斯语言创作诗歌，当时俄国上流社会通行法语，俄语是农夫使用的语言。美国作家福克纳擅长运用密西西比白人或黑人所用的方言写小说。这些不同时代不同民族和国籍的作家用自己的民族语言和方言，织成了姿态万千的文学世界。陈忠实在创作之余酷爱阅读，尤其是改革开放后阅读了大量的外国作品，但是外国作家运用方言取得作品成功的经验，却很难被陈忠实直接借鉴。因为陈忠实没有阅读外文原著的能力，读的都是翻译作品——有不少还是从英文转译过来的，翻译作品使用的是欧化了的汉语，作品经过翻译的欧化语言中介之后，其中的方言韵味大打折扣。但外国文学作品在思想视野、结构布局和艺术手法等方面，还是给予陈忠实不小的影响。例如，从《白鹿原》的文学书写中，不难嗅到《静静的顿河》《百年孤独》的某些气息。

中国文学史上方言写作最早可追溯到《诗经》，“十五国风”展示了各诸侯国方言的风姿，战国时候的《楚辞》则是楚地方言的记录。秦代开始，作为书面语的文言文逐步形成，用口语方言写作的作品很少记载和留存于世。唐宋以后，方言成分越来越多地出现在词、曲之中。到明清时期，随着白话小说的兴盛，方言大量进入文学作品。五四白话文运动主张言文一致，方言写作被大力提倡；20世纪30年代中期开始的大众语讨论将方言运用和革命文学的阶级意识联系起来并付诸艺术实践。在延安边区和各个解放区，凭借政党对文艺直接干预的政治之力，知识分子不是“化”大众，而是大众化了，群众语言、农民的语言，取代了五四后流行的“学生腔”，文艺大众化在文学书写语言上真正得以实现。新中国成立后，随着文艺为工农兵服务的价值定位，文学文本逐渐走向民间文艺化、通俗化，方言写作成为追求通俗化与民间文艺化的重要途径而被许多作家重视。陈忠实的方言写作与中国文学史上方言写作传统，尤其是20世纪40年代以后伴随解决“文艺为什么人服务”问题而兴起“文学大众化”有着密切的关联。这种关联始于儿时受到的熏染。

陈忠实说，他对他父亲难忘的记忆，是他从小就见惯了的他父亲躺在炕上读书的姿势：“我当时就回忆起从小见惯的这种姿势，雨天和冬天的不能下地干活的日子，父亲躺在祖居的土炕上，头下枕着一块他自己从灞河滩上捡回的方方正正的河卵石，读着书页残断的《说岳全传》《七侠五义》《三国演义》等古董。"① 父亲酷爱阅读中国古典小说的癖好会在潜移默化中影响到儿子。不过，少年陈忠实把这些书当"古董"翻看，并不知道这些书就是"作家"写出来的"小说"。陈忠实从中学时代开始大量阅读文学作品，在接近古稀之年的时候他回忆起年少时阅读对自己的文学生涯的意义："一本本优秀的文学作品，在眼前展开了一幅幅见所未见、闻所未闻的画卷。所有这些震撼人心的书籍，使我的眼睛摆脱开家乡灞河川道那条狭窄的天地，了解到在这小小的黄土高原的夹缝之外，还有一个更广阔的世界。"② 陈忠实最初所受的文学熏陶中，中国古典小说无疑占有一定的份额。清代小说《说岳全传》的作者钱彩是浙江仁和人，出于对地域文化的热爱，他的小说从刻画人物形象，抒发思想情感到描写事态情节，都渗透着浓浓的吴越文化气息，其中还巧妙地插入了较多的吴越方言，如"家堂""登时""交关""做人家""杀坯"等，更增强了浓郁的地域特色。清代石玉昆所述《七侠五义》虽然经过俞樾的修订润色，但依旧保留了较多的方言俗语和诙谐幽默，贴近日常生活的口语。《三国演义》的作者罗贯中籍贯山西，作品中有大量的太原清徐一带所特有的方言俚语，如时时出现的"甚"字，表示"什么""不大""早该"的意思，至今在晋语方言中还天天使用。少年陈忠实阅读这些时未必能意识到，但古典小说浓郁的方言韵味，已经以"润物细无声"的方式进入陈忠实的文学库存，等到他踏上文学之旅，回忆文学阅读时，会成为他可资借鉴的语言资源。

上中学时，翻译过来的外国作品开始进入陈忠实的阅读视野。阅读的第一部外国作品，是翻译过来的苏联作家肖洛霍夫的《静静的顿

---

① 陈忠实：《自己卖书与自购盗本》，贾玉民主编《对话：与当代文艺名家面对面》，远方出版社2005年版，第124页。

② 陈忠实：《我的文学生涯——陈忠实自述》，《小说评论》2003年第5期。

河》。陈忠实在《借助巨人的肩膀——翻译小说阅读记忆》里回忆道，他平生阅读的第一部翻译长篇小说，是《静静的顿河》：“生活在那里的人们的快乐和悲伤竟然牵动着我的情感，而我不过是卖菜割草的一个尚未成年的农村孩子。后来我才意识到，我喜欢阅读欧美小说的偏向，就是从此发生逆转的，从‘说时迟那时快’的语言模式里跳了出来。”① “喜欢阅读欧美小说的偏向”的养成，对陈忠实后来的文学发展影响至深。陈忠实这段话所陈述的感受以及感受里所蕴含的思想，有必要加以厘清。

这段话属于陈忠实“翻译小说阅读记忆”的一部分。“记忆”，是人在静思默想中对往事的回味。或者说，“记忆”是让时间倒流，用“非昔人”之身去回味“犹昔人”时的往事。佛经里有段“公案”：“梵志少年出家，白首还乡。（按：此‘梵志’是古印度一位和尚，不是初唐写白话诗的那位。）乡人惊曰：犹昔人耶？梵志曰：吾犹昔人非昔人也。”在记忆的“回味”之中，不可避免地要把值得回味的往事中有“亮点”的地方“光亮化”。故而，记忆一般都具有“刊华落实”“删繁就简”式的“聚焦”性。《静静的顿河》是陈忠实上中学时阅读的。“我喜欢阅读欧美小说的偏向，就是从此发生逆转的”，是陈忠实“后来才意识到的”，并不是当年阅读《静静的顿河》时“实际发生”的。据陈忠实在另外一个地方的自我陈述，他集中阅读翻译过来的世界经典文学名著，发生在1978年冬。从此，他开始有了“喜欢阅读欧美小说的偏向”。陈忠实在集中阅读世界经典名著时，蓦然回首，想起上中学时阅读《静静的顿河》的情形，这才发现，他“喜欢阅读欧美小说的偏向”，原来是从那时“发生逆转的”。“我后来才意识到”的“后来”，应该是指1978年冬集中阅读翻译过来的世界经典名著之后。“意识到”的“逆转”，具体说，就是“从‘说时迟那时

① 陈忠实：《借助巨人的肩膀——翻译小说阅读记忆》，《西安石油大学学报》（社会科学版）2005年第3期。

快’语言模式里跳了出来”。也就是说，“从‘说时迟那时快’语言模式里跳了出来”，是1978年冬才浮现于陈忠实的意识的。“说时迟那时快”，和“话分两头，暂表一支”一样，原来只是中国古典小说惯用的陈述格式；称它为一种“语言模式”，实际上是把它“放大”，用来指中国古典小说的叙事模式。“从‘说时迟那时快’语言模式里跳了出来”，就是“从中国古典小说叙事模式中跳出来”。1978年这个时间点，对于陈忠实的文学事业来说，是个很有意义的时间点。从这一年冬天开始，陈忠实的创作进入了一个新的井喷期。如果是这样的话，那么，对陈忠实“从‘说时迟那时快’语言模式里跳了出来”的意识，就需要加以认真的分析。

中国古典小说的叙事模式，有别于翻译过来的欧美小说。假如一定要在中国古典小说和翻译过来的欧美小说的叙述语言之间做出分别，大概可以说，中国古典小说的叙述语言是“叙述式”的，翻译过来的欧美小说叙述语言是“描写式”的。这两套叙述模式，可以比较，但难分短长。例如，既有的研究已经证明，用“叙述式”语言模式书写出来的中国古典小说，在人物塑造上有堪与用“描写式”语言模式书写出来的欧美小说相媲美的独到的艺术魅力。[①] 这项研究的理论意义在于，它试图唤起作家们积极借鉴和吸收中国古典小说艺术传统，以弥补纯用“描写式”语言之不足的意识，更自觉地去创作具有“中国作风和中国气派”的文学作品，为世界文学做贡献。五四“文学革命”以来，中国小说都是用“描写式”的语言模式书写出来的。即便是受过中国古典文化熏陶颇深的作家——例如鲁迅、林语堂、叶圣陶的小说，也不例外。这一事实，并未因“文学大众化”而有所改变。“文学大众化”，改变的主要是“语质”——在小说书写中，尽量用工农大众熟悉的口语，替代知识分子才熟悉的书面语；对小说叙述方式的影响，几乎可以忽略不计。前引在“文学大众化”已经普及之后，

① 李希凡：《论中国古典小说的艺术形象》，上海文艺出版社1961年版，第1—9页。

周扬“小说人物语言有进步，叙述语言还是知识分子的”的论断，堪为例证。周扬所谓“知识分子的”，指知识分子出身的作家，习惯于用欧美“描写式”的语言模式进行文学书写。而知识分子出身的作家，一直是中国现代作家的主体。当然，那时所谓的“知识分子”，是相对“工农大众”而言的，凡是自小读过几页书的，都叫“知识分子”，并不像现在，只有那些受过专业训练，掌握某一领域的专业知识，且不以知识为一己谋生，而是把知识用于人类公共事务的人，才配称“知识分子”。陈忠实也说过，他是从“描写语言进入小说写作的”——“描写”恰恰是欧美小说叙述模式标志性的特征。这说明，陈忠实从一开始就在欧美小说“描写式”叙述模式之中，不存在“跳了出来”的问题。不仅不存在“跳出来”的问题，对于了却陈忠实从上中学时就萌生的文学“情结”说来，中国古典小说语言运用的艺术经验，不仅不能“跳出来”，而是需要“深进去”。柳青在这个方面做出过典范。陈忠实的文学偶像柳青，有英文阅读能力，但在文学书写上，却不甘于受其约束。例如《创业史》从“题叙”开始展开故事。《创业史》“题叙”——“梁生宝父子创业失败史”和同期著名小说《红旗谱》“楔子”——“朱老巩舍身千里堤”在结构上有异曲同工之妙。而“题叙”在欧美小说叙事里并不经见，倒是中国白话小说的惯用模式。例如《水浒传》第一回“洪太尉误走妖魔”，《红楼梦》第一回“甄士隐梦幻识通灵”，《说岳全传》第一回“佛谪金翅鸟下凡”，等等。艺术和思想成熟之后的陈忠实，实际上已经自我否定了这种意识。例如陈忠实构思《白鹿原》时，要求自己“跳出描写”——“描写”恰好是欧美小说的叙事模式，要求自己努力“把描写凝结于叙述”——“叙述”正是中国古典小说的叙事精神，就是例证。陈忠实真正需要“跳出来”的，实际上是由“革命话语”“服务话语”等新中国成立后提倡的“有中国特色”的言说方式制造出的叙述“模子”，而不是如“说时迟那时快”之类的纯“叙事”无“描写”的陈述格式——这种陈述格式，现代作家谁都不用，更不是体现着“中国作风和中国气派”的中国古典小说纳“描写”于“叙述”的语言运用艺术——这种叙事艺术，正是陈忠实创作《白鹿原》时一心一意追求的。另外，陈忠实说过，他最难忘的记忆，是他父亲“雨天躺在炕上读书页残破的《说岳全传》《七侠五义》《三国演义》”。尽管那时他把《说岳全传》等看作是“古董”，并不知道这些书是“作家”写出来的“小说”，但中国古典小说的语言和艺术，不管他当年能理解多少，还是以“润物细无声”的方式进入了他的文学库存。以“润物细无声”的方式进入文学库存的东西，已经在心中安家落户，想跳是跳不出来的。

比古典小说更直接地影响陈忠实进行方言写作的，是来源于中国现当代小说的创作经验。20 世纪二三十年代，中国文艺向大众化转移，这是作家艺术家自上而下的启蒙式的文学变革，未能实现与民众真正的结合。从 20 世纪 30 年代起，大众语和文学大众化运动不仅获得了新意识形态的表述，还获得了强有力的政治支持。毛泽东在延安发表了《改造我们的学习》《反对党八股》等文章，强调学习群众语言。20 世纪 40 年代初，《在延安文艺座谈会上的讲话》发表，确立了文艺为工农兵服务的基本方向和基本路线。毛泽东以领袖的姿态在文学如何为人民大众、工农兵服务的问题上，充分肯定了向群众语言——方言口语学习的重要性，要求作家改造思想，向工农兵学习，整个思想感情都与工农兵同化，这一艰难的自我改造最有效的方式就是学习工农兵语言并用工农兵语言写作：

我们的文艺工作者不熟悉工人，不熟悉农民，不熟悉士兵，也不熟悉他们的干部。什么是不懂？语言不懂，就是说，对于人民群众的丰富的生动的语言，缺乏充分的知识。许多文艺工作者由于自己脱离群众、生活空虚，当然也就不熟悉人民的语言，因此他们的作品不但显得语言无味，而且里面常常夹着一些生造出来的和人民的语言相对立的不三不四的词句。许多同志爱说“大

> 众化”，但是什么叫做大众化呢？就是我们的文艺工作者的思想感情和工农兵大众的思想感情打成一片。而要打成一片，就应当认真学习群众的语言。如果连群众的语言都有许多不懂，还讲什么文艺创造呢？①

毛泽东站在意识形态高度对文学语言的强硬要求凝结了巨大的历史能量，影响到20世纪的汉语发展道路。围绕着文艺为人民大众服务的目标，解放区文学对民间文学给予了充分的重视。作家们都学习民间文学，特别是向民歌、民间故事、谚语学习，创作为老百姓喜闻乐见的作品。20世纪40年代的赵树理、李季、阮章竞等一批作家，自觉实践文学的民族化、大众化，取得了相当大的成就。陈忠实走上文学之路的最初老师就是赵树理。

陈忠实在《文学故乡》中回忆了人生中最早的文学活动：“我在小学阶段没有接触过文学作品，尚不知世有‘作家’和‘小说’。”（按：陈忠实此处所说的“文学作品”，实际上只限于现代作家写的小说）陈忠实是20世纪50年代上的小学。那时，年长他几岁的兄长辈语文课使用过《文学》课本。里面全是如《岳飞枪挑小梁王》《木兰辞》之类的作品。那时的小学生，多是从阅读兄长们的《文学》课本，才萌生文学阅读的兴趣的。“上初中时我阅读的头一本小说是《三里湾》，这也是我平生阅读的第一本小说。赵树理对我来说是陌生的，而三里湾的农民和农村生活却再熟识不过的了。这本书把我有关农村的生活记忆复活了，也是我第一次验证了自己关于乡村关于农民的印象和体验，如同看到自己和熟识的乡邻旧时生活的照片。这种复活和验证在幼稚的心灵引起的惊讶、欣喜和浮动是带有本性的。我随之把赵树理已经出版的小说全部借来阅读了。这时候的赵树理在我心目

---

① 毛泽东：《在延安文艺座谈会上的讲话》，《毛泽东选集》（一卷本），人民出版社1966年版，第852页。

中已经是中国最伟大的作家，我人生历程中所发生的第一次崇拜就在这时候，他是赵树理。也就在阅读赵树理小说的浓厚兴趣里，我写下了平生的第一篇小说《桃园风波》，是在初中二年级的一次自选题作文课上写下的。我这一生的全部有幸和不幸，就是从阅读《三里湾》和这篇小说的写作开始的。”① 赵树理从师范学校毕业，在农村小学教过书，长期生活在农民群众之中，受到丰富多彩的农民群众语言的熏陶。他真正懂得农民，细心研究农民喜欢的种种曲艺和地方戏，创作中注意采用农民群众日常言语最鲜活最常出现的词句。赵树理的小说语言围绕着让农民喜闻乐见的目标，尽力营造明白如话的效果，叙述时少用形容词和修饰成分，常用的句子结构是某处有什么，谁做什么。叙述有意识地向中国式的“叙事式”模式靠拢，句子十分简短，结构简洁，主谓分明，突出谓语，强调人物的行为。叙事不仅以农民为主线，组织叙事的视角也是农民的。不仅人物的对话语言用方言，叙述语言也努力采用农民的口语。赵树理的小说，那个时代的农民最爱看。2009 年上海书展期间，陈忠实的新书《寻找属于自己的句子——〈白鹿原〉创作手记》正式发布。他在接受记者采访时表示：“从初中二年级的作文课上写下第一篇小说，实际上就开始了寻找，只是无意识里的盲目，却是从模仿赵树理的语言开始的。”② 赵树理山西味很醇的口语方言写作给予长期生活在西安东郊乡土世界，熟悉关中人的语言和民间艺术形式的陈忠实建构文学世界以深深的影响，成为他写作道路上最初的语言典范。在这里，我们想提醒各位注意：从“模仿赵树理的语言开始”文学习作的陈忠实，在日后的文学发展中，与赵树理越走越远，但赵树理是他文学“启蒙人”的地位，在陈忠实心中，始终不曾动摇。

在文学创作层面对陈忠实产生影响深远的是中国当代作家柳青和王汶石。柳青来自地处黄土高原的陕北吴堡（“堡”读若 bǔ）县，进

---

① 陈忠实：《文学故乡》，《档案天地》2007 年第 6 期。

② 陈忠实：《寻找属于自己的句子——从模仿赵树理开始》，《广州日报》2009 年 8 月 29 日。

城后不久，就辞去团中央的工作，调回陕西，一头扎进长安县皇甫村，沉在基层。王汶石出生在晋南，秦晋夙有地域上的亲缘关系，进城就一直在西安工作，以渭南为生活基地。柳青和王汶石作为力求忠实于生活的作家，对文学事业的那种挚爱和忠诚，使陈忠实在生活和创作上对两位前辈油然而生一种特殊的亲切感。他在创作初期就有意识地学习和模仿柳青和王汶石。在《从感性体验出发的生命飞升旅程》中陈忠实回忆："我自然会想到柳青和王汶石，他们对渭河平原乡村生活的描写，不仅在创作上，甚至在纯粹欣赏阅读的诗意享受上，许多年来使我陷入沉醉。'文化大革命'中的1974年我到南泥湾'五七干校'锻炼，规定要带的《毛泽东选集》，我悄悄私带了一本《创业史》，在窑洞里度过了半年，那是一种纯粹的欣赏性阅读。这两位作家对我整个创作的影响，几乎是潜意识的。我的早期小说，有人说过像柳青的风格，也有人说沾着王汶石的些许韵味。我想这是自然的，也是合理的，当年听到时还颇为欣慰，能让评论家和读者产生这种阅读感觉，起码标志着不低不俗的起步的基点。"① 柳青和王汶石，创作风格有别，但在笃信"生活是文学创作的唯一源泉"和在文学书写中积极调动方言资源这一点上，两位的追求是一致的。

柳青在长安皇甫村居住了十四年，成天与农民厮守在一起，使他对秦地语言已经相当熟稔，《创业史》便是这种方言运用的典范之作。柳青在《创业史》中很少用长句子，一般都以简短的句子组成章节，显示出急促紧张的文章节奏。《创业史》中的叙述语言一般使用书面语表达，而人物对话、内心独白则用秦地方言，两种语言形式相比照，后者的艺术魅力大于前者。人物的口头方言柳青掌握得很好，能够运用自如，产生了刻画人物惟妙惟肖的艺术效果，如见其人，如闻其声，毫发毕现，妙趣横生。柳青是陕北吴堡人，省立西安中学毕业后，在西安办过报。1938年奔赴延安，从此一直在陕北生活，直到进城。听

---

① 陈忠实：《精神"剥离"引发的创作新机》，《商洛学院学报》2011年第5期。

惯了陕北信天游的柳青，却能克制自己的偏好，有意引秦腔进入小说，演绎关中农村的变革，显然是为了彰显关中地域特色。作品里俯拾皆是的方言口语与秦腔、秦地民歌、童谣对形成《创业史》粗犷、豁达、热烈的艺术特色起到重要的作用，这为后来当代陕西作家使用秦地方言写作开了先河。陈忠实在《精神“剥离”引发的创作新机》中说：“《创业史》在《延河》连载，我每月用家里给的买咸菜的钱到邮局买一本《延河》杂志，后来又买了全文刊载的《收获》。姑且不说这部小说对我这个文学爱好者在包括语言等艺术上的完全倾倒，单是对中国农村和农民的认识，《创业史》给我的既是启蒙也是深刻的影响。”① 陈忠实在创作早期被人称为“小柳青”，可知他从题材内容、形式结构到语言特色都受益于柳青甚多。

王汶石是陈忠实最崇敬的作家之一，陈忠实在《为了十九岁的崇拜——追忆尊师王汶石》中回忆了王汶石对他写作道路的影响：“当时印象最深的有两篇作品，一是话剧剧本《胆剑篇》，令我们激动了好久，谈论了好久；一是王汶石的短篇小说《沙滩上》，三个人几乎是接力式地迫不及待地阅读了，相约着走出学校后门和后门外的操场，翻过灞河长堤和柳树林带。在灞河水边的沙滩上围坐下来，讨论起《沙滩上》来了。这样的讨论连续有三四次，都是在晚饭后的自由活动时间里进行的，每一次都持续到熄灯就寝的钟点。处于艺术创造鼎盛期的王汶石，大约不会料想得到，在星光朦胧的灞河滩上，三个读高中的农家学生正在热烈而动情地谈论着他的名字和他刚刚出台的人物——大年和囤儿的方方面面，正在把他营造的这幢瑰丽的艺术建筑拆卸开来，窥看一柱一梁以及其中的窍卯。”② 《沙滩上》是王汶石1963 年为配合“整社”运动而创作的小说。据说，这篇小说很受周扬看重，周扬因此曾动过让王汶石到“亚非作家协会”去搞“洋务”的

① 陈忠实：《精神“剥离”引发的创作新机》，《商洛学院学报》2011 年第 5 期。

② 陈忠实：《为了十九岁的崇拜——追忆尊师王汶石》，《陈忠实文集》第 6 卷，广州出版社 2004 年版，第 134 页。

念头。王汶石是属于喝延河水、吃小米饭成长起来的那一代作家，受到毛泽东《讲话》精神的影响，在搞戏剧创作时就喜欢使用口语方言，后来由搞戏剧创作改为写短篇小说，小说中方言也处处可见。如：

“以前，他们都说女人拉男人后腿，现在，倒反过来了，有些男人，拉起女人的后腿啦。”（王汶石《新结识的伙伴》）①

“彦中和这个出溜鬼，硬要我到他家去。”（王汶石《新任队长彦三》）②

“如今桃叶自己挑中了一个人，妈妈四出访问，盘根究底，打听了两个多月。”（王汶石《大木匠》）③

（王福）“一半在家做庄稼，一半逢集遇会要扁担。”（王汶石《卖菜者》）④

“拉男人后腿”“盘根究底”是较易懂的，“要扁担”从上下文推断似指挑一担瓜果蔬菜到集市做小买卖，“出溜鬼”在方言中指爱闲逛的人，但让一般读者觉得比较费解。王汶石使用方言时似乎没有太多考虑非方言区读者的接受能力。又比如，王汶石《井下》：“八叔半辈子倒求过他谁吗？慢说自家侄儿！”⑤ “他谁”，是关中方言中的词汇。有的读者对“他谁”一词感到新奇，这是因为在普通话中已经没有这么搭配词语的缘故。在关中方言里，“他谁”里的“他”，是修饰“谁”的。用“他”去修饰“谁”，是对话语境的需要。对话的是“我”和“你”。“他”对在场的“我”和“你”来说，是个压根儿就

---

① 王汶石：《新结识的伙伴》，《王汶石文集》第1卷，陕西人民出版社2004年版，第266页。

② 王汶石：《新任队长彦三》，《王汶石文集》第1卷，陕西人民出版社2004年版，第324页。

③ 王汶石：《大木匠》，《王汶石文集》第1卷，陕西人民出版社2004年版，第160页。

④ 王汶石：《卖菜者》，《王汶石文集》第1卷，陕西人民出版社2004年版，第16页。

⑤ 王汶石：《井下》，《王汶石文集》第1卷，陕西人民出版社2004年版，第185页。

不知道他姓什么、叫什么、家住在哪儿、存在不存在的漠不相关的别的什么人。熟悉关中方言的读者，一看就能明白：“谁”前加一个“他”字——“八叔半辈子求过谁吗？求过你吗？求过我吗？连你、我都没有求过的八叔，半辈子求过谁呢？”算是把八叔“万事不求人”的刚强性格活画出来了。然而，按规范表述，“八叔半辈子求过谁吗”，已是文完意足。在这里，用还是不用方言，无伤大体。在“无伤大体”处，不妨多体贴一些一般读者接受方言的能力。

王汶石和柳青用关中原生态的方言叙写着关中乡村生活的艺术成就给予仍处在文学起步阶段的陈忠实以深深的感染和启发。陈忠实说：“柳青的《创业史》和王汶石的《风雪之夜》的最直接的启示，是把小说的艺术真实和生活真实的距离完全融合了。尤其是我生活的关中农村，那种读来几乎鼻息可感的真实，往往使人产生错觉，这是在读小说还是在听自己熟悉的一个人的有趣的传闻故事。我对创作的迷惘和虚幻的神秘幕纱可以撩开了，小说的故事和人物就在我的左邻右舍里生活着。”① 可以想见，作品中如果缺少了方言俗语，这种“鼻息可感的真实”就会立刻消失，无从寻觅。虽然陈忠实的早期创作中还没有萌发自觉的方言写作意识，但他对柳青和王汶石的刻意模仿以及对真实可感艺术效果的追寻，使他不自觉地利用方言资源丰富着自己笔下的艺术世界。

柳青和王汶石对陈忠实创作的影响是巨大的；陈忠实对柳青王汶石艺术成就的慑服，也是真诚的。但陈忠实和柳青王汶石，毕竟分属于两个不同的时代。柳青、王汶石是在毛泽东《在延安文艺座谈会上的讲话》熏陶出来的作家。他们的文学名声，不是纯粹由他们各自的艺术成就打造出来的，还因为他们创作方向正确，“为工农兵服务”立场坚定。他们的艺术经验，属于渐成历史的那个时代。1977 年发表

---

① 陈忠实：《为了十九岁的崇拜——追忆尊师王汶石》，《陈忠实文集》第 6 卷，广州出版社 2004 年版，第 134 页。

《创业史》第二部上卷之后，再也没有新作问世。《创业史》第二部上卷中，依然能见到《创业史》第一部的风采，足慰人心。但即便是崇拜柳青的读者，掩卷之余，私下也不免要犯嘀咕：照这个路数，柳青还能继续写下去吗？王汶石倒是发表过新作如《通红的煤》，但已经难见《风雪之夜》时的风采了。陈忠实属于在“文化大革命”后期起步，到文学“新时期”艺术才华才得到全幅展现的一代作家。柳青和王汶石对方言话语资源的高度重视以及文学创作中的自觉采撷和运用，对当年和后来的陈忠实，影响确实不浅。但对于已经体会到的柳青、王汶石表现出来的让他人难以企及的艺术魅力，陈忠实真正应该做的，还不是停留在艳羡、倾慕和崇拜上，而是如何通过自己的努力，在一个“更高的阶梯上”，在新的文学时代把这种艺术魅力再现出来。新时期的陈忠实，对此开始有了反省。他在《关于〈白鹿原〉的答问》中说：“我决心彻底摆脱作为老师的柳青的荫影，彻底到连语言形式也必须摆脱，努力建立自己的语言结构形式。我当时有一种自我估计，什么时候彻底摆脱了柳青，属于我自己的真正意义上的创作才可能产生，决心进行彻底摆脱的实验就是《白鹿原》。”① 陈忠实在“答问”中，“荫影”这个词用得颇具匠心。他把柳青比作参天大树。他对柳青让他人难以企及的艺术魅力给予他的巨大艺术馈赠，感激不尽——“大树底下好乘凉”嘛；同时他也意识到：“大树底下无丰草”。与其坐享别人的馈赠，不如自己跋山涉水，开辟草莱——“百丈乔木，必生幽谷”嘛！他把柳青、王汶石等老一代作家创造出的书写渭河平原农村生活的艺术经验，吸收、改造和融化在自己的创作中，走出了一条既承传前人，又超越前人的独特创作道路。

第三节　更新和改进“现实主义”创作方法的需要

积极调动方言资源进入文学书写，自始至终都是陈忠实小说创作实

---

① 陈忠实：《关于〈白鹿原〉的答问》，《小说评论》1993 年第 3 期。

践中一个引人注目的现象。在陈忠实不同时期创作的小说作品中，调动方言资源进入文学书写的具体表现，却是不均衡的。在陈忠实“文化大革命”后期创作的小说中，方言已经零星地出现在小说人物的对话中；在陈忠实“新时期”的创作中，方言书写从小说人物语言拓展到了小说叙述语言；在陈忠实“后新时期”特别是《白鹿原》的创作中，方言书写已经散布到了小说的各个角落。纵观陈忠实的小说创作历程，可以这么说，陈忠实之于方言书写，经历了一个从“无意识流露”到“有意识选择”的过程，方言书写在陈忠实不同时期创作的小说作品里，扮演着不同的“角色”，承载着不同的使命。方言在陈忠实“文化大革命”后期小说中的“无意识流露”，无意之间，竟成了缓冲那时小说中普遍流行的“强势政治话语”之压迫的调节因素；“新时期”创作中“有意识”运用方言，主要是为了渲染“细节真实”；在《白鹿原》的创作中，方言书写成了承载和表现他“已经意识和体验到的那一段农村历史生活内容”唯一不二的选择。在《白鹿原》的创作中，陈忠实把关中方言作为关中农村文化心理结构的表征符号来运用。

诱发陈忠实在文学书写中“无意识流露”方言，促使陈忠实在文学书写中“有意识选择”方言的，是陈忠实对“现实主义”文学创作方法的信赖。

“现实主义”原本是19世纪初西方开始流行一种文学创作流派，以其在文学书写中执着于“现实”，并以其凌厉的“批判”风骨，有别于前此已经流行的倾向于抒写“理想”的“浪漫主义”文学流派。在西方，19世纪是“现实主义”文学的世纪，大家迭出，名作不断。到19世纪晚期，“现实主义”逐渐“逊位”于“现代主义”。“现实主义”文学的批判风骨及其创造出来的辉煌，赢得了马克思和恩格斯对现实主义创作方法的关注。他们提出：现实主义创作方法，体现着“真正的艺术家的勇气”；现实主义创作方法，不仅要“再现生活真实”，还要“塑造典型环境中的典型性格”；现实主义创作方法在某些方面昭示着文学的未来，并把“未来文学”定位在“已经意识到的历史内容和‘莎士比亚’化的完美结合”。西方现实主义作家创造出的文学辉煌，和马克思主义创始人对现实主义创作方法的期待，共同决定了现实主义创作方法在20世纪中国非同一般的命运。五四新文学推重现实主义，20世纪30年代发轫的“革命文学”标榜“现实主义”，1950年以后的中国风行现实主义。不过，真正风行起来的，是加上了“革命”这个前缀因而多少有点变味的“现实主义”。在文学“新时期”，现实主义遭到形形色色新的创作方法的冲击，但一直到20世纪80年代后期，“新时期”最有影响力的思想家李泽厚，在一本书的后记里还是坦言：创作方法异彩纷呈，然对他而言，他至今还是心仪现实主义。笔者认为现实主义在20世纪的中国命运“非同一般”，是想突出两点：（1）在西方19世纪流行一时，到20世纪已经“逊位”的现实主义，竟成了20世纪中国不同营垒里文学家们的共同期待；（2）20世纪中国不同营垒里的作家所期待的“现实主义”是有差别的：五四新文学推重的、李泽厚心仪的，是西方现实主义文学鼎盛期表现出的社会批判的气度、深度和力度。20世纪30年代发轫的“革命文学”只是“标榜”现实主义，他们的作品中掺杂有不少反“现实”的“狂躁”和非“现实”的“颓唐”。1950年以后在中国风行的“现实主义”与现实主义的风骨——批判和暴露——渐行渐远，以至于滑向无原则地肯定现在。

陈忠实说，对他的文学事业影响最深的中国现代作家有三位：赵树理、王汶石和柳青。这三位作家，在不同程度上，都是中国风行的“现实主义”的典范作家。陈忠实后来回忆说，赵树理、王汶石、柳青特别是柳青的创作经验教会他：假如想在文学事业上取得成功，必须坚持“现实主义的创作原则”，坚持到现实生活中去，从现实生活出发，反映现实生活，努力塑造典型环境中的典型性格。陈忠实的很多小说都取材于他十分熟悉的故乡，应该是他忠诚践行现实主义创作方法的结果。他从小就生活在农村，又在农村基层公社工作十来年，对当地农民的生活方式、人物的谈吐性格、乡村民情风俗都有细腻的观察和深切体会。因此在他的作品中总是喜欢采用农民的语言来传达农民的思想感情，表现农村的生活。在家乡农村生活和工作，以及脱产当作家之后到家乡“深入生活”① 的这些年里，他始终以一个普通劳动者的身份出现，成为农民的知心人，与群众做到了知心、交心，从群众生活中汲取了激情与素材，获得了创作源泉，也取得了“代言者”资格。柳青等文学前辈成功的经验和陈忠实自己多年来的亲身体验同时告诉他：坚持从现实生活出发，才能塑造出有血有肉的农民形象。有血有肉的小说人物，有滋有味的小说故事，就蕴藏在现实生活中，等待作家敏锐的眼光去发现。而作家“敏锐的眼光”，既不是作家固有的，也不是从书本中读出来的，而是在“生活”这所大“学校”中磨炼出来的。同样是深入生活，有的人能做到“进山见宝”——“沉”能沉浸其中，“透”能透脱出来；有的人可能会“宝山空回”——“沉”，沉不下去，“透”，透不出来。即便是“宝山空回”，也不能责怪生活欺骗了你，应当反躬自省：“深入生活”时，是不是全心全意地融身其中了？体验得深不深？观察得细不细？拿捏得准不准？透脱得够不够？绝不能怀疑“生活是文学艺术的唯一源泉”的真理性。在《为了十九岁的崇拜》中，陈忠实说：“作为关中边缘地带的灞河川道，白鹿原以及北岭骊山这些我所熟悉的地域里，同样蕴藏着小说故事和小说人物，能不能寻找、捕捉、开掘出来，全得靠自己的努力了。这样，我从最初的迷惘和虚幻之中挣脱出来，眼光落到自己脚下的土地上了。”② 正是这种现实主义的文学精神，引导着陈忠实把“眼光落到自己脚下的土地上”，“沉”得下去，又“透”得出来。它让陈忠实在对本土化农民形象的发现与塑造中，显现出一种本

---

① “深入生活”，是毛泽东《在延安文艺座谈会上的讲话》以后开始流行的文学话语。有段逸事：柳青和闻捷（那时闻捷还在新疆工作）在北京开完会同乘火车返程。在西安火车站告别时，闻捷说：恭喜老兄，又回到生活了！柳青冷然回答曰：胡扯！我哪一天不在生活中？这段轶事中，有颇耐咀嚼的意涵。

② 陈忠实：《为了十九岁的崇拜——追忆尊师王汶石》，《陈忠实文集》第6卷，广州出版社2004年版，第134页。

真性与原生态。它让浓郁的乡土气息，成为陈忠实“新时期”和“后新时期”小说的主要审美品格，让他顺利地在关中方言中，找到了真正“属于自己的句子”。陈忠实用清新、朴实、地道的关中方言，从容自如地刻画世代生活在关中平原上的男男女女。“从容自如”，从来都是最有利于艺术活动伸展的精神状态。而只有那些真正找到“属于自己的句子”的作家，才能做到“从容自如”。陈忠实笔下的男人和女人们带着乡土气，音容笑貌，跃然纸上，精彩俯拾皆是。如《尤代表轶事》中的尤喜明，是一个乡野社会常见的时时都想逞能又处处逞能“逞”不到地方的“二杆子货”。乡野社会对这一号“二杆子货”，谁都想利用，谁都不待见，而他们还以为自己真是个人物呢！这个喜剧性人物的语言，就很有特点：“他妈的！跟土改那阵儿一样儿！轰场面的时光用得我，选干部的时光一脚踢远！”[①] 声口如画，揭示出尤喜明扭曲的性格。又如《徐家园三老汉》，在一万多字的篇幅里，塑造了三个性格迥异的农村老汉。虽然小说中所反映的集体经济已随时代远去，但德山老汉的实诚耿直、治安老汉的自私圆滑、长林老汉的宽容无私仍给今天的读者留下深刻印象。没有对农村生活的细腻观察、深入体验和透脱感悟，没有对地道的关中农村方言土语的熟练驾驭，这些各式各样的带着强烈地域气息的农民形象是无法塑造出来的。陈忠实的写作，总是坚持从生活实际出发，从历史上曾经发生过的、正在发生的或将要发生的生活中撷取素材。在计划写作《白鹿原》之初的 1986 年，陈忠实把自己的全部时间，都耗费在长安县、蓝田县的资料馆里，整天埋头查阅与乡土历史有关的历代编纂的县志和其他文献，触摸历史，到历史文化中去真切体验他已经意识到的那一段农村历史生活的内容。《白鹿原》出版后，有好事者例如卞寿堂在《走进白鹿原——考证与揭秘》中，对《白鹿原》所涉及的地名、人物、事件、传说、民俗等方面进行探源寻根，逐一检视，发现其中的大部分事件

---

① 陈忠实:《尤代表轶事》,《陈忠实自选集》, 海南出版社 2008 年版, 第 11 页。

和人物都有对得上号儿的“原型”与“出处”。如朱先生，以清末举人、关中大儒牛兆濂为原型；张总督的原型则是西安辛亥革命起义领袖、民国陕西首任都督张凤翙；小说中的“反正”事件以响应辛亥革命的西安反清武装起义为原型，“鸡毛传帖交农器”以民国初期一次大规模蓝田农民交农暴动为原型，等等。作者为引领《白鹿原》的读者“进入‘白鹿原’”，耗费了不少心血。但笔者想，人物有“原型”，情节有“出处”，未必就是《白鹿原》成功的秘诀。以古人所谓人生“三不朽”课之，文学创作属于“立言不朽”。曹丕早就说过，和“立德”“立功”相比，以“立言”为价值目标的文学事业，是给个人创造力留存有最大的施展空间的自由事业。“作诗必有出处”，是连古人都鄙弃的创作作风，人物必有“原型”，应该也为熟悉“塑造典型环境中的典型性格”现实主义创作原则的陈忠实所不取。当然，这种“索隐”式的“考证”，对深化《白鹿原》的阅读还是有帮助的。它至少从一个侧面证实，陈忠实是坚持从生活出发，从白鹿原和发生在白鹿原周边的历史人物和历史事件中，“体验和意识那一段农村历史生活的内容”的。正是《白鹿原》有取于地域历史的人物和事件，才使得《白鹿原》拥有广大的受众。陈忠实的兄长陈忠德说，弟弟送给他10套《白鹿原》，他只看过一遍，就全部被熟人要走了。记者问他看《白鹿原》的感受，他说，里面的好多事儿他都很熟悉，都是身边发生过，或者从小听说的故事。① 陈忠实创作《白鹿原》之所以刻意翻阅县志，走访调查新中国成立前发生在白鹿原上的历史事件，是因为只有触摸历史，才能对“已经意识到的历史内容”有一个真切的体验，对“已经意识到的历史内容”有自己贴身的体验，才能将事情写得生动具体，使作品洋溢着浓郁的生活气息，显示出鲜明的地方色彩。

我们在前面已经提到，1950年以后在中国风行的“现实主义”，是有局限的。对于陈忠实来说，虽然他的早期创作深受柳青的影响，

---

① 宋合营：《陈忠实：〈白鹿原〉背后的人生》，《山西青年》2012年第9期。

坚持现实主义的创作方法，但是，长期的创作实践和艰苦的艺术磨炼，尤其是“改革开放”的文化语境，让陈忠实意识到老一辈作家忠诚践行的“现实主义创作原则”的局限性，他需要更新观念，努力去寻找和把握能让他在一个“更高的阶梯上”把老一辈的执着追求再现出来的新的创作方法。在《从感性体验出发的生命飞升历程》中，陈忠实回忆探索的历程，说：“就现实主义写作本身，尽管我没有任何改易他投的想法，却已开始各种现实主义写作途径的试探，这从近两年的中短篇小说尤其是中篇小说的写作上可以看出变数。1985 年早春的涿县会议使我更明确了此前尚不完全透彻的试探，我仍然喜欢现实主义创作方法，但现实主义写作方法必须丰富和更新，寻找到包容量更大也更鲜活的现实主义。”① “丰富和更新”现实主义创作方法，寻找包容量更大更鲜活的现实主义，是 20 世纪西方作家为对抗“现代主义”创作思潮而做出的艺术努力。一时间，“心理现实主义”“魔幻现实主义”“新现实主义”等竞相出现。“新现实主义”电影曾风靡世界，“魔幻现实主义”更以马尔克斯的《百年孤独》一枝独秀。“丰富和更新现实主义创作方法”，以适应表现“当代英雄”，也是 20 世纪 60 年代以后苏联文学发展的新动向。“当代英雄”这个词，是“文化大革命”时中国审视苏联小说创作新动向时，创造出来的带挖苦性的称谓。一位苏联批评家曾经半开玩笑式地宣称，“丰富和更新现实主义创作方法”，催生出个“无边的现实主义”来。他们的创作和理论，在 20 世纪 70 年代就有选择地翻译过来，在有限的范围内，“内部发行”，供“批判参考”。在陈忠实寻找新的创作途径的过程中，20 世纪 80 年代中后期出现的“寻根文学”吸引了他的注意。“寻根文学”热潮中许多作家以清醒的理性精神重新审视中华民族的文化传统，开展了文学的文化寻根讨论。文化寻根意识对陈忠实的整个文学创作影响很大，启发他自觉地从文化的角度，来审视民族文化传

---

① 陈忠实：《从感性体验出发的生命飞升旅程》，《商洛学院学报》2011 年第 1 期。

统的积淀，促进了他对文化价值的自觉追求，他的小说创作，也由政治视角、社会视角转向文化视角。

在文学中如何寻“文化”之根，不同作家的路径不同。有的通过偏僻山乡的奇风异俗，透视民族千百年延续的基本形态，如韩少功的《爸爸爸》；有的站在反思“现代性”的立场上，悲悯“现代”人文化沦丧，空无所有，如贾平凹的《废都》；有的描写现代化转型中的乡土对历史文明的劣根性做无情的暴露和批判，如王安忆的《小鲍庄》。不可否认，这些作家所谓的“寻根”，内涵有作家自己对中华历史、文化和生命之根的自我想象。陈忠实认为：“‘寻根文学’的走向是越‘寻’越远，‘寻’到深山老林荒蛮野人那里去了，民族文化之根肯定不在那里”“应该到钟楼下人群最稠密的地方去‘寻’民族的根。”①钟楼是西安至今保存的比较完好的明代古建筑。“现代”的西安市区，就是以钟楼为原点，沿四条大街向东西南北不断延伸构成的。“钟楼下”，是“现代”西安各色人等汇聚的场所。“到钟楼下人群最稠密的地方去‘寻’民族的根”，意味着“民族的根”不在与世隔绝的“荒蛮野人”那里，它活泛在各色“现代”人等的心灵之中！陈忠实这个认识和贾平凹的《废都》创作实践倒是有几分冥合之处——尽管两个人的创作路数不大一样。就在陈忠实费神思考在文学中如何“寻根”时，“文化心理结构”学说进入了陈忠实的视野。

20世纪80年代中期的文坛，文学创作和理论都非常活跃，各式各样的文学流派和文学观念竞相出现。陈忠实曾用“多领风骚一半年”的妙语概括其态势。值得注意的是，在纷杂的文学观念中，为什么陈忠实单对“文化心理结构”学说情有独钟？在《借助巨人的肩膀——翻译小说阅读记忆》中陈忠实道出了奥秘，他说：“我的生活史和工作历程都在乡村，直到读卡朋铁尔的作品，还是在祖居的老屋里忍受着断电、点

---

① 陈忠实：《借助巨人的肩膀——翻译小说阅读记忆》，《西安石油大学学报》（社会科学版）2005年第3期。

着蜡烛完成的”——陈忠实读卡朋铁尔是在1983年冬。那时，西安市的经济发展已呈现出活跃的势头，但“文化大革命”遗患还没有完全消退，供电有缺口。供电部门总是先掐农村用电，以保证市区供电。“我突然意识到，我连未见过面的爷爷以及爷爷的兄弟们的名字都搞不准确，更不要说再往上推这个家庭的历史了，更不要说爷爷们曾经在我现在居住的这个屋院里的生活秩序了，更不敢说这个以陈姓为主体的村庄的历史了。我在家乡农村教书和在公社（乡）工作整整20年，恰好在改革开放之前和之后，我一直自信对解放以后乡村经历的欢乐和灾难的全过程的了解和感受，包括我的父亲从自家槽头解下缰绳，把黄牛牵到初级农业合作社将一孔废弃的窑洞改装成的饲养大槽上。这时候，才意识到对于企图从农村角度述写中国人生活历程的我来说，对这块土地的了解太浮泛了”①。以前，陈忠实还蛮自信自己对于改革开放前后中国乡村的现实层面是了解的，一旦受到文化寻根意识的启发，“突然”意识到自己对自己祖辈儿生活的这片土地历史文化认识深度上的巨大空缺。这是一层很有意义的“情感和心理剥离”，忠诚地“沉潜”在“生活”中的陈忠实，有了一个“透脱”出来的新机缘！“文化心理结构”学说在此时深深吸引陈忠实，使他对浮泛的生活现象的认识深入到文化心理的层次上，打开了他的艺术视野，使他的创作开掘到新的高度和深度，同时也极大地提升了他的艺术境界。在《〈白鹿原〉创作散谈》中，陈忠实谈到“文化心理结构”学说给他的巨大启示：“过去很长一段时间里，到接触这个理论以前，接受并尊崇的是塑造人物典型理论，它一直是我所遵循和实践着的理论，我也很尊重这个理论。你怎么能写活人物、写透人物、塑造出典型来？文化心理结构学说给我一个重要的启示，就是要进入到你要塑造的人物的心理结构并解析，而解析的钥匙是文化。这以后，我比较自觉地思考中国人的

---

① 陈忠实：《借助巨人的肩膀——翻译小说阅读记忆》，《西安石油大学学报》（社会科学版）2005年第3期。

文化心理，从几千年的民族历史上对这个民族产生最重要的影响的儒家文化，看当代中国人心理结构的内在形态和外在特征，以某种新奇而又神秘的感觉从这个角度探视我所要塑造和表现的人物。最明确的作品是《四妹子》《蓝袍先生》，这是我的创作实验的两部作品……特别是《蓝袍先生》发表后的反应，诱发了我强烈的创作欲望，鼓舞我进一步在更大的层面上深层次解析民族的文化心理结构，《白鹿原》就是在这样的创作思路下开始构想的。它展现的不仅是两个个别的、具体的、家庭的文化心理结构，而且是整个民族的精神和心理结构。"①

解析民族文化心理结构，如若没有历史的维度是难以把握的，这也就说明了为什么一直关注农村现实的陈忠实要写一部乡村历史题材的小说。一旦走上了以文化角度解析人物心理的创作新路，陈忠实就会以一种"全新的眼光"打量他惯常选择和运用的方言土语。现实主义镜像式的描写农村各种人物的口头语言的方言口语此时悄然转换了身份，不再是描写人物性格的工具，而成了承载某种文化内涵的符号载体。

对于方言与地域文化的共生关系，陈忠实有着深刻的认识："许久以来及至现在，许多人总是以地方方言地方风俗来体现地域特色，这当然无可厚非。但那方言和习俗的根络，却发端于那个地域的文化。以此为契机挖掘进去，我以为，这可能是打破由图解政策到图解意念的简单化创作的一条途径。"② 关中方言在关中人特定的人文环境中使用，它横贯千百年秦人群体生活之历史长河，是关中地域文化的重要载体；关中人经历的特定生活情景以及由此而形成的独特文化心理、价值观念皆渗透于关中方言的深层结构中。在《白鹿原》中，陈忠实通过大量使用关中地区的方言词、俗语以及特殊的语法，将关中的地域性语言发挥到了极致，展示了一幅陕西关中地区农村的风土人情历

① 陈忠实：《〈白鹿原〉创作散谈》，《扬子江评论》2007 年第 3 期。

② 陈忠实：《〈风雪娘子关〉阅读笔记》，《陈忠实文集》第 5 卷，广州出版社 2004 年版，第 365 页。

史画卷，使得《白鹿原》中处处洋溢着浓郁的关中地域色彩。如黑娃骂十兄弟中的一位说："仨月的受训白学了革命道理，不要钱的肉菜蒸馍白咥了。"① "咥"（dié）在关中方言中指一种行为方式，具有极强烈的感情色彩。事情干得痛快淋漓，谓之"咥活"；吃饭吃到极致谓之"咥饭"，以"咥"的方式进食的基本特征是，大碗盛饭，像是跟饭有仇似的狼吞虎咽，吃得酣畅淋漓。陕西人"咥"的好饭食，无非是羊肉泡、肉夹馍、油泼面、胡辣汤、锅盔馍、酸汤搅团，外地人老不明白，老陕咋百吃不厌，"咥"得还那么有滋有味。现代人进食，讲究细嚼慢咽。但"咥"字目前在关中地区仍在使用，"走，咥去！""大嘴咥西安"，甚至成了西安当今网络和电视美食栏目的"诱人招牌"。"咥"是关中人长期以来形成的进食方式，有一定的使用条件：第一，身体要好、食量要大；第二，从事重体力劳动且在饿透之后进餐；第三，饭菜可口且盛食器物要大。除此之外，"咥"时并不需要坐着，准确的姿势应该是蹲，其次是站着，假若在进食时能发出让人垂涎的声音且汗流满脸，如此才是关中人最为标准的"咥"。"咥"字生动地传达出关中人豪放粗犷、不拘小节的特点，充分表现关中地区农民的日常饮食特色。再如白孝文对新媳妇说："这样好这么嫽的事，你前三天为啥不早说哩？"② "嫽"（liáo）字，在关中方言中，表示"好到不能再好"。这也是个古字，最早《诗经·陈风·月出》："月出皎兮，佼人僚兮"中的"僚"字同"嫽"。陈国封在宛丘，其地在今河南省周口市淮阳县境内——这未免让惯于自尊的老陕有点泄气，它似乎为孙立新"关中方言……属于中原官话"提供了一个例证。"嫽"，后引用为美好、畅快。关中人日常生活中这个词的使用频率非常高，如"兀个人"是个"嫽人"、这个事是"嫽事"、想出来的真真儿是个"嫽办法"，关中人在说嫽的时候，常常伴随着响亮的音调、

① 陈忠实：《白鹿原》，《陈忠实文集》第4卷，广州出版社2004年版，第176页。
② 同上书，第130页。

满意的心态，表明一种肯定性的评价，还带有喜爱、羡慕、赞美、向往等意味。关中方言中还有一个极为常用的口头用语：“嫽咂咧”，这是由“嫽”加上表示程度的“咂咧”组成的一个形容词性词组，意思是“好极了”“棒极了”。与“嫽咂咧”意义相同的词有“嫽得很”“嫽得太”“嫽得太太”等，随着搭配词所表现程度的加深，其所表达的感情也逐渐加强。“嫽”字以及“嫽”字组成的短语体现了陕西人豪爽、开朗的性格和比较容易满足的文化心理。

陈忠实秉承现实主义的创作原则，引入“文化心理结构”学说使之发展与深化，以经过加工提炼的关中方言为基础，把清新活泼的方言土语和明白晓畅的现代语言熔于一炉，从而使其作品的语言呈现出一种俗中见雅、浑然天成的独特风格，吐露着清新的泥土的芬芳，展示出陕西关中地区农村的风土人情，洋溢着浓郁的地域气息，反映了独特的关中文化心理。从这个意义上说，作家完成了自己的话语方式之建构，真正寻找到了“属于自己的句子”。

第三章　淘采语言的智慧

——陈忠实方言写作的策略

第一节　极富弹性的方言:形象化叙述

20 世纪中国的文学书写，有两个不同的取向，影响着小说对方言的选择与运用。这两个不同的取向，缘起于对“小说”这个文体以及对中国现代小说的基础语言——白话的不同认识。

作为现代文学中一个重要艺术门类的“小说”，是个近现代从外面输入进来的新概念。尽管中国自古以来就有“小说”这个词，但在中国古代，“小说”这个词，原初只是和“大道”相对而言的。“大道”是围绕宇宙人生、国家社稷组织起来的系统大学问，例如《汉书 · 艺文志》著录的儒、道、墨、法之流的著述；“小说”则是源自街头巷语、道听途说的零碎小知识。例如《汉书 · 艺文志》著录的“出于稗官，街头巷语，道听途说者之所造”的“小说”十五家。中国古代所谓的“小说”之类著述的撰述意向，无非是如《四库总目提要 · 小说家类》总结的“叙述杂事，记录异闻，缀拾琐语”，和世界文学艺术门类之一的“小说”名虽同而实相异。作为文学艺术门类之一的“小说”，是随着“西风东渐”从西方输入进来的新概念，指那些由作家虚构出来的，但读起来却“宛若真实”的生活故事的一类作品。这一类作品，在中国文学史上也出现过。不过在中国文学史上创作这类作品的作家，称它们为“志怪”“传奇”“话本”“拟话本”“词话”“演义”“逸史”“说部”。用文学艺术门类之一的“小说”，统一称呼“志怪”“传奇”“话本”“拟话本”等，是在西风东渐以后的事。梁启超《论小说与群治之间的关系》中的“小说”，就是世界文学艺术门类之一的“小说”，和中国传统意义上的“小说”无关。

说“二十世纪中国流行的小说，是现代白话小说”，意味着在“现代白话小说”出现之前，文学史上还存在有现在称之为“古代白话小说”的一类作品。“现代白话小说”“古代白话小说”，都是相对“文言小说”而言的。现在被唤作“文言小说”和“古代白话小说”的那些文字，现代编写的中国文学史著虽然统归于“小说”门类，但二者却分明是用两套不同的语言，讲述两类不同的故事，服务于两个不同的社会群体。笔者即将言说的问题，由此而起。

中国文言小说，滥觞于六朝“志怪”，兴盛于唐人“传奇”。“志怪”是六朝文人以“有为”之心——记异事、述异闻、谈因果、说报应，把传说中奇奇怪怪的“无影”之事，当作真实发生过的事记录下来，以满足人“博物”“广见”兴致的文字。“传奇”，是唐以来文人雅士为展示自己“史笔、议论、诗才”而创造出来的，以“传奇闻异事”为宗旨的新文体。“志怪”与“传奇”，都是以“文言”也就是与口语相脱离的“书面语”为基础语言书写的。中国文学史著依其用“文言”去“志怪”“传奇”的性质，把这类文字称作“文言小说”。由于文言小说原初只是用“文言”写出来，给文人雅士这个小圈子里的人看的，故而文言小说的服务对象，当然只限于达到一定文化程度的读书人。最广为现代读者所知的文言小说，是《聊斋志异》。一直到现在，《聊斋志异》这部书，具有高中或高中以上文化程度的人，才能读得进去。

中国文学史上的“古代白话小说”，指两宋勾栏瓦肆书场里说书人“说话”也就是“讲故事”的底本——“话本”，以及明代文人模拟“话本”的形式而进行独立创作。古代白话小说表现的对象多种多样，但有一点是共同的：都是以宋元明清“白话”——也就是流行于口头的“口头语”——为基础语言。故而不拘文化水平高低，即便是目不识丁，只要进了书场，都能听得进去。

白话小说和文言小说最大的不同，就是文言小说是“写给人看的”；白话小说原初是“说给人听的”，从施耐庵开始，才陆续出现“写给人看的”白话小说。文人仿照“话本”形式进行的独立创作，原初只是为了给书场说书人提供故事新底本，故而一无例外地都保持了“话本”的“通俗”传统。古人把今人统称为“白话小说”的那一类文字，唤作“话本”与“拟话本”，说明古代的白话小说，原本是“说给人听的”。

20 世纪中国流行的小说，是现代白话小说。现代白话小说，是五四新文化人借鉴西方现代小说的叙事模式，以现代流行的口头语为基础语言而创造出的“写给人看的”叙事文学新文体。现代白话小说是在五四“文学革命”中，进入“新文学”殿堂的中心，并坐上了头把交椅，成为“新文学”主要的样式的。现代白话小说在以“现代白话”即现代流行的口头语为基础语言方面，和古代白话小说以“古代白话”即古代流行的口头语为基础语言，并没有两样。现代白话小说和古代白话小说根本不同之处在：古代白话小说原初只是“说给人听的”，现代白话小说从一开始就是“写出来给人看的”。这就决定了五四以后中国小说语言选择和运用上的不同取向。不同取向，影响着文学书写中如何调动方言资源的策略和立场。

五四以后，20 世纪的中国小说在语言的选择与运用上，有两个不同的取向。我把它们分别称作：“口语‘文学’化”，和“文学‘口语化’”。假如喜欢用“大字眼”，也不妨称作文学语言“知识分子化”和文学语言“大众化”。在五四新文化运动中，人们基于对西欧东瀛文学作品“言文合一”优点的认识，为了更有效地“唤醒民众”，让已明显落伍的中华民族重新跻身于世界民族之林，发起“文学革命”，主张彻底放弃在中国流行几千年的“言文不一”的“文言文”，改以口语为基础语言写文章，“作文如说话”，认为文字的功能只是记录说话。五四新文化人把他们用来取代“文言文”的新文体，称之为“白话文”。但人们很快就发现，用文字记录下来的说话，并不一定就是好文章。照此下去，白话文将无力与“义法”严谨因而写出来都有模有样的文言文争锋，很可能要倏生倏灭，不加重视，“文学革命”的苦心很可能会前功尽弃。在这一事实的提醒下，人们开始反省先前对文言、白话以及“言/文”关系几近“武断”的鲁莽处理，开始探讨如何才能让白话文避免倏生倏灭的命运，持久不断地健康发展下去。由此出现两种趋向。一种是以周作人为代表的“口语‘文学’化”。认为“言文”分离的文言文，固然应当彻底扬弃，但“作文”和“说话”，毕竟是不同性质的两回事。新文学不能独尊口语（言）而轻视文字（文）。主张新文学应该贴近口语，但口语须经过必要的“文学”规范之后，才能成为新文学的语言。持类似观点的还有郭绍虞、闻一多等。鲁迅在文学创作中使用的以“白话”为主干，融文、白、欧化语于一体的文学语言，是这一主张的成功实践。谁去实施“口语‘文学’化”？当然是新文学的创作者们——五四新文化运动培养出的新知识分子。故而，我们不妨从实施“口语‘文学’化”之人的社会身份上，把这一趋向称之为文学语言“知识分子化”。另一个趋向是以瞿秋白为代表的“文学‘口语’化”。他们认为“白话文”固然需要规范，但必须警惕在规范“白话文”时重蹈“言—文”分离的危险。出于对白话文有可能重蹈“文言文”言、文分离之覆辙的忧虑，他们主张把规范白话文之任，完全交给口语，坚持实行“文学‘口语’化”，以确保新文学“化大众”之价值使命的实现。我们不妨从价值指向上，把这一趋向称之为文学语言“大众化”。倡导“口语‘文学’化”和“文学‘口语’化”的动机，都是防止白话文重蹈文言文“言一文分离”的故辙这一点上说，“口语‘文学’化”和“文学‘口语’化”，原本是新文学中相辅相成的两翼，并不是新文学中互相对立的两极。完全可以“不相菲薄不相师”，并行发展。只是以方言口语为本位的文学语言“大众化”的主张，更容易实现用文学去“化大众”的价值追求，后来因为左翼政治的介入，被提升到“为什么人服务”的高度上去认识，故而在中国20世纪相当长的一个时期内，文学语言“大众化”操控着中国小说的语言选择和运用。文坛上甚至出现了对方言口语的崇拜，如赵树理尽量使语言统一于老百姓的口语，创造了说书体的民间口语的对话与叙述形式，因此而名声大噪。然而，“操控”归操控，一般作家在遵从文学语言“大众化”的同时，在创作实践中，还是放不下大众语言“文学化”。“文化大革命”及“文化大革命”以后的当代作家，对口语虽不再崇拜，但以口语方言作为追求语言个性化途径的作家也并不少见，如贾平凹、莫言、李锐等。这说明，即便是在当下，文学语言“大众化”还是大众语言“文学化”（知识分子化），仍然是作家回避不了的文学话题。

许多作家都在文学语言“大众化”还是大众语言“文学化”（知识分子化）这个两难选择中进退维谷，陈忠实却在两条道路之间走出了第三条道路——在小说语言“大众化”的基础上推进方言“文学化”（知识分子化）。陈忠实所走的小说语言选择与运用之路，用他自己的话来说，就是在文学创作中，积极调动方言资源，进行“形象化叙述”。在《〈白鹿原〉创作散谈》中，陈忠实谈到了他对小说语言的思考：“如果用以往白描的写法篇幅肯定拉得很长，我唯一能想到的就是以叙述语言统贯全篇，把繁杂的描写凝结到形象化的叙述里面去。这个叙述难就难在必须是形象化的叙述，就是人物叙述的形象化。……从开篇到结束不用一句对话，把对话压到叙述语言里头去完成，以形象化叙述完成肖像描写和人的行为细节。”[①]“白描”，鲁迅的《作文秘诀》里在“有真意，去粉饰，少做作，勿卖弄”上使用过。鲁迅倡导的“有真意，去粉饰，少做作，勿卖弄”意义上的“白描”，已经广获现代文学和现代文学史的认可。陈忠实在这里所说的“以往白描的

① 陈忠实：《〈白鹿原〉创作散谈》，《扬子江评论》2007年第3期。

写法”，实际上是指中国现代小说创作中流行的，昉自翻译过来的域外小说喜欢“在细节上流连忘返”的“描写式”叙述模式，与鲁迅倡导的“有真意，去粉饰，少做作，勿卖弄”之“白描”无关。“在细节上流连忘返”的创作方式，黑格尔在《美学》第三卷（下）讨论到“诗的艺术作品的一般性格”时，曾表示过他的担忧，认为会影响甚至中断“饱满生气的灌注”①；西方“现代主义”小说倒是经常使用，以表现空无着落的“现代”人的感觉。陈忠实推崇叙述语言——“把对话压到叙述语言里完成，以形象化叙述完成肖像描写和人的行为细节（描写）”，表面上看，似乎是出于节省小说篇幅的考虑。他在《〈白鹿原〉创作散谈》里回忆说，“最初构思的时候想到这么多的人物类型、这么多的内容、那样长的时间跨度，估计得写两、三部书才可能充分展示。到80年代中期偏后那两年，即我要动笔之前，文坛上开始出现一种危机感。新时期文学一路繁荣昌盛，第一次危机感就是文学书籍出现滞销，连名家大家的集子也没有订数，……这对于任何一个正在写作的作家都是一种巨大的威胁，起码对我是一种巨大的威胁。这个威胁直接影响到我正在构思的这部小说的篇幅问题。我原想写两、三部，面对这样的图书市场环境，我决定压缩，一部完成，哪怕这部多写点字，也不要弄成两部三部。这个篇幅的规模的大小直接影响到我的文字叙述。”实际上是小说语言选择和运用观上的根本转换——寻找真正“属于自己的句子”，寻找真正“属于自己的语言”。

陈忠实在民间生活语言——方言土语里，找到了“形象化叙述”的存在之家。鲁迅在《门外文谈》中指出：“方言土语里，很有些意味深长的话，我们那里叫‘炼话’，用起来是很有意思的，恰如文言的用古典，听者也觉得趣味津津。各就各处的方言，将语法和词汇，

---

① ［德］黑格尔：《美学》第三卷（下），朱光潜译，商务印书馆1981年版，第29页以下。

更加提炼，使他发达上去的，就是专化。这于文学，是很有益处的，它可以做得比仅用泛泛的话头的文章更加有意思。”① “泛泛的话头”，应该是指按共同语“模子”刻出来，因而经常是索然无味的一般化的陈述。依鲁迅的写作经验，和“泛泛的话头”相比，方言土语具有“意味深长、趣味津津”的潜在优势。但必须经过“提炼”，使之“专化”也就是方言土语“文学化”，方言土语的优良潜质才能发挥出来，成为增强文学书写的形象性和趣味性，使“文章更加有意思”的重要元素。热衷于发掘方言土语“形象化叙述”之潜质的陈忠实，对此感同身受。这从他对孙见喜小说语言的评论中可见出端倪：“孙见喜把生活语言变成作家主体的叙述语言，我作为一个作家，从写作实践来体会，觉得这是很见语言功力的，是很难掌握的一种叙述方式和叙事本领。孙见喜在这部小说写作中，不是我们常见的某些作品如加塞一般生硬地塞进一些生僻少见的土语方言，这不仅产生不了美感，反而觉得别扭。而孙见喜对大量的生动鲜活的民间生活语言不仅完成了提炼，更难得的是他驾轻就熟地进入直接的叙事，这种语言是形象化的叙述，这当是语言的至高境界。打一个比方，这是一种既有钢的硬度又有麻绳的韧性的一种极富弹性的语言。我从写作中感受到，这是作家孙见喜完成了语言上质的飞跃。”② 陈忠实最欣赏孙见喜的，是“孙见喜完成了语言上质的飞跃”——孙见喜通过“提炼”，把方言土语打造成“既有钢的硬度又有麻绳的韧性的一种极富弹性的语言”。按我们的理解，“钢的硬度”，比喻经过“提炼”之后，方言土语在“形象化叙述”中表现出的非凡的“透穿力”，用文言去表述，就是“掷地有声”；用俗语去形容，就是“一掴一掌血，一鞭一条痕”。“麻绳的韧性”，比喻经过“提炼”之后，方言土语在“形象化叙述”中表现出的“放”则曳得千钧，“收”能缚住百品的“收放自如”性。用

---

① 鲁迅：《门外文谈》，《鲁迅全集》卷6，人民文学出版社1973年版，第105页。

② 陈忠实：《一个历史过程中的中国乡村形态——读孙见喜〈山匪〉》，《商洛学院学报》2006年第3期。

这种语言去“形象化叙述”，何物不妥帖有致地降服于笔下！从文章中能够读到，这种“提炼”、驾驭方言土语之功，是陈忠实“作为一个作家，从写作实践体会”来的。故而陈忠实对孙见喜小说语言的分析，不啻是陈忠实的“夫子自道”。《诗经·小雅·裳裳者华》有云：“唯其有之，是以似之”。唯有在创作实践中已经践履到这种“语言境界”的人，才能把这种“语言境界”明白晓畅地宣示出来。

陈忠实在小说语言中大量采撷方言土语，一心追求方言土语“文学化”，可以说，这是他对五四“文学革命”精神在一个新的时代的赓续和张扬。陈忠实虽然在文学书写中大量采撷方言土语，但陈忠实并不赞同方言口语在文学语言乃至整个民族语言中具有“霸主”地位的观点，也反对在过去那个时期曾经发生过的口语不断侵蚀文字，把文字降低到仆从地位的文学语言选择和运用倾向。他只是从更有效地实现“形象化叙述”的艺术追求上，去发掘方言土语的潜质的。小说是叙事艺术。古往今来的优秀小说作品，叙事模式有万千差别，但在追求“凝练地叙述”上殊途而同归——当然，刻意追求反映“现代”感觉的“现代派”小说，例如《追忆似水年华》，属于例外。而要凝练地叙述，就必须充分发掘书写符号——文字的功能，只有巧用文字，才能在有限的篇幅中隐含丰富的意蕴。这就决定了在陈忠实这里，吸收方言土语入文，不是被动地记录，不是炫耀式地卖弄，而是把原本是一个地方的人自然说话的方言土语，改造成与文字的一定结构相符，因而能获得普遍理解的，“更加有意思”的文学言说的声音。就像鲁迅说过的，将方言土语的“语法和词汇，加以提炼”，使之“专化”，也就是“文学”化，“让听者也觉得趣味津津”。从这种意义上说，陈忠实在处理方言的策略上，与古今诗词创作中运用“古典”有异曲同工之处。在这个意义上，可以说他回归了文人的传统和字面的传统。正是在这个意义上，我们把陈忠实文学书写中的方言处理策略，称之为方言口语“知识分子化”，以区别于和陈忠实一样在文学书写中乐于动用方言资源的同辈作家。

中国现当代作家里，不乏热心到方言土语里发掘文学语言资源的作家。在当代其他作家那里，他们在处理方言上走着一条不同甚至相反之路。如李锐和莫言，都希望在自己的文学书写中能摆脱白话文的书卷气。于是，他们直接扑到方言土语的汪洋大海里，以求彻底“接地气”——“接地气”不是这两位作家的话，而是一位地位显赫的人物经常挂在嘴边的话头。我们接过“接地气”这个话头，并不是要对一个高层人物仍然坚持事事深入实际、处处联系群众的工作作风表示钦佩，勤“接地气”是一位共产党人应有的素养，不值得大惊小怪，只是想借这个话头，形容这两位作家使用方言进行文学书写的用心。李锐的长篇小说《无风之树》，就是完全让人物——矮人坪的农民——自己说自己的话。例如：

> 呜啦啦呜啦啦，走了，走了。哥，二黑要把我们弄到哪里去？哥，二黑拐弯了，爹要捶死我们。你狗日的怕啥子，跟二黑走，你狗日的不想吃饼干了？哥，我想吃，爹要捶死我们。我们跟二黑走，去找拐叔。拐叔死了，我见到爹拿了饼干的。拐叔死了，拐叔是旋风，旋风给我们说过话。爹说，我进院子就看到了四头被日本鬼子砍掉四腿，在树林子里，爷爷被剖看肚子，丑娃院子里站满了矮人坪没穿衣服的女人，白生生的，那年我七岁，我都没喝过我妈的奶，我日你一万辈祖宗，那年我七岁，我和兰子在一起。哥，你娶暖玉，我也娶暖玉。你狗日的，我娶了你就不能娶了。天咋这么黑了，黑得深啊，黑得看不到底，哥，拐叔死了，拐叔死了，拐叔死得恓惶啊，哥。呜啦啦呜啦啦……①

作者完全把人物对话与独白，上升为小说主要的叙述手段。通篇都是让一个个人物直接向读者诉说他们内心的感、受、念、想。叙事

---

① 李锐：《无风之树》，春风文艺出版社2003年版，第153页。

方式很有些“现代”气，因而让人耳目一新。不能说李锐对方言土语没有“提炼”。为了逼真地模拟人物生活语言，他有意识地让第一人称“我”的叙述充斥文本，几乎将第三人称“他”的叙述完全包围。这段独白传递了一堆杂乱的信息，众多被陈述的事件人物交织在一起，毫无头绪。这段文字，对表现矮人坪农民思维支离破碎，无法有条理地言说的状况，甚是给力，让人如在耳目，宛若身临其境——“呜啦啦呜啦啦”，就是无法有效表达而发出的痛苦的声音。但读者并不是“矮人坪农民”，他们了解到当下中国还有这么一个地方，人们竟然还如此地思考和表述，就足够了。谁也没有耐心去听一个人没完没了地“呜啦啦呜啦啦”。仅从这一点上说，李锐处理方言，可能还有不甚恰当之处。

莫言《檀香刑》对高密地方戏“猫腔”情有独钟。《檀香刑》的语言选择和运用，似乎是要回到民间的唱腔式的语言中。作者很喜欢用四字一句的成语和句式，有很明显的唱词化倾向。《檀香刑》的“凤头”部与“豹尾”部，每章开头都有一段猫腔的唱词，这些唱词因人物的不同而选用不同的唱调：赵甲狂言化用猫腔走马调，小甲傻话、放歌化用猫腔娃娃调，媚娘诉说是长调，钱丁恨声是醉调等。如《余姥姥献酷刑》的开篇：

> 赵甲：常言道，南斗主死北斗司生，人随王法草随风。人心似铁那个官法如炉，石头再硬也怕铁锤崩。（到了家的大实话！）俺本是大清第一刽子手，刑部大堂有威名。（去打听打听吧！）刑部天官年年换，好似一台走马灯。只有俺老赵坐得稳，为国杀人立大功。（砍头好似刀切菜，剥皮好似剥大葱）棉花里边包不住火，雪地里难埋死人形。捅开窗户说亮话，小的们竖起耳朵听分明。
>
> ——猫腔《檀香刑·走马调》[①]

① 莫言：《檀香刑》，《莫言文集》，当代世界出版社2004年版，第31页。

莫言在这里展示的语言，是可以吟、可以唱，有语调可以真实发声的“唱腔式”的语言，似乎昭示着莫言《檀香刑》在语言的选择和运用上，有向“声音”回归的倾向。《檀香刑》发出的是一种由杀戮者的发声效果、受刑者的发声效果、狂浪者的发声效果、观众的发声效果等糅合而成的综合的多声部的声音，它包含了许多非理性的成分，包含了把生活看成表演的仪式主义的成分，死的欢乐、施虐的快感、受虐的痛楚、表演的雄心等掺杂着形式感的成分。这对于揭示高密地域历史文化中含有“残酷甚至血腥”以及“欣赏残酷和血腥”的一面，当然是有帮助的，但血腥文化值不值得在小说中如此这般地大肆渲染，就需要作家认真思考了。我们知道莫言主张“政治归政治，文学归文学”。我们也尊重莫言的主张。我们这么说，绝不是从政治——革命时的政治鼓励暴力，革命成功后的政治，最害怕鼓动暴力——上考量，而是从文学——文学应该有益于世道人心——上考量。“文学应该有益于世道人心”，是顾炎武在《日知录》里大声疾呼的，时下一些“新潮”人士或许觉得“陈腐”，但还没有人敢提出相反的命题。争议的焦点，只在拿什么去“有益世道人心”。莫言在《檀香刑》的“后记”中宣告，他要写一部具有民间色彩和民族风格的小说出来。这当然是应该鼓励的高尚的文学追求，但是他在《檀香刑》语言选择和运用上“向声音回归”的努力，却似乎无助于他高尚的文学追求的实现。莫言所说的“民间色彩”“民族风格”，和“民族传统”一样，都是一些十分宽泛因而在运用时需要加以厘清的概念。例如，“右文”历来被认为是中华民族文化传统中的一个部分。“右文”民族传统里，有应该大事张扬的，例如坚持用和平的方式解决争端，不到万不得已不使用武力；有一些就不值得渲染，例如大敌当前，依然坚持“君子动口不动手”。和“民族传统”一样，“民间色彩和民族风格”也是一个高尚诱人，但同时又具有一定的危险性和蛊惑力的概念，它可能给人以力量，也可能把人淹没。莫言所引入的传统语言如说唱文学形式，究竟是更加激发了他的创造力，还是因此遮蔽了他自然、真诚而丰富的感觉与想象？在莫言已经获得的巨大文学声誉面前，固然难以轻下结论，但这是一个“问题”，是任何人都否定不了的。

李锐努力吸收农民口头语言，纯用口语写作，莫言则回归民间唱腔式的语言，他们都试图使文学语言摆脱文人的传统和字面的传统，彻底回归到一种自然的声音。在小说的文学书写中，警惕有“书卷气”的文人书写的白话文经常会盲目流露的“书卷气”，让文学语言更贴近生活语言，是完全正确的。但这种在文学语言选择上“彻底摆脱‘书卷气’，完全‘接地气’”的文学，是否更能表现中国人的生命呐喊呢？就需要冷静思考了。思考这个问题，首先应该区别开两种“声音”：文学家“制作”出的——按亚里士多德《诗学》里的说法，任何艺术都是“制作”，或曰文学家通过“提炼”升华出的“艺术声音”，和人们生活中发出的“自然的声音”。如果说有“书卷气”的文人“制作”出来的“带书卷气”声音，会对人们自然的发声构成了一种遮蔽，那么李锐和莫言所推崇的“声音”，是否也会造成对中国人生存表达的新的遮蔽？是否仍然是在用一种声音遮蔽另一种声音？因为李锐《无风之树》里让人物纯用方言土语去“呜啦啦”，莫言《檀香刑》里让各色人等都唱“猫腔”，说到底也是一种“制作”。归根到底，文学中的声音并不等于人们特别是某一部分人群（比如老百姓）自然的发声。还是那句话：文学艺术应该“源于生活，高于生活”。尽管这句话是已经“过气”之人说过的老话。但一个已经“过气”的人物，也可能说出有分量的话，正如睥睨当世的人物，也会发无根之谈。

显然，在文学书写中忽视乃至排斥“口语‘文学化’”，任凭方言沿着口语化的方向行进，是有很大缺陷的。陈忠实为了在有限篇幅中容纳内容相当庞杂的地方秘史，他必须把方言土语有效转换成文学语言。在如何有效转换的问题上，陈忠实面对前人的创作经验，做了细致的辨别与抉择，融汇和吸收。清末韩邦庆的《海上花列传》提供的是被动记录方言的写作范式。韩邦庆《海上花列传》通篇都坚持用纯粹的吴语著书。绵软的吴语，很是中听。以吴语入文，也另有一番滋味。但纯用吴语进行文学书写，却是一件非常困难的事。因为吴语中有音无“字”——“字”指通用共同语中已有之字——之字甚多，下笔时殊费研考。韩邦庆不仅借用弹词中的苏白俗字，还学仓颉造字，宁可对有音而无字者“度以意为之”，也不想因为吴语中众多的有音无字现象而改易通俗白话。故而《海上花列传》的字里行间，随处可见纯表吴音而绝不能按语义去阅读的字。试举胡适、刘半农都极为赞赏的卫霞仙对姚奶奶说的一段话为例：

> “耐个家主公末，该应到耐府浪去寻宛，耐啥辰光交代拨倪，故歇到该搭来寻耐家主公？倪堂子里倒勿曾到耐府浪来请客人，耐倒先到我堂子里来寻耐家主公，阿要笑话！倪开仔堂子做生意，走得进来，总是客人，阿管但是啥人个家主公！……老实搭耐说仔：二少爷来里耐府浪，故末是耐家主公；到仔该搭来，就是倪个客人哉。耐有本事，耐拿家主公看牢仔，为啥放俚到堂子里来白相？来里该搭堂子里，耐再要想拉得去，耐去问声看，上海夷场浪阿有该号规矩？故歇酬苏兑二少爷勿曾来，就来仔，耐阿敢骂俚一声，打俚一记！耐欺瞒耐家主公，勿关倪事；要欺瞒仔倪个客人，耐当心点！”①

这里的人物说话完全运用吴语。韩邦庆使尽浑身解数，竟然把吴语方言那种特有的口齿轻快伶俐，如此酣畅而逼真地再现出来，让人——当然是通晓吴语的人读之如闻其声，如见其人。通晓吴语的人会觉得既亲切又传神。但那些不通晓吴语的读者，会觉得索然无味。面对阅读障碍，很多读者会选择放弃。《海上花列传》虽然有学术大师、文学名媛如胡适、张爱玲的大力推介，读者还是很少。

① （清）韩邦庆：《海上花列传》，人民文学出版社1999年版，第188页。

原因恐怕就在这里。

李劼人的《死水微澜》，通过鼎革前后发生在四川一个小地方的人和事，反映中国近现代史上的一场大变革。或许是出于让小说的语言风貌和小说反映的那个时代的风貌保持一致的考虑，小说语言选择了少量文言夹杂大量四川白话——确切地说是川西坝子一带的土话进行文学书写，如：

> 至今快四十年了，这幅画景，犹然清清楚楚地摆在脑际：天色甫明，隔墙灵官庙刚打了晓钟，这不是正好早眠的时节？偏偏非赶快起来不可，不然的话，一家人便要向你做戏了；等不及洗脸，又非开着小跑赶到学堂——当年叫作学堂，现在叫作私塾。——去抢头学不可，不然的话，心里不舒服，也得不到老师的夸奖。睡眠如此不够的一个小学生，既噪山雀儿般放开喉咙喊了一早晨生书，还包得定十早晨，必有八早晨，为了生书上得太多，背不得，脑壳上挨几界方，眼皮着纠得生疼，到放早学回家，吃了早饭再上学时，胃上已待休息，更被春天的暖气一烘，对着叠了尺把厚的熟书，安得不眉沉眼重，万分支持不住，硬想伏在书案上，睡一个饱？①

小说中情景、语气甚至天气状况的变化以及人物的心理活动、性格、处事方式，都是用文言夹四川白话，完完全全地真实再现，在某种程度上为后人保留了一份鲜活、颇为传神的文化记忆。但较多的川西方言在某种程度上隔离了一部分读者，作家后来不断修改，方言就越来越少了。汰去那些过多的川西方言，并未影响到小说语言风貌与小说反映的那个时代的风貌保持一致，也未影响到给后人留下一段

---

① 李劼人：《死水微澜》，雨露、杜黎明等编《李劼人精选集》，远方出版社 2004 年版，第 1 页。

“文化记忆”的初衷。

陈忠实在把大量方言引入文本时，考虑到纯粹的方言记录会使读者范围大大缩小，限制了作品的流行，因此在文学书写中，对方言土语有着自己独特的看法和处理方式。在一次访谈中，陈忠实说：“方言是生活和时代背景的重要组成部分，关中方言许多都是咱们民族的原始语言，古语中的很多词句用法都在其中保留了下来。我在写小说时对使用方言有自己的把握尺度，一直坚持要让其他地方的读者能从字面上把握词句70%的意义，否则我不会使用。电影在方言的使用上走得更远，但他们也听从我的建议删掉了许多粗话和特别生僻的用法。”① 可知，尽管方言中的词汇，都有它不同于普通话的特别的发音。尽管在语言学上，“语音”乃是辨识方言与普通话，辨识此方言与彼方言的标志，乃是进入某一方言内部的通道，但小说是写出来供人阅读的，故而陈忠实并不认为作为“文学语言”的方言，是以“音”为中心的语言，而是把它同样看成是以“字”为中心的语言。文学书写中的方言，不是“说”给人听的“声音”，而是“写出来”让读者阅读的“形声相济”“指事会意”的“字”。他努力寻找方言与汉字书写系统的对应关系，对关中方言的语法和词汇，加以提炼，使之超越“原生态”，实现“文学”化，成为“听上去趣味津津”，读起来“更加有意思”的文学语言。在这一点上，陈忠实是意识清醒又立场坚定的。前些时，《白鹿原》被搬上银幕。尽管陈忠实清楚，电影是视听艺术，为追求浓郁的地方色彩，导演当然乐于选择那些在视觉形象和听觉形象上都具有强悍的地方冲击力的画面和声音。电影摄制艺术规范也鼓励导演这么做。也就是说，电影在动用方言资源上，可以比小说走得更远。尽管在《白鹿原》的文学书写中，陈忠实对调动方言资源情有独钟，但在筹拍《白鹿原》时，陈忠实仍然提醒电影编

① 李晓晨：《陈忠实访谈录：无论小说还是电影，人物与时代都是血肉相连的》，《文艺报》2012年4月20日。

创人员，要自觉节制放纵使用方言的冲动，严谨而认真地对待方言，“建议删掉了许多粗话和特别生僻的用法”。由此可见，无论陈忠实读过还是没有读过高尔基这段话，“文学语言是从劳动群众口头上采取来的，却经过了文学者们的加工，他们从日常语言的奔流中，严选了最正确、恰当、贴切的语言”①，陈忠实都模范地身体力行了高尔基的上述要求。对于文学书写来说，无论是普通话，还是方言，以及上至知识精英，下至劳动群众，各色人等口头上的语言，都是需要作家加工提炼的“原生态”的语言。原生态语言为作家们的文学书写提供了源头活水，原生态语言要成为“文学语言”，还需要创作主体的创造性改造。包括前面引述的《无风之树》里那段“呜啦啦”，也是李锐从矮子坪“日常语言的奔流中”“严选”出来的他认为能“最正确、恰当、贴切”表达他想表达的意蕴的语言。只不过“矮子坪”以外的读者，看不出有多么“正确、恰当、贴切”罢了。当然，不经“严选”，就直接把“原生态语言”当“文学语言”使的也不是没有。例如以为把大白话分行排列就是“诗”，因而曾蹿红网络的“梨花体”。但那只是网络时代见惯不怪的玩笑。对“玩笑”，只能一笑置之，谁都不把它当回事。

陈忠实坚持从乡野生活和活生生奔流在乡野社会里人们口头的语言中，寻找“属于自己的语言”的词汇与“属于自己的句子”的句法。他反对某些作家生造一些只有自己才看得懂的文句。为了再现关中农村风俗史，在文学书写中，他一方面要大量动用方言土语，另一方面他又努力使文学书写使用的方言，与流行于方言区内人们口头因而是方言区内的人才听得懂的“口语方言”或“声音方言”拉开距离，从方言词汇和语法方面，对方言加以“提炼”，使之“专化”，成为可以用文字书写出来因而是绝大多数有阅读能力的人都能读得懂的“形声相济”的“文字方言”。陈忠实从来不模拟方言的声音，他总是

---

① 高尔基：《论文学》，转引自郜元宝《汉语别史》，山东教育出版社2010年版，第233页。

用“文字方言”去表达共同语无法表达或难于表达的意义。对于一些冷僻的、有音无字的方言词汇，陈忠实在文学书写中，总是坚决地谢而去之。经过“提炼”和“专化”，一种前所未有的“文字方言”，从“声音方言”中升华出来，方言从“口头”向着“案头”方向发展，成了一种耳朵虽然听不出来心灵却能触摸得到的“文学语言”。20世纪中国文学的语言大多是一种“书面白话语”，不是诉诸人听觉而是诉诸人心灵的语言。文学作品尽管可以诵读吟唱，但文学语言却不是诉诸视觉听觉，而是诉诸心灵的。例如诗是由一个个字组成的。读出来的是诗中“字”的“形”，“形”是在空间中展开的具象符号；吟出来的是诗中“字”的“声”，“声”是在时间中延续的音波。在心灵“格式塔”的作用之下，由“字”组成的诗，才成为让人流连玩味的蕴含有意义的“有声”之“画”。

陈忠实在文学书写中，拒绝了“文学‘口语化’”的语言选择与运用之路，走向“口语‘文学化’”。这得益于陈忠实“寻找真正属于自己的句子”“寻找真正属于自己的语言”的自觉。“寻找真正的自己”，是“现代知识分子”才具有的品格。“现代知识分子”是现代知识阶层中特殊的一个部分——他们献身于专业知识，不是用知识为一己谋生，而是用自己所掌握的知识为社会公共事务服务。“现代知识分子”是承担着文化使命的特殊阶层。① 作家大多出身于知识阶层，是有知识的文化人，但并不是任何一位作家都配得上“知识分子”这个称号。只有那些对自己承担的文化使命有明确意识并付诸行动的作家，才是“知识分子”作家。从这个意义上，可以把陈忠实对关中方言的提炼与改造，称之为方言的“知识分子”化。具体说，就是把关中农村日常交流使用的语言，提炼改造成“承担着文化使命”的文学语言。正是在这一点上，我们说陈忠实和赵树理不一路。赵树理虽然也是出身于知识阶层的作家，受五四新文化的影响，也

① 参见余英时《士与中国文化·自序》，上海人民出版社1987年版，第1—11页。

曾经意识到自己承担的文化使命。正是这种“使命”意识，促使他的文学写作走上了“大众化”的道路。“大众化”是五四以来新文学作家们“知识分子使命感”的一种表现。不是说赵树理选择的文学“大众化”的道路不对，而是惋惜赵树理受政治语境的影响，在“大众化”的道路上，不仅“化”去了“知识阶层出身”的社会身份，成为与“大众”心息相通的“大众”中的一员——这是完全应该的，而且同时也“化”去了曾经意识到的“使命意识”，让“大众视角”完全取代了“使命视角”，从现实生活的“批判者”，逐渐转换成现实生活的“静观者”——这是令人惋惜的。赵树理熟悉“大众”生活，运用“大众”语言更是驾轻就熟。小说一般写得都很热闹，轻松，形象又通俗。赵树理的小说，有百般好处，唯一缺的是沉甸甸的分量。包括赵树理志在再现一个村落文化变迁史的《李家庄的变迁》，和再现“合作化”这个经济制度大变革中农民生活的《三里湾》。你只要想一想它竟能让一个十三四岁的初中娃娃，轻轻松松地模仿，就能在两个小时的作文课堂上照着《三里湾》依样画葫芦，写出了题曰《桃园风波》的小说，就一切都明白了。陈忠实走着一条与赵树理恰好相反的路。陈忠实是唱着少年先锋队队歌“我们是共产主义接班人”长大的，入团，入党，自始至终受的都是“集体主义”教育。“义务”“责任”感浓烈，“自我”意识淡薄，更不用说“知识分子的自我意识”了。“文化大革命”中经历的风风雨雨，倒是不断从反面提醒他：缺乏“自我”意识，在人格上是多么的不健全。“文化大革命”后他从政治视角转向社会视角和文化视角，不仅仅是创作视角的调整，更是写作立场的转换：从有“集体”而无“自我”的“政治”立场，转换到承担起某种使命的“文化”立场。不管陈忠实自己是否意识到，意识到哪个程度，“新时期”以来陈忠实所走的文学道路，是从普普通通的作家向“知识分子作家”的转换之路。体现在作品中，就是他的小说叙事越来越呈现出一种可以辨识的“公共知识分子气”。例如他常常采用第一或第三人称全知视角，广泛深入地揭示和评价社会人生诸现象。例如他越来越清醒地把自己的创作，定位在用真正“属于自己的语言”，把自己“意识和体验到的那一段农村历史生活内容”，“形象叙述出来”。例如他对既往信而不疑的“描写”式语言的断然扬弃——“描写”式的语言，是“静观者”使用的语言，而不是“行动者”使用的语言。马克思《费尔巴哈论纲》第十一条那段名言：“哲学家从来是用不同的方式解释世界；但真正的关键是改变它”，明确地道出了“静观”不是“现代知识分子”的品格，“现代知识分子”同时还是“行动”者或“实践”者。告别了“描写”式语言的陈忠实，小说语言往往带有一种在他以前的作品中不经见的思想冲击力、裹挟力。如：

男人一把镢头一把铁锨，女人也使用一把镢头一把铁锨；男人有两只铁丝编织的铁笼和一根水担，女人也配备着两只铁丝编成的铁笼和一根水担。

铁镢用来刨挖沉积的沙石。

铁锨用来铲起刨挖松散的沙石，抛掷到罗网上，石头从罗网的正面哗啦啦响着滚落下来，细沙则透过罗网隔离到罗网的背面。

罗网成为男人和女人劳动成果的关键。

铁丝编织的笼筐是用来装石头的。

水担是用来挑担装着石头的铁笼的。

从罗网上筛落下来的石头堆积多了，用铁锨装进铁笼，用水担的铁钩钩住铁笼的木梁，挑在肩上，走出沙坑，倒在十余米外的干沙滩上。

男人重复着这种劳作工序。

女人也重复着这种劳作工序。

他们重复着的劳动已经十六七年了。

他们仍然劲头十足地重复着这种劳动。

从来不说风霜雨雪什么的。①

这里描述的是一对夫妇在沙滩上的日常劳动场景，作家用重章叠句的方式而又稍加变化，巧妙地传达了这种体力劳动的日复一日，年复一年的重复性和机械性，使读者体验到生活本身的循环往复带来的无穷无尽、永不停息之感。与其说陈忠实是在描写普通的劳动，不如说陈忠实是在诉说从平凡的劳动中体验到的人不平凡的命运——人明知命运不可抗拒又从来不屈从于命运。人有了这股“韧”劲，才从自然形态中脱颖而出，成为与“天地”并立的“人”。当代文坛中不乏用“公共知识分子”的眼光描写农民生活的作家，小说中充满了“知识分子”叙述人的声音。从这种叙述中，我们得到的主要是观察者所获得的那种知识，很难听到被观察者灵魂的诉说。但陈忠实不是个置身事外的“知识分子”观察者，他是从农民生活氛围中成长起来的，除了多了一副“知识分子视角”，此外和农民再无差别的“实践者”。他创造出来的乡村小说使他成为农民的代言人，这个代言人具有“知识分子”视角，却与农民没有隔阂。此不难理解他的作品选择了“知识分子”叙述人的全知视角，却能传达农民的心理和灵魂。方言土语在陈忠实这里，不是为模仿工农兵语言，而是作家自我的语言的本真体现。

方言土语脱离口语的“知识分子化”改造不仅体现在叙述者立场上，还体现在他对翻译语体话语成分的吸收上。在陈忠实的小说中，常出现一些修饰性长句，如：

民乐园是个游艺场所，鸡肠小巷，七交八岔，交交岔岔里都是小门面小吃铺小茶小戏小裱子院，在这儿能看杂耍的说书的清唱的猴戏的表演，也能吃到甜的辣的酸的荤的素的热的各种风味的食

① 陈忠实：《日子》，《人民文学》2001年第8期。

> 品，还有高档妹子低档裱子以及一块烧饼睡一觉的末等裱子可供各色嫖客选择。西安的行政要员们出于万全之策，出其不意地选定了这个下等国民游艺娱乐的不大雅静的场所让戴部长屈尊露脸。①

这种一气呵成，急于道出的句式和语气显然是受到了欧化语体的影响。在艺术实践的征途中，陈忠实非常重视阅读，特别是外国文学作品的阅读。在《文学无封闭》中他道出了酷爱阅读的缘由："作家从艺术学习到艺术体验的整个过程所能借助的只有阅读。他想尽可能多地通览古今，也想尽可能多地学贯中西；他一方面要从古人今人国人洋人那里吸收一切有利有益于发展强大自己艺术能力的东西，另一方面就是以广泛的阅读来开阔自己的艺术视野，见识见识那个艺术殿堂里所荟萃着的异彩纷呈的风姿；还有一面就是看看前人和当代人已经跨过了思想和艺术的怎样的标高，从而确定自己探索的方向。"② 尚未成年的陈忠实就开始阅读他所能得到的外国小说。据后来的回忆，他平生阅读的第一部翻译长篇小说，是《静静的顿河》。"文化大革命"中期又得以阅读《悲惨世界》《血与沙》《无名的裘德》等世界名著，这时陈忠实的文学之梦已被迫中断，是一种不带任何功利目的的阅读。陈忠实晚年回忆说："我至今也无法估量发生在'文化大革命'中间的这种最纯粹的阅读，对我后来创作的发展有何启示或意义，但有一点却是不可置疑的，欧洲作家创造的这些不朽作品，和我的情感发生过完全的融汇。"③ "文化大革命"后期陈忠实阅读了西影厂图书资料室的几本"文化大革命"前公开出版和"文化大革命"中出版的"内部参考"小说，其中有柯切托夫的《州委书记》《你到底要什么》《落角》等，柯切托夫是苏联一位比较著名的作家。在斯大林时代写过反映造船工人生活的《大家

---

① 陈忠实：《窝囊：献给古原的女儿》，《陈忠实文集》第5卷，广州出版社2004年版，第65页。

② 陈忠实：《文学无封闭》，《陈忠实文集》第5卷，广州出版社2004年版，第454页。

③ 陈忠实：《借助巨人的肩膀——翻译小说阅读记忆》，《西安石油大学学报》（社会科学版）2005年第3期。

庭》，似乎还得过苏联文学奖。赫鲁晓夫时代写过《叶尔绍夫兄弟》《州委书记》，中国曾经把这两部小说作为“反修作品”推荐给中国读者。《你到底要什么》等是他在勃列日涅夫时代的创作，反映那个时代苏联社会内部和意识形态上的细微变化。柯切托夫是苏联“文学解冻”之后，坚持与时俱进且卓有成效的一位。柯切托夫前后期小说从思想到艺术形式所发生的巨大变化，给陈忠实留下深刻印象，使他思考作家思想、情感以及艺术形态的发展轨道所蕴含的深层意义。

20 世纪 80 年代初，中苏关系解冻，苏联文学作品有如开闸之水倾泻而来。倒不是因为苏联文学作品的创作水平比同期欧美文学高，而是由于中苏两国在政治体制和意识形态上更有可比性，故而中国读者更习惯于用苏联这面“镜子”照自己。北京两所外语高校编辑出版了两本专门翻译介绍苏联作家和作品的杂志《苏联文学》和《俄苏文学》，文坛出现的苏联文学热影响到陈忠实，他连续多年订阅这两本杂志，直到苏联解体，杂志停刊。陈忠实通过这两本杂志和购买的书籍，结识了许多苏联作家。陈忠实那时候住在乡下老家，到作家协会开会或办事，常常在《延河》编辑兼作家王观胜的宿办合一的屋子里歇脚，路遥也是这个宿办合一屋子里的常客，话题总是集中到苏联作家和作品的阅读感受上，艾特玛托夫、舒克申、瓦西里耶夫，还有颇为神秘的索尔仁尼琴等——这些作家的作品，在“文化大革命”前就和英国荒诞剧《等待戈多》及美国嬉皮士小说《在路上》等以供“批判参考”的名义内部发行过。陈忠实说：“我看到了面对苏联的历史和现实，不同的作家以不同的思想视角和艺术形态，展示出独立的思维和独立的体验，呈现出独有的艺术风景，柯切托夫属于其中的一景。我开始意识到要尽快逃离同一地域同代作家可能出现的某些共性，要寻求自己独自的生活体验和艺术体验，才可能发出富于艺术个性的独自的声音。”①

---

① 陈忠实：《借助巨人的肩膀——翻译小说阅读记忆》，《西安石油大学学报》（社会科学版）2005 年第 3 期。

被陈忠实称为“一生中最专注最集中的一次阅读”，是阅读莫泊桑和契诃夫这两位短篇小说大师的作品：“选出十余篇不同结构形式的小说，反复琢磨，拆卸组装，探求其中结构的奥秘。”① ——陈忠实这种读书法，很有点苏轼“十面埋伏”读《汉书》的味道。陈忠实用这种读书法，在上高中的时候，和同学一起读过王汶石的《沙滩上》。莫泊桑和契诃夫的小说对陈忠实清理剔除极“左”的创作理论、复归艺术自身规律的探索是有启发意义的。1983 年早春陈忠实接触到刚刚获得诺贝尔文学奖的新世界文学名著《百年孤独》，这部作品使他把眼睛和兴趣从苏联文学上转移了，开始关注有关拉美魔幻现实主义的作家和作品，尤其是介绍或阐释魔幻现实主义的资料。魔幻现实主义的开山大师卡朋铁尔艺术探索的传奇性历程给陈忠实留下极深刻的印象，他后来回忆说：“给我的最重要的启示在于卡朋铁尔扎到海地去的行动，即他‘寻找属于自己的句子’时富于开创意义的勇气，才是我的最有教益的收获，未必也弄出‘人变甲虫’的蠢事来。”② ——“人变甲虫”是欧洲“现代主义”文学开山人卡夫卡《变形记》里叙述的一个荒诞故事。那时，陈忠实正认真阅读“现代”派的作品，卡朋铁尔意外地闯入他的阅读视野。卡朋铁尔早年在欧洲追随过“现代”派，后来发现他和“现代”派根本不对路，于是毅然改辙，到非洲移民集中的海地，“寻找属于自己的句子”。结果，《人间王国》使卡朋铁尔一举成名，成为拉丁美洲文学的开山大师。陈忠实在这里想说的是，他虽然也想从“现代”派作品中汲取营养，是卡朋铁尔的“转向”提醒了他，“现代”派有他们自己独有而别人难于分享的创作语境，追随“现代”派成不了正果，给他指出了一条在中国文化语境中创造文学辉煌的必由之路。卡朋铁尔进入海地，“寻根文学”和“文化心理结构”创作理论，这三种因素差不多同时影响到陈忠实，

① 陈忠实：《借助巨人的肩膀——翻译小说阅读记忆》，《西安石油大学学报》（社会科学版）2005 年第 3 期。

② 同上。

他把这三个东西综合到一起，发现有共通的东西，促成他的一个决然行动，去西安周边县查阅县志和地方党史文史资料，就像“卡朋铁尔扎到海地去”那样，用心灵去触摸历史，在不经意间获得大量的民间轶事和传闻，这些因素使得长篇小说《白鹿原》的胚胎逐渐生成，并发育丰满起来。

伴随着艺术创作的过程，陈忠实大量阅读翻译小说，耳濡目染之中，翻译小说中的欧化语就内化为陈忠实的语言资源，与众多的方言土语一起，酿造出“属于自己”的“形象化叙述”。积极吸收欧式语言在描写和陈述上的长项，是五四以来新文学作家们的共同实践。然在陈忠实的小说中，陈忠实对欧化语言资源的吸收，并非如熟悉西方语言的学者型作家那样，有意用西方语言的语法结构和组词方式对自己同样熟悉的汉语言文字进行系统地改写。陈忠实不通西文，不具备比较语言学的资质。陈忠实只是采取如鲁迅说的“拿来主义”的立场，取欧式语言的描写和陈述之长，作为自己用汉语表达所经历的与所思考的“世界”的一种“现成在手边”的凭借，以发现自己语言表述上不到位、不恰当、不尽如人意的地方，加以完善。具体说，就是如何让方言运用和现代小说通行的叙述模式水乳交融地糅合在一起。这就决定了陈忠实在文学书写中动用方言资源时，坚持对方言的语法和词汇进行“提炼”、改造，使之适应现代小说叙述模式，而不是让现代小说叙述模式适应、迁就方言语法和词汇的立场。这和当代作家李锐长篇《无风之树》因为强调某个农民的痛苦无法用文字表达而连续用十几个“啊”，显然不同。当然，陈忠实走的是现实主义创作道路，尽管他不拘于旧有的现实主义，对其他“主义”也有所吸收，但陈忠实明确说过，他并不准备“改易它投”。而李锐对“现代”派的一些手段多有会心。在这里，只想指出两人在方言运用上有不同的选择，无意比较两个人在方言运用上高低。对于当代作家的文学书写来说，方言犹如资源无比丰富的宽阔的大海，容纳得下不同风格、不同流派的作家，尽情采撷，满载而归。陈忠实通过“提炼”，把方言土语从口语中剥离出来，把农民说不出来或者虽然说出来但无法令方言区以外的一般读者充分理解的方言，改造成通行的文学语言，显示出高度的语言智慧。

当陈忠实小说中众多的方言土语以修饰性长句的方式排列组合的时候，我们看到了一个杰出的作家如何使方言“文字化”“知识分子化”。他很好地吸收了方言口语，但他并不以自己能娴熟驾驭方言相标榜。他不满于某些作家的生造字句，他在用作家自己语言说话的同时很好地融合了欧化语体。他是要在多元喧嚣几乎让人无所适从的语言困境中，走出一条“属于自己的”语言之路。他用方言土语“形象化叙述”，这种独特的语言策略包含了对当时所有的各种语言资源巧妙的改造，不能说他回归或者依靠了某种语言传统。在一篇评论中他曾谈到这种语言的特性：“这种叙述语言的密度相当大。阅读中间能感觉到他在浓缩，然而又不仅是浓缩，是严格把握着每一个句子的内涵和质量，既是形象的，又是鲜活的，更是含蕴着丰富的意指。”① 精炼浓缩而又鲜活传神，这与中国古代的诗性语言的精神相沟通。中国现当代文学的文学书写中，有一种现象令人担忧。那就是由于有意无意地忽视了“小说是写出来给人看的”，因而有意无意地放纵口语对文字不断侵蚀，推崇“声音”而轻视“文字”。从“小说是写出来给人看的”上审视，文学书写中重“声音”而轻“文字”，应该是中国现当代文学需要认真对待并加以疗治的“虚脱”病症。陈忠实在文学语言的选择和运用上，坚持欧化和本土化双修，兼收而并蓄，方言和普通话，中式“叙事”型叙述模式和欧式“描写”型叙述模式，交错并施，无疑是对这种“病症”的矫治。《白鹿原》展示出的绚丽多姿又圆融畅美的文学语言选择与运用的风度，昭示着以汉语的字为中心的特点，表现方言的腔和调的现代汉语写作，是完全可能的。

---

① 陈忠实：《一个历史过程中的中国乡村形态——读孙见喜〈山匪〉》，《商洛学院学报》2006 年第 3 期。

第二节　作为生活语言的方言：生命体验的展示

“未有体验不谋篇”[①]，是步入“知天命之年”后的陈忠实一再声言的创作信念。在《白鹿原》的酝酿和创作过程中，陈忠实对于文学创作有了自己更深一层的认识。在《兴趣与体验——〈陈忠实小说自选集〉序》一文里，陈忠实写道：“创作实际上不过是一种体验的展示”[②]。文学创作“是一种体验的展示”，是陈忠实从《白鹿原》创作经验中生发出的对文学创作活动的新认识。陈忠实在这个新认识前面，加了两个限定词：一曰“实际上”。加“实际上”这个限定词表明，前此，在一般人（当然也包括陈忠实）的意识里，对文学创作活动，还有一些猜测式、想象式和臆断式的不切“实际”的认识。再曰“不过”。加“不过”这个限定词表明，那些猜测、想象和臆断式的不切“实际”的认识，把文学创作活动的真相，一层层包裹起来，装点得仪态庄严；其实，剥去这一层层不切“实际”的装点，剩下来的只是一个平凡又简单的事实：文学创作活动“不过是一种体验的展示”！加“实际上”“不过”显示，陈忠实对文学创作的这个新认识，有“大彻大悟”的味道。

创作“是一种体验的展示”，是陈忠实对“文学本真”的新意识。在《文学无封闭》中，陈忠实对“体验”的内涵，做出过更深入的阐释：“作家进行文学创作唯一依赖的是一种双重性的体验，由生活体验进而发展到生命体验，由艺术学习发展到艺术体验，这种双重体验所形成的某个作家的独特体验，决定着作家全部的艺术个性。作家的每一部（篇）重要的认真的而不是应酬之作，都无可掩饰地标志着他在那一段时期的那个独特体验的形态，这种形态的展示也就赤裸裸地标志着作家关于生命和艺术所体验到的一切。”[③] 这里所说的“体验”，

---

① 陈忠实：《文学的信念与理想》，《文艺争鸣》2003年第1期。

② 陈忠实：《兴趣与体验——〈陈忠实小说自选集〉序》，《小说评论》1995年第3期。

③ 陈忠实：《文学无封闭》，《陈忠实文集》第5卷，广州出版社2004年版，第454页。

包括作家独特的“生命体验”和作家独到的“艺术体验”双重内容。生命体验决定着作家“写什么”，艺术体验决定着作家“怎么写”。故而陈忠实说文学创作“是一种体验的展示”。

完成《白鹿原》创作之后的陈忠实，认定文学创作是文学作家“生命”和“艺术”“双重体验”的展示。文学创作是“是一种体验的展示”，是陈忠实对“文学本真”的崭新的认识。刘禹锡《视佩刀环歌》里说过：“常恨言语浅，不如人意深”。意识到的内容，尤其是新近才进入意识的崭新的内容，未必立即就能用明白的语言，晓畅地陈述出来。陈忠实在展开这个崭新认识时，似乎还有一些“明而未融”的地方。例如陈忠实在谈到“生命体验”的由来时，说：“生命体验由生活体验发展过来。生活体验脱不出体验生活的基本内含。生活体验或体验生活对于任何艺术流派艺术兴趣的作家都是不可或缺的”。就存在有概念使用上的“含混”，需要加以澄清：“生活体验”和“体验生活”，究竟是互相等同，可以互换使用的概念呢，还是性质有根本差别因而在理论言说中应该加以区分的两回事？

尽管“生活体验脱不出体验生活的基本内含”，但“生活体验”和“体验生活”却不是互相等同、可以互换使用的概念。按笔者的理解，“生活体验”是把生活当作“自己的生活”去“体味”、去“经验”，酸甜苦辣，一一品尝。更直白地说，“生活体验”就是在“生活”中“体验自身”。由于“生活体验”就是在“生活”中“体验自身”，故而“生活体验”存在着向“生命体验”发展的可能性。“体验生活”则相反。“体验生活”是先把“生活”作为“异于己”的“对象性”的存在，然后以一己之身去“体”而“验”之。由于“体验生活”是把“生活”当作“对象性”的存在去“体”而“验”之，所以，所“体验”的都是“别人”的生活——例如“工农兵”的生活，很少触动自身。若有触动，触动到的也是“幡然悔悟”式的自我否定。在自我否定中，融身于“工农兵火热的斗争生活中”，使自己成为“革命事业的齿轮和螺丝钉”。故而，“体验生活”伸展不出“生命体验”。

笔者在前面一条注释中，提到过柳青和闻捷的一段对话：柳青和闻捷在北京开完会同乘火车返程。在西安火车站分手时，闻捷说："恭喜老兄，又回到生活了！"柳青正色回答："胡扯！我哪一天不在生活中？"此中可见"生活体验"和"体验生活"是有差别的。由于"生活体验"是在"生活"中体验自身，"体验生活"是把"生活"当作"异于己"的对象性存在去"体"而"验"之。从"体验"方式顿殊而"体验"对象无别这一点上，可以说"生活体验脱不开体验生活的基本内容"。然而，却不能由于"生活体验脱不开体验生活的基本内容"，就可以不加区分、笼而统之地说"生活体验或体验生活"。不过，互换使用"生活体验"和"体验生活"两个性质不同的概念，不能怪陈忠实思维不缜密。如此这般理解"体验生活"，是由毛泽东《在延安文艺座谈会上的讲话》发表之后形成的思维定式。作家、艺术家"到工农兵火热的斗争中去"，体验生活，多饮一点"唯一源泉"之水，"转移立足点，改造世界观"，是毛泽东率先提倡的。而毛泽东之所以提倡作家"体验（工农兵火热的斗争）生活"，是出于他认定小资产阶级出身的作家、艺术家和正在为民族解放而斗争的工农兵，是两个"异质"性的群体。仅就"阶级分析"而言，毛泽东是对的。但"生活"对于作家、艺术家来说，是"对象性"的"他者"？还是早已融身其中的"自己"？就需要另加考量了。故而，陈忠实虽然主张"生活体验脱不开体验生活的基本内容"，但陈忠实还是十分注意区分"生活体验"和"生命体验"："普遍的通常的规律，作家总是由生活体验进入到生命体验的，然而并不是所有作家都能由生活体验进入生命体验，甚至可以进入生命体验的只是一个少数；即使进入了生命体验的作家也不是每一部作品都属于生命体验的作品。"① 陈忠实的这个判断是正确的。但陈忠实进一步剖析其中原因时，就出现了一个很可能是他始料未及的由概念含混而引起的表述上的疏漏："凭生活体验产生过许多不朽之作，然而生活体

① 陈忠实：《兴趣与体验——〈陈忠实小说自选集〉序》，《小说评论》1995 年第 3 期。

验也容易产生许多相似的雷同的作品，诸如批判现实主义的大量的小说，更诸如五六十年代大量的写农业合作化的作品，甚至还有大批的写新时期农村改革的作品，这种现象产生的原因，在于作家顺着一种公用的通行的理论思维去概括生活。”①

“顺着一种公用的通行的理论思维去概括生活”，有类乎古希腊性格古怪的强盗普罗克鲁思德思用“魔鬼之床”量人体的古怪行径：不够尺寸的，拉长；超过尺寸的，截头去足。高矮不等的各色人等，立即雷同一致。那叫“概括生活”，不叫“生活体验”。因而不能说“生活体验也容易产生许多相似的雷同的作品”，应该说“生活体验不深入，不能由生活体验进入生命体验，而是把‘生活体验’异化为‘体验生活—概括生活’，很容易产生缺乏自我意识和艺术个性的雷同之作”。由此看来，“生活体验”虽然对于任何一个希望成为作家的人来说，都是不可或缺的，但不同的作家会用不同的方式去“体验”生活。有些人的“生活体验”，与其说是“体验”生活，不如说是把要去“体验”的“生活”，当作与己无关的“对象性”的“他者”，放在“解剖床”上，用事先准备齐全的工具去解剖；有的人却是用“身体”去亲密触摸“生活”的脉动，用“心灵”去仔细品味“生活”的滋味，把自己的生命融入正在“体验”着的生活里，把正在“体验”着的生活当作自己生命的一个组成部分。“生活体验”和“生命体验”由此区分开来：“生命体验首先也是以生活为基础的，生命体验不单是以普通的理性理论去解剖生活，而是以作家个人独立的关于历史关于现实关于人的生存的一种难以用理性言论做表述而只适宜诉诸形象的感受或者说体验。这种体验因作家的包括哲学思维个人气性等方面的因素而产生，所以永远不会重复也不会雷同。”② 陈忠实强调，“生活体验”有可能落入“以普通的理性理论去解剖生活”的陷阱——确切地说，应该是“生活体验”异

① 陈忠实：《文学无封闭》，《陈忠实文集》第5卷，广州出版社2004年版，第455页。
② 同上。

化成“体验生活—概括生活”，有可能落入“以普通的理性去解剖生活”的陷阱；“生命体验”则否。因为“生命体验……只适宜诉诸形象的感受或者说体验”，也就是说，“生命体验”具有“永远不会重复”的“感性”性质，因而才带有“不会雷同”又不可磨灭的“自我”印记，才是“可以信赖的”。在另外一篇文章里，陈忠实不避嫌疑，用“自以为”来称谓“生命体验”：“生命体验是可以信赖的。它不是听命于旁人的指示也不是按某本教科书去阐释生活，而是以自己的心灵和生命所体验到的人类生命的伟大和生命的龌龊，生命的痛苦和生命的欢乐，生命的顽强和生命的脆弱，生命的崇高和生命的卑鄙等难以用准确的理性语言来概括而只适宜于用小说来表述来展示的那种自以为是独特的感觉。”① 陈忠实在这里明言：生命体验之所以值得“信赖”，并不是因为“生命体验”体验的，都是“善”和“美”，“生命体验”不止体验生命的“欢乐、顽强、崇高”，也体验生命的“痛苦、脆弱”和“卑鄙”——准确地说应该是“生命的卑微”，因为他不是崇信某种外界的带有强制性力量的权力话语，而是对作家自身生存体验的去蔽、回归和彰显，“生命体验”体验的，是生命之“真”。

在答《浙江日报》记者黄采君的提问时，陈忠实回顾了自己创作观的变化历程：“1984 年的中篇小说《初夏》是颇得好评的作品，但我认为那只是写好了感人的生活故事，只是生活体验的产物。而到了 1985 年写《蓝袍先生》，才有了突破，才接近了生命体验的深度。真实的生活故事可以感动读者，但只有写好了人的生存状态，表现出生命意识中深层次的东西，才能在读者心灵的深处引起强烈的共鸣和真正的震撼。我写《蓝袍先生》时已经有所感悟，但认真地去努力表现各个历史阶段各种人物的生存形态，那还是到《白鹿原》才算完成。”② 对照陈忠实的创作历程，可以看到，20 世纪 80 年代中期以前，

---

① 陈忠实：《兴趣与体验——〈陈忠实小说自选集〉序》，《小说评论》1995 年第 3 期。

② 黄采君：《陈忠实：塬上作家的生命体验》，《浙江日报》2005 年 3 月 4 日第 3 版。

陈忠实的创作观还停留于“生活体验”论。“生活体验”有两条进路：一条是向上发展成“生命体验”，另一条是向下退化成“体验生活”。停留在“生活体验或体验生活”阶段的陈忠实，对这两条进路，似乎还没有清醒的意识。1980年，他在《信任》获奖感言中说：“在生活中观察、研究、分析一切人，一切阶级，这一句老掉牙的话，我觉得仍然受用。如果作家笔下的生活和人物不是自己从生活中观察发现而来的，那么除了胡编乱造外，还有什么办法能奏效呢？”① 1982年12月，他在《深入生活浅议》一文中说：“创作的唯一依据是生活。是从发展着运动着的生动活泼的现实生活中直接掘取原料。”② “观察、研究、分析”，只有把“生活中的一切人、一切阶级”当作“对象性”的存在，才有可能。不过，那是从“生活”中抽身出来，静思默想时，在为“体验展示”而进行的冷静的运思中，才会发生的心理活动。真正“深入”到“生活”中的人，只有“体验，体验，体验”。这里，涉及文学创作心理学上称之为“出”与“入”的更细微的问题。文学创作需要“热情”，也需要“冷静”。“冷静”和“热情”是作家创作心理相辅相成又有明显区别的两面。“生活体验”或“生命体验”鼓励忘情“投入”，“体验展示”则需要冷静“透出”。尽管“体验”不深必然“展示”不透，“展示”不透意味着“体验”不深；但“体验”和“展示”是在不同的心理氛围中进行的，心理活动的内容和性质不能互换。以“冷静”之心去“体验生活”，必然落入“用普通理性理论去解剖生活”的陷阱——“深”不下去，自然无从去体验和意识“生活中深刻的历史内容”；在“体验展示”的时候，控制不住“热情”的躁动，必然落入“跟着感觉走”的陷阱——“透”不出来，自然无法去准确表现体验和意识到的“深刻的历史内容”。假如“互换”：“体验展示”时任由“热情”操控——“艺术体验”无

---

① 陈忠实：《我信服柳青三个学校的主张——〈信任〉获奖感言》，《陈忠实文集》第1卷，广州出版社2004年版，第533页。

② 陈忠实：《深入生活浅议》，《陈忠实文集》第1卷，广州出版社2004年版，第545页。

"透脱"；以"冷静"旁观的心态进行"生活体验"——"生活体验"不"深入"，都会让"双体验"成为一句空话。陈忠实于1985年创作的《蓝袍先生》虽然反映了从旧中国到新中国的历史变化，但作品重点关注的不是历史，而是主人公徐慎行在历史变迁和现实生活中的生命存在状态和坎坷命运，标志着陈忠实的创作观朝着"生命体验"论的转变。《白鹿原》中作者以生命观照历史，把50多年的历史写成了人的生存史和人的命运变迁史，是作家生命体验论创作观的成熟。

值得注意的是，伴随着陈忠实从"生活体验"论过渡到"生命体验"论的，是从共同语写作转向方言写作的历程。"方言"和"体验"之间，究竟有着怎样的关联？从陈忠实有关"文学信念与信念的具体展开"及"文学理想与理想的具体落实"一般关系的陈述中，可以窥得一二："每一个作品对作家来讲都是不一样的，作品的形成过程，体验的方式和结果都不一样，体验决定着作家的精神状态，也制约着艺术形态。体验是独特的、个性化的，表现它的艺术形式也是独特的、唯一的，这才有可能形成作家独特的创作风格。"① 作家的体验决定着作家的精神状态，也制约着作品的艺术形式。他还说："应该说艺术和思想是互为交融的，一个新的艺术形态不会孤立地从天而降，它是与那种新的思想在穿透历史的过程中同步发现、同步酝酿、同步创造而成的。"② 包括方言在内的文学语言的选择与运用，是艺术形式的组成部分。而"思想穿透历史的过程"，就是"体验"的过程，就是"体验"的一部分。作家的独特体验过程和艺术形式的形成之间并没有先后之分，而是相互伴随、相互交融、"同步"发生的。陈忠实的"艺术和思想是互为交融的"认识，用一句抽象的哲学语言去表述，就是"思维和语言具有同一性"。文学作家的思维，总是在存在体验即"生命体验"中思维，因而可以说，"生命体验和语言具有同一性"。

---

① 陈忠实：《文学的信念与理想》，《文艺争鸣》2003年第1期。

② 同上。

语言是文学作品艺术形式的基本因素，作家的体验的差异决定着语言的形态的差异。作家对语言的创造性选择与运用，与作家对人的生存状态的独到体验应该是密不可分的。由此不难理解陈忠实选择方言作为表达生命体验的写作语言。哲学史上一个经典性的命题是："思维和语言具有同一性"，而按照"萨巫尔—沃尔夫假说"[①]，一个人的思维完全由母语决定。因为一个人只能根据其母语中的编码设定的范畴和区别定义来认识世界。一种语言系统中所编定的范畴类别和区别定义为该语言系统所独有，与其他语言系统中所编定的范畴类别和区别定义不同。如果是这样，我们会发现，方言作为方言区内人的"母语"是如何决定性地影响着方言区内人们的思维，影响着他们对世界的认识和表达，而各地的"方言母语"，又是如何地"与其他语言系统中所编定的范畴类别和区别定义不同"。方言不仅意味着一种语言，还意味着一种文化、一种思维、一种传统和风俗系统。中国文学史上我们经历过一系列的书面的文学语言："文言"，由"格律，平仄，韵辙"铸造出的诗歌语言，经提纯而后的口说白话，欧化了的白话，合乎语法规则的白话，普通话，等等。凡此种种，都是经由政治、伦理、逻辑、技术等外在因素严密修整过的而呈现出某种统一性的书面语言，因而是"过滤"掉诸如性别、族群、时空等生命活动个别性差异的一般性语言。"统一"总是以牺牲"个别"为代价。用它们去展示"生命体验"，很容易造成对生存本真的某种遮蔽。而方言之所以成为一"方"之"言"，全在于它们躲过了各种外在因素的统一修整。因而，在某种程度上，可以说方言属于大朴而未雕的自然之声音，一"方"之"言"与一方人之本真的生命状态贯通于一。当作家要表达属于自己的生命体验，感到他使用的公共语难以尽意，而急欲寻找替代语言来弥补时，我们很难设想还有哪一种语言比方言更合适。就

---

① 郭京龙、郭志族主编：《中国思维科学研究报告》，中国社会出版社 2007 年版，第 184 页。

其本质而言，由于方言未经统一整修，它是最自然的语言，最接近人存在之本真。而经过严密整修，供人统一使用的公共语，使人生活在按标准秩序严格编码的符号世界中，具有某种抽象性和一般性。方言以其大朴而未雕之长，可以弥补被严密整修过的公共语“过滤”掉的那些具有“个别性”的生命活动，全面彰显人的本真，恢复人的生存常态。使用自己幼年就习得、多年浸淫的方言母语，它可以使作家对生活、社会的本真感受，最大限度且完美无缺地表现出来。如果单一选择使用汉民族的共同语即普通话，这样就会使作家被迫放弃自幼习得的语言，使自己积淀在方言母语中的对世界最初、最原始的感受在创作中受到阻滞，也使得方言作为一种文学语言所具的独有的长处在作家们创作之前就受到了一次剥夺。方言作为日常语言形式，呈现出语言的“言语”多样性。语言是个“共时性结构”，各式各样的“言语”，把“共时性结构”的语言，化为活生生的事实。“言语”把语言与人类日常感性的或经验的生活形态紧密相连，因而能表达人的具体性、个体性。维特根斯坦经常被引用的一句话是：“想象一种语言就等于想象一种生活方式”。“语言”是“生活方式”的外壳，不同的“生活方式”决定着在不“不同的生活方式”中的人，有不同的“言语”方式。在特定的“生活方式”中生活的人，总会有特定的语言表现。方言正是以特定的语言形式，呈现出一方人具体的存在方式和具体的生命体验。陈忠实对此深有体会，在《解读一种人生姿态》一文中，他说：“语言说到底是思想的载体。语言蕴藏着作家的思想，其分量最终定砣在这里。通过语言，感受到作家的体验，作家的情怀，作家的境界，作家的人格。”①

可以设想，明明是一个关中人，假如一定要让他用北京人的眼光看事情、用北京人的语言说事情，就会人为地剥夺那份生活原汁原味

① 陈忠实：《解读一种人生姿态》，《陈忠实文集》第7卷，广州出版社2004年版，第349页。

的神韵。在陈忠实作品中的方言，有着地道的关中“生活方式”的气息，如果“翻译”成共同语或其他的某种时尚语言，可以想见作品将会面目全非，更遑论它要传达的生命体验了。文学需要呈现出作家对生活的质朴感受，而不是华丽的形式外衣。陈忠实这样的本色作家以原汁原味的中国本土方式，描写乡土世界发生的变化。“想象一种语言就等于想象一种生活方式”，生活体验、生命体验都是融入具体的“生活方式”中的体验，“文学创作实际上不过是一种体验的展示”。由此可以说，表现生活就是表现语言，不是有了现成的语言才去表现生活，词与物，语言和世界，总在同一维度一时俱现，不会先后获得，分别把握。这样不仅使讲述生活的语言更贴近生活，也使所讲述的生活有更恰当的语言来讲述，这就不只是修辞学上的“完善”语言了，而是让语言回到生活的大地。方言是来自大地的自然原始之声，大地的语言就是生存的语言，是自然涌现的语言，是呈现存在本身的语言，是对技术架构的批判语言，是对于一切非存在的消解，也是对一切非本真的解蔽。

中国当代文坛中有不少作家，都乐于调动方言资源进行文学书写。但选择方言的心理动因，运用方言的艺术用心，却有万千差别。并不是每一个作家都是像陈忠实那样，以“让文学语言重归生活大地”的姿态动用方言资源的。赵树理吸收了很多方言进入作家的叙述语言中，他是借鉴了民间说书体语言的腔调，如《小二黑结婚》开篇：

> 刘家峧有两个神仙，邻近各村无人不晓：一个是前庄上的二诸葛，一个是后庄上的三仙姑。二诸葛原来叫刘修德，当年作过生意，抬脚动手都要论一论阴阳八卦，看一看黄道黑道。三仙姑是后庄于福的老婆，每月初一十五都要顶着红布摇摇摆摆装扮天神。①

① 赵树理：《小二黑结婚》，江苏文艺出版社 2010 年版，第 1 页。

赵树理用大众化的口语叙述，是为了让他的受众更顺畅地接受他的作品。但赵树理动用方言资源的用心，与其说是“艺术的”，不如说是“政治的”。尽管现在有人高喉咙大嗓子倡言艺术归艺术，政治归政治，但那只是他用来“标榜”的一厢情愿。他只是试图把自己的创作与“某种政治”撇清关系，但当他和“这种政治”撇清关系的时候，就已经涉入了“另一种政治”。在更多的情况下，“艺术”和“政治”是互相利用的，“撇”是撇不清的。无须旁搜而远绍，就连古时的说书人都有这样的意识：“话须通俗方传远，语必关风始动人”，前句说“艺术”，后句显然是站在“政治”立场上说话。更不用说“政治意识自觉”起来的“现代”人了。在一贯突出政治的边区和新中国从事文学创作的赵树理，当然不能幸免。例如他的叙述仍然是模仿式的。不过，不是一般作家都去模仿的欧式“描写”语言，他模仿的是“工农兵语言”。政治给工农兵惯于使用的方言土语，注入了更多的远远超过其本身的内容。政治借方言土语普及了自己，并从根本上改变了方言土语的民间本性，使之转换为大量掺杂政治意识形态术语的流行话语。从政治角度推崇在文学创作中积极发掘方言资源，是由“革命文学”倡导人例如瞿秋白、毛泽东、周扬延续下来的一种语言观。

贾平凹在创作中也喜欢调动方言资源。贾平凹对方言，和陈忠实相比，多了一层的兴趣。在对方言的历史文化意蕴感兴趣之余，贾平凹对方言言说时的节奏、腔调、仪态等同样感兴趣，同样有融汇吸收之志。在当代作家里，贾平凹是最讲究“情调”，风格意识最强的一位，无论是在日常生活中，还是在文学写作中。在日常生活里，贾平凹焚香、品茗、写毛笔字、画写意画，抚素弦古琴，给瓦罐题铭，作绮语，打哑谜……表现出的“文人雅致”，罕有人比。在文学书写中，贾平凹的语言选择与运用，别具一格。方言口语、文言白话在贾平凹的语言里，水乳交融。贾平凹文学书写中最拿手的，是吸融古人随笔式的笔记小说里的句式，组织方言白话。如：

> 此地去陕西省城三百六十多里，居四山中，众妙悉备，庄严，清净；地低温和，有杂草奇木，土产林果；引水灌田，又丰稻麦，盛菽豆；毛驴数头驮粪负筐山上，无人控御，自知往来。山地有山地之趣，乡人有乡人之乐。①

这段文字多用四字句和对句，颇具古风，是古人随笔里常见的句式。在这段文字里，你分不清哪些是白话，哪些是文言，哪些是口语，哪些是方言。它们都在这颇具古风的特殊的句式里，化而为一，无迹可求。贾平凹有的小说还模仿《红楼梦》《金瓶梅》语言选择与运用的情调。如《废都》开篇：

> 一千九百八十年间，西京城里出了桩异事，两个关系是死死的朋友，一日活得泼烦，去了唐贵妃杨玉环的墓地凭吊，见有游人抓了一包坟丘的土携在怀里，甚感疑惑，询问了才知：因贵妃是绝代佳人，这土拿回去撒入花盆，花就十分鲜艳。这二人遂也刨了许多，用衣包回，装在一只收藏了多年的黑陶盆里，只待有了好的花籽来种。没想，数天之后，盆里兀自生出绿芽，月内长大，竟蓬蓬勃勃了一丛，但这草木特别，无人能识得品类。②

这段叙事，宛若《红楼梦》第一回“甄士隐梦幻识通灵”转世。除“关系死死”“活得泼烦”略“著痕迹”之外，其余都保持着“方言口语文言白话无迹可求”的贾氏风范。

这两段文字，读来宛如明代小品文。但用商州方言语调读起来，可能更有滋味。我猜想，贾平凹在构思和书写这段文字时，用的就是商州腔。商州方言是个小方言片。在贾平凹“商州系列”问世之前，

---

① 贾平凹：《商州》，王永生编《贾平凹文集》第8卷，陕西人民出版社1998年版，第4页。

② 贾平凹：《废都》，安徽文艺出版社2010年版，第1页。

除了语言学家，接触商州方言的人很少。不过，不通商州方言的读者，阅读这段文字，也能会其意，只是品不出多大的滋味罢了。“无迹可求”，是贾平凹文学书写中调动方言资源的实际效果。这种效果，是贾平凹用颇具古风的句式组织方言白话制造出来的。这里就出现一个问题：商州山里人读不惯这种颇具古风的句式，他们平常不这么说话；不通商州方言的广大读者，又品不出其中的滋味，贾平凹调动商州方言进入文学书写的用心，似乎是白费了。贾平凹不这么认为。他对自己选择与运用方言的策略，另有认识。

贾平凹这样解释自己对方言的运用：“我是大量吸收了一些方言，改造了一些方言，我语言的节奏主要得助于家乡山势的起伏变化”——这个比喻煞是提神！贾平凹在这里明言，他在文学书写中是以“吸收、改造”的方式调动方言资源的。尽管家乡方言影响到他文学语言的“语言节奏”，但有论者硬说贾平凹运用方言是“模拟声音”，还有论者称贾平凹“化方言口语文言白话于一体”的语言选择与运用，是“故意学古文”，并煞有介事地引朱光潜“现代文学史上作家对文言腔调的吸收是失败的”给贾平凹“敲警钟”，就有些“痴人说梦”，“大煞风景”了！实际上，“模拟声音”“刻意学古”，都是些没影儿的事儿。贾平凹明确说了，他的“语言中那些古语，并不是故意去学古文，是直接运用了方言。在家乡，在陕西，民间的许多方言土语，若写出来，恰都是上古雅语。这些上古雅语经过历史变迁，遗落在民间，变成了方言土语”①。陈忠实也说过，“关中方言许多都是咱们民族的原始语言。古语中许多词汇和用法在其中保留了下来”。陈忠实在动用方言资源时，同时也在动用“民族原始语言”“古语”。至于指称是朱光潜的那句话，实不足为据。朱光潜固然是现代中国精熟西方美学史尤其是黑格尔美学的美学大家，是中国美学中一个派别

---

① 贾平凹、穆涛：《贾平凹与穆涛七日谈》，王永生编《贾平凹文集》第13卷，陕西人民出版社1998年版，第177页。

的领军人物，然而并不是一位“百科全书”式的人物。其美学思想长于“悲剧”，于现代文学，涉入过“诗”。至于现代小说语言选择与运用，鲜有涉及。“百科全书”式的人物，在“文艺复兴”时代才会出现，现代学术人物，包括学术大家，都是有长有短的方面之材。征引前贤的言论，舍其长而取其短，是唐突前贤！在讨论陈忠实方言采撷智慧的时候，对贾平凹运用方言的智慧饶舌不已，是要强调两点：一、积极调动方言资源，在当代文学书写中方兴未艾，不同的作家，有不同的采撷方言的智慧。仅此一点，就足以说明，方言资源在当今的文学书写中，是多么的天地广阔！因而，应该鼓励不同风格不同流派的作家，如“八仙过海，各显其能”；二、文学阅读允许有趣味。就个人而言，阅读趣味无论多么偏嗜，即便偏嗜得如“海外逐臭之夫”，他人也无权置喙。因为以个人趣味有选择地阅读，是他的权利。别人妄加干涉，是侵犯他的权利。当然，国家以法规的形式明令禁止阅读的东西，不在此例，但文学批评则需要有既“识同体之善”又能“得异量之美”的眼界。对于不同作家采撷方言的不同智慧，可以比较，但不能按批评家的个人趣味随意抑扬。

文学创作是“一种体验的展示”，“体验”包括对“生活”的“生命体验”和对“生活”的“艺术体验”。犹如维特根斯坦说的：“想象一种语言就等于想象一种生活方式”，“生活”以“语言”为其活生生的载体。体验一种生活方式，实际上是在体验言说“这种生活方式”的语言。而真正的本色语言，是生活中言说的“言语”，而非书写出来书面的“语言”——按索绪尔《普通语言学原理》，“语言”只是个“共时性结构”，“言语”才是活生生的语言现实。生活中的味道，在言说的“言语”里，不在书写出来的“语言”中。此是古今作家在文学书写中喜欢调动方言资源的根本原因。也是陈忠实坚持“让文学语言重归大地”的精神动力之所在。通过关中方言这个“通道”，才能深入关中人的生活和历史中，用生命去体验、用艺术去展示其中的真味。他对关中农村那一段生活历史内容的独特的生命感受艺术体验，只有积极动用关中方言资源，才能圆满而酣畅地传达。陈忠实对于体验与语言之间的密切关系是深有体会的，他说：“在我的创作感觉里，因为每一次体验到的内容不一样，就不可能用一种艺术形态表现它，甚至语言的色彩。每一个短篇都要找到一个新的适宜于表述这体验的艺术形式，它们各有姿态，包括语言姿态。”①

在陈忠实这里，积极调动方言进行文学书写，不仅仅作为一种语言形态与写作策略，更是作为思维方式与文学精神被强调的。在陈忠实笔下，方言的运用不再是原声原字不加修改的记录，如《海上花列传》中的吴地方言，令外地读者一筹莫展，也不是新文学伊始为增添小说乡土气息或增强人物乡土性的语言点缀，而是以方言来思维并贯穿整个文学叙事结构，方言经过书面语的加工却又不失原味，保留了方言原有的语法规则和思维逻辑，收拢地域的声色气味化为某种独特的“腔调”，成为不单单是字词语法排列的特定方言模式。这样的方言写作，才能真正传达内在生命的呐喊，陈忠实的语言选择意味着作家对语言传统的自觉超越，对自身体验的回归。

第三节 作为民间语言的方言：个人视野的民间立场之表达

从“后新时期”开始，中国作家在语言的选择与运用方面，有了更多、更大的自主选择的空间。作家们不同的文化立场，决定着作家们文学书写中不同的语言选择与运用。陈忠实“后新时期”的创作，例如，《白鹿原》所选择的，是积极调动关中方言资源，借助关中方言，去触摸、体验、意识、反映关中农村那一段生活的历史文化内容。

关中方言是关中地区地域文化的载体。和其他方言区一样，关中也是有“城”有“乡”。而城乡自古有别。乡村里顶门立户的人口，

① 陈忠实：《文学的信念与理想》，《文艺争鸣》2003年第1期。

是世代生长于斯土的土著和在这里寄居年长日久已经归化于土著的外乡人。故而，乡村文化，是一种长年累月积淀下来的传统性很强的文化。城市的主要人口，是来自全国各地的做官的、经商的、做工的，及其眷属。城市文化，则是一种“均质化”的文化，城市越大，“均质化”程度越高。相对而言，关中城市的文化中，关中地区地域文化的色彩比较淡。关中农村的大户人家，也有进城做官、经商的。关中农村的小户人家，也有进城做工的。一般而言，他们中的大多数，是“离乡不离土”：有了钱，就在故里盖房子置地，最终叶落归根。也有在城市落脚，成为“城里人”的。例如，在西安城的“七贤庄”“四府街”“木头市”“盐店街”，就有来自“京兆”“东府”“西府”某县某乡，在城里已经住了几辈辈的关中人。不过，在城市里居住的关中人，除了说一口关中话，保持着关中人的饮食习惯之外，在其他方面，已经和来西安做官、经商、做工的外省人没有多大的区别。故而，关中地区地域文化，完整地保存在关中农村农民的生活方式、思维方式、表达方式中。关中方言俗语的背后，是关中农村人的生活方式、思维方式、表达方式。这些生活方式、思维方式、表达方式的生成与延续，与关中这个地方的地理环境、历史传统密切关联着，反映着关中人互相趋同的文化—心理结构。

笔者在第一章里说过，中国农村历来都是自成一体的自治或半自治体。在高度统一的新中国，包括在“文化大革命”时，和城市相比，中国农村也是处在国家权力中心控制范围的边缘地带。共产党一“进城”，没用几年工夫，就迅速荡涤了城市里旧社会留下的污泥浊水：说打击封建把头、地痞流氓，封建把头、地痞流氓立即销声匿迹；说取缔妓院，妓女立即从良；说实行工商业改造，立即出现公私合营的热潮。国家权力在城市的各个角落，迅速地落地生根。农村就不同了。农村合作化，远比城市工商业改造艰难。合作化实现以后，面对“小农经济的汪洋大海”，国家权力除了时时提醒告诫干部，不要身陷其中之外，几乎是束手无策。这种差别，至今犹存。近年来遍布大街小巷、工作场所、消费场所的摄像镜头，让城里人一出家门，一举一动，都在国家权力的掌控之中。而中国农村，在这三十年，才陆续建立起公安派出所。前此，农村治安一直由村庄里村民兼职的“治保主任”自行维持。因而可以说，中国真正的“民间”在农村。现代中国真正持“民间立场”的人士，细数起来，多是从关注农村社会起家的。陈忠实的《白鹿原》，用关中农村流行的语言，叙事关中农村的生活故事，可以说是关中农村社会生活图景的文本再现，这意味着陈忠实在创作上拥有了一种“民间”立场。

“民间”是现代社会学里的概念。陈思和在《民间的浮沉》中指出：“民间是与国家相对的一个概念，民间文化形态是指在国家权力中心控制范围的边缘区域形成的文化空间”，“它的活动背景往往是国家权力不能完全控制，或者控制力相对薄弱的边缘地带”①。中国农村社会，最符合陈思和所说的“民间”。中国农村文化，最符合陈思和所说的“民间文化”。陈忠实出身于农民，从小生活在关中灞桥区霸陵乡西蒋村，成年后又在农村长期工作。他是在民间乡土文化的浸润下成长起来的，从他降生那一天起，关中农村的文化氛围就不断地在他的潜意识中，植入关中农村文化因子。农村的生活经历及农村文化所滋养的想象力是他创作的源泉，陈忠实的小说大多数是反映农村社会生活的面貌和农民的情绪世界的。这对于那些出生于城市，生长于城市，以俯视的姿态关注农村、关注民间文化的作家来说有不可比及的优势。然而，这种“优势”，只有在从“潜意识”转化成“显意识”之后，才能发挥出来。

中国真正的“民间”在农村。在农村社会里生活的农民，天然具有“民间”立场——遇事总是按农村人才有的思维方式去思考，用农村人才有的表达方式去应对，以保护自己的生活方式不受侵犯。这一点，在既往的“合作化”“整社”“四清”“社会主义路线教育”运动

---

① 陈思和：《民间的沉浮》，《鸡鸣风雨》，学林出版社 1994 年版，第 26、35 页。

中，在农村驻过队的干部，尤其是学生出身的干部，体会最深。像陈忠实这样的作家，尽管在成为作家之前，生在农村，长在农村，成为作家之后，以农村为表现对象，但陈忠实的文学写作，并不因此而天然具有“民间”立场。陈忠实文学书写中最终选择了“民间”立场，经历了“精神和心理”上“不倦剥离”的过程。

陈忠实生在农村，出身农民，但陈忠实的创作，并没有因此就即刻拥有“民间”立场。陈忠实“文化大革命”后期和“新时期”的创作和国家主流意识形态保持高度一致。陈忠实从“文化大革命”后期重新开始文学创作，公开发表了《接班以后》(1973)、《高家兄弟》(1974)、《公社书记》(1975)、《无畏》(1976) 等小说。这些作品呼应时代政治风云，直接演绎“阶级斗争”模式，带有明显的革命话语色彩。连“现实主义”立场都未能守得住，更不用说“民间”立场了。“四人帮”垮台之后，经过两年思想调整，从 1978 年到 1982 年，陈忠实的创作，又进入了井喷期，集中发表三十多个短篇。其中，《信任》荣获 1979 年全国优秀短篇小说奖，展示了陈忠实不凡的艺术才华。陈忠实此期的小说创作，和“新时期”大多数作家的创作一样，依然是服务于“解放思想”的政治路线，热情歌颂新形势、新气象、新事物的。到了 20 世纪 80 年代中期，陈忠实开始意识到，在一个文学新时代，歌颂新形势、新气象、新事物，固然是一个“体制内”的作家应尽的义务，但一个对人民负责任的作家，即便在“体制内”，也应该有自己的写作立场。于是，陈忠实开始了“寻找属于自己的句子”的努力。促使这一转折的是他的思想感情、艺术观念在这一时期发生了深刻的变化。

陈忠实在创作手记《寻找属于自己的句子》中反复提到的一个关键词就是“剥离”，陈忠实说，他的“剥离”意识始于 20 世纪 80 年代初，因现实生活的巨变的触动开始，尔后则贯穿整个 20 世纪 80 年代，“这种精神和心理的剥离几乎没有间歇过”。陈忠实说：“这些接踵而来撞人耳眼的事，在我都发生着‘剥离’的过程，首先冲击的是我意念里原有的那些‘本本’，审视，判断，肯定与否定，淘汰与选择，剥离就不是轻易一句话了，常常牵动感情。以上不过是随意列举80年代发生的生活事象，我既不能看了听了权作不见不闻，甚至没有一件会轻易放过，曾经怀疑自己心胸是否太窄，有些毫不关涉自己的事又何必较真；又怀疑自己是不是因为既有的‘本本’影响太深，剥离就显得太艰难，甚至痛苦。然而，无法改变。还有比这些生活事象更复杂也更严峻的课题，譬如怎样理解集体化30年的中国乡村，譬如如何理解1949年新中国之前的中国乡村，涉及思想、文化、革命、传统与现代、社会主义、资本主义等。剥离这些大的命题上我原有的‘本本’，注入新的更富活力的新理念，在我更艰难更痛苦。剥离的实质性意义在于更新思想，思想决定着对生活的独特理解，思想力度制约着开掘生活素材的深度，也决定着感受生活的敏感度和体验的层次。”①“剥离”让陈忠实最受用的，“在于更新思想”。“更新思想”，就是自觉地对自己的情感、意识进行一番“大扫除”，在思想观念上除旧布新。具体说，“剥离”就是把过去由“本本”——主要指表达国家意志的著述、文件——灌输给他，他一直信而不疑的“思想”“悬置”起来，就“如何理解集体化30年的中国农村，如何理解1949年新中国之前的中国农村”，对“本本”里的“思想”进行自己的追问。“更新”就是在追问中，对涉及“革命与建设”“传统与现代”“社会主义、资本主义”等“更严峻的课题”进行自己的独立思考，从思想观念和情感态度上，“剥离”掉过去一度坚信而现在顿觉“似是而实非”的东西。“剥离”掉昔日信而不疑的“本本”立场之后，“如何理解集体化30年的中国农村，如何理解1949年新中国之前的中国农村”？陈忠实尝试着以白鹿原为基点，深入到农村社会，按农村社会中人的思维方式去思维集体化30年的中国农村、新中国之前的中

---

① 陈忠实：《寻找属于自己的句子——〈白鹿原〉创作手记》，上海文艺出版社2009年版，第104页。

国农村，以更新自己的旧认识。“剥离”，促使陈忠实开始以“民间”立场的姿态进行小说创作。相应地，是他语言观念发生了深刻的变化。从文学语言变化角度看，这种“剥离”，表现为由意识形态的淡化所引起的个体生命意识的觉醒所推动的语言意识的觉醒，并由此寻找属于自己的叙述的语法，即个人化的叙述话语的过程。

陈忠实在《〈白鹿原〉小说叙述语言的自觉实践》中说：“我是由描写语言开始小说写作的。生动和准确的描写成为那个时期的语言追求，这大约在我热衷短篇小说写作的时段。这个时候对语言似乎没有太明显的刻意，完全凭着对要写人物的某种感觉去写作，是一种含糊盲目的尽兴式写作，我对小说语言的自觉，发生在随后的中篇小说写作的时候，说来不单纯是语言自觉，而是由对小说创作新的理解引发的。我在中篇小说写作开始，意识到以人物结构小说，从此前的故事结构里摆脱出来。我发现一个很简单也很直白的问题，面对不同的写作对象，性格和心理形态差异很大的人物，很难用同一种色调的语言去写他们。包括他们各自不同的生活氛围和社会氛围，必须找到一种适宜表述不同人物的相应的语言形态。”① 经过几番尝试和试验，陈忠实找到了他所理想的写作语言：“我已经确定要用叙述语言来表述已经意识和体验到的那一段历史生活内容，或者说必须寻找到和那一段乡村历史生活内容最相称的语言方式，即叙述，而且必须是形象化的叙述。”② 陈忠实所肯定的语言方式是“和那一段乡村历史生活内容最相称的”，即用方言土语形象化叙述。陈忠实在文本中非常本色地表现着中国地方生活经验，他的文学语言中大量渗入了方言。这种不断增强的“方言写作”的语言意识，已经超越了“形式革新”的文学范畴，具有浓厚的“文化转折”意味。所谓浓厚的文化转折意味，是指陈忠实自觉意识到语言与表现对象之间的同构关系。假如要真正理解

① 陈忠实：《〈白鹿原〉小说叙述语言的自觉实践》，《商洛学院学报》2010年第5期。
② 同上。

和圆满表现乡村历史生活内容，必须学会用乡村农民的思维方式去思维，必须学会用乡村农民的表达方式去表达。不可以想象，假如缺少了方言，还有什么样的语言可以充分表达乡村历史生活内容。

在与黎峰的对话中，陈忠实谈到了方言："陕西方言太过宽泛，陕西因差异甚大的地理环境分为三大块，陕北有游牧乃至匈奴的较为奔放的生活习性，秦岭南边的汉中和安康又接近于南方的风情了，渭河流域的关中是我的家乡。三大板块的人群生活习惯差异明显，说话的口音也相去甚远，方言也自成一体。我说的是关中话。我原以为关中话很土，后来却渐次发现许多方言的无可替代的韵味。文学写作的表述语言中掺进方言，有如混凝土里添加石子，会强化语言的硬度和韧性。我后来渐次明确，从字面上让外地读者猜不出七成意思的方言，坚决舍弃不用，用了反倒成了阅读障碍。近年间，我收到几种关中方言的考证文本，许多看似土得掉渣的方言俚语，竟然被语言学者在古籍文章中一一考证出来。我便感知到关中方言土语，当属中国语言的活化石，还存放在这方地域当代人的口语中。"① 陈忠实推崇方言中的韵味，认为写作语言中的方言能增强叙述语言的硬度和韧性。方言积聚了异常丰富生动的底层民间用语，在生活语言运用和反映民间情感等方面自然要比一般意义上的普通话具有丰富的内涵性，又能创设一个地域色彩浓郁的审美空间，也更富于文学的艺术表现力。的确，现代汉语写作过于程式化，如果没有各地的方言土语这样一种语言文化存在，汉语将变得十分单薄。过去的一些小说，像萧红的、沈从文的、老舍的小说，如果抛弃方言这个特点，艺术价值和艺术魅力会大大降低。而运用方言写作对现代汉语是一种激活，读者可以知道这个世界还有另外一种声音。

在文学书写中积极调动方言资源的中国作家，真正感兴趣的是方言中蕴含的"民间"文化精神。笔者同意陈思和的观点："民间"是

① 陈忠实：《作家都在思考这个时代》，《白墙无字》，西安出版社 2013 年版，第 298 页。

“一种非权力形态也非知识分子的精神文化形态的文化视野和文化空间”①。按笔者的理解，“权力形态”文化是有意设计出来的，“民间形态”的文化是自然生成的。“知识分子形态”的文化，一般而言，是崇尚“普世性”，一心要纳入世界文化潮流的文化。所谓“普世性”是这样一个观念：凡是在西方“现代化”进程中证明是行之有效的，就是“现代”中国应该追求的。包括以“文化保守主义”姿态出现的“新儒家”，也是一种崇尚“普世性”的“知识分子形态”文化。“新儒家”的全部努力，不过是要搭建一座能够接引西方现代文化的桥梁，让中国传统文化在与世界文化潮流的对接中获得新生。“民间形态”文化则不同。“民间形态”的文化当然也不可避免地要与时俱进。但“民间”文化在与时俱进的同时，以能保持自己的地域性而自豪。因而“民间文化”具有自己独特的文化视野和文化空间。那么，表现这样一种独特的文化视野和文化空间的有效方式之一，就是方言口语的运用。虽然方言口语的运用不是再现民间世界的唯一手段，但方言口语与民间世界的天然亲和性，却决定着方言口语的运用对于民间世界进行艺术表现时的准确性。正如有论者所言：“用民间语言来表现民间，民间世界才通过它自己的语言，真正获得了主体性；民间语言也通过自由、独立、完整的运用，而自己展现了自己，它就是一种语言，而不只是夹杂在规范和标准语言中的、零星的、可选择地吸收的语言因素。”② 由“权力形态”文化和“知识分子形态”文化“转述”出来的“民间”，都是“对象性”的，因而丧失了“主体性”的“民间”。用“民间语言”表现出来的“民间”，才是真正具有“主体性”的“真民间”。这就是当今作家艺术家宁愿在实地采风中体验“民间”，而不愿到官、商组织的“民间文化节”中了解“民间”的原因。

陈忠实借助方言口语的运用不仅生动地展示了二十世纪上半叶关

---

① 陈思和：《民间的沉浮》，《鸡鸣风雨》，学林出版社 1994 年版，第 35 页。

② 张新颖：《行将失传的方言和它的世界——从这个角度看〈丑行或浪漫〉》，张新颖、［日］坂井洋史《现代困境中的文学语言和文化形式》，山东教育出版社 2010 年版，第 26 页。

中农村的民间世界，还建构了一种个人视野的民间立场，这在他的代表作《白鹿原》中有突出的体现。新中国以农村生活为题材的作家，在对农村生活的文学书写上，先后采取过三种不同的写作立场。“十七年”关于农村生活的文学书写，多是采取“国家”立场。所谓的“国家”立场，就是以国家权力中心制定的大政方针——如以“土改”“合作化”“阶级斗争”等为指针，进行文学书写。例如《暴风骤雨》《创业史》《艳阳天》。“新时期”关于农村生活的文学书写，多是采取“知识分子”立场。所谓“知识分子”立场，就是把农村生活当作解剖某种社会问题的“解剖台”，进行文学书写。例如电影《秋菊打官司》的底本——小说《万家诉讼》，路遥的《人生》《平凡的世界》。“后新时期”的作家，尝试着采取“民间”立场，所谓“民间”立场，就是试图以农村农民的思维方式、表达方式作为自己体验反映农村生活的视角进行文学书写。这三种写作立场，视域有宽窄之分，“民间”立场的视域相对开阔，“知识分子”立场次之，“国家”立场的视域最是集中。但视域无论“开阔”还是“集中”，对农村生活，都有自己的独到发现，都是不同时代的时代精神的反映，因而不能说这一种写作立场就“先进”，那一种写作立场就“落后”。陈忠实《白鹿原》试图以关中农民的思维方式、表达方式去思维和表现“那一段农村生活历史内容”，选择的写作立场，显然是“民间”的。陈忠实选择“民间”立场去书写“那一段农村生活历史内容”，并不是“民间”立场比其他写作立场，更能让他发现“那一段农村生活历史内容”中的“善”和“美”——农民意识里的“善”未必就“善”，农民意识里的“美”未必就“美”。而是“民间”立场视域相对开阔，能帮助他体察“那一段农村生活历史内容”之“真”——农民视角，能让他发现“国家”立场有意识“屏隔”“知识分子”立场“视而不见”，而在“那一段农村生活历史”中确确实实存在的那一部分内容。例如，白嘉轩待长工鹿三之“仁”，鹿三事东家白嘉轩之“忠”，是旧时乡村社会推尚的“善行”“美德”。站在“知识分子”立场上审视，白嘉轩之“仁”是“施小惠”，鹿三之“忠”是“愚忠”，都是人性扭曲。但在“那一段农村生活历史”中，确实存在着这样的“东伙”关系，正是存在着这样的“东伙”关系，才维系着农村社会不至于解体。再如，辛亥革命推翻了帝制，开创了“走向共和”的美好未来。国、共两党的政治家和知识分子，都是这么肯定辛亥革命的。而在农民的意识里，辛亥革命给他们带来的只是连绵不断的动荡和变乱，除彻底打破了农村生活的宁静，剩下来的就是对农村经济一波接一波的破坏。对于辛亥革命引发的动乱，“国家立场”可以有意识“屏隔”，知识分子可以“视而不见”，因为他们相信辛亥革命推翻帝制，是一种“社会进步”；而“恶”，经常是推动社会进步的力量。农民却不能忘怀，因为他们就是在动乱的折磨中生存下来的。辛亥革命以来的动乱——军阀混战、北伐、国民党“清党”、共产党暴动，对乡村社会和乡村经济的冲击、破坏与摧残，确实是“那一段农村生活历史内容”中既“屏隔”不掉，也不能“视而不见”的内容。“民间”立场，给陈忠实全方位、多角度体验和表现“那一段农村生活历史内容”所需要的开阔视野。

陈忠实用关中方言词语，巧妙地传达了他站在“民间”立场对他“体验和意识到的那一段农村生活历史内容”的定位与评价。当农协失败，田福贤借戏楼惩罚没逃走的农协大小头目，白嘉轩说：“白鹿原这一下成了鏊子咧！”白嘉轩此语，渊源于他妹夫朱先生，朱先生将“王纲解纽”后的白鹿原，喻为国民党、共产党、土匪三家相争的“鏊子”。鏊子，是关中人烙锅盔的工具，用铸铁做成，平面圆形，下面烧火，锅盔则在滚烫的鏊子里反复地烙，一直到面焦里熟。把自己比作被别人放到鏊子上反复折腾的锅盔，就是白鹿原人对白鹿原上几股势力争来斗去的暴力景观的真实体验。“瞎折腾”，是“民间”社会对政治动荡的基本评价。《白鹿原》里有个细节：朱先生死后多年的“文化大革命”时期，批林批孔的红卫兵，捣毁了朱先生的墓，却只挖出了封堵暗室小孔的一块砖头，里面刻着“折腾到何日为止”。掘人坟墓，确实是红卫兵的恶行。但从细节上追究，这个细节似乎并不真实。朱先生是一位秉性“刚直”的“坦荡君子”，读的是“圣贤”之书，行的是“中庸”之道。按儒者惯有的风范，有话，生前会写进“家训”，警示子孙，或嘱人写进他的墓志，以警示世人，不会刻在墓砖上，带到坟墓里。难道他掐算出若干年后有人要掘他的坟？那是传说中曹操的心态。而曹操绝不是朱先生的偶像。土葬坟墓的墓道里，确实有随葬的墓砖，上面刻的是死者的名讳、族里、生卒年月，再无其他内容。但“折腾到何日为止”，倒是颇为传神地道出了“民间”对辛亥革命以来的社会动荡的立场和态度。“折腾”是个纯粹的关中民间词语，“折”者，往返也；“腾”者，上下也，意味着反复内耗不停息。无独有偶，在纪念改革开放 30 年的大会上，时任总书记的胡锦涛在表明中国走社会主义道路的坚定不移的决心时，用了三个不：“只要我们不动摇、不懈怠、不折腾，坚定不移地推进改革开放，坚定不移地走中国特色社会主义道路，就一定能够胜利实现这一宏伟蓝图和奋斗目标。”这里的“折腾”，指过去的曲折和错误，表明中国不再做与经济发展无关的、内耗的路线辩论和政治斗争。可见，“不折腾”不仅昭示着历史的经验，更有其现实针对性。当然，纵观世界史，从政治经济学上的“古代”向政治经济学上的“现代”转化，都是“折腾”出来的。英国“和平过渡”式的“小折腾”，在世界史上只是个特例；法国式“大革命”的“大折腾”，才是世界现代史上的通则。孙中山不“折腾”，清帝不会自动退位。共产党不“折腾”，中国就不会有天翻地覆的变化。“折腾”是革命的常规手段。孙中山“总理遗嘱”里不是特别强调“革命尚未成功，同志仍需努力”吗。“努力”就是继续折腾，不要怕打破坛坛罐罐。不过，待到“革命成功”之后，就应该“告别革命”，靠制度而不是继续用暴力巩固和发展革命成果。留恋革命，倡导“继续革命”，革命革命再革命，最终只能是“革‘革命’”：在把全国“折腾”得筋疲力尽的同时，也把自己折腾得身败名裂。

“民间”写作立场的选择，让《白鹿原》横空出世，从而给现代文学人物画廊里增添了白嘉轩、鹿三、鹿子霖、朱先生、黑娃等新形象。其中，白嘉轩尤为光彩夺目。

白嘉轩是白氏宗族的族长，平日里扶贫济困，热心乡里公共事务，常年雇佣长工鹿三，农忙时和鹿三一起躬耕于垄亩，是旧时农村社会里支撑农村社会的上层头面人物。同等社会身份和经济地位的农村人物，在以农村生活为题材的文学作品中，已经出现过。例如《白毛女》里的黄世仁，《暴风骤雨》里的韩老六，《红旗谱》里的冯老兰。白嘉轩这个人物光彩夺目之处，并不在如某些论者所言，和文学人物画廊里已有的农村社会里同等社会身份和经济地位的人物相比，白嘉轩“更真实”。是的，白嘉轩和黄世仁等虽然属于同一个“阶级”，却是完全不同的两类“人”。《白鹿原》集中展示了白嘉轩这个农村社会里头面人物“履仁行义”的传统美德，《白毛女》《暴风骤雨》《红旗谱》集中揭示了黄世仁、韩老六、冯老兰这些土豪劣绅“为富不仁”、横行乡里。但在旧时的农村社会里，这两类人，同样真实。翻开历代编纂的各县县志，里面活跃的无非是“造福一方的乡绅”和“为富不仁的土豪劣绅”这两类人物。得造福一方的乡绅的支撑，农村社会才得以维系；而土豪劣绅的存在，永远是农村社会动乱的根源。大邱庄的禹作敏，带领大邱庄致富之后，越来越表现出“土豪劣绅”气，故而社会容他不得；华西村的吴仁富，带领华西村致富之后，依然既“富”且“仁”，故而政府乐于树他为典型。因而，说不上黄世仁和白嘉轩等哪一类人“更真实”。白嘉轩的光彩夺目之处，在于和文学史上已有的同一阶级的人物相比，白嘉轩显得更丰满、更新颖。

我们在前面说过，中国现代小说多取“现实主义”创作方法。经典“现实主义”创作，一重“细节真实”，二重“人物典型”。受对“典型”论某些内容“夸张性理解”的影响，现代文学史上已有的同类人物，多把具体的人当作阶级的“符号”对待，集中精力刻画此类人物阶级性中为富不仁、压迫剥削之“恶”的一面。因而，在人物塑造上，都程度不等地落入“平面化”的窠臼。其实，“阶级”是由具体的“人”组成的。阶级性和具体的人性一样，也不是单面相的，任何阶级都具有两面性。历史上没有纯“恶”而无“善”的阶级。包括地主阶级。假如地主阶级纯是一些“掘绝户坟，踹寡妇门”、欺男霸女、无恶不作的土豪劣绅，它就不可能在中国社会存在几千年。《白鹿原》对白嘉轩这个人物的塑造，跳出了“典型化”的窠臼。陈忠实也写到白嘉轩性格中残忍的一面，例如白嘉轩动用村约族规，对小娥的残忍处理。其残忍性，无逊于黄世仁、韩老六、冯老兰。但白嘉轩如此之残忍，并不是出于一己之私利，而是出于维护“仁厚白鹿原”名声的“大局”。陈忠实致力发掘白嘉轩性格中受传统文化熏陶“学做好人”的一面。例如他待长工鹿三仁义又厚道。例如他为维护村民的利益，带头抗粮。这不是粉饰乡绅地主。在“士农工商”四民中，乡绅属于“农”民中的头面人物。农民最讲实际。牲口槽上栓头牛，还要喂它细草精料呢，何况养活一个长工，不供他好饭食，他哪有劲头去卖命下苦？更何况“君子喻于义，小人喻于利”，是传统文化中的古训。像白嘉轩这样的人物，自古以来，就是农村社会的支柱。为保一方平安，残忍处理违反村约族规的小娥，为维护村民利益，带头和违反“国法”的官吏对抗，都是白嘉轩这一类人物义不容辞的社会责任。带头对抗违反国法的官吏，同样是乡绅地主阶级阶级性的一种表现。陈忠实笔下的白嘉轩，和既有的同类人物相比，最大的不同，就是他不再是“平面”的，而是“立体”的。白嘉轩这个人物，以其人物性格丰满而光彩照人。

白嘉轩是贯穿《白鹿原》始终的核心人物。论社会身份和经济地位，白嘉轩属于旧时农村社会头面人物——乡绅那个阶层。旧时农村社会的乡绅，有三类。一类是饱读诗书取得功名，做过官退隐丘园，或无意做官归隐丘园，由“农”而“士”的人物。这一类人物，居乡期间，一般都会秉承圣贤“士在朝则美政，在乡则美俗”的彝训，以“士”自律，有志于造福一方。官府对这类人物，礼让有加；村人对这类人物，既敬又畏。旧县志里“贤达”一栏，收录的多是这一类人物。《白鹿原》里的朱先生，属于这一类乡绅。当然，也有不守“士则”，为官不法，居乡不仁的。例如明代官居六部尚书的著名书画家董其昌，休致还乡。居乡又多行不义，纵子胡作匪为，邻里侧目，为乡里所不容，被人一把火烧了宅院，不得已弃乡而居城。另一类是在本地土生土长的“土财主”。读书不上心，躬耕下不了苦，试图凭财势把持乡里的。这一类人，对外——支应官府、应对村际冲突，也能庇护村民；居乡却只打自己的小算盘，不惜仗势欺人。村人对这类人物，有畏而无敬；官府对这类人物，常蓄意笼络。《白鹿原》里的鹿子霖，属于这一类。还有一类是出身于有“耕读传家”门风的富裕户。躬耕能下苦，读书也上心。书虽然只读过几本，但能自觉地按书上的道理做人。农忙时忙自家事，农闲时热心村内公务——支应官府皂隶，处理邻里纠纷。然而，无事绝不登公门。官府对这类人，想请请不动；村人对这类人，有敬而无畏。《白鹿原》里的白嘉轩，就属于这一类。陈忠实再现20世纪头50年关中农村生活史时，这三类农村社会头面人物，都写到了，尤以白嘉轩写得出色。所以说《白鹿原》的不同凡响处，在于他人物塑造上的新颖。

白嘉轩人物性格中，最值得注意的，是白嘉轩人物性格中刚强自信和逆来顺受复杂地交织在一起。按一般人对典型人物的浮泛理解，典型人物性格应该是“鲜明”又“一贯”的，时“好”时“坏”、时“强”时“弱”，不是典型人物应该有的性格。而白嘉轩这个人物，在“风搅雪”之前，一直刚强自信，谁违反了村约，说整治就整治，不论男女，谁违反了族规，说处理就处理，不避亲疏；谁无视国法，横征暴敛，说对抗就对抗，不管是长官还是皂隶。“风搅雪”中，被黑娃一棍子打折了腰。身残了，性格也完全变了。身残，家破，妻亡，子散，一切都逆来顺受，不怨，不恨。这“典型”吗？典型。现实主义典范作家的典范作品，例如巴尔扎克、托尔斯泰，高尔基，鲁迅，笔下人物的性格都是复杂的。白嘉轩这样性格复杂的人物，在中国尤为典型。白嘉轩是农村社会、传统文化熏陶出来的典型。《论语》里不是说过，“子罕言利，与命与仁”，传统文化中本来就有“天下有道”刚强自信、乘时作为，“天下无道”逆来顺受、避世自保的两面。“中庸”——能忍则忍，“退一步海阔天空”，能让则让，“让他一尺又何妨”，是旧时农村最流行的生活教科书诸如《朱伯庐治家格言》里的教诲，是农村社会中敬畏传统文化之人的为人处世的原则。刚强自信和逆来顺受复杂交织，正是白嘉轩这一类人物的典型性格。过去没有人书写过这样的人物，所以它新颖。白嘉轩这个人物最新颖的地方，在于他“不站边”的生活立场。白嘉轩生于清季。清季“匪患”不断，但太平军只在东南闹腾，义和团和八国联军只在京津地区闹腾，关中农村凋敝归凋敝，虽然也曾受到西捻军的侵扰与陕甘回变的冲击，但相对来说较为宁静。慈禧在八国联军闹京津时，不是也避难西安城吗？长大成人后，白嘉轩却连遭动乱：辛亥革命，镇嵩军西侵，“二虎”守长安，国民党“清党”，共产党“暴动”……动乱一直到1949年枪决黑娃那一声枪响，才暂时结束。白嘉轩这个人物最新颖的地方，在他虽然生在乱世，却能淡定自若，超然事外，从来不“选边站”。他既不因“风搅雪”中黑娃打折了他的腰，就赞成国民党“清党”；也不因鹿子霖仗国民党的势拆他的房，就赞成共产党“暴动”。他有他自己的生活立场：“清党”“暴动”，都是受“外边人”蛊惑的“瞎折腾”。“外边人”谁都不会拿白鹿原当回事，说走就拍屁股走人，而白鹿原人，却要祖辈在白鹿原上“过活”。这是旧时农村社会最典型的生活立场。说旧时农村社会是“自治”“半自治”体，就是因为在旧时农村社会生活的人，只认可“种地纳粮”的“王法”，改朝换代是和他们无关的事，哪个朝代离得了农民？改朝换代了农民不也一样纳粮？当然，自近代以来，受外部势力的冲击，“自治”“半自治”的农村社会，一天比一天趋于解体。尤其是辛亥革命以后。土豪劣绅借“清党”残害追随共产党的贫困农民，贫困农民用“暴动”的方式铲除土豪劣绅，也是中国农村现代史上的常见现象。不过，这样的人物，新中国的作家反复书写过。集中刻画白嘉轩这样的人物，在中国作家里，陈忠实是第一个。

白嘉轩这个崭新人物形象的成果塑造，让《白鹿原》横空出世，给陈忠实带来巨大的文学声誉。陈忠实应该感谢“民间”写作立场。“民间”写作立场，向他提供了如实再现“那一段农村生活历史内容”所需要的相对开阔的艺术视野；应该感谢关中方言资源。关中方言资源，帮助他打开了恰当再现“那一段农村生活历史内容”所需要的语言宝库。

余　论

在本书中，我们用“横空出世”来描述陈忠实《白鹿原》的问世，主要是想突出两点：一、和陈忠实的其他作品——包括《蓝袍先生》相比，《白鹿原》宛若出自完全不同的手笔，这在中国作家里十分罕见；二、和同侪的同类作品相比，《白鹿原》卓尔不群，罕有比肩，这在中国文学中也比较罕见。《白鹿原》能够“横空出世”，得益于陈忠实“文学依然神圣”① 的信念；得益于陈忠实不倦进行的“精神上和心理上的剥离”；得益于陈忠实由“精神上和心理上”不倦“剥离”促成的从“生活体验”向“生命体验”的提升；得益于陈忠实文学语言选择与运用上的成功转向——在关中方言中找到了真正“属于自己的语言”，“属于自己的句子”的“栖身”之地；得益于陈忠实积极调动关中方言语言资源时，明确坚持的“方言文学化”的写作立场和成功实践；得益于陈忠实选择视域相对开阔的“民间”立场去“体验和展示”他意识到的那一段农村历史生活内容。

就本书的论旨而言，陈忠实在白嘉轩这位族长的身上所展现的不是宏大的革命话语或意识形态，而是熔铸关中的传统儒学、宗法家族及农耕文化的民间文化形态，以及这一民间文化形态所表现的核心价值与精神——仁义，这也是陈忠实所认为的民族文化的核心精神。这种民间文化形态和孕育出这种文化形态的“农村社会”，正在成为

---

① “文学依然神圣”是陈忠实1996年应聘陕西师范大学中文系兼职教授时给中文系书写的一副条幅。

“历史”。他以原汁原味的中国本土方式，描写乡土世界发生的变化。细读《白鹿原》，可以发现曾经被其他各式各样的文学语言选择与运用方式所遮蔽的乡土生活世界和民间文化形态，如何在陈忠实积极调动关中方言语言资源的努力下，得到真实的还原。钱乃荣说：“文学作品要反映某地的民俗和生活习惯，尤其要使用本土有别于他地的、描写该习俗的独特词汇；文学对生活的理解和反映是深入、细致和传神，当然不能来个公约数大路货。”① 此处的公约数大路货显然指共同语，共同语本身具有滞后性，它是对约定俗成的生活语言进入书面语言后的筛选和确认，因此用共同语表现不断发展的、丰富多彩的社会生活，难免有其局限性。方言和民间性息息相关，或者说是作家只有借助方言才能更生动地表达自己的民间立场。陈忠实的同侪和前辈中，并不缺乏积极调动方言语言资源成功进行文学书写的典范，例如老舍、赵树理、沙丁、孙犁、梁斌、柳青、刘绍棠、古华、贾平凹、莫言……陈忠实《白鹿原》文学书写中积极调动方言语言资源的选择，服从于他对“文学本真”所持的“生命体验展示”的信念，因而在同侪与前辈中卓尔不群。《白鹿原》以其“民间视角”的选择及其对关中方言的娴熟运用，给他展示“体验与意识到的那一段农村生活历史内容”，画上了一个圆满的“句号”，因而具有让他人难以企及的永恒的艺术魅力。

我们注意到，陈忠实的《白鹿原》出版至今，陈忠实再也没有类似的小说作品问世，同侪中——例如本书提到的贾平凹、莫言、李锐——尽管佳作不断，展示着不同于《白鹿原》的“异量之美”，却罕有人以同类的小说作品与之争锋。这里，有一些意味深长的问题待人索解。我们想，原因恐怕在《白鹿原》书写的，是一个正在成为“历史”的“农村社会”，所以它才具有令他人难以企及的永恒的艺术魅力。在《白鹿原》的创作中，陈忠实以“现实主义”——当然是“更新改进”

---

① 钱乃荣：《质疑“现代汉语规范化”》，《上海文学》2004 年第 4 期。

过的“现实主义”为基本手段，浓墨重彩，图绘出具有“史诗”般壮丽的20世纪前五十年关中农村生活风俗画卷。《白鹿原》创造出了在中国风行百年的“现实主义”文学上的最高辉煌，给在中国风行百年的“现实主义”文学画上了一个圆满的句号。“最高”只能有一个。从这个意义上，可以说《白鹿原》又是在中国风行百年的“现实主义”文学的辉煌终结。

在中国风行百年的“现实主义”文学，辉煌地终结了，中国文学依然要昂首挺进。中国文学肯定会出现与《白鹿原》争锋，超越《白鹿原》的作品。不过，“争锋”与“超越”，只有在继续“更新和改进”创作方法，在一个更高的艺术阶梯上，才能实现。这是同侪作家竞相“更新和改进”创作方法，以“异量之美”而不是以“同体之善”与《白鹿原》争锋的原因所在，也是本书在肯定陈忠实小说语言的选择与运用的同时，对同侪作家与之不同的小说语言选择与运用，同样表示尊重的原因所在。在陈忠实小说语言的选择与运用中，我们看到的是中国文学的过去；在同侪作家各自不同的小说语言选择与运用中，我们才能看到中国文学的未来。

附　录

全球化语境中的当代陕西作家方言写作论

——以路遥、贾平凹、陈忠实为例

将要论列的当代三位陕西作家：路遥、贾平凹、陈忠实，都是在“文化大革命”后期搭文化禁锢政策稍有宽松的“顺风车”涉入文学创作，在“新时期”崭露艺术才华，在“后新时期”经济“全球化”的语境中，在积极调动方言资源进行文学书写方面，以他们各自不凡的创作，展示着一种文学新境界。

“新时期”以来，陕西作家在小说创作方面取得了令人瞩目的成就，创作活力饱满，优秀作品迭出。其中，路遥以其《平凡的世界》，陈忠实以其《白鹿原》，贾平凹以其《秦腔》，先后获得茅盾文学奖。关注陕西作家群的一些评论者，注意到他们的创作存在着某些共同的趋向。比如，他们在题材选择上大多描写农村生活，关注现实生活演变中农民的命运；在创作方法日趋多样的文学“新时期”和“后新时期”，他们的小说创作在叙述方式上不断更新，但他们——包括在更新小说叙述方式上表现得最突出的贾平凹，基本上仍然是在“现实主义——广阔的道路”① 上纵横驰骋，等等。甚至连最能标志作家艺术

① 此语借自秦兆阳 1956 年在《人民文学》上发表的一篇论文的题目。“现实主义——广阔的道路”论和“反题材决定”论、“现实主义深化”论等，在“文化大革命”中被定性为集中代表“文艺黑线”思想观点的“黑八论”。

个性的作品的语言组织，他们之间也存在某些共同的取向，那就是对秦地方言积极而富有创造性的使用。李继凯指出：陕西作家“近些年来，注意对作为地域文化的秦地方言（并）给予积极的创造性使用，这一点几乎成为秦地近年比较活跃的小说家的一种共识”[①]。李星也说：他们的“小说时空观念、叙事方式、语言方式大同小异”。并把导致这种情况出现的原因，归之于他们“农裔城籍”的文化身份。[②]其实，“新时期”以来的陕西作家，在小说创作上，是各走各的路。仅就本文将要论列的这三位陕西作家而言，自“新时期”以来，不倦更新艺术观念，不倦拓展艺术视野，不倦完善表现手段，是他们共同的追求；但他们创作出来的小说，依然是各自成体。陈忠实曾在《文艺报》上撰文表明自己“背离共性，自成风景”的创作态度。然而，无论他们如何努力向着不同的艺术方向探索以彰显艺术个性，他们的作品仍然保持着一种趋同的取向：在密切关注现实生活，不断更新创作方法的同时，十分注重小说语言的锤炼，积极吸纳秦地方言资源进行文学书写，从而使他们的作品在具有明朗的现代意识的同时，又带着浓厚的地域文化色彩。联系到他们和当代其他中国作家一样，共同置身于改革开放以来社会话语体系发生巨大变迁的背景，一起亲历着中国现代化的进程，这种趋同的取向就有些不同寻常了。

考察包括将要论列的路遥、贾平凹、陈忠实在内的当代陕西作家的语言形态，会遇到一个复杂而有趣的问题：在举国上下以“改革开放”的心态，热情拥抱经济“全球化”的语境中，他们却不约而同地积极吸纳秦地方言进行文学书写，从而使他们的语言风格，既不同于京、津、沪等城市的作家，也与其他省份的作家有明显区别。为什么他们都喜欢使用方言？对此，评论者做出了多种解释。有人认为，陕西作家中的大多数都有自小生活在农村的经历，在乡村生活氛围中成

---

① 李继凯：《秦地小说与三秦文化》，湖南教育出版社 1997 年版，第 56 页。

② 李星：《论“农裔城籍”作家的心理世界——陕西作家论之一》，《当代作家评论》1989 年第 2 期。

长起来的他们，自幼就形成了一种对乡土的情感依恋，即使后来进入城市，而且落籍城市，他们的乡村生活记忆也难以磨灭。无形之中，方言作为他们从小就浸润其中的母语，便成为他们创作中可以撷取的语言资源。还有人从陕西的地理环境、文化传统上找原因。认为陕西地处内陆，地理环境决定了秦人以农耕生产方式为最基本的生存方式；农耕生产方式孕育出的“安土而不重迁”的心理意识，村社自治，自成一体的文化传统，无形之中渗入陕西作家的内心，与他们的“现代”体验纠结在一起，支配着他们作品的倾向及语言的选择。还有观点认为，陕西有着强大的文学传统，陕西老一辈作家成功的创作经验，特别是柳青、王汶石扎根农村的创作实践，给予后来者方法与精神上的滋养，无形之中规范着他们的创作趋向。这些观点，从各自的角度探索了陕西作家喜欢采用地域色彩浓厚的方言进行文学书写的原因，从宏观上说，都不无道理。但是，如果聚焦于陕西作家群里的一个个作家个体，尤其是聚焦于本文将要论列的路遥、贾平凹、陈忠实，上述解释立刻显示出无法忽视的缺陷。因为仅凭这些原因，无法回答为什么这些作家在不同时期的语言选择上有很大的变化，无法回答为什么同一作家同一时期创作的不同作品，语言形态也有较大的差异。对此，陕西作家自有解释。陈忠实认为他的语言选择受写作对象制约，他说自己在20世纪80年代中期创作的几部中篇小说“每一部都有相应的语言选择，各不相同……面对不同的写作对象，性格和心理形态差异很大的人物，很难用同一种色调的语言去写他们。包括他们各自不同的生活氛围和社会氛围，必须找到一种适宜表述不同人物的相应的语言形态”①。在这里，陈忠实陈述了他在20世纪80年代中篇小说创作中语言选择多样化的原因。但他这种说法，对包括他自己在内的当代陕西作家，并不具有普适性，不能解释他那部时间跨度长、社会生活氛围变化大、人物身份差异悬殊的《白鹿原》，却一点也不妨碍

① 陈忠实：《〈白鹿原〉——小说叙述语言的自觉实践》，《商洛学院学报》2010年第5期。

他叙述语言风格的统一；也不能说清何以贾平凹的《废都》《白夜》《土门》等一系列城市题材作品中也存在着大量的方言。与陈忠实“表现对象制约着作家的语言选择”的体验不同，贾平凹强调作家的禀赋修养对语言选择与把握的影响：“有的人语言很平实，有的人语言很华丽，有的人语言粗糙，有的人语言雅致。这与各人的性格有关，与天赋有关，与生命基因有关……真正把握语言，最重要的还是自己的内功，语言只是一个作家全部的修养的一种体现。如火之焰，珠宝之光，人之气质。”① 贾平凹从自身的创作经验出发，把作家的语言选择与把握，归因于作家的“性格、天赋与生命基因”与作家“全部的修养”一起形成的作家的“气质”，并不一定是受描写对象的支配。为什么评论家对当代陕西作家在积极调动方言资源进行文学书写上趋同的现象，做出多种不同的分析？为什么同样是体现着秦风秦韵的贾平凹和陈忠实，对小说语言选择有各自不同的体验？促成路遥、贾平凹、陈忠实这三位气质各异的作家，不约而同地积极吸纳方言资源进行文学书写的真正力量是什么？决定着作家语言选择和语言形态的核心因素是什么？当然，作家所处的地理环境、文化和文学传统，作家的禀赋资质、性格修养，文学表现对象的特点，等等，都影响着作家的语言选择。但这些因素以怎样的机制从不同的方向影响着作家笔下语言组织的？在这些因素之外，还有没有被遮蔽因而隐而不彰的分析维度？作家所处的时代政治经济文化状况以及作家面对社会生活剧变时的思想纠结、价值选择，在作家的语言选择中是以怎样的方式体现出来的？本文拟从这些问题入手，以陕西当代作家小说语言的地域特色问题作为一个基点，选择文学陕军中最具有代表性的三位作家：路遥、贾平凹、陈忠实，考察他们所处的“全球化”时代语境以及地理环境、文化与文学传统在作家的语言选择中所占的位置和比重，探讨

① 贾平凹：《关于语言——在苏州大学“小说家讲坛”上的讲演》，《当代作家评论》2002年第6期。

他们笔下何以有大量的方言出现，方言在他们的笔下为什么呈现出多姿多彩的样态，他们使用方言为什么会呈现完全不同的策略和方式以及这些不同的策略和方式所说明的问题。

一 路遥："交叉地带"的乡土话语

文学书写语言上的变化，一直伴随着路遥在小说创作上走向成熟。路遥最初的创作是从诗歌开始的。尽管许多文学青年都是从写诗开始踏上文学道路的，但返乡知识青年路遥写诗，却缘于一个偶然的机遇。1970年在中国"文化大革命"史上是个重要的年份。那年夏天在庐山召开的中共九届二中全会上，毛泽东的权威受到了他自己选定的"接班人"——林彪及其追随者的公然挑战。刚刚开完"团结的大会"的中共最高领导层内部出现了事态危险的新分裂，并最终导致了林彪出逃，命丧温都尔汗。也许是为了消解"林彪事件"造成的政治尴尬，从那时开始，"文化大革命"以来一直实行的禁锢文化的政策稍有松动，恢复了一些文学刊物，解禁了一些老电影，重拍了一些老电影，也拍了一些新电影。在这种气候的鼓舞下，延川县有两个热爱诗歌创作的文学青年——焦闻频和曹谷溪，在当地文化部门的支持下，办了个诗歌刊物《山花》，周围集聚了一群包括路遥在内的文学青年。据曹谷溪回忆，路遥最早发表的一首诗是《我老汉走着就想跑》（1972）：

明明感冒发高烧，
干活尽往人前跑；
书记劝，队长说，
谁说他就和谁吵；
学大寨就要拼命干，
我老汉走着就想跑！①

---

① 李建军编：《路遥十五年祭》，新世界出版社2007年版，第5页。

这首诗过于直白，有路遥急于表达的热情，却缺少诗应该有的耐人寻味的“滋味”。急于表达的路遥，把生活中的口语方言句式、语音语调直接用于诗歌语言，显示出他还处于文学创作的“学步”阶段，还处于冲口而出，对口语方言缺乏艺术掌握的“原生态”写作中。经过曹谷溪的指导，按照“诗不厌雅”的文体规范，路遥在随后的诗作中努力把口语方言书面化。如《老锻工》（1973）：

爱听鼓风机的喧闹，
喜欢红火苗的欢笑，
和钢铁打交道，
这是你的嗜好。

将意志赋于锤钳，
把红心投入炉灶，
趁热打铁才能成功，
砧上一片火花飞爆……①

语言是书面化了。但在冲口而出从而缺乏诗应有的“滋味”方面，和《我老汉走着就想跑》如出一辙。

习惯于用方言表述的路遥，似乎与诗缘分不深。很快他就转向小说创作，那里有施展方言的广阔天地。他发表的第一部短篇小说《优胜红旗》（1973）描写大队党支部委员石大伯在农田基建工地上劳动的情景：

你看他那架势，一条腿撑着，一条腿蹬着，两只铁钳似的胳膊，把个沉甸甸的铁锨甩得圆舞舞的，汗水把那件老布褂子都湿

① 路遥：《路遥全集：早晨从中午开始》，北京十月文艺出版社2013年版，第545页。

> 透了。他打过的梯田塄子，硬得像铁壳壳。他一边拍打，一边还向大伙招呼着："胳膊上用点劲！打结实！"……那股子劲头呀，真叫他这后生怯火。①

文中诸如"甩得圆舞舞""梯田塄子""铁壳壳""怯火"之类地道的陕北土话，是作者对生活语言的原貌再现，不仅生动地刻画了人物动作，还营造出扑面而来的生活气息。路遥是延川人。地域性的方言，是他的日常用语。但路遥并非任由方言土语在小说叙述语言中恣肆，在某些方面，他也很注意雕琢锤炼以提升自己的语言，例如在这篇小说里涉及景色描写的时候：

> 秋末的田野，恬静极了。一缕缕青蓝色的云雾，缠绕在远处的山腰上。地里那一片片金黄色的浪涛，早已被勤劳的人们收拾得干干净净。只有那一排排的庄稼茬茬，披挂着晶莹的水珠珠。②

这里描写秋末的田野、远山，从句式到用词都趋于书面化，只是末尾"庄稼茬茬""水珠珠"两个土语的骤然出现，打破了作者有意营造的诗情画意的田园氛围，使得一个带着陕北口音的叙述者显现出来。

读他这一时期的作品，仿佛在听一个刚从某个偏僻地方来到城市的人，学着用城里人流行的普通话，对你讲述他和他家乡的故事，方言土语总是憋不住似地时时冒出来。大多数时候，方言词语和句式能增加语言的形象性，有助于提升艺术表现力。如《不会作诗的人》（1978）中描写刘忠汉："这刘忠汉从公社成立起，近二十年却死活不下这座鞍马。大多数人对他这一点非常钦佩，也有人说他是瓷脑：老呀老了，还受那份辛苦干甚？"③ 如果把"鞍马"换成"职位"，把

---

① 路遥：《路遥全集：短篇小说·剧本·诗歌》，广州出版社2000年版，第217页。
② 同上书，第219页。
③ 路遥：《不会作诗的人》（短篇小说），《延河》1978年第1期。

“瓷脑”换成“愚笨”，语言的鲜活感顿然丧失。但有时候，方言的使用也会适得其反。如《在新生活面前》（1979）：“他那双劳动者的手，曾经造过多少惩罚敌人的地雷炸弹，打造过多少耕耘田地的犁铧锄头！他一生扑腾着，永远站在革命的前列。”① “扑腾”是个现代口语。本来是个象声词，摹状一个东西从高处重重落下来的声音，鸟扇翅欲飞的声音，初学游泳的人手足胡乱拍打水面的声音。在书面语中，除了模拟声音、刻画动作之外，还经常和“胡”“乱”“瞎”搭配，表达“无计划”“盲目干”“走到哪儿算哪儿”的意思。但在陕北方言里，“扑腾”还有跌倒了（古曰“扑”）再爬起来（古曰“腾”），不服输的意味。用陕北方言说某人“经得起扑腾”，意味着这个人是个久经磨难、能应对各种困难的成熟的人。小说试图表现得顺老汉为革命事业不知疲倦的奋斗精神，但土语“扑腾”的出现，会使不熟悉陕北方言的读者，把这种自觉奉献和有目标地投入，按“扑腾”的书面通用义错会成“他一生都在盲目干”。此时的路遥，对方言使用接近“原生态”，虽然乡土味浓烈，但显得原始、粗糙。

为了使粗糙的语言趋于精致，路遥不断地对口语方言进行提炼加工，想方设法去其粗鄙，而保留其中灌注的生气。且看他在不同时期对同一时分，例如“傍晚”的描写用语：

劈柴、挖炉坑等几件在星期天“法定”的必做活，老汉一反以往地不给她做了。而现在天眼看黑严了，老汉还不将功补过，帮助她喂一下鸡什么的，竟然像发了疯一样，把儿子小学里念过的书和孙子在中学里念过的书，全部倒弄出来，毛翻翻地抖了一炕。（《在新生活面前》1979）

天一擦黑，和整个村子隔一条沟的高书记家的独院里，灯火

① 路遥：《在新生活面前》（1979）（短篇小说），《一生中最高兴的一天》，北京十月文艺出版社2010年版，第55页。

正明，全村的庄户人家，大都是黑灯瞎火的。（《月下》1981）

农历六月初十，一个阴云密布的傍晚，盛夏热闹纷繁的大地突然沉寂下来；连一些最爱叫唤的虫子也都悄没声响了，似乎处在一种急躁不安的等待中。（《人生》1982）

从 1979 年《在新生活面前》里的“天眼看黑严了”，到 1981 年《月下》里的“天一擦黑”，再到 1982 年《人生》里的“傍晚”，显示出路遥在小说语言把握上，从喜欢用陕北土话表达到向尽可能用共同语叙述靠拢的过程。与之相应的是路遥从“农村知识青年”到“知识分子”的身份转变。1973 年，路遥以“工农兵学员”的身份，被推荐到延安大学读书。事后有人问他：“来日方长。何不等一等，找个积累更深厚一些的学校就读呢?”路遥回答得很朴实：“急着改变身份呗……”在延安大学，他一头扎进图书馆，贪婪地阅读他能够借到的古今中外文学名著，汲取文学新营养。阅读，在他熟悉的话语形态之外，向他展示了一种他过去并不熟悉的全新的话语形态。他在两种不同的话语形态之间艰难地爬梳剔抉，而他的文学语言正是在这个过程中逐渐蜕变并成熟起来。《人生》标志着他对方言的吸收和运用走向成熟。《人生》的语言既摆脱了“纯方言”的束缚，又保留了方言的某些词汇、语调，方言口语不再如既往那样频繁地出现，即使出现，也是经过筛选、提炼，运用起来毫无别扭生分之感，而是妥帖自然，地域色彩浓郁。在《人生》中，方言口语不再是“原生态”的，使用方言口语，除了渲染地域色彩之外，还被他赋予一种特别的“叙述”上的意义。

在《人生》中，路遥同时运用两种话语形态，当他的笔触对准城市生活的时候，几乎看不到方言，而一旦涉及陕北农村农民的时候，大量的方言立刻从笔下源源不断地涌现。例如他写村民看到高加林与刘巧珍谈恋爱时的情景：

> 有羡慕的咂巴嘴的，有敲怪话的，也有撇凉腔的。正人君子探头缩脑地看；粗鲁俗人垂涎欲滴地看。更多的都感到非常新奇和有意思。尤其是村里的青年男女，又羡慕，又眼红；川道一组锄地的两个暗中相好的姑娘和后生，看着看着，竟然在人背后一个把一个的手拉住了！①

方言气息很浓。

再对比高加林在城里与黄亚萍恋爱的场面：

> 有时候，他们从野外玩回来，两个人骑一辆自行车，像故意让人注目似的，黄亚萍带着高加林，洋洋得意地通过了县城的街道……他们的确太引人注目了。全城都在议论他们，许多人骂他们是“业余华侨”。但是他们根本不理睬社会的舆论，疯狂地陶醉在他们罗曼蒂克的热恋中。②

完全用通行的普通话书面语叙述。

《人生》的叙述者，一会儿用方言诉说，一会儿用普通话书面语诉说。为什么路遥同一部小说中的叙述语言会有很大的差异？这种状况是否如同陈忠实所言，是为了“适应不同表现对象”的需要？陈忠实说过，他20世纪80年代创作的中篇小说，“每一部都有相应的语言选择，各不相同”。但那只是在描述他艺术探索阶段的部分心得。创作一旦走向成熟，陈忠实的语言风格趋于统一，即使题材范围跨度大、人物身份复杂多样的作品也是如此，如《白鹿原》。《人生》标志着路遥创作上走向成熟，此时方言在他的手中，已经服服帖帖，任由他随“意”挥洒。故而，两种话语形态的出现，与其说出于适应不同表现

---

① 路遥：《路遥全集·人生》，北京十月文艺出版社2013年版，第75页。

② 同上书，第145页。

对象的需要，不如说是随着“改革开放”而骤然加剧的“城”“乡”差别，对他造成的思想上的纠结尚未整合到位的结果。此是本文所谓的“方言被路遥赋予一种叙述上的特别意义”的具体表现之一。

路遥创作《人生》，适逢20世纪80年代初期，此时在“解放思想”的政治氛围下，社会文化语境正经历着巨大的转换。十一届三中全会制定的“改革开放”的方针，引领中国进入现代化的崭新时期。“改革开放”的方针，强有力地冲击着旧有经济体制和旧有的“以阶级斗争为纲”的思想观念。旧有的思想观念还在，但其内在的激情和想象，在普通干部和一般人的心目中，已经明显地趋于萎缩。中国社会转入现代化或启蒙主义的意识形态和文化逻辑。文学史和文化史把这一时期称作“新时期”。路遥对现代化给中国带来的变化是非常敏感的，他把笔触对准遭受现代化冲击最大的城市边缘地带的乡村：

> 我的作品的题材范围，大都是我称之为“城乡交叉地带”的生活。这是一个充满矛盾的、五光十色的世界。……随着城市和农村本身的变化和发展，城市生活对农村生活的冲击，农村生活对城市生活的影响，农村生活城市化的追求倾向，现代生活方式和古老生活方式的冲突，文明与落后，新的思想意识和传统观念的冲突等，构成了当代生活的一些极其重要的内容。这一切矛盾在我们社会的政治、经济、文化、思想意识、道德观念等方面都表现出来，是那么突出和复杂，可以说是立体交叉桥上的立体交叉桥。①

中国的经济体制“改革”始于解散农村生产队，把集体所有的土地划分给个体农民使用。而“开放”，则始于时任主管中国工业的副总理谷牧率团对西方资本主义国家工业生产方式和管理方式的系统考

---

① 路遥：《路遥全集・早晨从中午开始》，北京十月文艺出版社2013年版，第183页。

察。此后，工商业集聚的城市改革，成了改革的重头戏，农村改革几乎是陷入了停滞状态。如同农村“联产承包责任制”改革始于安徽农村农民自发地“分田单干，包产到户”一样，农民也是自发地汇入“开放”大潮的，例如自发地入城务工，入城做买卖，城市周边的农民捷足先登，各地区的农民紧随其后。然而，那时的城市，尚未做好接纳农民工的思想准备。于是有对所谓“农民工潮”的担忧，有城市对农民入城务工设下的层层限制，有城市市民对农民工扰乱了他们生活秩序的诸多抱怨，等等。除了农民以外，学界、民意和舆论，都希望农民“离土不离乡”：在他们自己那“二亩三分地”里，搞自己的“现代化”。但这些，都不能遏止农民入城的热情，农民工潮一年胜似一年。此足以见“现代化”对农民的冲击的力度。但城市只准备接受农民工的廉价劳动，并没有给农民工提供“工钱”以外的其他生活保障——即便是工钱，也经常被拖欠。程度之严重，以至于惊动时任国务院总理的温家宝，亲自出面给农民工讨被拖欠的血汗钱。所以，进城务工的农民工，工棚之外，只能蜗居在贴近城市，土地被城市建设征用，已经无地可耕的“农（业户口）转（为）非（农业户口）”的村民提供的廉租房里。这就形成了改革开放中城市的一道别样风景线——“城乡交叉地带”：说它是城市的一部分吧，它却保留着由村长、村支书组成的村委会管理村民的乡村体制，并且接纳了比村民人数多得多的外来农民工的租住；说它是乡村吧，它的村民又无地可耕，持有“农转非”的城市户口。路遥选择“城乡交叉地带”作为自己的题材范围，从文化的角度审视，意味深长。中国现代化的进程，从世界范围看是“全球化”的组成部分。全球化的本质，是西方现代性的全球扩张。全球化最初从世界经济的一体化开始。中国的“改革开放”，也是从经济领域开始的。“以经济建设为中心”，实际上是要以“改革开放”的心态，迅速与世界经济接轨。然而，就像马克思、恩格斯在《共产党宣言》里预言的那样：“资产阶级……它迫使一切民族——假如它们不想灭亡的话——采用资产阶级的生产方式；它迫使它们在自己那里推行所谓文明制度，即变成资产者。一句话，它按照自己的面貌为自己创造一个世界。”① 这些话让现在很多人觉得很不中听，其实它准确地道出了一个事实，假如你能忽略说话人愤懑的腔调，心平气和去听的话。经济全球化意味着资本主义的生产方式、消费方式，将消灭、取代其他类型的劳动方式和生活方式。生产、消费方式的变化，必然带来人们思维方式和行为方式的改变，进而对包括政治生活和文化生活在内的全部社会生活产生深刻的影响。在这个意义上，全球化本身即包含了文明冲突的含义。东欧剧变、苏联解体、冷战结束，为“全球化”扫清了障碍。已故美国政治学家塞缪尔·亨廷顿论述冷战结束后全球政治经济态势的著作，就题曰《文明的冲突》。② “城乡交叉地带”恰恰是奔向“现代化”的城市与更多地保留着传统的乡村两种文明冲突的聚合点。路遥把根植于政治经济冲突之上的文化冲突，称作“立体交叉桥上的立体交叉桥”。这个比喻，煞是生动，颇有些“经济基础—上层建筑”的思致，但这的确是中国“当代生活的一些极其重要的内容”。

虽说是“城乡交叉地带”，城市和乡村的影响是双向的、互动的，但其中“城市生活对农村生活的冲击”“农村生活城市化的追求倾向”是主要的方面。路遥敏锐地关注到了“城乡交叉地带”所聚合的“现代生活方式和古老生活方式的冲突”“新的思想意识和传统观念的冲突”。值得注意的是，其间夹杂着一个“文明与落后”的判断。“文明”与“落后”，表面上是一个分析性概念或论证性概念，实际其中隐藏着强烈的价值评价。从文化理念上讲，现代化的过程也是资本主义文化精神的影响广布世界各地的过程。伴随经济领域的改革开放，中国的知识精英中的激进分子，在文化思想领域积极倡导“思想启

① ［德］马克思、恩格斯：《共产党宣言》，《马克思恩格斯选集》第一卷，人民出版社1972年版，第255页。

② ［美］塞缪尔·亨廷顿：《文明的冲突与世界秩序的重建》，周琪等译，新华出版社2010年版。

蒙”：他们系统地清理和颠覆传统意义上的“革命”价值观，批判“计划经济”体制和由此而滋生的权力高度集中、“集体主义”和“国家”意识，呼吁突破禁锢，“奔向蔚蓝色”；他们高唱“文学的主体性”，要求文学回到把文学对象结构中的人，当成具有独立个性、独立精神价值的“主体”来书写的轨道上来，反对如既往那样，以“物本主义”“神本主义”的眼光，把人当成任人摆布的玩物和没有血肉的偶像；他们积极倡导个人自由、权利、尊严、唯美等人文主义价值，试图以激进的姿态，推动曾经封闭的中国在政治、经济、思想、文化上全面与世界接轨。尽管“启蒙”的时间很短——随着1986年“反对精神污染”，基本上风流云散，但它还是给中国人的思想上留下了印记。“文明与落后”，正是站在现代性“启蒙”立场，以“现代文明”为尺度，对中国文化传统的载体——乡土社会的一种批判性的审视。路遥使用“文明与落后”这样的判断，说明他在不知不觉之中受到以西方的现代价值观为主体的启蒙话语的影响。这意味着从小生活在乡土社会的路遥，将把他曾经生活过的乡土社会及其价值系统，当作沉重的“包袱”，不得不背着它去迎接“新生活”。这是一种滋味杂陈的“苦难的历程”，同时也是路遥的宿命。王天乐在纪念路遥辞世十五周年的时候，写过一篇纪念路遥的文字，题曰《苦难是他永恒的伴侣》，可谓眼光如炬，善读书而能“得间”①。

据路遥的弟弟回忆，《人生》的构思最初源于一个情节：“他原打算刚写完《惊心动魄的一幕》，再写一个短篇小说叫《刷牙》。但就在这个房间里，路遥完成了中篇小说《人生》的全部构思。”“刷牙”后来成为《人生》中的一个情节。从一个情节生发出一部中篇小说，可知“刷牙”这一情节蕴含着不同寻常的意蕴。《人生》中写不识字的巧珍蹲在硷畔上刷牙，引来乡亲围观。在村民的眼中，刷牙是干部和

① 王天乐：《苦难是他永恒的伴侣》，李建军编《路遥十五年祭》，新世界出版社2007年版，第192页。

读书人的“派势”，巧珍刷牙是出“洋相”，是难得一见的“西洋景”，随即引发出“刘立本的二女子能翘得上天”的慨叹。在巧珍的父亲看来这是“巧珍在一群人面前丢人败兴”，因此喝骂巧珍“不要脸”“你这个败家子！你羞先人哩！”路遥选择方言土语传达了陕北农村乡土世界面对外来新事物的评价，评价标准属于民间的话语体系。但路遥在叙述语言中，把这些村民称为“村里少数思想古旧、不习惯现代文明的人”。显然，路遥并没有把部分农民的“守旧”，扩大成农民这个群体的缺陷。农民也有期待享受“现代文明”的强烈愿望。在受到新的生活方式影响的巧珍眼中，她很委屈：“我刷牙讲卫生，有什么不对?”这里的叙述和描写隐含着对当代中国农村落后观念和习俗的批判，彰显出现代性的立场。还有一个情节可以看作对“刷牙”立场的呼应。

> 昨晚给水井里撒漂白粉的事，她也知道，于是她就试图拿学校里学的化学原理给众人说漂白粉的作用。她的话还没完，有人就粗鲁地打断了她：“哼！说得倒美！你爬下先喝上一口！和你二姐夫一样咬京腔哩！伙穿一条裤子！”众人哄然大笑了。巧玲眼里转着泪花子，羞得转身就跑——愚昧很快就打败了科学。①

巧珍的妹妹巧玲向村民解释漂白粉可以杀菌消毒，起到净化井水的作用，却被村民嘲笑——“愚昧很快就打败了科学”，是作者运用现代性话语对事件的评价：在农村推进“现代化”，让农民扔掉旧观念、接受新事物是多么艰难。“科学”是西方近代才兴起的新概念，它所对应的是西方“中世纪”的“迷信”以及由此而生的种种愚昧。

西方的现代化，是科学和民主催生出来的。因而，“科学”总是与“文明”“进步”这样的价值联系在一起，还有“发展”“进化”

---

① 路遥：《路遥全集·人生》，北京十月文艺出版社2013年版，第77页。

“解放”“革新”等社会进化论及其相关概念，都是“工业文明”时代的产物，展示出人类社会朝向永恒进步的理念，这些都是启蒙时代以来的世界观。自从以呼唤“德、赛二先生”即“民主”“科学”为主题的五四新文化运动以来，这些名词在中国曾被反复使用，具有某种意识形态指向和含义。在汹涌而来的现代化潮流冲击下，路遥厕身其中，不可避免地受到影响。他的短篇小说《在新生活面前》（1979）最早介入“传统”与“现代”冲突的文化主题，“新生活”意味着新的生产方式和价值观念。路遥借机械厂书记之口，提出了近现代中国社会文化转型中一个普遍性的问题：“我们这代大老粗，每一个人都面临这个问题：是成为现代化生活的主人呢？还是被这伟大的新生活抛在一边呢？”小说中描写城市现代化建设的新气象：

> 街道南头，开始铺设沥青的滚压车发出了巨大的吼声；城外已经铺好沥青的公路上，满载各种建设器材的车辆正繁忙地奔跑着。去城西的汽车最多。那里正在修建一个规模不小的水电站，远远望去，红旗飘飘，人影憧憧；更远一点的地方，一月前竣工的小型化肥厂和小型水泥厂的高烟囱，已经在喷吐烟云了……①

品味这段文字，一种欣喜的语气弥漫其中，显示出路遥对现代化建设的热忱。它不禁让人联想起20世纪20年代企盼中国在“涅槃”中获得新生的郭沫若，对科技现代性充满激情的膜拜，他把海湾里的轮船冒出的黑烟，想象成“黑色的牡丹”，认为是现代机器文明的“严母”。② 略有不同的是，路遥对化肥厂和水泥厂的高烟囱“喷吐烟云”的描写，则在热忱之中又带着冷静。后来的事实证明，

---

① 路遥：《路遥全集·一生中最高兴的一天》，北京十月文艺出版社2013年版，第61页。
② 郭沫若：《郭沫若作品菁华集·笔力山头展望》，湖南文艺出版社2014年版，第41页。

这一丝“冷静”，让路遥比其他作家更早地进入对“现代文明”和“传统文化”的双向反思之中。

在“解放思想”的文化语境中，路遥重新审视中国乡村，他对乡村的书写与中国现代文学既往对乡村的书写不同。既往中国现代文学的乡村书写，或是以俯视式的启蒙为创作姿态，揭示乡村的落后和愚昧，如鲁迅；或是陶醉于田园风光，描写“想象的乡土”，如废名和沈从文。虽然路遥也创作了中篇小说《我和五叔的六次相遇》（1984）和短篇小说《一生中最高兴的一天》（1985），揭示当代中国农民狭隘、落后、愚昧、自私的心理，但他却没有被启蒙话语淹没。路遥清醒地看到农民身上有狭隘的农民意识，但正如我们在前文指出的：他并没有把部分农民的缺陷扩展为农民整体的缺陷；也没有像五四新文化运动和“新时期”的启蒙者那样，把传统中国社会各个具体层面的问题——无论是政治的、社会的，全都归结为整个中国传统文化的问题。在西方教育体制中受过系统训练的海外学者林毓生，冷静反省中国现代化进程和中国传统的创造性转化时，批评五四新文化运动和“新时期”的启蒙者“整体性”的反传统思想，实际上都犯了“文化化约”主义的谬误，因为“文化与社会系统互相不能化约……人们可以摒弃传统中国社会中所有的罪孽，而无须攻击整个传统中国文化”①。林毓生的批评是正确又及时的。路遥在短篇小说《痛苦》（1982）中并没有让父兄“那狭隘的农民意识”遮掩他们令人肃然起敬的“埋头苦干的精神”，埋没大年——大年是路遥短篇小说中的人物——以德报怨的宽厚美德。②

李星在“路遥论”里说：“历史转型”对处身于“历史转型期”的人们而言，既是一种“机遇”，又是一层“危险”。“历史转型期的文化、文学也是这样，既给人以扩大了的选择空间，又常常造成失却

---

① 林毓生：《中国传统的创造性转化》，生活·读书·新知三联书店2011年版，第194页。

② 路遥：《路遥全集·一生中最高兴的一天》，北京十月文艺出版社2013年版，第333页。

了‘自我’的危险。”① “新时期”一些文学作家在启蒙话语的笼罩下，懵懵懂懂地失去了“自我”，路遥却难能可贵地保持着一种独立思考的精神。这与他的写作立场有关。路遥的文学肖像的背景是民众，他的小说魅力部分来源于他的自我身份认定：他是站在农民子弟的立场写他的父兄，而不是以启蒙精英自任。据王愚回忆，路遥不止一次说过：“我本身就是农民的儿子，我在农村里长大，所以我对农民，像刘巧珍、德顺爷爷这样的人，有一种深切的感情，我把他们当作我的父辈和兄弟姊妹一样。”② 他的创作与土地和人民密不可分，秘诀是“不丧失普通劳动者的感觉”：

> 写小说，这也是一种劳动，并不比农民在土地上耕作就高贵多少，它需要的仍然是劳动者的赤诚而质朴的品质和苦熬苦累的精神。和劳动者一并去热烈地拥抱大地和生活，作品和作品中的人物才有可能涌动起生命的血液，否则就可能制造出一些蜡像，尽管很漂亮，也终归是死的。③

“和劳动者一并去热烈地拥抱大地和生活”，就是放下身段，站在乡村劳动者自身立场上以平等态度看待乡村，既不以批判和旁观的俯视眼光对待乡村传统文化，也不仰视城市现代化文明。柳青说：“作家的倾向，是在生活中决定的……作家的风格，是在生活中形成的”④，农村的成长经历以及在劳动生活中体验到的农民那种“赤诚而质朴的品质和苦熬苦累的精神”，决定着路遥作品的底色。《平凡的世界》第五十二章，路遥借孙少平之口表达了他对生活过的乡土世界的敬意：“这黄土地上养育出来的人，尽管穿戴土俗，文化粗浅，但精

---

① 李星：《在现实主义的道路上——路遥论》，《文学评论》1991 年第 4 期。

② 王愚：《关于路遥的对话》，《路遥全集 · 早晨从中午开始》，北京十月文艺出版社 2013 年版，第 149 页。

③ 路遥：《路遥全集 · 早晨从中午开始》，北京十月文艺出版社 2013 年版，第 111 页。

④ 柳青：《生活是创作的基础》，《延河》1978 年第 5 期。

人能人如同天上的星星一样稠密。在这个世界里，自有另一种复杂，另一种智慧，另一种哲学的深奥，另一种行为的伟大。”① 近代以来，农耕文明、传统文化遭受西方现代文明的冲击，本土知识分子站在现代性立场审视，传统往往以落后的、愚昧的面目出现，只有不被现代性话语陷阱迷惑的人，只有以平等之心看待农村和农民的人，才能发现农耕文明、传统文化的智慧和伟大。

一方面是被深深镌刻于人们的行为、风俗、语言、思想、情感之中的，更多地保留在乡村的传统文化，另一方面是现实中汹涌而来的现代化潮流，对城、乡（城市为最）生活环境、生活方式及思想观念势不可当的改变。因此，进入“新时期”，在从乡村走进城市的路遥的作品中，始终存在着“传统乡村与现代城市”两种社会话语体系。路遥的独特性就在于他能够将不同价值形态同时呈现于语言当中。两种社会话语体系的并存，体现了路遥思想观念存在的对立与冲突。他说：

> 从农村到城市的过程，从表面上看，就是改变了一些环境，填了一些履历表，转换了一些组织关系，似乎并不复杂。其实，从精神方面来说，这是一个无比沉重而艰难的历程。这意味着要丢弃一些祖辈珍传的好的或坏的遗产，同时得接受一些令人欣喜或令人不安的馈赠。由此，必然造成了精神思想交叉多重的复杂性。要挣脱的东西挣脱不了，要接受的东西又接受得不自然。实际生活中巨大的矛盾引发了痛苦，引发了危机，于是，艺术的冲动便出现了。②

路遥所说的“要挣脱的东西挣脱不了，要接受的东西又接受得不

---

① 路遥：《路遥全集·平凡的世界》第1部，北京十月文艺出版社2013年版，第439页。

② 路遥：《〈刘凤梅小说选〉序》，《路遥全集·早晨从中午开始》，北京十月文艺出版社2010年版，第46页。

自然”，应该是他面对现代化潮流的猛烈冲击时内心的挣扎和犹豫。“要挣脱的东西”，即农耕的生产生活方式以及与之相应的中国传统价值观念；“要接受的东西”，指现代化的生产生活方式与价值观念。李继凯认为，“路遥对现代文化的选择吸收或认同，在经济生活的改革方面比较大胆，在道德观念的更新方面显得比较畏缩”①，诚为确论。需要追问的是：导致这种状况出现的原因以及路遥“在道德更新方面显得比较畏缩”在其小说创作上的意义。《在新生活面前》中得顺老汉找孙女补习中学课程的情景、《人生》中巧珍刷牙的情节，都显示了路遥对科学知识、现代化生产生活方式的热情与肯定，一旦触及价值观层面，路遥的选择立刻倾向传统。在启蒙话语中，传统的道德观念属于“要挣脱的东西”，路遥实际上却“挣脱不了”；在启蒙话语中，现代价值观乃是“要接受的东西”，路遥却“接受得不自然”。路遥试图“对这一重要问题作根本性的检讨”，他说：

> “四人帮”时代结束后，尽管中国文学摆脱了禁锢，许多作品勇敢地揭示社会问题并在读者群众中引起巨大反响，但仍然没有对这一重要问题作根本性的检讨。因此，我想对整个这一文学现象作一次挑战性尝试，于是便有写《人生》这一作品的动机。②

这里虽然说的是《人生》的创作动机，其实可以涵盖“新时期”路遥全部的小说创作。路遥把文化冲突置于各种生活场景，不断变幻着思考的方式和角度。1981年路遥发表了三部短篇小说《风雪腊梅》《月夜静悄悄》《姐姐》，反复写农村青年恋爱，把主人公双方放入不同的生活道路和思想冲突中，剖析他们的价值抉择。《姐姐》写知识青年高立民插队到农村，因受父母问题的牵连，生活陷入困顿，回城

---

① 李继凯：《矛盾交叉：路遥文化心理的复杂构成》，李建军、邢小利编选《路遥评论集》，人民文学出版社2007年版，第157页。

② 路遥：《路遥全集·早晨从中午开始》，北京十月文艺出版社2010年版，第17页。

无望。“姐姐”在此时给予他无私的帮助和纯挚的爱情，当弟弟宝娃问她为什么要帮“特务儿子”时，“姐姐”回答：

> 你看他多可怜！宝娃，咱奶奶在世时，不是常对咱说，碰见遇难人，要好好帮扶呢；要不，作了孽，老天爷会拿雷劈的！咱们这里有家，他无依无靠，又在难处，难道能眼看着让这个人磨难死吗？别人愿放啥屁哩，咱用不着怕！①

一番地道的陕北方言土语显示出“姐姐”的淳朴善良，这是乡土中国待人处世的生活法则。陕北方言的使用既符合“姐姐”的身份，又有给乡土哲学代言的意味。但高立民在父母平反之后考上大学便抛弃了“我的姐姐”。最终能够疗治“姐姐”精神伤痛的是父亲的安慰：“土地是不会嫌弃我们的。”这句话意味深长：土地养育万物，是农民赖以立身的根基；土地宽广博大，无所不容，既容得下真美善，也容得下假丑恶；土地对人们是平等的，无论富贵贫贱，有耕耘就会有收获；土地见证着世态炎凉与悲欢离合，不会为一己之私利而趋利避害，背信弃义。这里的土地不仅仅代表着农耕的生产方式和农民的生活方式，而是蕴含着哲理。哲理意味的土地与中华民族浑厚博大、兼容并蓄、自强不息的精神相通。方言就成为土地哲学的话语方式。

《月夜静悄悄》则写粗鲁憨厚的大牛暗恋大队书记高明楼的女儿兰兰，得知兰兰要嫁给地区商业局长的儿子，痛苦而无奈，只能通过砸汽车发泄内心对城乡巨大差距的怨愤。大牛在小说末尾发出叹息：“说来说去，农村穷、庄稼人苦哇……兰兰，你去吧！”② 以城市人的眼光来看，大牛鲁莽冲动的行为，显示他的愚昧落后。但作者没有这

---

① 路遥：《姐姐》，《路遥全集·一生中最高兴的一天》，北京十月文艺出版社 2013 年版，第 224 页。

② 路遥：《月夜静悄悄》，《路遥全集·一生中最高兴的一天》，北京十月文艺出版社 2013 年版，第 241 页。

样处理。小说中写到大牛的生活状况：

> 几年后，父亲死了，给他撂下一河滩账债。以后国家的政策一变再变，生产队塌垮的没法提说，直到眼下，他的账也没还完。父亲死后，接着母亲又双目失明了，他的日月更是雪上加霜。每天既要出山劳动，回来又要忙活家务，光景过得一烂包！①

按说，在农村推行“合作化”“人民公社化”的初衷之一，是试图用“集体”的力量扶帮陷于困境的农民，使之免于落入赤贫。然而，正当大牛“光景过烂包”需要“集体”扶帮时，恰逢“生产队塌垮的没法提说”，“集体”也如“泥菩萨过河——自身难保”，有难大牛只能自己承。更为雪上加霜的是，他爱恋的恋人兰兰，在她担任大队支书的父亲撮合下，即将嫁给城里人。这些都使他深度体验到“农村穷，庄稼人苦”。即便如此，大牛依然宽厚地对兰兰说：“农村穷，庄稼人苦哇……兰兰，去吧”。路遥以陕北方言土语陈述大牛的贫寒孤苦，体现出同情体贴的立场和态度。大牛有困难，作为乡村基层组织的领导高明楼应予以关怀和照顾，但高明楼关怀的只是自己女儿的工作和婚事。作者以村民的口吻叙述村里人对高明楼的不满：“好事都是人家的，咱平民老百姓梦也梦不见”，显示出作者的底层立场。不仅如此，作者还借这个故事思考城乡关系。大牛“光景过得一烂包”，实际上是“改革开放”前中国农村经济和中国农民生活的缩影。中国城市的工业化，是靠持续不断地廉价吸纳农村的资源和财富实现的。“土地改革”——让“耕者有其田”，是写进中国共产党的革命纲领的。新中国成立后，“土地改革”解放出的生产力，刚刚显现其作用的时候，为推动城市工业化，国家的农村政策一变再变：先是粮食

① 路遥：《月夜静悄悄》，《路遥全集·一生中最高兴的一天》，北京十月文艺出版社2013年版，第241页。

“统购统销”，接着是全面推行农业生产合作化，接着是强制推行“三级所有”的“公社”化，农民生产的产品，国家拿大头，集体留小头，农民分剩余。尽管如此，农业生产水平的提高，也跟不上国家对农村索取水平的上涨。待到大牛说“生产队塌垮的没法提说”时候，农村经济和农民的生活，已经“烂包”到难以为继的地步。这才逼出了后来的农村“联产承包责任制”的改革。对于农村而言，城市是一个可怕的掠夺者，夺走了农村一切美好的事物。最终，城市以光鲜亮丽的胜利姿态反衬着农村的荒芜破败。作者借助方言土语展示出村民困苦的处境和无助的呼喊。这种切肤之痛，只有身在其中，方能感受得到。

《风雪腊梅》中写冯玉琴和康庄这对恋人从农村进入城市。康庄为了留在城里工作，不惜牺牲自己的爱情，他说：“没来城里之前，还不知道咱穷山沟的苦味；现在来了，才知道咱那地方根本不是人住的地方。”① 作者借康庄之口，展示了“世界上还有更强大的力量”——城市充裕的物质生活对人的巨大诱惑。冯玉琴则相反，她拒绝成为城市权势家庭的儿媳，理由是：“她将是这个家庭和她丈夫的奴隶——尽管物质上她一生可能会富有，但精神上她肯定将会是一个奴隶。”② 玉琴追求的是精神上的自由和尊严。在“现代”社会，物质上的满足和精神上的追求往往不可兼得，正如社会流行语所揭示的：“宁可坐在宝马车中哭，也不坐在自行车上笑”，不同的选择显示出不同的价值观。路遥把“世界上更强大的力量”比喻为暴风雪：“这严酷的暴风雪不就是一种强大的力量吗？它把世界上多少生机勃勃的绿色的生命都杀死了！但是，它奈何不得梅花啊！亲爱的腊梅花，你就是在这样的时候，金灿灿地开了！”③ “腊梅”是一个本土的、传统文化的象征，昭示着路遥崇尚的精神价值。这种至诚的情感，同样是只有身在其中的人，才能从内心

① 路遥：《风雪腊梅》，《路遥全集·一生中最高兴的一天》，北京十月文艺出版社2013年版，第264页。

② 同上书，第250页。

③ 同上书，第256页。

里迸发出来。

路遥1982年创作了两部中篇小说——《在困难的日子里》和《人生》，继续着他的思考与探索。《在困难的日子里》，把我们重新带回那个由“三分天灾，七分人祸”造成的全民大饥荒的“困难的日子”里，审视人性中那“贫贱不能移”的可贵一面。为了彰显精神和心灵的价值，《在困难的日子里》路遥把“我”置于物质上极度匮乏的处境：

> 节气已经到了秋天。虽然不很景气的大地上，看来总还有些收获的：瓜呀，果呀，庄稼呀，有的已经成熟，有的正接近于成熟。这些东西对一个饿汉的诱惑力是可想而知的。但我总是拼命地咽着口水，远远地绕开这些叫人嘴馋的东西。我只寻找那些野生的植物充饥——而这些东西如水和空气一样，不专属于任何人。除此之外，我决不会越“雷池”一步的！不，不会的！我现在已经被人瞧不起，除过自己的清白，我还再有什么东西来支撑自己的精神世界呢？假如我真的因为饥饿做出什么不道德的行为来，那不光别人，连我自己都要鄙视自己了。①

按照马斯洛的需求层次理论，“生存需求”是最低层次的需求，“尊重需求”是高层次需求，生存需求满足后高层次的需求才会出现。但《在困难的日子里》似乎是要对马斯洛理论做一个翻转：“我”——一个濒临绝境的人，为了支撑自己的精神世界，为了活得有尊严，即便在濒临绝境的情况下，“高级需求”也在规范着、限制着“低级需求”，并抵御住了不择手段满足“低级需求”之欲望的诱惑：宁可忍饥挨饿也绝不做出不道德的行为。这里回响的是“君子固穷，小人穷斯滥矣”的本土的传统话语。在中国传统的价值体系中，“君子喻于

① 路遥：《在困难的日子里》，《路遥文集》（2），陕西人民出版社1993年版，第106页。

义，小人喻于利”，“世界上最强大的力量”——利益诱惑，只对小人显现出来，在君子面前行不通。选择利益还是选择道义标志着君子与小人的分野。在“启蒙”人士的视域中，这篇小说的题材和主题都是陈旧的，但路遥却是“含着泪水写完了这个过去的故事”。路遥谈到创作这篇“不合时宜”小说的初衷：“在当代的现实生活中，我们常常看到这样一种现象：物质财富增加了，人们的精神境界和道德水平却下降了；拜金主义和人与人之间表现出来的冷漠态度，在我们的生活中大量地存在着。……那时，人们虽然处于极其困难的境地，但在生活中却表现出了顽强地战胜困难的精神；表现出了崇高而光彩的道德力量。因此，这写过去的这段生活，并不是纯粹讲述一个‘历史故事’，而是想用一种折光来投射我们的现实生活。”① “这束淡弱的折光”要投向的，乃是在“以经济建设为中心”的城乡现代化生活热潮中，在满足了“生存需求”之后，如何保持“富贵不能淫”，固守“尊重需求”而不丧失的大问题。1982 年，“现代性”之“恶”在中国大地上才刚刚露头，并未引起人们的关注，人们都普遍地沉浸在“现代性”之“善”中，乐享其成。故而，当时除了追究造成这场大饥荒之人的政治责任之外——政治责任是完全应该追究的，但它却不是路遥写这篇小说的本意；没有多少人关注路遥讲述那段“历史故事”的用心——“是想用一种折光来投射我们的现实生活”。三十三年过去，今天重读这篇小说，路遥讲述的那段“历史故事”，离我们越来越远了；路遥讲述这段“历史故事”的用心——“想用一种折光来投射我们的现实生活”，却越来越近、越来越光亮、越来越急迫、越来越严峻地摆在我们面前。

面对两种不同的社会话语体系，路遥的价值天平向着传统话语倾斜。他秉持着以方言土语为载体的中国传统价值观审视着城乡现代化

---

① 路遥：《这束淡弱的折光——关于〈在困难的日子里〉》，《路遥全集·早晨从中午开始》，北京十月文艺出版社 2010 年版，第 104 页。

趋势，对现代价值观进行过滤。《人生》集中体现了他对启蒙话语中个人主义话语的思索。

如前所述，《人生》是由“刷牙”情节扩展而来，“刷牙”这一情节的设置显示出现代性批判视角，经扩展以后，现代性批判视角仍然存在，但由主体性情节变为局部性的。可以说，“刷牙”这一情节地位的变化反映出路遥内心价值抉择的轨迹。路遥在《人生》中，依然采用了他惯用的手法——通过爱情选择展示不同的生活道路及文化观念的选择。男主人公高加林高考落榜后返乡，长期的学校生活使他很难适应农村繁重的体力劳动，现代知识体系的熏染使他喜欢读书看报，难以认同农村的生活方式。当他的民办教师职位被大队书记的儿子替代之后，曾写信向在外工作的叔父求助。一旦得到进入城市工作生活的机会，他就牢牢抓住，不管这个机会是否隐藏着一定的风险和隐患。高加林一直在追求城市现代生活方式，在他身上，呈现出启蒙话语极力推崇的个人主义话语。

崇尚个人能动性和个人自主权的个人主义话语，立足于个体本位，强调人的自主性、隐私权与自我发展的权利，推崇个人的尊严和自由。由于现代性是从人的理性的复苏和个人的解放开始的，所以个人的独立和自主成了现代性的必然要求，个人主义是西方现代文明的核心价值。高加林努力通过个人奋斗改变自身命运从而走出农村进入城市，在他身上浓缩着中国乡土现代化转型期几代人共同的奋斗轨迹，他对人生幸福的追求体现了个体自我意识的觉醒。强烈的个人意识，使他同《创业史》中根除个人私利，一心维护集体利益的梁生宝形成鲜明的对比，呼应着中国现代化转型期新的时代思想主潮。1980 年 5 月《中国青年》杂志刊登一篇署名“潘晓”的长信，这封信一方面表达了对传统价值的怀疑，另一方面是对个人主义价值的宣扬：“我体会到这样一个道理：任何人，不管是生存还是创造，都是主观为自我，客观为别人。就像太阳发光，首先是自己生存运动的必然现象，照耀万物，不过是它派生的一种客观意义而已。所以我想，只要每一个人都尽量去提高自我存在的价值，那么整个人类社会的向前发展也就成为必然的了。”“主观为自我，客观为别人”的表述中隐藏着亚当·斯密关于“经济人”的构想。亚当·斯密认为，人们从各自的需要和利益出发，参与社会分工和商品生产；在“看不见的手”指导下，在追求自己利益的同时，并非出于本意，却能促进社会的公共利益。潘晓在这里提前传达了市场经济的价值观。这封信的发表意味着新时期中国思想文化层面现代化的问题已经由知识精英传递到普通民众的面前。

从中国现代思想史的脉络上看，个人主义在“新时期”得以重新张扬，应该是对五四新文化运动未竟之业的赓续，是对1957年以后尤其是“文化大革命”期间过于亢奋的“阶级斗争”话语的反拨。早在五四新文化运动时期，个人主义思想就已经伴随着对“科学”“民主”的热情呼唤，和“科学”“民主”一起，作为“思想启蒙”，推动中国迅速实现“现代化”之梦的利器，传入中国。《新青年》所代表的启蒙阵营推崇自足的、本体的、至上的个人，[①] 可视为个人主义在中国的正式登场。由于中国的现代化具有“后发”性，是在西方帝国主义坚船利炮的压迫之下被迫开始的，因而，中国的现代化首先考虑的，是如何为整个国家民族争取生存的空间，如何使中华民族能够自立于世界民族之林的问题，无暇顾及个体的自由与发展，为个体提供自由发展的空间的问题。这就是李泽厚所说的“救亡压倒了启蒙”。嗣后的中国，先是国共合作，共同对付盘踞在北方的封建余孽——各路军阀，接着是国共分裂，兵戎相见，接着是抗日战争，接着是国共全面内战，中国一直处于战争状态。在这种情势下，个人主义思潮由于缺乏存在的土壤和空间而退居边缘，国家、民族、阶级、政党等集体主义话语持续高涨。个人成为高度组织化的阶级队伍中的成员，战争体制下个体的工作、生活直至思想情感都受

---

① 许纪霖：《个人主义的起源——“五四”时期的自我观研究》，《天津社会科学》2008年第6期。

到组织纪律的规范。在这种阶级的和集体主义的关系模式中，“人的本质”呈现为“社会关系的总和”，个人的独特性，个人的意愿和自由不可避免地受到抑制。新中国成立后，随着中国介入朝鲜战争，受到西方世界的全面封锁。接着，中苏关系破裂、美国直接介入越南战争，中国国家安全形势日趋紧张。“十七年”直至“文化大革命”时期，整个国家从经济、政治到意识形态，都延续着一种准战争体制。与之相应，阶级斗争学说不仅长久居于统治地位，而且一天比一天趋于激进和极端，到“文化大革命”几乎达到了疯狂的程度。这种体制以国家整体安全和利益为目标，不可避免地导致了对个人的压抑和对民主的伤害。特别是以政治运动为形式的社会动员和整肃机制，多年来造成了不同程度的人道主义灾难。从“文化大革命”后期开始，久遭压抑的人们普遍渴望尽快结束无休止的“革命”，渴望尽快回到世俗生活，回到人类生活的基本价值：个人自由和权利、家庭、爱情和幸福，即回到一切革命的初衷。此时国际形势的变化为中国社会的未来转型提供了可能性。1971 年，中国恢复了联合国席位。1972 年，中美战略和解。由于国际主流社会同中国关系的根本性调整，给中国处理内部事务、思考未来发展提供了时机。1976 年一举粉碎了“四人帮”。1978 年确定了“以经济建设为中心”的新路线。嗣后，以“改革开放”姿态重返国际主流社会的中国，在积极主动“招商引资”，加速发展国民经济的同时，也迎来了西方思潮的大举涌入。20 世纪 80 年代初中国的农村与城市都笼罩在“解放思想”与“实现四个现代化”的社会热潮之中，原来被抑制的个人主义话语作为对过于高亢的革命话语的纠偏，开始复苏和回归，并逐渐成为时代思想主潮。“新时期”个人主义话语的特征表现为以现代社会的个人为本位，全面解构传统。此时是中国社会价值观念被彻底改造重塑的时期——因此，人文学术，特别是文学和哲学成为那个时代的“显学”。《人生》的发表之所以引发社会轰动效应，主要原因在于这部作品形象地揭示了传统与现代价值观的冲突，触及时代思想枢机。

《人生》中高加林在人生低谷时接受了巧珍的爱情，但进入城市之后就选择了城市姑娘黄亚萍，抛弃了曾经给他真挚爱情的巧珍。高加林对与巧珍恋爱会导致自己距离人生理想越来越远的结果并非没有预见：

> 赶集那天以后，他一直非常后悔他对巧珍做出的冲动行为。他觉得自己目前的处境，根本不是谈情说爱的时候。他甚至觉得他匆忙地和一个没文化的农村姑娘发生这样的事，简直是一种堕落和消沉的表现；等于承认自己要一辈子甘心当农民了。其实他内心里那种对自己未来生活的幻想之火，根本没有熄灭。他现在虽然满身黄尘当了农民，但总不相信他永远就是这个样子。他还年轻，只有二十四岁，有时间等待转机。要是和巧珍结合在一起，他无疑就要拴在土地上了。①

由于“生活转机”毫无消息，高加林还是忘情地投入了这场爱情。日后当新的爱情选择摆到他的面前，高加林经历了一场心灵风暴：

> 现在，当黄亚萍向他表示了爱情，并准备让他跟她去南京工作的时候，他才把爱情和他的前途联系在一起看了。他想：巧珍将来除过是个优秀的农村家庭妇女，再也没什么发展了。如果他一辈子当农民，他和巧珍结合也就心满意足了。可是现在他已经是“公家人”，将来要和巧珍结婚，很少有共同生活的情趣；而且也很难再有共同语言：他考虑的是写文章，巧珍还是只能说些农村里婆婆妈妈的事。上次她来看他，他已经明显地感到了苦恼。再说，他要是和巧珍结婚了，他实际上也就被拴在这个县城了；而他的向往又很高很远。一到县城工作以后，他就想将来决不能

---

① 路遥：《路遥全集·人生》，北京十月文艺出版社2013年版，第48页。

> 在这里待一辈子；要远走高飞，到大地方去发展自己的前途……现在，这一切就等他说个“愿意”就行了。①

显然，“共同生活的情趣”“共同语言”是高加林进城工作以后才确立的择偶标准，当初他在农村从事劳动时看到巧珍，有“巨大的感情的潮水在他的胸膛里澎湃”。高加林身在农村时心中的理想是进入县城，“一到县城工作以后，他就想将来决不能在这里呆一辈子”，意识到选择黄亚萍就能离开县城，“到大地方去发展自己的前途”，他的人生理想借助黄亚萍才能实现：

> 他反复考虑，觉得他不能为了巧珍的爱情，而贻误了自己生活道路上这个重要的转折——这也许是决定自己整个一生命运的转折！不仅如此，单就从找爱人的角度来看，亚萍也可能比巧珍理想得多！

为了自己的前途，不惜牺牲与巧珍的爱情，看上去是理性战胜情感，但高加林的理性不同于康德所说的在道德人格建构中起关键作用的自律之价值理性，不是对自身欲望和意志的反省，而是欲望和意志的奴隶。他先确定了自己想要什么，然后找理由去说明，因此更准确地说是贪欲战胜了良知，他的理性属工具理性的范畴。高加林的择偶标准和他向往的生活目标都随着生活环境的变化而更新。按照高加林的行为逻辑可以进一步推测，如果他和黄亚萍如愿到了南京工作，他的择偶标准会不会进一步提升？如果又有新的爱情选择伴随着生活事业的拓展，黄亚萍会不会又成为新的“高远”理想的绊脚石？高加林的行为更多的是对自身利益的考虑，他的责任感是缺失的。他的生活逻辑源于他所信奉的狭隘的个人主义的价值观。高加林宣告自己有着

---

① 路遥：《路遥全集·人生》，北京十月文艺出版社 2013 年版，第 135 页。

不同于父辈的“活法”：“你们说得也许都对，但我已经上了这钩杆，下不来了。再说，你们有你们的活法，我有我的活法！我不愿意再像你们一样，就在咱高家村的土里刨挖一生。”① 表面上看，新“活法”是摆脱农耕的生活方式，深层意味则是摆脱传统的价值观、道德观。

文艺复兴以来，霍布斯、洛克等西方启蒙主义思想家强调个人有独立自主追求自己幸福的权利，按照自己的意愿工作与生活，实现自身的价值。社会是个人的聚合体，其目的是更好地为个人服务，政府的合法性建立在能够维护个人权利之上。他们的思想后来体现在美国1776年的《独立宣言》和法国1789年的《人权和公民权宣言》之中。霍布斯和洛克的主张大体围绕着如何保护个人权利来论述，实际上认为权力高于责任，个人的责任承当和道德自律则隐而不彰。他们的主张后来受到康德尖锐的批判。如同霍布斯和洛克一样，康德承认人拥有天赋的自由和平等，但他认为人应该具有三个方面的规定性：“1. 作为一种有生命的存在者，人具有动物性的禀赋；2. 作为一种有生命同时又有理性的存在者，人具有人性的禀赋；3. 作为一种有理性同时又能够负责任的存在者，人具有人格性的禀赋。”② 可见康德认为人除了动物性之外，还具有“人”性，“人”性通过理性的、负责任的行为体现出来，道德人格是人区别于动物的标志。康德眼中的个人，责任和义务高于他的权利。因此，理想的个人主义是将个人权利与他人权利、社会责任和道德自律紧密地联系在一起的。这一思想，在联合国1948年的《世界人权宣言》中有所体现。尊重个体的权利，建立在个体人具有“自律”天赋的基础之上。尊重个体的权利，意味着个体在享受尊重的同时，承担有尊重他人权利的责任和义务。假如个体的权利失去责任和义务的平衡，个体失去自律，放任自身的权利无限膨胀，个人主义就会滑向利己主义和个体本位的价值立场。从而取消

① 路遥：《路遥全集·人生》，北京十月文艺出版社2013年版，第149页。

② 李秋零编：《康德著作全集》第6卷，中国人民大学出版社2007年版，第24—25页。

了积极的个人主义与极端的利己主义之间的差别。

改革开放以来，国家工作重心从阶级斗争转到经济建设。随着国家工作重心的转移，在经济领域、日常生活领域和私人生活领域趋向个体主义化，人们在“自主择业”“自由迁徙”等方面，获得越来越多的自由，个人主义话语日益深入人心。然而，在中国大行其道的“个人主义”仅仅满足于高唱“人权”，呼吁尊重个性和个体价值，认为个体是价值的唯一源泉，却冷落了康德对“人权”的责任担当之强调和道德自律之呼吁。此时，革命的集体主义价值观随着“文化大革命”的骤然结束而轰然坍塌。传统价值观本来就是“文化大革命”革命的对象，如今在现代性话语的冲击下，本土的传统道德观被认为是农业社会的意识形态，其影响力日趋式微。与现代性密切关联的个人主义价值观一家独大，是可以想象的。经历过“十七年”“文化大革命”的知识青年在社会体制变革、思想解放的新时期，思想上遭遇西方现代个人主义价值观的洗礼，对于失去道德制衡的个人主义思想习焉不察，缺乏抵御和分辨的能力，因而在“人权”和“自由”的口号掩盖下滑向利己主义也在所难免。这是高加林行为的思想背景。肖云儒认为：

> 为了农村的历史性进步，作者不得不尊重生活的逻辑，让自己心爱的人物高加林付出相当的道德代价，负心地也是违心地告别巧珍。高加林明白，“告别巧珍”实质上意味着“告别土地”。于是这个小子在农业文化的道德地平线上惹人注目地画出一道道德抛物线……想想这些你会明白，具有恋土情结的路遥，心里有着更高更重要的追求。
>
> 路遥爱自己的土地，爱自己的乡亲父老，路遥更钟情于农村的历史变革，钟情于农民的历史进步。①

---

① 肖云儒：《路遥的意识世界》，畅广元主编《神秘黑箱的窥视》，陕西人民教育出版社1993年版，第181页。

这里把高加林“告别巧珍”理解为“告别土地”，从他人生道路选择的必然性和正当性上为他的爱情选择做辩护，认为高加林付出的“道德代价”是以农业文化的道德标准来衡量的，从“农村的历史性进步”来看，付出这个代价仿佛是值得的。实际上，路遥塑造高加林的形象，并非“更钟情于农村的历史变革，钟情于农民的历史进步”，他借德顺老汉之口批评高加林：

> “你把良心卖了！加林啊……巧珍那么个好娃娃，你把人家撂在了半路上！你作孽哩！加林啊，我从小亲你，看着你长大的，我掏出心给人说句实话吧！归根结底，你是咱土里长出来的一棵苗，你的根应该扎在咱的土里啊！你现在是个豆芽菜！根上一点土也没有了，轻飘飘的，不知你上天呀还是入地呀！”①

德顺老汉以“你把人家撂在了半路上”概括高加林的行为实质，批评高加林为了达到个人目的，取得个人幸福，很少受道义良心的约束，是“把良心卖了”，是“作孽”，指责高加林“是个豆芽菜！根上一点土也没有了”“你的根应该扎在咱的土里啊！”“土”在这里并非意味着农村的乡土生活，而应该指传统的道德观和价值观。在这里，方言土语不仅仅出于符合人身份性格的需要，而是传统价值立场的彰显。

路遥并不否定高加林通过个人奋斗改变自己的命运，不否定生产技术的革新，也不否定城市现代化的生活方式，他并不留恋在土里刨挖的农耕生活。他对走向城市、认同现代文明的男主人公有着深切的理解和同情。但路遥对个人主义话语的接受是有选择性的。他认为高加林有权利追求个人利益，有权利使自己的个性得到自由发展，但他的自由和权利应该受到传统道德观的制约，建立在尊重他人利益的基

① 路遥：《路遥全集·人生》，北京十月文艺出版社2013年版，第145页。

础上。从这个角度来看路遥被人屡屡提及的“恋土情结”，他依恋的并非通常所认为的乡土生活，应是在乡土浓厚的亲情、醇厚的人性中体现出的道德精神。

《人生》结束于高加林“大城市发展”之梦受挫，回到高家庄，“哇的一声”哭倒在家乡的土地上。① 然而，这只是路遥创作《人生》时集中思考的“传统与现代”之冲突的暂时休止，而不是路遥对改革开放中的中国“传统与现代”冲突之思考的结束。这种思考，在路遥后来创作的长篇小说《平凡的世界》里，得到进一步的展开。那时，路遥独自一人蜗居在甘泉县城的一间平房里，沉浸在笔下的“平凡的世界”中，经常奋笔疾书到凌晨。他说，在创作《平凡的世界》那段日子里，他的“早晨”通常是从别人的中午开始的。

路遥后来在《早晨从中午开始》——《平凡的世界》创作过程的回顾中，对他的思考做过总结：“我们最终要彻底改变我国的广大农村落后的生产方式和生活方式，改变落后的生活观念和陈旧习俗……但是，不要忘记，在这一巨大的历史进程中，我们也将付出巨大的代价，其中就包含着我们将不得不抛弃许多我们曾珍视的东西。这就是我们永恒的痛苦所在。”② 他敏锐地觉察到整个社会“现代化”过程中因人们面对汹涌而至的现代性话语缺乏有效的抵御和甄别能力而潜伏的危机。《人生》涉及的两套价值观、两套话语体系，实际上反映了中国在现代化进程中无法回避的“传统文化”与“现代文明”的冲突。这是一种具有世界性的冲突，并非为中国所独有。

当代分析解释学哲学家保罗·利科在《历史与真理》一书中谈到全球化的问题：

---

① 有则逸事：《人生》被吴天明搬上银幕，在农村青年中引起轰动，但他们不满意《人生》中高加林失败者的结局。关中道有几位农村青年，追到北京，在路遥在中国人民大学的报告会上——当时吴天明和路遥携片在北京做宣传活动，当场提出要求路遥授权他们拍《人生》续集，他们要把高加林塑造成借“改革开放”的东风，靠个人奋斗，圆满实现“在大城市发展”之梦的“成功者”。路遥笑而应允。

② 路遥：《路遥全集·早晨从中午开始》，北京十月文艺出版社2010年版，第60页。

全球化的现象，既是人类的一大进步，又起了某种微妙的破坏作用。它不仅破坏了传统的文化，这一点倒不一定是无可挽回的错误；而且破坏了我暂且称之为伟大文化的“创造核心”，这个“核心”构成了我们阐释生命的基础，我将称之为人类道德和神话核心。由此产生了冲突。我们的感觉是：这种单一的世界文明同时正在对缔造了过去伟大文明的文化资源起着消耗和磨蚀的作用。除了其他一些令人不安的效果外，这种威胁还表现在它呈现于我们面前一种平庸无奇的文明……在世界各地，人们看到的是同样低劣的电影、同样的“角子老虎”、同样的塑料和铝制品的暴政、同样的由宣传所歪曲的语言，等等。看来似乎人类在“成群”地接近一种消费者文化的过程中，也“成群”地停顿在一个次文化的水平上了。于是，我们遇到了正面临着从不发达状态升起的民族的一个关键问题：为了走向现代化，是否必须抛弃使这个民族得以生存的古老文化传统……从而也产生这样一个谜：一方面，它必须扎根在自己历史的土壤中，熔炼一种民族的精神，并且在殖民者的个性面前显示出这种精神和文明的再生。但是，为了参加现代文明，它又必须参与到科学、技术和政治上的理性行列中来，而这种理性又往往要求把自己全部的文化传统都纯粹地、简单地予以抛弃。事实是：每个文化都无法承受及吸收来自现代文明的冲击。这就是我们的谜：如何又成为现代的而又回到自己的源泉；如何又恢复一个古老的、沉睡的文化，而又参与到全球文明中去。①

保罗·利科深刻地指出全球化——现代性的全球扩张过程中，

① ［法］保罗·利科：《历史与真理》，姜志辉译，上海译文出版社 2004 年版，第 279—280 页。

破坏了被迫参与这个进程的民族的传统文化核心，他所说的“构成了我们阐释生命的基础”的“人类道德和神话核心”，实质就是这些民族传统的价值观与道德观。保罗·利科看到这些民族在参与现代文明时抛弃了“自己全部的文化传统”，接受了“单一的世界文明”传播的现代价值观。他对这种世界范围内文明同质化的状况深感忧虑：“世界性和无个性特征的消费文化的胜利，可能意味着创造性文化的结束；这也许是一种世界范围的怀疑主义，在福利成就中的绝对虚无主义。应当承认，这种危险至少和原子弹破坏的危险一样大，可能更大。”①

《人生》之后路遥继续探索，创作了中篇小说《你怎么也想不到》（1984）。他通过郑小芳表达了自己对于人生意义的看法：“尽管我们现在的生活中享乐是一种普遍的时尚，但我认为生活中崇高与低级的界线从来都没有模糊过。”路遥在小说结尾对“崇高与低级界线”有清晰的认定：“我们的许多同辈人往往自视是新时代的产儿，只有操纵电子计算器，才算当代风流人物。别忘了，就是我们的生活全部进入电子时代，但这并不能取代人本身的一切，人，应该永远追求一种崇高的生活，永远具有一种为他的同类献身和牺牲的精神……假如有一天，全世界每个人都坐在了火箭上，够先进了吧？但火箭上的这些人已不再是真正的人，而是狼或者狐狸，那这种先进又有什么意义呢……”② 从“人”与“狼或者狐狸”的对比中可以看到孟子的“人禽之别”思想之余脉。现代性话语的“先进”以物质的、技术的领先为前提，进而建立针对民族传统的制度上、文化上的优越感。路遥的“先进”标准却是超越物质层面的心灵价值之“崇高”，能够“为他的同类献身和牺牲”，体现出中国传统文化的伦理型特色。费孝通指出中国文化的特性在于太过于注重人与人、人与自然之间的“中

① ［法］保罗·利科：《历史与真理》，姜志辉译，上海译文出版社2004年版，第281页。

② 路遥：《你怎么也想不到》，《路遥全集·人生》，北京十月文艺出版社2013年版，第402页。

和位育”① 关联，过于强调“人育自然”的责任，而轻视人对自然的开发利用，这导致了中国人在自然资源利用上的“克己”，这种特性虽然让自己大吃苦头，但终究没有贻害别人，而西方病就病在把人与自然之间的主客两分推至极端并应用到人与人之间的关系上，因此费孝通感叹“忽略技术的结果似乎没有忽略社会结构的弊病为大”②。当现代性社会的弊端在中国尚未表现得淋漓尽致的时候，很少有人会注意到现代性话语的局限，路遥却凭借中国乡土话语的滋养，敏锐地捕捉到了当代中国历史转折期的精神生活病象。

中国传统文化源自农村，礼失而求诸野，乡土中国仍然保持着大量中国传统文化的原汁。路遥的“恋土情结”是他在现代性话语冲击下保持精神独立和超越的情感依据。中国传统文化重在养成一种君子人格，齐家、治国、平天下皆以“修身”为本。路遥眼中“真正的人”，是具有“贱利贵义”价值取向和人生追求的“君子”，这样的人格理想在物质主义盛行的时代必然遭到误解与怀疑。据王安忆回忆：

> 我们临走的那天晚上，路遥发火了。那是在西影厂食堂里，莫伸请客，也算为我们辞行的意思。饭桌上，不知怎么说起某些前辈经历一生沉浮，到末了却还放不下名与利这两件东西，为他们深表遗憾。说到此时，桌上有一位朋友，指着路遥、莫伸和我这些所谓青年作家说道，你们先别说这些话，到时候你们也会变成这样，这是自然规律，谁也过不去。我和莫伸听了这话，虽有

---

① “位育”出自《礼记·中庸》：“喜怒哀乐未发谓之中，发而皆中节谓之和。中也者，天下之大本；和也者，天下之达道也。致中和，天地位焉，万物育焉。”郑玄注曰：“‘中’为‘大本’者，以其含喜怒哀乐，礼之所有生，政教自此出也。”“‘致’，行之至也。‘位’犹正也。‘育’，生也，长也。”中国末代皇帝溥仪未被逐出故宫前，曾把这一段思想归纳为“中和位育”，手书颁赐给孔庙大成殿。“中和位育”是儒家的核心思想之一。内涵犹如《论语·颜渊》“克己复礼，天下归仁焉”：假如人人都能克制自己的欲求，那么，不仅人际关系和谐，天地万物也因人能“克己”而获得不受伤害地自如生长。《礼记·月令》，即“中和位育”思想在制定上的落实。《礼记正义（标点本）》，北京大学出版社 1999 年版，第 2446、438—594 页。

② 费孝通：《费孝通文集》卷四，群言出版社 1999 年版，第 312 页。

异议却还能保持沉着应对的态度，不料路遥却陡地站了起来，说道：不，你说的不对，人和人不一样！那位朋友却坚执不移，连声说：就是这样的！路遥再一次对他说：人和人不一样。可他不听路遥说，路遥便去扯他的袖子，一定要他听，他说：人和人不一样，我小时候没穿过裤子，这怎么一样？那朋友就是不听路遥的，只是说：走着瞧吧！这一回路遥是真的动怒了，他恨不能立刻就证明自己，可是语言显得那么乏力。这是我唯一一次听路遥大声说话，我不能理解的是，这一句类似戏言的假设为什么会伤了路遥的心，他竟会如此激动。①

认识路遥的人都觉得路遥待人谦和。谁都想不到“一句类似戏言的假设”，“他竟会如此激动”！由此可知路遥对“崇高与低级界线”信守的执着。在路遥刚刚去世的1993年，《读书》杂志上发表了王蒙的《躲避崇高》，内称：“崇高”被贴上“虚伪”的标签而后被丢弃，玩世不恭、亵渎神圣成为新的文坛时尚。由此可见路遥当时的“如此激动”不是没有来由的。随着改革开放的深入，资本和市场的支配力量逐步彰显，失去了道德约束和制度控制的个人欲求，不择手段地寻求满足，金钱原则泯灭了是非、正邪、善恶。中国正经历着一场“信仰危机”。“文化大革命”时代盛行的政治理想、集体主义对人的感性生活和欲求的抑制，固然是对人性中“尊重需求”的一种“异化”；20世纪90年代蔚为大观的消费主义、享乐主义、商品拜物教，同样是对人性中“生存需求”的一种“异化”。“信仰危机”的呼唤满足了“生存需求”之后的中国，尽快建立一种与多元文化并存相匹配的、对多元文化都具有约束力的新的“尊重需求”。路遥的小说创作恰好处于一个过渡性的时代，路遥的人格理想和价值追求恰好居于一个中

---

① 王安忆：《黄土的儿子》，李建军编《路遥十五年祭》，新世界出版社2007年版，第164页。

介的位置。处身于多种文化综合发展的时代，在他的创作追求中，体现出多维交会的文化心理和文化气派，表现在小说语言上，呈现出多种话语融合的态势。

路遥“新时期”以来的小说，贯穿着“现代与传统”冲突的主题。在涉及人“生存需求”的经济层面，路遥在“现代与传统”上倾向于“现代”；在涉及人“尊重需求”的道德层面，路遥在“现代与传统”上呈现出认同“传统”的价值取向。路遥认同的传统价值，包括儒家传统和革命传统。这两种传统从外显的意识层面来说是相互对立的，但如若深入到革命意识形态的深层价值逻辑观察，二者具有内在的一致性。正如有论者在透视“十七年小说文化”时指出的，新中国成立以来迄止于“文化大革命”爆发前的十七年里，中国小说在文化方面表现出的突出特征，乃是“儒家话语的革命转述”：革命者为了革命理想和信念而放弃现实利益的行为与儒家的“重义轻利”相通，革命者对身体欲望的排斥和对市场经济的批判也可视为“重义轻利”价值的延伸；革命英雄人物为劳苦大众的幸福不惜流血牺牲与孟子“舍生取义”的思想相通，革命话语“批评与自我批评”是对儒家“自省”意识的转述。① 儒家传统与革命传统内在的一致性，可以从儒家传统在中国历史上的地位和作用得到理解。儒家思想作为传统文化的核心构成要素，深入渗透到个体的“集体无意识”之中，因此，尽管革命传统以马克思主义为指导思想，内在于个体无意识层面的儒家价值观会影响到革命者的观察、分析、处理问题的方式，在革命概念的包装下被转述。此外，还可以从儒家传统、革命传统与资本主义的关系来理解。西方现代文明的主流模式是资本主义。所谓“资本主义”，就是以“资本增值”为原则和中心而组织起来的生产方式以及与这种生产方式相匹配的价值系统、社会制度。儒家“重义轻利”的

---

① 邵明：《儒家话语的革命转述——“十七年”小说的文化透视》，《重庆三峡学院学报》2011 年第 1 期。

思想与资本主义价值原则，儒家“天下为公”的“大同”理想与资本主义保护私有财产不可侵犯的社会制度，存在着尖锐的对立。在资本主义跨海远征的时代，以儒家思想为治国理念的中国，曾经是阻击资本主义扩张的有生力量。研究“现代世界体系”的美国学者伊曼努尔·沃勒斯坦，曾把资本主义称作一种“文化上的耻辱”。他说：“大多数文明，尤其是中国文明一直在阻止资本主义的发展。而西方的基督教文明在最为虚弱的时刻对它屈服了。”① 而革命的指导思想马克思列宁主义，是以对资本主义生产方式、价值观念、社会制度的全面批判为显著特征的，无产阶级革命也是以公有制作为其新社会制度的基础。尽管儒家是为了维护一个“旧世界”与资本主义对立，马克思列宁主义倡导的革命是为了创立一个“新世界”与资本主义对立，但共同的与资本主义对立之立场，使儒家传统与革命传统相互融合成为可能。

因此，在路遥这里，儒家传统和革命传统密切结合，不分彼此。儒家传统体现为《夏》中的杨启迪宁肯牺牲自己也要从洪水中救出自己的“情敌”，《痛苦》中的大年不计较小丽背弃自己，以德报怨帮助曾经的恋人的年迈的母亲；体现为《在困难的日子里》“我”宁可饿死也要维护自己人格的自律，也体现在《黄叶在秋风中飘落》中妹妹对哥哥心灵枯萎的痛惜；更体现为《姐姐》中的父亲和《人生》中的德顺爷所具有的劳动人民的传统精神和美德。革命传统交织其中。“文化大革命”刚刚结束，革命传统崩解，在展示“伤痕”“反思”“文化大革命”的文学热潮中，路遥出人意料地创作了《惊心动魄的一幕》（1980），塑造了一个为革命事业和群众利益不惜牺牲一切的共产党干部马延雄，显示了共产党人与群众血肉相连的革命传统。小说开篇以中国民间格言“金盆打了，分量还在”表示对马延雄崇高人格

① ［美］伊曼纽尔·沃勒斯坦：《现代世界体系》第1卷中文版“序言”，尤来寅等译，高等教育出版社1998年版，第1页。

的评价。《风雪腊梅》中，路遥对城市似乎存在着一定的道德偏见，描写城市生活，总是与富贵权势、铺张浪费、花天酒地、享受生活联系在一起，认同城市生活意味着思想上的堕落；农村生活则意味着精神自由、劳动创造、平等幸福。这似乎是社会主义与资本主义“两条路线斗争”的政治话语在新时期的延续。路遥在小说中展示出儒家传统和革命传统共同的价值指向：国家与集体的利益是最高的价值，个人的理想追求只有与国家、集体的利益结合在一起时才能获得实现。

在启蒙话语如日中天的时候，路遥似乎多少察觉到了启蒙话语存在着某些方面的不足。他试图批判性地继承儒家传统和革命传统的某些方面，来弥补启蒙话语所存在的某些方面的不足。一道新的难题随之出现。他必须面对如下事实：儒家传统已经作为封建专制主义的化身，被五四新文化送进了“历史博物馆”；革命传统已经被“文化大革命”革去了他原有的理想、激情和号召力，剩下来的只是供人嘲讽的笑料；代表“现代性”的启蒙话语日益深入人心，人们沉浸在“现代性”之“善”中，乐享其成，对已经露头“现代性”之“恶”，毫无警觉。在这种情势下，如何融合这三种不同的价值观呢？

《人生》中传统话语和现代性话语处于分裂状态，这种分裂状态一直持续到《你怎么也想不到》(1984)，男女主人公的价值观念及生活道路始终无法调和。路遥在《平凡的世界》中试图把不同的社会话语融为一体，这体现在他以儒家传统和革命传统的价值立场为本位，对西方现代个人主义价值观中的合理因素的吸取与改造。路遥的这一选择，和当时温和的“启蒙”策略——例如李泽厚提出的“西体中用”，在思想上尚有距离；和中国近代的“维新”方针——“中体西用”，在形式上倒有几分接近。

《平凡的世界》中以孙少安、孙少平为代表的两种不同人生轨迹，可视为《人生》结尾高加林两种不同的生活可能性之延续和演绎。孙少安、孙少平是路遥创造出的新型个体形象，既不同于高加林式的纯粹个人主义的自我，也不同于革命话语中的集体主义自我，但他们身上都延续着高加林富有个人主义色彩的人生追求——个人精神和身体的发展，向往着个人的物质富足与精神自由。不同的是，高加林急于逃离农村，认为只有进入城市才能实现自己的理想；而孙少安则把根扎在农村，他在追求发家致富、发展个人利益的同时不忘带动乡亲摆脱贫困。因此他的个人奋斗与西方式个人主义意义上的个人奋斗不同，总是把群体关怀放在重要位置。孙少平一心要改变自己的农民身份，向往换成理想的城里人身份，在这一点上和高加林相同。但孙少平想要摆脱的只是农村的生产生活方式，他的价值观念仍然是传统的。孙少平高中毕业回到农村，但他并没有消沉，仍然关注着外部世界。受到青春梦想的激励，他只身一人到外面去“闯荡世界”，从漂泊的揽工汉到建筑工人，最后成为一名正式的煤矿工人。孙少平在煤矿尽心尽力地工作，在一次事故中为救护徒弟受了重伤，康复期间妹妹和她的男友想让他从煤矿调离到省城工作，女大学生金秀也向他表达了爱慕之情，但孙少平最终回到了大牙湾煤矿，和师傅王世才的遗孀惠英一家人生活在一起。孙少平追求个性的自由发展，但他为了他人的生命安全和幸福不惜牺牲自己，把责任放到首位，他的人生追求体现出对他人和群体的关怀，而不是像高加林只关注个人地位和前途。孙少安、孙少平是在中国当代农村生长的有文化的个体农民形象，他们一个在农村，一个在矿山，稳健而从容地通过个人奋斗实现自己的人生理想。

通过孙少安和孙少平两个人物形象，路遥显示了他对于西方个人主义思想有选择性的吸收：个体可以追求个人利益，可以自由择业，可以选择自己喜欢的生活方式，可以让个性得到自由发展，但不能只强调个人权利，不能个人利益第一，对群体和他人的幸福充满责任感的个人追求才是值得肯定的。路遥一方面以儒家传统的“义利之辨”和革命传统的集体主义价值观对西方现代个人主义思想进行过滤，另一方面，他所肯定的传统思想也经过了启蒙主义价值观的筛选。路遥对传统价值的继承和他对乡土的依恋都滤去了农村原有的自然经济的封闭色彩，滤去了农村残存的带有人身依附特点的宗法文化价值，有着鲜明的现代感。路遥对传统的态度，是既坚定地继承，又试图超越，在新的文化语境中吸收有益的因素加以创造。

路遥融合异质文化的价值立场，使得他的小说语言在《平凡的世界》中又有了新变。《人生》中两种社会话语体系对立的情形消失了，《平凡的世界》中无论是描写农村还是城市，叙述语言风格趋于统一。一方面，描写农村生活的带着泥气息、土滋味的语言趋于雅化，向着共同语靠拢。另一方面，描写城市现代生活场面的语言，不再如既往那样使用单纯的共同语，方言也进入其中。如描写城市生活：

> 旁边坐着的贾冰羞得脸通红，赶忙低下了头。这次他来省上，是专门想弄几个钱，为他和他周围的几位诗友出诗集的。也正是在他的缠磨下，黑老才不得不亲自出马来找吴斌。一来黑老对黄原有感情，二来贾冰给他拿来一堆土特产，不办事就对不起人了。①

这里写黄原文联副主席贾冰与省作家协会副主席黑白到省委常务副书记吴斌家里谈论诗集出版经费的问题，以往路遥描写这样的城市官场生活，一定会使用标准的共同语，这里却不乏方言的频频出场，如“赶忙”“弄钱”“缠磨”等。这当然与贾冰是黄原县土生土长的诗人，习惯于用方言思维和表述有关。方言介入城市生活描写，是否同时也意味着路遥已经扬弃了既往小说描写中对城市的“道德偏见”，对“现代与传统”的冲突有了更深一层的认识，开始用一种新的眼光审视城市，审视“现代”呢？

再如叙述田润叶和孙少安小时候在农村生活的情形：

① 路遥：《路遥全集·平凡的世界》第3部，北京十月文艺出版社2013年版，第325页。

> 润叶比他小一岁，两个人正能玩在一起。渐渐地，他们就相好得谁也离不开谁了。少安早上一起来，就哭着要到润叶家去。润叶晚上又哭着要到他们家来睡，田大婶就只好把她送过来，两个孩子常常在被窝里打闹半天也不安息。要是谁家吃一顿好饭，大人也总要给另一家的娃娃端上一碗，或者就干脆叫到自己家里来吃。他两个不论谁过生日，他妈或田大婶总要给他们把一圈白线用红颜料染好，挂在他们的脖子里——这是“锁线”，保佑孩子无灾无病，长命百岁……后来，他们长大了一点，家里和院子里已经没什么意思，就开始溜出家门，到广阔天地里玩去了。①

《人生》中描写农村生活方言土语较为密集，与之相比，此处陕北方言的元素更加淡化了，但并非无迹可寻，只是仅限于个别方言词汇的运用，如“娃娃”“相好”“安息”等，基本不会引起异地读者的隔膜和费解。路遥在《平凡的世界》中对方言的使用越发谨慎。陕北方言隶属北方方言，由于陕北地处农耕文化与游牧文化的“交叉”地带，历史上民族的融合使得陕北方言颇具“胡风”，鼻音重而节奏慢，发音较直较硬，鲁直、粗鄙，生动形象而又幽默风趣。在路遥的精心提炼下，出现在他小说中的方言，少了鲁直、粗鄙的一面，而突出了质朴本色的一面。更为重要的是，这段文字里的方言话语，已经不仅仅以方言词语、句式、语调出现，而是以对地方风物描写、民风民俗渲染的方式登场，例如这里描写陕北农村小孩过生日习俗的“锁线”。诸如“锁线”之类的在历史的土壤上生长出来的民俗，以崇尚理性和科学的现代性眼光来看，都是一些边缘性的卑微的经验，不登大雅之堂。但在“阐释人类学”学派的视野中，民俗却是一种无可替代的本土性的、地方性知识，其间蕴含有这个民族赖以生存的民族精神和文

① 路遥：《路遥全集·平凡的世界》第1部，北京十月文艺出版社2013年版，第86页。

化传统。就中国正在进行的“现代化”而言，这种具有鲜活生命的“地方性知识”，可以为我们在接受标志着“人类一大进步”的“全球化”的同时，积极思考为了进入“全球化”，我们必须抛弃我们的文化传统吗；我们如何才能既成为“现代的”又回到自身的资源中，这些“现代化”进程无论如何也回避不了的问题，提供知识基础。而积极思考如何应对“现代化”进程中“现代与传统”的冲突，正是从“新时期”开始路遥小说创作的中心主题。

路遥在小说中提供了大量的“地方性知识”。如共同语中的“山”，在陕北方言中呈现为“圪塄”“山峁峁”“塄坎”“跌水哨”“崖垴垴”等多种风貌，陕北的村舍院落被描述为“硷畔”“脑畔”“门楼”，陕北土窑洞内部则是“脚地”“锅台”“窑掌”“灶火旮旯”。这些极富地方声色气息的词语展示出事物的细微差别，还原了人们对事物最原初的感受，打破了所谓的“语言牢房”，把语言从抽象的状态拉回到活生生的具体现实，也使人们重新审视自身被理性异化了的感知方式。再如《平凡的世界》中对陕北丧葬习俗的描写：

> 所谓“商话”，就是由死者娘家的人审问孝子们在老人生前是否对她孝顺；或者她死后的葬礼是否得到尽心操办？这时候，死者娘家门上来的人，哪怕是三岁娃娃，在孝子面前都是权威人士，像君主立宪国的皇室成员，神圣不可侵犯。如果他们中任何一个人从中作梗，孝子们就别想让老人入土！在这种情况下，死者娘家的人多少总要提点意见，向孝子们发难：俗称“抖亏欠”。①

“商话”形象地展示了两个家族之间围绕女性逝者的对话、讨论，“抖亏欠”则体现女性在夫家的境遇会被娘家密切关注和监督，“商

① 路遥：《路遥全集 · 平凡的世界》第3部，北京十月文艺出版社2013年版，第190页。

话”“抖亏欠”彰显出男权社会中，嫁出去的女性所享受的来自娘家家族关怀和保护的习俗。这样的习俗诞生的土壤，是重视伦理亲情的中国传统家族文化。积极思考中国“现代化”进程中如何正确应对“现代与传统”冲突的文化立场，决定了路遥在小说创作中，把方言作为承载有历史的土壤上生长出来的文化传统的载体来使用。1987 年路遥短暂出访德国归来后明确地表示：“如果一味地模仿别人，崇尚别人，轻视甚至藐视自己民族伟大深厚的历史文化，这种生吞活剥的‘引进’注定没有前途。……事实上，我们已经看到，当代西方许多新的文化思潮，都不同程度地受到中国传统文化的启发和影响，甚至已经渗透到他们社会生活的许多方面，而我们何以要数典忘祖轻薄自己呢？”① 现代性话语鼓吹的“自由”“人权”在路遥这里，不再是一个单纯“进步”的代名词，它必须在传统话语中检验。

路遥运用方言，越来越自觉地把方言作为承载在历史土壤里生长出来的文化传统的载体来使用，试图用方言所承载的文化传统，去抵御和消解“现代性”之“恶”。如路遥写孙少安的砖厂倒闭之后债务缠身陷入困境时，他的妻子秀莲的心理活动：“是的，没什么，当年她从山西撵来和他一块生活的时候，不也是困难重重吗？只要人本身钢巴硬正，即使去讨吃要饭，那又有什么可怕！”② “钢巴硬正”指品德精神上的端正与充实，这里以农村普通村妇口语传达出中国传统文化注重品德心性修养的特点，显示出中国古典“传统”作为一种巨大的社会存在和意识，对中国乡土社会泽被深广。

在中国现代化进程中，如何正确对待和恰当处理“现代与传统”这一文化冲突，一直是路遥小说创作围绕的主题。因此，路遥选择方言写作，不仅仅是对人物方言俚语的模拟性叙写，不仅仅是纯粹语言艺术的考量，更重要的是具有文化对抗和文化批判的意味，这层意味

① 路遥：《路遥全集・早晨从中午开始》，北京十月文艺出版社 2013 年版，第 14 页。
② 路遥：《路遥全集・平凡的世界》第 3 部，北京十月文艺出版社 2013 年版，第 200 页。

只有置入传统话语遭遇现代性话语猛烈冲击的背景下方能显现。从被方言土语裹挟到有意地提炼方言，从向着共同语靠拢到对共同语保持距离，从方言话语与现代性话语的分裂到两种话语形态的融合，路遥走出了一条属于自己的语言道路，在这条道路背后支配着其运行轨迹的则是路遥思想价值观念的转变。

二 贾平凹：突破理性重围的个人话语

一般而言，中国当代文化语境中作家的方言运用，与个体价值立场、国家文化诉求、民族认同意识等这些重大问题互相缠绕，展示着福柯所说的言语与权力的密切关联。贾平凹当然也不能例外。然而，沉下心来综览迄今为止贾平凹小说语言形态上的变化，便会发现，贾平凹小说的语言形态与他的思想观念、价值立场之间，渐次呈现出某种“疏离”态势。贾平凹运用方言进行文学书写的时候，越来越重视方言在文学叙述中的“修辞”意义，显示出方言对于文学更多层面的意义和价值。

以我们对贾平凹小说的阅读经验，迄今为止，贾平凹的小说创作，大体上可分为三个阶段：《商州初录》以前创作的小说，基本上停留在以“题材”取胜的阶段；“商州系列”“太白山系列”“土匪系列”，贾平凹开始以“情节”取胜；从创作《废都》开始，贾平凹的小说创作，进入了以“叙述”取胜的新阶段。三个不同的阶段，方言运用在贾平凹的文学书写中，承载着不同的“修辞”使命：在以“题材”取胜的阶段，方言是稀释“题材单一性”的“添加剂”；在以“情节”取胜的阶段，方言是渲染“情节独特性”的衍生品；在以“叙述”取胜的阶段，方言是实现“叙述生活化”的承载物。本文的论述，就围绕着上述认识展开。

（一）从大众化到书面语：政治话语裹挟下的方言

贾平凹是在“文化大革命”后期步入文坛的。贾平凹最初的创作，就以其语言中流露出的灵秀之气，获得读者的好感和评论界的好评。贾平凹后来回忆说，他的语言形态，是他家乡的山势水态赋予的。处于文学起步阶段的贾平凹，在文学书写中就喜欢运用方言，在商洛农民口头频繁使用的土语，基本上是他此期小说的叙述语言和人物语言的主干。只不过在那个时段，家乡方言是他最熟悉，使用起来最得心应手的语言，不像日后那样，文学书写中的方言运用，是出于某种艺术理念而做出的有意识的选择。贾平凹文学起步之日，革命化、政治化的意识形态话语仍保持着巨大的挟裹力。这一情势，不仅决定着贾平凹在这一时段以“题材”取胜的创作方式，同时也决定着贾平凹小说的语言风貌。商洛方言土语与政治话语掺合在一起，大体上构成了这一时期贾平凹的基本语言风貌。例如1977年2月在《人民文学》上发表的短篇小说《铁妈》：

> 铁妈，旧社会没有名字，新社会不但有了名字，而且有两个名字。一个叫“树花”，她自己起的，不过是说，旧社会给人守磨坊的女人，如今也成了出场人物，能在人前吆喝说话了。另一个名字是她的绰号，叫“选不掉”，是说她十几年来，一直在队上担个保管员，“哈，这个官帽帽子老挽在她头上了！”她老汉年年这么说。富裕中农老六却气她，望着她的背影：“一个六十多岁的老婆子了，把个罩头巾抖得啪啪响，像啥？”`他才不管她是整天钻保管室，落得一头麦糠呢。①

小说女主人公“铁妈”的命名，内含一定的政治意味。这位“铁妈”也正是在“旧社会”与“新社会”的对比中出场的。这个“铁妈”，在旧社会有姓而无名；到新社会才自己给自己起了个“树花”的名字。铁妈以“树花”自我命名，其间有一个翻身做主人的贫农，感恩新社会让她枯木逢春，老树开新花的意思：“旧社会给人守磨坊

① 贾平凹：《铁妈》，《贾平凹文集》短篇小说卷一，陕西人民出版社2008年版，第105页。

的女人，如今也成了出场人物，能在人前吆喝说话了”。这样的人物，多是“铁”下一条心，听毛主席的话，跟共产党走，是农村社会主义革命的骨干，处处维护集体利益，当然要招致和“集体”有二心的人的不满。“铁妈”就是这么叫出来的。她的对立面“老六”名号前冠以“富裕中农”。按当时的流行观念以及“十七年”反映农村社会主义革命的小说的叙事模式，富裕中农最不乐意“合作化”，这个介于贫下中农和地主富农之间的特殊阶层，敢说地主富农不敢说的话，敢做地主富农不敢做的事，经常会成为地主、富农破坏社会主义集体经济的帮凶。铁妈的对立面是“富裕中农老六”，显示出浓郁的阶级斗争氛围。《铁妈》的叙述模式，还没有脱出“以阶级斗争为纲”的模式。或许《铁妈》正是以其“题材”迎合潮流，再加上叙述伶俐，才获得《人民文学》的青睐的。这不奇怪，1977 年的中心任务，仍然是“举好旗帜抓好纲”——“旗”，就是“无产阶级专政下继续革命”那杆旗，“纲”，就是“以阶级斗争为纲”“以批邓，反击右倾翻案风为纲”那个纲。显然，此时的贾平凹还未能学会改头换面，把政治话语隐藏在农民话语之后。尽管如此，“能在人前吆喝说话”“官帽帽子老挽在她头上”等商洛方言的出现，犹如一种“添加剂”，冲淡了政治话语的生硬板滞，带来亲切的民间生活气息。但“富裕中农老六却气她”之“气”，从现代汉语语法看是“惹她生气”之意，但从上下文看似指“生她的气”，这一方言用法与标准汉语用法不同，容易引起非方言区读者的误解。贾平凹此时对方言的运用，还显得直接而青涩。但贾平凹变化得很快，同年 11 月发表在《人民文学》上的小说《春女》的语言和叙述，就已经透露出某种新的追求。

> 一个早晨，我到大白杨庄去。太阳两竿子高了，还没有放工，庄后的水渠工地上炮声响得正紧。我进了石牛爷爷的院子，几只红冠公鸡在那里一声传递一声地争鸣，一股淡淡的烟雾从窗格飘了出来。推开上屋门，锅灶上正蒸馍馍，笼刚打开，一片白气，

任啥也看不清，满屋象一个乳白色的谜团。①

《春女》讲的是承担修渠爆破顾问工作的五保户石牛爷爷顾不上生火做饭，邻居家一个十来岁的小姑娘主动为他解除了后顾之忧。“春女”固然使人联想到“对同志要像春天般的温暖”的政治话语，作为女孩子的命名，倒也未尝不可。然而，一个未谙世事的十来岁小女孩居然懂得用行动支持“三年普及大寨县”的建设工作，就有点让人惊讶了。惊讶之余，还能发现，《春女》中的政治话语，已不再直接出场，而是试图隐藏在人物的日常行动与对话之后，虽然还达不到自然妥帖。小说的叙述语言还出现了“争鸣”“乳白色的谜团”等文绉绉的词语，显示出作者不满工农兵语言里粗俗的成分，追求语言的雅化。但在“太阳两竿子高了”“放工”“蒸馍馍”“任啥也看不清”等商洛土语之中掺杂这些书面色彩的词语，还多少显得有些龃龉难安。

在随后获全国首届短篇小说奖的《满月儿》（1978）中，政治话语、商洛土语与书面用语之间，得以有机融合，形成了清新晓畅的语言风格。例如：

征得后山大队同意，我们就在麦田里选种。终于发现有五株小麦秆儿高出一般麦来，那穗儿又粗又长，颗粒饱满。我们就像捡宝贝似的掐下穗来。日头在脚下端了的时候，开始往回走，月儿就一路摆弄着麦穗，又笑开了，说她姐姐一定会高兴的，再也不会说她是只会笑的傻姑娘了。②

《满月儿》着重刻画性格迥异的一对乡村姐妹，姐姐满儿平静内

---

① 贾平凹：《春女》，《贾平凹文集》短篇小说卷一，陕西人民出版社2008年版，第234页。

② 贾平凹：《满月儿》，《贾平凹文集》短篇小说卷一，陕西人民出版社2008年版，第251页。

秀，热心农业科研，妹妹月儿天真调皮，总是咯咯笑个不停。仅从性格差异上说，《满月儿》里的满儿、月儿姊妹，有点像孙犁《风云初记》里的秋分、春儿姊妹。不同之处在：满儿、月儿生活在和平环境，青春朝气获得了饱满的释放。月儿的青春阳光形象让人想起蒲松龄笔下的婴宁，政治话语隐藏在两姐妹美好形象和鲜明性格的背后不着痕迹。《满月儿》的语言经作者反复揣摩、斟酌，趋向标准化、规范化，但保留了口语鲜活的语气语调。方言词语也被严格甄别与挑选，滤去了粗俗鄙野的成分，只留下少量的形象生动蕴含乡村生活韵味的词汇，被统摄在清新晓畅的整体语言风格之中。这里“日头在脚下端了的时候”，商洛方言词语以乡村语调徐缓道出，虽只有一句土语，却使得整段文字骤然有了生气。贾平凹谈到创作《满月儿》的语言选择：“调子要柔和，语言不要出现成语和歇后语一类太土的话，节奏和音响要有乡下少女言谈笑语的韵味。”① “调子要柔和”，意味着贾平凹已经意识到：不能再如当时的流行小说那样，用刚性语言描写乡下少女了。可知小说语言的变化是有意为之。此时贾平凹的方言运用，已经不再仅仅满足于文学书写上的得心应手，进而追求书写出与笔下人物“言谈笑语”之“节奏”“音响”相适应的“韵味”。贾平凹此时正学步孙犁。孙犁小说的语言，最讲究平淡柔和，即便是对反派人物，例如《风云初记》里对田大瞎子、老蒋、高疤的描写，也十分讲究恰到好处，从不使用刚性语言。孙犁又最擅长摹写乡下少女言谈笑语的韵味。孙犁小说的语言也带有浓郁的冀中乡土韵味儿，但他并不想把农民的语言原始质朴地引入小说，而是对农民语言进行审美提炼，追求散文化和诗化，用流动变化的细小特征展示细腻的心灵情致，呈现出精致淡雅、清新俊逸的风貌。贾平凹论及孙犁的语言，说：“他的模仿者纵然万千，但模仿者只看到他的风格，看不到他的风格是他

① 贾平凹：《爱和情——〈满月儿〉的创作之外》，《贾平凹文集》散文杂著卷，陕西人民出版社2008年版，第5页。

生命的外化，只看到他的语言，看不到他的语言有他情操的内涵。”①有情操内涵的语言就是有个性的语言，语言呈现出来的个性之于驾驭语言的作家的情操气质，“如火之焰，珠宝之光”——但这是贾平凹后来的认识，并不意味着他当时就有了把方言改造成个性化语言的自觉意识。孙犁的语言其实是追踪废名和沈从文的，贾平凹明确地说：“沈从文给我最大的影响是在文体。”② 沈从文与孙犁的语言经验帮助贾平凹从民间大众化的方言中走了出来，追求乡土语言的雅化。贾平凹新的语言追求，是逐渐摒弃模仿工农兵语言的书写方式，吸收方言中富有表现力的成分，有意向汉语书面语靠拢。促成这层语言形态变化的，显然有艺术理念变化的成分。

1978 年年底，中共十一届三中全会召开，开启了以“解放思想”为特征的新时代。时代政治氛围和文化语境的重大改变，使得贾平凹的小说叙述范式从政治说教转向道德评判，但以“题材”取胜的创作方式并未改变：此时他的作品表现的不外乎是“劳动人民的人性美和人情美”，本质上并没有完全摆脱“十七年”时期盛行的“革命现实主义”文学模式——革命现实主义最讲究“题材”选择。贾平凹这一时期的小说政治色彩趋于淡化，开始注重人物性格的塑造，但比塑造性格更为作者看重的，是人物的道德品质的彰显。他的小说语言书面化的趋势进一步凸显。例如短篇小说《在姚村》（1980）写一个作家在县委书记的介绍下到姚村住下写小说，得到一位看果园的老女人无私的帮助，作品中写到作家住在果园中的情景：

> 我就在这空房里住来了。老女人白天在园里忙活，夜里歇在园门口的看守棚里。从此的日子里，她务她的果树。我写我的小说，几乎没有多少往来。我写得累了，出来活动筋骨，在园子里

① 贾平凹：《孙犁论》，《贾平凹文集》散文卷三，陕西人民出版社 2008 年版，第 19 页。

② 贾平凹：《传统暗影中的现代灵魂——贾平凹笔答李遇春问》，李遇春《西部作家精神档案》，商务印书馆 2012 年版，第 271 页。

闻闻幽香，看看蜂蝶，总见她或是蹲在那里嫁接，或是用药喷虫。看见我了，只是笑笑。①

《在姚村》中政治话语已然隐没不彰，叙述语言中商洛方言使用也显得较为节制，这里只用了“忙活”“歇”“务”几个点染农村生活氛围的方言动词，语气语调仿佛出自于一位熟悉农村生活的城市作家之口。而在这一时期描写城市生活的作品中，方言的踪迹难觅。例如《阿娇出浴》（1980）：

> 她在雪地里踱着步子，听雪在脚下沙沙地响，多么轻盈，多么柔软啊，这洁净的精灵儿。它们是居住在没有灰尘的清高的天上，它们见不得肮脏，一落下地来，就以洁白的颜色覆盖了一切。人就应该像这雪一样，爱情就应该像这雪一样啊！②

《阿娇出浴》以雪的洁白无瑕反衬熏染进人心灵深处的特权思想的污垢，这里全然是在用汉语共同语书写。表面看来，作者似乎是为了适应不同表现对象而选择不同语言进行书写，但如果联想到十三年后出版的同样是描写城市生活的《废都》中大量的方言，不难看出，决定作者语言选择的另有其故。

毛泽东《在延安文艺座谈会上的讲话》对中国现代文学影响最大的，乃是对文学表现对象的定位：“到工农兵火热的斗争生活中去，改造世界观，转移立足点”，先做革命人，再作革命文。故而，新中国成立以后的“十七年”和“文化大革命”时期，工农兵文学占据了主流的位置。相应地，浅白通俗的工农兵语言理所当然地成为主流性

---

① 贾平凹：《在姚村》，《贾平凹文集》短篇小说卷二，陕西人民出版社 2008 年版，第 274 页。

② 贾平凹：《阿娇出浴》，《贾平凹文集》短篇小说卷二，陕西人民出版社 2008 年版，第 116 页。

的文学语言，方言土语以其符合工农兵的身份和语气而受到特别推崇。贾平凹就是在革命现实主义文学的影响下开始创作的，他最初大量使用俚俗的方言摹写工农兵生活。20 世纪 70 年代末 80 年代初，“解放思想”的文化语境，刺激起一些作家打破题材限制的冲动，他们开始把探索的触角伸向四面八方，题材的变化带来了语言选择上的多样性。贾平凹在乡间生活了十九年，有丰富的乡土生活的经验，又接受了从小学到大学一套完整的学校教育，他口头上讲着商洛方言，学习、工作在“请讲普通话”的氛围中，阅读着古典的、现代的书面语言和翻译过来的欧化语，他的语言资源是很丰富的。为什么刚跳出“工农兵语言”模式的贾平凹努力使语言趋向书面化、雅化、标准化？现代汉语共同语致力于对语言行为的“规范”，是一种理想状态的、大一统的语言。在“推广普通话”政策的感召下，共同语成为社会主要交际语言。作家的语言选择，往往折射着他的精神与生存状态。对汉语共同语的认同，折射出作家对社会主流文化的认同。此时的贾平凹有意识地让政治话语在小说中弱化，但他还没有寻找到表达自身独特体验的个人话语，因此不自觉地选择了现代汉语共同语，并以一种理性化语式书写着群体经验，如：“人就应该像这雪一样，爱情就应该像这雪一样啊”。在这里，乡土生活经验有所保留，以零星方言土语为标志。在“伤痕”“反思”文学潮流中，贾平凹创作了《纺车声声》（1979）、《头发》（1980）、《冰炭》（1984）等小说，受当时特定时代群体情绪、心理的影响，这些作品或书写十年浩劫给自己的父母亲人所带来的苦难，或揭露极左政治对人性的扭曲和异化，从根本上都没有跃出“群体经验”的窠臼，仍属于政治文学的范畴。但这并不能代表 20 世纪 80 年代中前期贾平凹的全部小说创作。在另外一些作品中，新的思想文化资源推动着他开始了挣脱政治叙述视角的努力。

（二）传统艺术趣味与个性化的追求：现代性话语规范中的方言

“新时期”之初，在反思和批判“文化大革命”乃至整个极左思潮对人的“非人化”和“异化”的思想氛围下，一批有强烈“启蒙”

情结和社会责任感、使命感的知识分子，他们以继承五四精神为己任，致力于对民众进行现代思想文化启蒙。导源于五四新文化运动的中国的启蒙意识，昉自西方文化思想史上的启蒙运动。但在五四新文化运动中启动的中国思想文化上的启蒙运动和西方文化思想史的启蒙运动有一个明显的不同。西方文化思想史上的启蒙，是在复兴西方“古代”思想文化中展开的。西方的“古代”，对应着西方的“中世纪”。启蒙，就是用西方古代思想文化的灵光，引导人从西方中世纪制造的黑暗中走出来。而20世纪中国的启蒙运动，则是在与中国“古代”的思想文化彻底告别的呼声中狂飙突起的。中国的“古代”，对应着“西风东渐”以来的近现代。试图用以“科学”“民主”为核心的西方文化启发民众，共同清算在中国横行数千年的封建社会制度，以及与其相关的思想文化，让古老的中国，如“凤凰涅槃”一般，脱胎换骨。“文化大革命”后中国的思想启蒙，以继承五四启蒙为己任。故而，“文化大革命”后中国的思想启蒙，具有双重的含义：一方面，它要引导人，从对人自己“造”出来的“神”的狂热崇拜的反省中，恢复自己理性的思考；另一方面，它还要对导致狂热崇拜个人的思想根源——残余的封建意识，进行彻底的清除，为中国奔向“现代化”扫清思想文化障碍。[1]“现代化”是“新时期”启蒙思潮的核心命题，“启蒙”意味着知识分子以“外来的先进的思想理论”为资源，实现一种对人、社会、国家的“现代性”的新设计，而这种“现代性设计”的参照标准，无疑是现代西方国家的现代化实践。因此，启蒙知识分子的思想资源，并不严格局限于西方意义上的启蒙命题，诸如平等博爱、天赋人权、民主政治、理性精神等，“几乎所有外来的先进的思想理论，都构成了中国现代启蒙主义思想与实践的资源”[2]。这一

① 参见黎澍《消灭封建残余影响是中国现代化的重要条件》，《再思集》，中国社会科学出版社1985年版，第38页。

② 张清华：《火焰或灰烬——20世纪中国文学中的启蒙主义》，中国文联出版社1999年版，第3页。

时期最受关注的是有关人性和人道主义的话题，“人道主义”作为一种充分尊重人的尊严、价值和主体性的理论话语，在“新时期”启蒙话语中固然具有强势地位。但与此同时，西方很多挑战人道主义的话语，也在“新时期”人道主义的理论语境中获得展开，成为这一时期“启蒙”的思想资源。比如，西方近代以来的人道主义强调理性精神，而对理性精神构成挑战的尼采、弗洛伊德、萨特等人的思想，诸如本能的解放、无意识冲动、自由选择等现代学说，就混合进较多具有“古典”色彩的人道主义思潮中，被大量引进。

贾平凹敏锐地感觉到了这种丰富而驳杂的思想资源对自己思想和创作的价值，在散文《燕子》（1981）中，他表露了认同并主动追随现代性话语的心迹：

> 我再不是那么个留（流）着黄（鼻）涕的孩子了，我长成大人，我有了知识，它认得的只是过去的我！但我自豪，我得意，我终究不是往日的我了。可它，我的燕子，面对这现代化的建筑，无动于衷，疯狂儿恋着鼓楼。是因为只有这一处鼓楼，才是它们的有情物……啊，燕子，我不禁悲伤起来了：时至今日，还那么固执，这么偏见，不肯落脚在新的建筑，硬要向腐朽欲倾的鼓楼飞去，那么，城市将永远不会是你的天地了，现代建筑愈来愈多，你不是便要真的消亡了吗？咳，我该怎么说呢，我可怜的燕子，我可悲的燕子！①

作者表达了对因恋旧而不肯改变生活方式的燕子能否在城市生活下去的担忧，同时也为勇于告别“昔我”的“今我”感到庆幸：“我自豪，我得意，我终究不是往日的我”，“我”则是能更好地适应现代化思潮的“个体”，是具有“主体性”的“新人”。在新的思想资源的

---

① 贾平凹：《燕子》，《贾平凹文集》散文卷一，陕西人民出版社 2008 年版，第 142—143 页。

启发下，贾平凹的“个体”意识逐渐觉醒，创作上也由热情谱写明丽纯真的乡村牧歌，转向批判性地思考社会人生，于是便有了《厦屋婆悼文》（1980）、《晚唱》（1981）、《好了歌》（1981）、《沙地》（1981）、《二月杏》（1981）等色彩略显“灰暗”，叙述略带点“现代性”的“反思社会”的作品。其中有对普通劳动者命运的深切同情，有对现实不合理现象的不满，有对特殊年代造成的近乎神经质的病态心理的刻画描绘，就连贾平凹此时的散文意象中，也接连出现病树、残月、怪石、颓花之类的意象。作家笔下流泻而出的不再是时代的主旋律。贾平凹这一时期的作品主要致力于思想上开掘，语言并不是关注的重点，还沿袭着上一个阶段的雅化、书面化倾向，只不过更注意对词语的提炼加工。例如《二月杏》中对杏花的描绘：

> 在梢头儿上，淡淡地开了几朵小花。他一时肃然起敬起来，感到了花开的伟大，就坐下来静眼儿看着。花是不怎艳的，几乎是没有多少颜色，薄亮亮的，没有粉的感觉，也没有肉的感觉，似乎是纸儿做成的。他守着它坐了一会儿，发现并没有一只蜂儿来恋过它，也没有一只蝶儿来恋过它，他油然而感到十分地伤感了：这娇嫩的仙品儿，怎么长得不是地方，这冷冷清清的荒野，它怎么受得了？这寂寂寞寞的树林，它怎么活得下去呢？①

这段文字中作者连用“梢头儿”“静眼儿”“纸儿”“蜂儿”“蝶儿”“仙品儿”等六个儿话音的词语。汉语方言里，北京话以多“儿化”而闻名，这里似乎是模仿北京口语的语气腔调。此外，描写花的颜色“薄亮亮”“不怎艳的”，用词刻意雕琢。让人想起20世纪30年代何其芳写的多少带点唯美主义散文。“他”感觉花开的“伟大”，为花的处境“冷冷清清”“寂寂寞寞”而“伤感”，笔调也有几分鲁迅散

① 贾平凹：《二月杏》，《贾平凹文集》中篇小说卷一，陕西人民出版社2008年版，第392页。

文集《野草》里的风致。不过，《野草》是一位“两间余一卒，持戈独彷徨”的“孤独者”生出的“闲愁”。在《二月杏》里，贾平凹似乎是要把城市文艺青年多愁善感的情调，赋予到他笔下的采样工大亮的身上。此时的贾平凹，依然未能脱离以“题材”取胜的路数，只不过用来“取胜”的题材，应势顺时有所新变而已。他还没有找到真正能让他的艺术才华尽情施展的安身立命之地，他还未能从汉语共同语的写作模式中走出来，没有找到属于自己的语言样态。就像贾平凹后来承认的：他不是书写此类文字的当行里手。

一个看似偶然性的机缘，改变了贾平凹的文学命运。由于他这一时期带有现代性意味的叙事，舍弃了他《山地笔记》里表现出的艺术长项，同时也超越了当时读者和批评家的欣赏和接受习惯，1982 年陕西省专门举办“贾平凹近期作品讨论会”，批判这些作品脱离时代，表现虚无主义和悲观情绪。这对于 1977 年以来一直顺风顺水的贾平凹来说，可谓是一场“无妄之灾”——对贾平凹而言，这种“无妄之灾”并不是最后一次。20 世纪 90 年代《废都》给他带来的“无妄之灾”，更让他错愕。这种“无妄之灾”，使他感觉到作家言说的有限性，创作上一时陷入沉寂。贾平凹后来回忆这一时期的写作经历说：“在《沙地》《好了歌》等那批反思社会的小说后，很快觉得没什么写的了，因为那些小说内容还不是我非常熟悉的东西，写起来不是那么得意。我检讨自己是文学上的流寇，应该有一块写作的根据地”。发现“自己是文学上的流寇”，并不是纯粹的自嘲。以“题材”取胜，哪种题材时兴，就写哪种题材，难听点说，和“逐富就粮”的“流寇”实无差别。当时就有一位关心贾平凹创作的有心人私下说：“品味贾平凹小说不断变化的格调，就知道他在不同的时段，读些什么书”——委婉表达出对贾平凹舍弃“自家宝藏”，盲目随人脚跟的担忧；“应该有一块写作的根据地”，真实地表达出贾平凹当时的心曲。“在这种思想的支配下，我返回了商州故乡，一个县一个镇地走了一遍，幼时的记忆重现，又联系所见所闻，觉得写写故乡的人和事，非常得心应手，就写起来，这便是《商州初录》”①。真所谓“挫折和教训教育了我们，使我们变得聪明起来了”，创作上经历的暂时性挫折，促使贾平凹调整了探索方向，把目光投向自己生活的故土，描绘自己所熟悉的商州世界。

贾平凹的这个抉择，和有“拉丁美洲文学先行者”之号的古巴作家阿莱霍·卡彭铁尔有几分神似。卡彭铁尔流亡巴黎期间，与法国“现代派”文学周旋有年，突然发现自己与“现代派”并不对路，毅然返回故土，到黑人移民集居的海地另闯新路。他详细考察了发生在18世纪的海地独立革命，以杂糅神话魔幻与现实为叙述手段，写出了风格独具的中篇小说《人间王国》，轰动一时。《人间王国》虽然仅有6万字，却像一篇宣言，揭开了拉丁美洲“魔幻现实主义”文学炫丽的一幕。和卡彭铁尔一样，贾平凹这个抉择，不仅成就了他自己——写出了令人耳目一新的《商州初录》，而且在有意无意之间，催生出一个文学流派。后来有学者认为贾平凹的这次创作转向“有意无意间开辟了寻根之路”②。贾平凹在1982年4月发表的《“卧虎”说——文外谈文之二》中——那一年贾平凹年届三十，就确定了自己的创作路径，“以中国传统的美的表现方法，真实地表达现代中国人的生活和情绪”③，这篇文章后来被视为“寻根文学”的宣言之一。

如果考察当时的文坛状况，贾平凹的《商州初录》（1983）的确具有令人耳目一新的开创性。20世纪80年代初，中国文化界沉浸在浓郁的启蒙氛围中，这一时期延续了曾经中断的五四时期告别封建，政治经济、思想文化“全面西化”的热潮，西方现代文化及其价值观念的影响力如日中天，启蒙、变革、进步等成为那个时代的主题话语。伴随着对“现代”崇尚的是对“传统”的鄙弃和清算，“传统”被认

---

① 贾平凹：《我这三十年》，白烨主编《中国文情报告2008—2009》，社会科学文献出版社2009年版，第161页。

② 许子东：《当代小说阅读笔记》，华东师范大学出版社1997年版，第99页。

③ 贾平凹：《“卧虎”说——文外谈文之二》，《贾平凹文集》散文卷二，陕西人民出版社2008年版，第16页。

为是保守、落后、反动的象征。中国几乎所有的问题都被放在“传统与现代”“落后与先进”这样的二元对立的框架中去诠释和把握，西方现代化进程中大行其道的工具理性和技术理性被当作价值理性来迎接。当时的作家，要么沉浸在“文化大革命”后愤怒反叛颓放伤感的情绪之中不能自拔，要么沿着五四以来西方化的小说模式写作，有的文学“先锋”开始学步西方“现代派”开展文体实验，进行炫技式探索。贾平凹思想上受到启蒙话语的影响，但创作中有意疏离当时流行的小说写作模式，既不再用小说去客串启蒙精英的角色，也不随文学“先锋”去做炫技式的文体实验，而是以营造充满商州“野情野味”的独特情节，去表现“多情多善的父老兄弟”，独树一帜。他在《四十岁说》里说，“我倒认为对于西方文学的技巧，不必自卑地去仿制，因为思维方式的不同，形成的技巧也各有千秋”①。他认为真正需要借鉴西方的，不是写法和技巧，而是西方的思想观念。在一次访谈中贾平凹明确地说：“在我认同和接受西方近现代以来的人文主义价值观念的时候，我总是要寻到一种符合中国做派的语感和表现形式”去表现。② 这实际上是贾平凹三十岁时在《卧虎说》里确定的创作路线的深化。人称“三十而立，四十而不惑”，贾平凹当得此语。

贾平凹在《商州初录》中，回到朴素平实的民间。在“一个县一个镇”地细腻体验商州的时候，他有意回避了山里人在荒山野岭求生存的沉重，也暂且搁置了自身对农村生活的刻骨体验，特意以诗意的目光，探寻引人入胜的山野风光和淳朴善良的民俗乡情。在这里，不难看出沈从文对贾平凹的影响——沈从文的乡土小说，就是以这种笔调书写湘西的民俗乡情的。贾平凹在“笔答李遇春问”中说过：沈从文对他影响最大的，是“文体”。有论者认为贾平凹是在探寻中华民族文化之根。此论近似又不全是，在《商州初录》中，贾平凹固然赞

---

① 贾平凹：《四十岁说》，《贾平凹文集》散文卷二，陕西人民出版社 2008 年版，第 239 页。

② 贾平凹、李遇春：《传统暗影中的现代灵魂——贾平凹笔答李遇春问》，李遇春《西部作家精神档案》，商务印书馆 2012 年版，第 273 页。

美尚处于“前现代”的商州表现出的民风淳朴之美，但这并不意味着他自身的价值立场就停滞于此。在《商州初录》引言中，他道出了自己的写作初衷：

> 商州到底过去是什么样子，这么多年来又是什么样子，而现在又是什么样子，这已经成了极需要向外面世界披露的问题，所以，这也就是我写这本小书的目的。据可靠消息，商州的铁路正在测量线路，一旦铁路修通，外面的人就成批而入，山里的人就成批走出，商州就有它对这个社会的价值和意义而明白天下了。如今，我写这本小书的工作，只当是铁路线勘测队的任务一样，先使外边的多少懂得这块地方，以公平而平静的眼光看待这个地方。一旦到了铁路修起，这一小书就便可让卖辣面的人去包装了，或是去当了商州姑娘剪铰的鞋样了。但我却是多么欣慰，多多少少为生我养我的商州尽些力量，也算对得起这块美丽、富饶而充满着野情野味的神秘的地方，和这块地方的勤劳、勇敢而又多情多善的父老兄弟了。①

贾平凹写商州的目的很明确，是为了“向外面世界披露”商州的“野情野味”和“神秘”。这里的“外面世界”，应该主要是指因改革开放而迅速崛起的现代化都市，和在现代化都市里生活的人群。“野情野味”“神秘”，应该是一位具有“现代灵魂”的作家，对生活在“传统阴影”并努力走出“传统阴影”的商州世界的感觉。贾平凹把他创作《商州初录》工作的性质，比作铁路勘探队所做的铁路线路勘探——在人类文化史上，铁路是现代工业文明的象征。贾平凹回到商州的那段日子里，“商州的铁路正在测量线路”；把他创作《商州初

① 贾平凹：《商州初录》，《贾平凹文集》中篇小说卷二，陕西人民出版社 2008 年版，第 66—67 页。

录》工作的意义，归结于“先使外边的（人）多少懂得这块地方，以公平而平静的眼光看待这个地方”。贾平凹还说：商州“一旦铁路修通，外边的人成批进来，山里人成批出去，商州就有它对这个社会的价值和意义而明白天下了”。到那时——待到商州融入“现代”，他创作《商州初录》的工作意义也就完结了。由此可知，贾平凹是有憾于“外面世界”“不懂”，因而不能“公正而平静地看待”如商州这样的尚处于“前现代”正走向“现代”的乡土社会，才把自己的写作根据地确定为传统的乡土社会。尽管贾平凹曾自称“我是农民”，但他审视乡土社会的目光却是“现代”的：他发愿要用他充满“野情野味”、情节独特的小说，向“外面世界披露”：商州正在走向“现代”。因而，他的乡土叙事被安放在启蒙话语的框架内。民族之根——传统文化在他那里，只是给他提供制作地方特色和民族特色的背景和原料，并没有从思想情感上获得完全的认同。联系贾平凹“笔答李遇春问”的总标题——《传统阴影中的现代灵魂》，贾平凹的《商州初录》，算不上“寻根文学”意义上的“寻根”。

要说“寻根”，贾平凹真正自觉地“寻根”，是在语言和文体上，即找寻“符合中国做派的语感和表现形式”。从《商州初录》开始，贾平凹在表现形式上开始注重对最能体现商州“野情野味”的独特情节的营造，以表现“传统阴影下的现代灵魂”的躁动。与此同时，他逐渐摆脱前期作品中的普通话腔调，十分注意铸造自己的语言。值得注意的是，推动贾平凹在语言和文体上“寻根”的动力，恰恰来源于他所认可的“现代意识”。他说：“在西方现代文学的传统中，强调现代意识。现代意识也就是人类意识，以人为本，考虑的是解决人所面临的困境。所以，关注社会，关怀人生，关心精神是文学最基本的东西，也是文学的大道。”① 可见，贾平凹的文学观念深受西方近现代人

① 贾平凹：《当下社会的文学立场》，《贾平凹作品》第20卷，译林出版社2012年版，第269页。

文主义思想的影响。西方近现代人文主义思想，源于近代西方思想界对“人”的发现，强调人的“主体性”与“自我意识”，表现在文学艺术领域，就是要求文学以“关注社会，关注人生，关注精神”为“大道”，要求艺术作品通过不断追求创新来彰显自己的艺术个性。这种“文学的大道”，落实在当代中国作家的创作上，就是要求中国当代作家应该有“现代意识”。对于“现代意识”，贾平凹在创作中特别推崇：“在这二十年里，你若不接受新东西，没现代意识，你绝对没出路。你死抱着五十、六十、七十年代的东西不放，你抱的只能是一堆没价值的东西。”① 贾平凹对语言和个性的关系有明确的认识：“语言的艺术，包括一切的艺术。其秉性在于个性。……真正把握语言，最重要的还是自己的内功，语言只是一个作家全部修养的一种体现。如火之焰，珠宝之光，人之气质。”② 正是在现代“个体”意识的推动下，贾平凹在语言和文体上大胆探索，力求建立属于自己的语言风格和艺术个性。

在探索路径上，贾平凹在努力克服残存下来的按一个统一模式去创作而滋生出的语言千篇一律、寡淡无味的同时，尽量避免五四以后流行开来的欧化的语言成分以及对西方文学写作技巧的盲目仿制。他把这些流行于一时的习气，称之为“时尚的文风”。他说：“如果真要写好作文或者从事写作，重要的一点是要逐步打破时尚的文风。……初学写作的人，总是爱使用很多成语，使用流行的语言，似乎害怕自己不知道这些知识。但是走上写作道路以后，各种流行的成语就很少用了。因为这些成语在长期的使用过程中已经僵化枯萎了，没有个性了。要形成自己的写作特点，就要使用自己的语言。”③ “打破时尚的文风”，就是要到20世纪50—70年代文坛日趋僵化、西化的模式化写作语言之外，

---

① 贾平凹、谢有顺：《最是文学不自由（对话）》，郜元宝、张冉冉编《贾平凹研究资料》，天津人民出版社2005年版，第22页。

② 贾平凹：《关于小说语言——在苏州大学的演讲》，《贾平凹文集》散文卷四，陕西人民出版社2008年版，第140、145页。

③ 贾平凹：《要学会使用自己的语言》，《美文》（下半月）2008年第4期。

找到自己个性化的言说方式。如何铸造“自己的语言”？先需根据自身的精神个性与审美理想确定自己理想的语言。贾平凹对于文学语言有自己独特的理解：“语言与身体有关。文学语言是口语的转换，患哮喘的人肯定说不了长话。语言节奏实际上是气息节奏。”① 由此可知，贾平凹心目中理想的文学语言，应该具有“口语般”的鲜活气息。口语来自民间，它是一个民族成千上万的成员每天使用的语言，它蕴含着无数人的智慧和创造力。口语虽然凌乱、芜杂，但假如“拣择”有方，使用起来既新鲜又充满了活力。文学语言所企盼的“口语般”的鲜活，不是现成摆在那里的，而是作家“冶炼”出来的。他说：“金在沙中，浪淘尽，方显金的本色；点石如果真能成金，那也仅仅只是钻进了蛤蚌体内，久年摩擦、浸蚀而成的一颗珍珠。如果以为是现实里发生过的，就从此有了生活气息，以为是有人曾说过的，就从此有了地方色彩，那流氓泼妇就该是语言大师了！艺术，首先是美好；美好是‘冶炼’出来的。”② 如何陶“冶”提“炼”？关于提炼的标准，贾平凹也有指点：“在现实生活中，我们喜欢和有趣味的人在一起，有趣味的人就是会说话的人。这里所说的‘会说话’不是那种见人说人话见鬼说鬼话的溜须拍马者，而是他说话幽默，有形象，有细节。”③ 具有“口语般”鲜活的好的语言，需要有趣味，是感性的、形象化的，保留了生活细节。他还说：“好的语言要看整体，看是否表达出了人与事的情绪，而不在于它是否用了什么形容词。”④ 情绪有时候是能够意会但难以言传的，尤其是复杂的情绪。表达人和事

---

① 贾平凹：《好的文学语言》，《贾平凹文集》散文卷四，陕西人民出版社 2008 年版，第 243 页。按：“文学语言是口语的转换”，无疑是正确的。但贾平凹此说欠圆满。例如，《汉书·扬雄传》称：扬雄“拙于口语”——说话结巴，于是格外讲求文字表达之流畅，其文学语言的汪濊博富，时人罕比。故而贾平凹的“语言与身体有关”，只能当作比喻去意会。

② 贾平凹：《语言——人道与文道杂说之一》，《贾平凹文集》散文卷二，陕西人民出版社 2008 年版，第 2 页。

③ 贾平凹：《关于小说语言——在苏州大学的演讲》，《贾平凹文集》散文卷四，陕西人民出版社 2008 年版，第 139 页。

④ 同上书，第 140 页。

物的情绪，需要“融情于景”的技巧，即中国《诗话》里常说的“以写景之心言情”，把“难言”之“情”托之于“可见”之“景”，让读者披“景”见“情”，顿生一种恍若“身临其境”的现场感。能够满足这些标准的只有方言，方言是未经标准化规范过滤的活跃在民间百姓口头的语言，是活生生的“言语”，保留着语言的“原生态”。因而与共同语相比，方言可以提供更多的生活细节，能够突破语言的抽象性，使人达到“忘言”的状态。只有达到“忘言”的状态，人和事物的情境才得以还原。方言从本质上说是一种诗性语言。

贾平凹在艺术表现中积极吸纳方言，除了对方言情有独钟而外，还有出于艺术表现对象方面的考虑。贾平凹把文学根据地确定为商州。商州的人们总是在当地方言中生活，方言土语在他们表达自身，认知世界的活动中，须臾不可离。展示商州的“野情野味”，离不开方言的运用。英国著名语言学家帕默尔在《语言学概论》中指出：“语言忠实反映了一个民族的全部历史、文化，忠实反映了它的各种游戏和娱乐，各种信仰和偏见。”① 语言是文化的载体，也是文化的象征符号。方言土语凝聚着当地人对社会生活的认知方式和评价立场，反映了他们的生活经验和智慧。小说要描写特定地域的人，方言可以提供一个探究与展示他们精神世界的便捷通道。因此，贾平凹在《商州初录》中有意大量使用方言。应该指出，贾平凹运用方言时看重的是其作为地域文化符号，有助于表现地域民情风俗的作用，并不意味着就完全认同了这种方言背后的某些文化指向。也就是说，在贾平凹这里，语言与文化的统一性似乎只是局限于作品中的人物，他所使用的语言与其所认同的文化立场之间存在着某种“错位”。由此可见贾平凹文学书写中使用方言的“修辞性”。《商州初录》及其后续的“商州系列”，书写的是尚处在“前现代”正要走向“现代”的商州世界。这个世界里，充满了“古老的中国的味道”，带着这种“味道”走向

---

① ［英］L. R. 帕默尔：《语言学概论》，李荣等译，商务印书馆2013年版，第167页。

“现代”，正是商州世界的特色。写不出这种特色，书写出来的，可以是其他任何东西，唯独不是商州世界。贾平凹说：“古老的中国的味道如何写出，中国人的感受怎样表达出来？恐怕不仅是看作纯粹的形式的既定，诚然也是中国思维下的形式，就是马尔克斯和那个川端先生，他们成功，直指大境界，追逐全世界的先进的趋向而浪花飞扬，河床却坚实地建造在本民族的土地上。”① 贾平凹所认可的，是在他看来代表“全世界的先进的趋向”的，发源于西方工业文明的，以“科学”“民主”为核心追求的现代文化。这是中国近代以来尤其是辛亥革命、五四运动以来志士仁人奋斗的目标，当代中国实践的方向，同时也是贾平凹文学创作的精神动力。但他清楚地认识到在作品中要成功表达“古老的中国味道”和“中国人的感受”，自己所选择的艺术形式必须是“中国思维下的形式”。在这一点上，贾平凹处理文学语言的方式与五四作家有了距离。葛红兵说：“‘五四’作家对文学语言的革命不是从修辞手段的意义上来讲的，而是从整体的文学精神的角度上来讲的。鲁迅、周作人、郭沫若、郁达夫这些作家都是把自己的精神母亲放在了西方，正是在这个前提下他们谈到了语言的改造——他们要到西方去找一种新的语言。”② 也就是说，五四作家文学语言的欧化和他们精神上的欧化即启蒙化是一致的。贾平凹同样受到启蒙思想的影响，他的思想很现代，但这并不影响他为“寻找一种更符合中国做派的语感和表现形式”对方言的选择和运用。或者说，此时的贾平凹，已经流露出我们在前文一再指出的从“修辞手段”的意义运用方言的叙述意向。有人说中国当代作家跨越20世纪中国启蒙话语的障碍很难，从精神立场而言，这一时期的贾平凹未能跨越，但就语言和文体而言，贾平凹已经完成了对于五四启蒙文学障碍的跨越。

---

① 贾平凹：《四十岁说》，《贾平凹文集》散文卷二，陕西人民出版社2008年版，第240页。

② 郜元宝、葛红兵：《语言、声音、方块字与小说——从莫言、贾平凹、阎连科、李锐等说开去》，孔范今、施战军主编，路晓冰编选《莫言研究资料》，山东文艺出版社2006年版，第311页。

至此，新的问题浮出水面，贾平凹凭借什么力量完成了这次艺术上的跨越？撇开寻找语言个性、追求艺术效果上的因素，贾平凹是否受到传统文化的影响？如前所述，就思想层面而言，贾平凹受启蒙话语影响，接受的是现代价值观，对于传统持激烈的批判态度。他说："我终生要感激的是我生活在商州和西安两地，具有典型的商州民间传统文化和西安官方传统文化孕育了我作为作家的素养，而在传统文化中淫浸愈久，愈知传统文化带给我的痛苦，愈对其种种弊害深恶痛绝，……如何将西方的先进的东西拿过来又如何作用，伟大的五四运动和五四运动中的伟人们给了我多方面的经验和教训。我在缓慢地，步步为营地推动着我的战车，不管其中有过多少困难，受过多少热讽冷刺甚或误解和打击，我的好处是依然不掉头就走。"① 由此可知，贾平凹自20世纪80年代初直至创作《高老庄》的20世纪末，仍延续着五四作家"现代与传统""先进与落后"二元对立的思维模式，观察社会，反映生活。他一心关注的是"如何将西方先进的东西拿过来又如何作用"，似乎在乡间生活十九年的经验对贾平凹影响不大。生活中贾平凹一直说着商州方言，他说："我不会说普通话，有口难言，我就不去见领导，见女人，见生人，慢慢乏于社交，越发瓜呆。但我会骂人，用家乡的土话骂，很觉畅美。"② 让他觉得"很畅美"的，可能是"家乡的土话"在"骂人"的时候，也很注意"修辞性"，不像普通话骂人那样必带脏字儿。贾平凹认为"文学语言是口语的转换"，因此在他这里，凭他的素养，生活语言顺畅又自然地转化为写作语言。操纵自己从小就熟悉的母语写作，比起普通话显得更加得心应手。这样看来，贾平凹使用着商州方言，但对商州地域文化中的某些方面，却持批判态度。由此可知，语言作为文化的象征符号，与文化的价值内核之间并没有不可分割的必然联系。就文化而言，语言有相对的独立性。

---

① 贾平凹：《高老庄·后记》，《贾平凹文集》，陕西人民出版社2008年版，第309—310页。

② 贾平凹：《说话》，《贾平凹文集》散文卷三，陕西人民出版社2008年版，第26页。

例如，汉语是古老的华夏文明的载体，在现代，又可以化为文化元素，被异质文化——例如五四推尚的以“科学”“民主”为核心的“新文化”吸收融合为新的文化外显符号——例如“白话文”。因此，犹如运用白话文照样可以宣扬反“科学”反“民主”的专制迷信——例如“文化大革命”狂热时期《人民日报》上的文章，使用方言土语，并不一定就意味着认同传统文化。对此，贾平凹坦言：“在我的身上，许多人都以为传统文人的东西多，其实接触深入的朋友并不这样看。我也清楚我自己，我的意识是现代的，外人以我的衣着呀，相貌呀，收藏呀，书画呀，文言文的运用呀等方面来判断我传统，我并不反对他们的错觉，何必让别人那么清楚你呢？”① 那么，在贾平凹理性中被拒斥的传统乡土经验和地域文化是否因此而退场了呢？在《定西笔记》中贾平凹剖析了自己的心迹：

> 我是20世纪70年代从农村到西安的，几十年里，每当看到那些粗笨的农具，那些怪脾气的牲口，那些呛人的炕灶烟味，甚至见到巷道里的瓦砾、柴草和散落的牛粪狗屎，就产生出一种兴奋来，也以此来认同我的故乡，希望着农村永远就是这样子。但是，我去过江浙的农村，那里已经没一点农村的影子了，即使在陕西，经过十村九庄再也看不到一头牛了，而在这里，农具还这么多，牲畜还这么多，农事保持得如此的完整和有秩序！但我也明白我所认同的这种状态代表了落后和贫穷，只能改变它，甚至消亡它，才是中国农村走向富强的出路啊。②

贾平凹在甘肃定西，为时至今日竟然还能找到他进城前见惯了的，在如今发达地区的农村已经消亡了的，完整有序的“农村味道”而惊

① 贾平凹、李遇春：《传统暗影中的现代灵魂——贾平凹笔答李遇春问》，李遇春《西部作家精神档案》，商务印书馆2012年版，第271页。

② 贾平凹：《定西笔记》，《贾平凹作品》第20卷，译林出版社2012年版，第322页。

异不已，同时也为自己竟然还会有一种“他乡遇故友”般的“兴奋”油然而生而惊异不已。虽然他在理智上清清楚楚：他进入城市之前那十九年农村生活所“认同的这种状态，代表了落后和贫穷”，只有“改变”和“消亡”它，农村才有出路。但“进城”以后的日子里，每当见到“这种状态”，依然让他抑制不住“产生出一种兴奋来”。可见传统乡土经验和地域文化的某些方面，虽然被他在理性上拒斥了，但是，它们却以感性的方式，顽强地留存在贾平凹的潜意识里，在不知不觉中作用于他的感知体验和审美偏好，使贾平凹平常“日用而不自知”。由此不难理解生活在现代都市的贾平凹，有着传统文人——传统文人一般都有乡土文化背景——才有的生活情趣，例如，他喜欢考察与“老西安”有关的故物旧俗，喜欢收集古陶罐，喜欢下棋、品茗、习字、作画。尽管贾平凹曾公开表白，他那些个人生活情趣，并不意味着他对“传统”认同，就思想意识而言，他还是蛮“现代”的。贾平凹的表白，真率可信。不过，人类所有的感觉、体验与思维都离不开语言，所有的意识活动都必须由语言赋形，语言之外的世界是人类无法体验的。因此，贾平凹的生活情趣和审美偏好，注定要表现在小说中，制约着他对作品语言和文体的选择。从某种意义上可以说，帮助贾平凹实现对五四启蒙文学的语言和文体障碍进行跨越的，是他从小就浸润其中的乡土文化，尤其是对商州方言的艺术运用，给力不小。

为了实现他所追求的艺术表达上的“中国做派”“古老的中国味道”，贾平凹不仅撷取商洛方言进行创作，还有意回到汉语文学本土传统中寻找语言资源。贾平凹从《商州初录》开始，就很注重体味和吸收从《世说新语》到明清笔记小说之类的文言文独有的叙述风致。《世说新语》之类“叙杂事，述异闻，辑琐语”的著述，《四库》馆臣把它们编在“小说家类”——《汉书·艺文志》“九流十家”里的那个“小说家”，和现在隶属于中国作家协会的小说家名同而实异。此类著述和诸子百家以及古代作家文集里收录的“古文”，虽然都属于文言语体文，但诸子百家的著作都是些“有为之作”——以其“成套”的言说“取合诸侯”，以治国平天下；而《世说新语》之类的著述，所“叙”所“述”所“辑”的，尽是些“闲暇人”说的“闲话”；和古代作家文集里收录的“古文”相比，“古文”都是古代作家用纯正的文言书面语书写出来的，而《世说新语》之类的著述，在“叙事、述闻、记言”的时候，文言书面语之外，不时杂用当时的口语。故而，此类著述叙事述闻记言，具有一种特别的叙述风致。由于此类著述的叙述风致，与贾平凹期待的“好的文学语言”——由口语转化来的具有“言语”鲜活感的语言，多有暗合，故而贾平凹对古代笔记小说特别的叙述风致，素蓄融汇吸收之志。例如：

> 正因为这里闭塞，也以此保守了传统古朴之风俗。此地老根老种的户少，除台湾省外，各地都有新迁户，客籍便称之为下河人。但井闾相错，婚姻相通，任恤相感，庆吊往来，浃洽投机，故五里一腔，十里一调，而礼节尚习不甚相远。家家日月稍宽裕，必要酿酒，料或用苞谷，或用大米，或用柿子，或用甜菽杆，常在门前路边，以地坎挖灶，安上锅，放上发酵的料，上架一锅，烧酒而成，过往人只要说酒好，随便舀喝。再是腌肉，每家每年至少养二至三头肥猪，或者交售一头，或者全部宰了，腌以盐，熏以烟，即为腊肉。喝酒吃肉，在这里不仅为生活之需，同时也成了一种娱乐和艺术。①

这段文字的语体——“井闾相错，婚姻相通，任恤相感，庆吊往来，浃洽投机，故五里一腔，十里一调，而礼节尚习不甚相远”，和古代笔记小说很接近：用古雅的措辞和齐整的四字句式，娓娓道来，娴雅

---

① 贾平凹：《商州初录》，《贾平凹文集》中篇小说卷二，陕西人民出版社 2008 年版，第 149 页。

而有味。显示出贾平凹不仅在语汇层面追求“古”意，从句式到篇章、到整体的叙事风格，他都尝试着让他自己的叙述带点“古”意——古代笔记小说特别的叙述风致。但贾平凹明确表示：这不是模仿文言文。而是他善于把他从“陕西民间土语”里寻到的“上古语言遗落下来”，仍然活跃在当代方言“言语”中的“有古意的土语”，组织进他的叙述中而已。换句话说，贾平凹是从“修辞”意义上使用“有古意的土语”的。对于古代笔记小说特别的叙述风致，贾平凹虽然欣赏有加，但他既能“入乎其内”，又能“出乎其外”，他并没有陶醉于古代笔记小说特别的叙述风致中，而是在现代汉语叙事语境下，力图把“有古意的土语”和现代白话融合起来，既能采撷“有古意的土话”里保留的古人“遣词用句的精巧”之神采，又不失去现代口语的本色。从此，他的语言变得凝练、简洁、醇厚、丰润，透出浓厚的“中国做派”和“古老的中国味道”。

如何把“有古意的土语”里的词汇、句式糅合进现代汉语，并化合得妥帖自然、不露痕迹？贾平凹把这个问题，放置在“向古人学，学什么，如何学；向民间学，学什么，如何学”的高度去认识。他说：

> 我们说语言要向古人学向民间学，向古人学，就是学他们遣词用句的精巧处，触一反三。而向民间学，留神老百姓口中的生动的口语。这些都得改造。民间的方言俗语有十分丰富的好语言，但不能过多使用歇后语和生僻词。要优雅，要改造为普遍人能懂得的意思。现在是白话文时代，现实生活中的语言可以直接进入文学作品，这样可以使文学语言有一种现实感，生活感，这一句很重要。在中国北方语系，生活用语可以直接进入，而南方一些地方则需要转换，所以，直接进入的语言容易成为好语言，而需要转换的就困难了。别的地方我不大清楚，在陕西，民间土语是相当多的，语言是上古语言遗落下来的，十分传神，笔录下

来，又充满古雅之气。我在《高老庄》里专门写到了这些。外界评价我的语言有古意，其实我是善于在民间寻那些有古意的土话罢了。[①]

在贾平凹看来，一些古代汉语“言语”中的词汇遗落在民间口语里，以方言的形式留存下来，或者说方言是古代汉语在现代口语中的存在方式，方言天然地连接了古代汉语与现代口语。因此，对于民间的方言，在用其鲜活的“现实感，生活感”的同时，贾平凹还要取其“上古语言遗落下来”的“古雅之气”。这样改造之后，口语方言携带着古意就可直接进入文学作品，古代汉语凭借方言的通道就可以与现代口语融合无间。贾平凹早期的作品中也喜欢使用商洛方言，但那时候主要以商洛方言词汇和语气模拟工农兵语言，看重的是方言通“俗”的那一面；而方言近“雅”的那一面——方言中保留有“上古语言遗落下来的”“十分传神”的“有古意”的语汇，有待发现和采撷，因此隐没不彰。时过境迁，为了追求方言的“雅”，歇后语和生僻词被有意过滤，方言中“有古意”的词汇、句式和语调被纳入叙述中，与日常口语结合在一起，形成了既洋溢古风古韵，又充满现实感与生活感的语体。在贾平凹这里，商洛方言被艺术化了，被精心采撷提炼而艺术化了的商洛方言，既具有鲜活的“现实感，生活感”，又逼透着某种“古雅之气”，成为他建构艺术风格、体现艺术个性的手段。和同侪相比，贾平凹有极强的个性化、风格化的叙述意识——这证实了贾平凹自言他具有“现代意识”之言，实而不虚。张扬个性，崇尚风格，是具有“现代意识”的现代作家才有的意识，古代作家——包括叙述风格很别致的《世说新语》等笔记小说的作者——压根就没有此等自觉。商洛方言之外，他对“闲话”的看重，也体现了这一艺术追

① 贾平凹：《关于小说语言——在苏州大学的演讲》，《贾平凹文集》散文卷四，陕西人民出版社 2008 年版，第 142 页。

求：“什么是闲话？就是把要说的人和事已经交代了，还再说一两句的那部分就是闲话。有些人不说。说的人，会说的人，这里就表现了才情，这里就促成了他的风格。这一点非常重要。凡是文体作家，有风格的作家，或者说艺术性高的作家都是这样。”[①]“闲话”，就是通常说的“闲笔”——看似与叙事骨干无大关联的叙述。例如《水浒传》中的武松打虎，“要紧话”一句可了：“武松夜过景阳冈赤手空拳打死一只老虎”。施耐庵却不这么说。他先说些“武松酒肆饮酒，饮得口滑，连饮十八碗，不听劝阻，独自上山……”之类的“闲话”，才说打虎。把老虎打死了，又说些“武松瘫软在地，这才有些后怕，兀自惊出一身冷汗……”之类的“闲话”。正是这些“闲话”，拿住了读者。在《水浒传》中，同样的“打虎”，“闲话”不多的“李逵杀四虎”“二解捕虎”，都没有“武松打虎”那么脍炙人口。有“闲心”的人才会说“闲话”；精神处于“自由”状态的人，才会有“闲心”。处身“繁忙”之中，精神受层层束缚的人——例如置身于紧张军事演习中的军官和士兵，只会说“冲锋”“撤退”“是”之类的“要紧话”，待到演习结束，有了闲工夫，一块堆回味演习的时候，精神放松了，才会说诸如“别光看我获得嘉奖。连长一声‘冲啊’，我第一个蹿出战壕。不小心绊一跟头，连长照屁股就是一脚……嘉奖是连长一脚踹出来的”“演习总算挺过来了。当兵真是活受罪！受三年罪，复员给安排个工作，也值”之类的与演习有关但关联不是很大的“闲话”。“闲话”最能见说话人之真。缠身“繁忙”事务中脱不出身的人，做不成作家。作家都是些精神自由，会说“闲话”的人。说白了，写小说无非是编个“闲话”，让读者暂时放下“繁忙”事务，以轻松的心态，品味人生。贾平凹强调会说“闲话”“这一点非常重要”，是在提醒作家：一是进入创作状态的作家，一定要把精

① 贾平凹：《好的文学语言》，《贾平凹文集》散文卷四，陕西人民出版社 2008 年版，第 243 页。

神置于“自由”状态；二是如何编“闲话”，最能体现作家的才情和风格追求。

贾平凹在语言结构上的苦心孤诣，标志着他的艺术思维的“现代”性质——世界上各种“现代”艺术流派的总体特征，就是在艺术语言上苦心孤诣，在艺术形式上标新立异。对于语言，贾平凹有着深刻的认识。他说：“现代小说的语言更具有独立性，能直接达到目的。学习现代小说的语言，重要的一点就是改变旧的文学见解，要确立新的文学观。”[①] 如托马斯·曼所说，小说家既要通晓现实，也要通晓魔力。小说不仅要讲述现实经验，还必须建构具有“魔力”的语言和形式。贾平凹自觉的语言意识推动着他进行语言和文体的革新与创造。

《商州初录》以后，贾平凹又创作了《商州又录》《商州再录》等一系列关于商州的小说，继续进行思想和艺术上的探索。贾平凹这一时期依然延续了文化启蒙的叙述视角，同时也参与主旋律的合唱。他所创作的“商州系列”中的《小月前本》（1983）、《鸡窝洼的人家》（1984）、《腊月·正月》（1984）被称为“改革三部曲”，作家把目光聚焦于社会政治经济领域，反映农村经济变革中改革与守旧两种社会力量的交锋，在故事的人物设置和情节冲突方面，皆未脱当时流行的“革新与守旧”的模式，并纳入启蒙话语“先进与落后”的评价体系中，批判守旧者的传统文化心理痼疾。有人据此把贾平凹这一时期的创作称为“思潮化写作”——被某种思潮所挟裹的写作。这种评论恰当不恰当，另作别论。有趣的是，有时候被作者批判的文化心理痼疾，也正是作家本人此时的思想观念。例如，《腊月·正月》里贾平凹批判了退休教师韩玄子深入骨髓的官本位文化心态，但在“改革三部曲”中，每每都会出现马书记、刘书记、王局长等“大人物”，正是在他们的政治支持下，王才们代表的革新者才得以战胜韩玄子之类的

---

① 贾平凹：《关于小说语言——在苏州大学的演讲》，《贾平凹文集》散文卷四，陕西人民出版社2008年版，第144页。

守旧者。如此看来，官本位文化心态似乎也存在于作家的思想意识中。对于这一点，似乎不必苛求。在那个时期，甚至一直到现在，中国人的普遍心理，仍然是：扭转乾坤的改革，必须在具有“扭转乾坤”能力的领袖的率领下才能实现。崇拜圣君贤相，在中国政治文化中有悠长的传统。不过，这种政治文化的优劣短长，对于我们的论题而言，并不重要。重要的是，这里再次表明，在思想观念中被否定的传统文化形态，会以一种不易觉察的方式作用于作家的潜意识，制约着他的感知、思维与表达方式，哪怕是在艺术理念上“现代”意识很强如贾平凹这样的作家。在传统美学趣味和现代艺术“个性化”追求的推动下，贾平凹继续在语言上进行新的尝试。这一次，他尝试把现代口语以宋代散文的句式和语调平和地道出：

> 镇上的八景之一就是“冬晨雾盖镇”，所以一到冬天，起早的人就特别多。但起早的大半是农民，农民起早为捡粪，雾对他们是妨碍；小半是干部，干部看了雾也就看了雾了，并不怎么知其趣；而能起早，又专为看雾，看了雾又能看出乐来的，何人也？只是他韩玄子！①

这段写晨雾的文字依稀是在模拟欧阳修《醉翁亭记》的句式：“然而禽鸟知山林之乐，而不知人之乐；人知从太守游而乐，而不知太守之乐其乐也。醉能同其乐，醒能述以文者，太守也。太守谓谁？庐陵欧阳修也。”这里以古典散文的笔调写小说，把小说“散文化”的做法，似乎是借鉴了20世纪30年代知堂、废名等人的笔法。

在随后创作的《天狗》（1985）和《黑氏》（1985）这两部著名中篇里，贾平凹摒弃了对农村社会图景的政治化理解和对人物的概念

---

① 贾平凹：《腊月·正月》，《贾平凹文集》中篇小说卷三，陕西人民出版社2008年版，第1页。

化处理，也不再对力挽历史狂澜的政治风云人物感兴趣，故事的背景依然是变革年代，但被作家淡化处理，时代发展的历史趋势不再被关注。与反映农村经济变革的作品相比，贾平凹把注意力转移到农民的思想意识领域，探究“人性”问题。题材变化了，但和“改革三部曲”一样，依然是以独特的情节取胜。《天狗》讲述传统伦理道德如何扼杀人性的故事：天狗暗恋师娘，待师父残废后师娘“招夫养夫”，天狗得以入赘。但天狗想做一个对得起师父的徒弟，仍按昔日之礼对待师娘，导致师父羞愧难当，自杀身亡，天狗夫妇因此而抱愧终生。传统伦理道德的“吃人”本质是五四以来的启蒙话语乐于讲述的文化主题。而在《黑氏》中，贾平凹以一位善良不幸的农村妇女黑氏的婚恋曲折演绎弗洛伊德的心理学原理，在黑氏的生活轨迹里可以感受到本能对人心理和行为驱动力之强大。这两部中篇体现了当时文坛的“人学”化潮流，强调尊重个人和人性，特别是人感性欲望的合理性，体现了人文主义的价值观。西方文艺复兴借助对西方古代经典的宣扬，反对宗教神性对世俗人性的压抑与否定，为世俗人性的感性合理欲求提供合法性支撑。文艺复兴以人文主义的旗帜助推了人的感性欲望的解放，并为现代性的全面展开提供了人的感性欲求动力。正如舍勒所说，“资本主义的发展，基本的动力仍然是物质消费和感官享乐欲望，这是社会发展的动力，也是一种感性异化”①。中国传统伦理道德主张重义轻利以及仁者爱人的思想，突出的是集体公利，忽视的是个体感性私欲，但仍给正常感性欲望留下了合理发展空间。这一倾向在程朱理学中被极端化，“存天理，灭人欲”的主张完全否定个体感性私欲的存在基础，最终导致“以理杀人”的指责。中国传统伦理文化的这一缺陷，在中国“新时期”占据强势地位的现代性启蒙话语中被无限放大，以致完全遮掩了其昔日的光华。感性欲望的解放成为“新时

---

① ［德］舍勒：《资本主义的未来》，刘小枫编，罗悌伦等译，香港牛津大学出版社 1995 年版，第 15 页。

期”启蒙文学的一个长盛不衰的主题。贾平凹20世纪80年代中期直至90年代初的创作也不自觉地受到这种思潮的影响。例如贾平凹在1991年创作的《平凹作画记》里，他是如此演绎武松杀嫂的心理的：“啊，这么美的尤物，我怎么就要杀了她呢？她是害死我哥哥，哥哥实在是与她不般配，一朵花插在牛粪上，她是委屈了。……扪心而想，我何尝没有爱过她呢？现在我真的要杀了她吗？如果那一天我接受了她的爱，我也被爱所冲动，那我会怎么样呢？……正因为我武松是英雄，才避免了一场千古谴责的罪恶，可正是我成了英雄，才将她推到了西门庆的贼手吗?!……刀怎么提不起来，这般重呀？那么一刃，一代美色就灭绝了吗？世上少了潘金莲，多少人为之丧气了，我武松是不是心太硬了？哥哥，哥哥，我该怎么办呢，我已杀了西门庆，咱就放了这个尤种吧？”最终，潘金莲因为“我不能成全她爱我，却可以让她死在所爱的人的刀下”[①] 的理由而被杀。这里，与其说是作家对武松的心理刻画，不如说是作家对潘金莲这个“尤物”的体贴与辩护，其中所蕴藏的“现代意识”[②] 实在耐人寻味。

这一时期贾平凹继续在语言上“寻根”，与前一时期相比又有了新的变化。例如：

> 路北半里为虎山，无虎，石头巉巉。石头又不是能燃烧的煤，所生梢林全砍了作炭作柴，连树根也刨出来劈了，在冬天长夜里

---

① 贾平凹：《平凹作画记》，《贾平凹作品》第19卷，译林出版社2012年版，第136—137页。

② 替《水浒传》中的潘金莲作翻案文字，是五四以后才出现的文学现象。始作俑者是欧阳予倩20世纪30年代创作的话剧《武松》，终其成者是魏明伦20世纪80年代创作的川剧《潘金莲》。其间耐人寻味处在：欧阳予倩仅止于批评武松囿于封建伦理把潘金莲推向死亡的深渊，而魏明伦则正面肯定潘金莲追求自然欲望获得满足的正当性。贾平凹对武松杀嫂的心理演绎总体上是沿欧阳予倩的余绪。尽管贾平凹和魏明伦“惺惺相惜”，尽管贾平凹后来写过描写肉欲的《废都》。但《废都》里的肉欲描写，只是在冷峻揭示当下社会文化已经堕落到了“除了人最原始的欲望是真的，其他都是虚伪的”地步，并无意对肉欲做正面肯定。此后在“太白山系列”“土匪系列”小说里对人最原始欲望的张扬，同样是另有意图，也并非对人的原始欲望的正面肯定。

的火塘中燃烧。生生死死枯枯荣荣的是一种黄麦菅的草，窝藏野兔，飞溅蚂蚱，七月的黄昏孩子们去捕捉，狼常会支着身坐在某一处，样子极尽温柔，以为是狗，“哟，哟，哟”作唤狗的招呼，它就趋步而来；若立即看见那扫帚一般大的拖地长尾，喊一声“是狼!”这野兽一经识破，即撒腿逃去。①

从“石头巉巉”“窝藏野兔”“飞溅蚂蚱”等语句看来，贾平凹仍在以文言句式笔调摹写山野景色，但他已经开始尝试打破语法规范。汉语里有“生死枯荣”的成语，描述生命无常，世界无常。“生死”指包括人在内的动物有生死，“枯荣”指草木之类的植物有枯荣。这里的“生生死死枯枯荣荣的是一种黄麦菅的草”，“枯枯荣荣”是作者自造的词语，与“生生死死”一起做句子的陈述对象，描述“黄麦菅草”，这种用法并不常见。可以看出，贾平凹在组织句子的时候，是以主观感觉为依据，为了出色地传达感受，不惜打破规则，创造出个性色彩更为强烈的句子。

在随后创作的《商州》（1986）、《古堡》（1986）、《火纸》（1986）等中长篇小说中，贾平凹通过讲述变革年代农村发生的各类悲剧，批判山民身上存在的愚昧、自私、迷信、褊狭等“劣根性”，延续着文化启蒙主题。在长篇小说《浮躁》（1987）中，贾平凹设置了一个“善”与“恶”、“传统”与“现代”、“改革”与“反改革”二元对立的模式和故事结构，田、巩两家不仅是恶的代表，也代表着传统反改革势力，而金狗则代表着善的、现代的改革势力。整个作品揭露带有家族色彩的政治文化现象，张扬启蒙理性。但是现代性理念却被纳入到道德冲突的传统话语框架中去言说，小说中还出现了风水、算卦、梦魇等传统神秘主义元素，显示出作家传统的思维方式对启蒙话语的

① 贾平凹：《天狗》，《贾平凹文集》中篇小说卷三，陕西人民出版社2008年版，第191—192页。

修正以及他的现代性立场的局限性。

《浮躁》之后，贾平凹创作了更讲究情节的独特性的“太白山系列”与“土匪系列”。值得注意的是，此期作品中启蒙话语的意味减弱，现代主义意味增强。如前所述，20 世纪 80 年代初期，强调人性和人道主义的启蒙话语占据强势地位，一些非人道主义的话语也混杂在其中成为推动中国“现代化”进程的思想资源。正如王一川所言：“在西方，启蒙现代性和审美现代性是截然对立的，而中国这两种现代性的对立就不是那么明显了，并时常交织在一起。”① 启蒙现代性是伴随着启蒙运动和社会的现代化与工业化而产生的价值观念，如崇尚永恒理性和正义，信奉进步的观念，相信科学技术造福人类的可能性，尊重人权以及基于抽象人道主义而提出的自由、平等、博爱的社会理想等。启蒙现代性在其发展过程中，工具理性与技术理性极度膨胀，价值理性缺失。因此，在追求“个体的独立价值”的呼吁下，个体感性欲望逐渐摆脱了宗教神学的约束，开始非理性的泛滥与宣泄，颠覆了人的正常感性欲望的边界，造成个体感性的沉沦与生命的虚无。审美现代性正是对这种被异化了的启蒙现代性的批判和反叛，现代主义文艺则是这种富有批判性的美学精神的集中体现。“新时期”国门洞开，西方的启蒙现代性和审美现代性同时在中国知识界传播，共同构成了贾平凹汲汲追求的“现代意识”。贾平凹在 1982 年前后就已经有意吸收西方现代主义文学经验，创作出一系列色彩灰暗的短篇，但此后这条创作路径并没有继续下去。当“商州系列”完成之后，贾平凹“文学根据地”的资源即将发掘殆尽，这条创作路径又重新被重视，只不过绕开了现实中人群聚集之处，把表现对象转移到大山深处的僻野之地，转移到民间历史和传说中。

贾平凹在《古炉》后记中回顾了这一时期思想转变的枢机：“想起来，我的写作得益最大的是美术理论，在二十年前，西方那些现代

① 王一川：《中国现代性体验的发生》，北京师范大学出版社 2001 年版，第 20 页。

主义各流派的美术理论让我大开眼界。而中国的书，我除了兴趣戏曲美学外，热衷在国画里寻找我小说的技法。西方现代派美术的思维和观念，中国传统美术的哲学和技术，如果结合了，如面能揉得到，那是让人兴奋而乐此不疲的，比如，怎样大面积的团块渲染，看似充满，其实有层次脉络，渲染中既有西方的色彩，又隐着中国的线条，既存淋淋真气使得温暖，又显一派苍茫沉厚。比如，看似写实，其实写意，看似没秩序，不工整，胡摊乱堆，整体上却清明透彻。比如，怎样‘破笔散锋’。比如，怎样使世情环境苦涩与悲凉，怎样使人物郁勃黝黯，孤寂无奈。”[①] 贾平凹吸收了西方现代主义各种美术理论的思维观念，又撷取中国传统美术的技法进行中西融汇、化合。此外，贾平凹还阅读了一些具有反现代性特征的作家如乔伊斯、博尔赫斯、马尔克斯、略萨等人的小说，并对弗洛伊德潜意识学说情有独钟。[②] 这些西方现代哲学、心理学及文艺思想资源推动着贾平凹开辟出新的艺术表现领域和美学境界。

“太白山系列”与“土匪系列”，写法和意趣上有了明显的变化。《太白山记》受弗洛伊德潜意识学说影响，以实写虚，将人的潜意识化为实体的故事写出，挖掘身处偏僻乡野的人们深层的精神世界。《寡妇》表层是写小儿发现其母偷情的故事，实则写寡妇的欲望被压抑之苦闷。《公公》表层是写儿媳野合生子，深层则是表现公公在现实中不得实现的欲望只能以变形的方式发泄之无奈。“土匪系列”写的是具有“现代”感的尴尬的生存体验。例如《五魁》写一个贫贱的驮夫五魁在驮亲行程中遭遇土匪，出于对新娘的爱恋和成全她幸福的愿望，孤身入匪穴救出了新娘，把她送到柳家与少爷完婚。没想到柳家少爷意外瘫痪，在婚后的生活中对女人施加虐待。五魁对此感到内疚，他再次铤而走险，纵火焚烧柳家大院，趁乱救

---

① 贾平凹：《古炉·后记》，人民文学出版社2011年版，第603页。

② 贾平凹：《关于小说语言——在苏州大学的演讲》，《贾平凹文集》散文卷四，陕西人民出版社2008年版，第143页。

出女人，逃到了荒山野岭。五魁以自己的温情和行动赢得了女人的爱，就在女人愿以身相许之际，五魁却以传统的道德规范压抑住自己的冲动。五魁的拒绝使女人与狗之间发生变态的恋情，恋情暴露之后狗遭到屠戮，女人因羞愧坠崖。五魁在绝望中选择啸聚山林，以劫掠妇女、放纵欲望的方式度过余生。五魁的传奇经历似乎表达了人生选择的荒诞感和人生价值的虚无感，“主体的人”动辄得咎，无法把握自己的命运，“主体性”被嘲弄和解构。贾平凹将现代哲理意蕴以民间历史故事的形式表达出来，让人多少感到有点怪异而牵强，悖而难合。这种情形的发生，是因为贾平凹想表达的存在的荒诞感，是“现代”语境下的产物，所选择的载体，却是传统文化语境中发生的故事，配置在一起，难免要对故事脉络进行刻意的安排，方能使之承载要表达的现代生存体验，但民间历史故事也就因此显得面目全非，丧失了其文化原质。贾平凹曾在《四十岁说》（1992）中这样写道：“人常常是尴尬地生存。我越来越在作品中使人物处于绝境，他们不免有些变态了，我认作不是一种灰色与消极，是对生存尴尬的反动、突破和超脱。”① “尴尬地生存”体验，在贾平凹的生活中是真实存在的，为了表达这种体验，贾平凹“越来越在作品中使人物处于绝境”，联想起前引的“怎样使世情环境苦涩与悲凉，怎样使人物郁勃黝黯，孤寂无奈”，可以说，表现体验的故事、人物和世情都有太多“刻意为之”的痕迹——“刻意为之”是西方现代派绘画的共同追求，与中国古典美学推崇的“妙造自然”尚有距离。从这个意义上讲，“古老的中国的味道”还有很大的领域和空间等待贾平凹去涉足。

尽管贾平凹这一时期的作品题材与意蕴出现了语境上的错位，但他仍然在更深入地“寻根”。他说：“《浮躁》之后，我虽然仍在写商州的内容，但对于像《浮躁》这种写法就结束了。《浮躁》的写法在总体上

① 贾平凹：《四十岁说》，《贾平凹文集》散文卷二，陕西人民出版社 2008 年版，第 239 页。

还是沿袭了20世纪以来流行的写法，也就是革命现实主义那种。”[①] 从《浮躁》开篇大段的对自然风光的描写来看，《浮躁》走的是现代西方写实小说的路数，戏剧化的场景和对话在小说中随处可见。而“太白山系列”与“土匪系列”的语言很少见到大段的景物描写与人物对白，融“描写”于“叙述”之中，对话也多改为转述。例如《寡妇》开头的文字：“一入冬就邪法儿地冷。石块都裂了，酥如糟糕。人不敢在屋外尿，尿出尿成冰棍儿撑在地上。太白山的男人耐不过女人，冬天里就死去许多。”[②] 写入冬的“冷”，用的是写意式笔法，简洁明了，不用浓墨重彩渲染，迅速导入即将讲述的故事。这种写法，继承了中国古典小说的艺术传统，说明此时的贾平凹为追求“中国传统的美的表现方法”，不仅在语言上“寻根”，而且自觉深入到从叙述方式，创作方法上“寻根”。这里的“糟糕”，本来是双音词，却被改为古汉语中常见的单音词——“糟”酥如米“糕”，词性和语义也发生了相应的变化。尽管语言和叙述方式上贾平凹一直在接近自己的美学理想，但他还没有解决题材与意蕴错位的难题。

《废都》（1993）的出现，宣告了这一难题的部分解决。《废都》中贾平凹告别了自己的“文学根据地”——得心应手的农村题材，转而描写城市生活。有人问他为什么会有题材的重大转向，贾平凹说：“原因有很多，一是那时我在农村生活过19年，在城市里的生活已经超过20年了，却还没有好好写过城市。越是有一种内疚，越是不敢贸然下笔，甚至连商州的小说也懒得作了。再者，农村生活不便于翻译，外国人太不了解中国的农村了。《浮躁》《天狗》翻译到西方去，翻译者都感到很难，这使我深感苦恼。城市生活中许多现代文明的东西是世界相通的，这对我是个新领域，我想再折腾折腾。”[③] “现代文明”

---

① 贾平凹：《我这三十年》，白烨主编《中国文情报告》（2008—2009），社会科学文献出版社2009年版，第162页。

② 贾平凹：《太白山记·寡妇》，《贾平凹作品》第13卷，译林出版社2012年版，第75页。

③ 贾平凹：《贾平凹谈〈废都〉：〈废都〉之争与其他》，《南方日报》2008年11月2日。

以都市文明为根基，犹如“古代文明”以乡村文明为根基。改革开放以来，中国城市化的进程“势不可当”，贾平凹再也不能无视城市生活经验，更何况通过写城市生活表达他与“世界相通”的现代生存体验，是很相宜的。《废都》之后，贾平凹又创造了两部城市生活题材的长篇《白夜》（1995）、《土门》（1996），被称为“城市三部曲”。

从《废都》开始，贾平凹转向当代中国社会转型表现得最明朗的都市社会生活，关注社会变革给人们生存和精神带来的巨大震荡。《废都》描写在消费文化席卷一切的现代都市，一些“文化名人”在欲望的追逐中挣扎沉浮，在欲望的满足中，如何毁“真”为“假”，认“假”作“真”，演绎着一部当代中国文化人的精神颓败史，呈现出一个时代的精神“废都”景象：除了人的原始欲望是真的，其他一切都是假的。陈晓明认为这部小说“一定程度上切中了这个时代的精神创伤”[①]。评价颇有分寸。《白夜》中的人物如夜郎、颜铭、南丁山、邹云等都属于现代城市中没有固定职业的“社会闲人”——被“现代化”抛掷到社会边缘的人物，小说的关注对象从知识精英变成了普通市民，从而揭示出商业语境中当代中国普通市民的精神异化状况。应该说，贾平凹对当代中国城市人群的精神状况体察细致入微，把握住了社会转型期中国的“时代精神”，《废都》出版后引发的“肯定”和“否定”两派意见尖锐对垒，在一定程度上与此相关。问题是，对于导致“时代的精神创伤”的根源，贾平凹是这样理解的：“中国历来是农业国家，文化上可以说是村社文化，而发展到今天，城市是多了，但中国人最基本的东西还是封建保守的，都市文化里有相当多的村社文化成分。……《废都》主要写的是中国传统文化与现代化的不适应状况。”[②] 贾平凹对《废都》创作动机的陈述，让人不由得想起黎澍

① 陈晓明：《本土、文化与阉割美学——评从〈废都〉到〈秦腔〉的贾平凹》，《当代作家评论》2006 年第 3 期。

② 贾平凹：《与穆涛七日谈》，《贾平凹文集》散文卷三，陕西人民出版社 2008 年版，第 152 页。

20世纪80年代初发表的反思“文化大革命”的一篇文章:《肃清封建主义思想残余是实现中国现代化的重要条件》。辛亥革命以来的实践已经证明，在中国实现“现代化”，以彻底摧毁封建主义社会体制为前提。但《废都》里描写的“精神废都”社会现象的出现，是不是由“中国传统文化”造成的，还是应该谨慎对待的。在这里，我们又遇到了前文论路遥时曾经提到的“林毓生问题”:“文化与社会系统不能互相化约。……人们可以摒弃中国传统社会中的所有罪孽，而无须攻击整个传统中国文化”。《废都》确实触及当代社会一个敏感又异常深刻的主题，对于这一点，就是否定《废都》的人，也是否定不了的；但把这一主题，放在“中国传统文化与现代化的不适应”的背景上去表现，主题意蕴能否得到顺利实现，即便是肯定《废都》的人，也是有疑虑的。显然，虽然贾平凹的感性能力足够敏锐和强大，但在这一时期他思想上还是未能摆脱启蒙现代性话语的影响，以至于他在表达具有反现代性色彩的体验时，还是在现代性话语框架内讲述与书写。如前所述，贾平凹受到西方现代主义哲学、文学及美术理论的影响，但这种审美现代性是针对西方启蒙理想王国破产后的异化现实的，是西方资本主义现代化语境下的产物，是对西方现代化进程的批判和反思。贾平凹借鉴了这些反现代性的“现代意识”，却用来批判阻碍中国现代化的传统“村社文化”，“语境的错位”在这里依然存在着，不过已经从题材和意蕴之间的错位，转移到作家的感性经验与理性思考之间的错位。在中国现代化进程势不可挡之际，贾平凹敏锐地感觉到物欲横流、精神颓丧的世相，但未能对其原因有切中肯綮的认识。

此后的《土门》(1996)、《高老庄》(1998)、《怀念狼》(2000)展示出贾平凹矛盾的文化心态。《土门》描写了一个被城市包围的村子——“仁厚村”，向往着现代化的村民不知不觉成了“城里人”，现代化的美好愿景并未实现，他们却陷入更加可悲的境地:“但是，城市数年的扩展，在仁厚村的左边右边，建筑就如熔过来的铅水，这一点汇着了那一点，那一点又连接了这一片，……做了一场梦似的，醒来我们竟是西京里的人了。我们在西京里，就真的如这些可怜的丧家狗啊！”[①]“丧家狗”隐喻了现代城市人精神家园与田园故土一并丧失的存在困境，显示出作者批判现代城市文明的价值立场。但作者让坚定捍卫仁厚村所负载的传统农业文明的梅梅长着尾骨，这尾骨象征着传统农耕文化的劣根性，可见贾平凹厌倦现代城市文明的同时意识到了现代文明的正面价值，批判传统农耕文明的时候又对传统生活方式有所依恋。这种矛盾的文化心态延续到《高老庄》之中。《高老庄》写厌倦了空虚繁乱的都市生活的子路，想回到高老庄去寻求心灵的安抚和宁静，结果大失所望，最终他在城、乡都没有找到自己精神归宿；他的妻子西夏是地道的城里人，却对高老庄的风土人情和神秘的白云湫异常着迷，不愿回到城市。如同《高老庄》一样，《怀念狼》依然显示贾平凹无法摆脱内心的精神困境。《怀念狼》是贾平凹所有小说里最具“现代派”气息的一部。《怀念狼》设置了两个对立的人物：“我”为了挽回现代文明进程中人种退化趋势，努力寻找和保护狼；“我”的“舅舅”傅山却要捕杀狼，否则就会患病。结局是由于狼的灭绝，“舅舅”和山民们都异化成了“人狼”，表达了作者对现代文明进程的深重忧虑。《怀念狼》标志着在丰富的感性生活经验的支撑下，贾平凹的思想开始走出启蒙现代性话语的拘囿。

在《病象报告》（2002）中，贾平凹再次回到在“土匪系列”中曾探索过的“尴尬的生存”话题，生存的荒诞性从民间历史传说中理念化的存在，转型为现代生活中的真切体验。《病相报告》从爱情的角度探索人性的缺陷，表现人类生存的困境。小说写主人公胡方对江岚矢志不渝的爱情。胡方凭着对江岚的爱和思念渡过了“文化大革命”期间的艰难岁月，但爱并不总是带来美好，在强烈的爱的驱使下，胡方丧失理智，不仅使自己痛苦，也给他人带来痛苦，生命因爱

---

① 贾平凹：《贾平凹文集·土门》，陕西人民出版社2008年版，第152页。

而变得丑陋。胡、江之恋的结果最终以胡方的死和江岚又回到韩文身边结束。《病相报告》把生存困境的根源归结为人自身的盲目、偏执的精神缺陷。《后记》中，贾平凹说："与其说我在写老头的爱情，不如说我在写老头有病，与其说写老头病了，不如说社会沉疴已久。"①由胡方的"爱"之病指向"社会沉疴已久"，指向人类潜隐的普遍的精神疾患，这比《五魁》中把尴尬的生存困境归结为不可知的命运要深刻许多。

从20世纪90年代初的《废都》到21世纪初的《病象报告》，贾平凹在语言上又有了新的追求。他借鉴明清白话长篇小说的语言风格描写中国当代城市和乡村生活，例如：

> 西京东四百里地的潼关，这些年出了一帮浪子闲汉，他们总是不满意这个不满意那个，浮躁得像一群绿头的苍蝇。其中一个叫周敏的角儿，眼见得身边想做官的找到了晋升的阶梯，想发财的已经把十几万金钱存在了银行，他仍是找不到自己要找的东西。日近黄昏，百无聊赖，在家闷读罢几页书，便去咖啡厅消费。②

这段话读来似乎有《金瓶梅》的笔调。在《白夜·后记》中，贾平凹谈到了促使语言新变的力量。他说，"小说是什么？小说是一种说话，说一段故事"③，重新确立了自己的小说观。既然"小说就是一种说话"，那么更新小说的诀窍，就在于寻找恰当的说话方式。他接着区分了三种不同的说话方式：一种是说书艺人式的"哗众取宠，插科打诨，渲染气氛，制造悬念，善于煽情"④，这是中国古代话本小说和讲史类、传奇类章回小说的叙述特点；另一种是如领导人作政治报

① 贾平凹：《贾平凹文集·病相报告》，陕西人民出版社2008年版，第189页。
② 贾平凹：《废都》，人民文学出版社2013年版，第6页。
③ 贾平凹：《贾平凹文集·白夜》，陕西人民出版社2008年版，第548页。
④ 同上。

告式的“拿腔捏调，做大的手势，慷慨陈词”，这是中国革命年代盛行的“革命英雄传奇”或“土改—合作化小说”的叙述特征；第三种是现代文化人的说话方式，这在五四文学革命后成了现代中国小说的主流说话方式。贾平凹认为这三种方式皆不可取：“这样的说话，不管正经还是不正经，说话人总是在人群前或台子上，说者和听者皆知道自己的位置。”① 这里的“说话人”总是试图凸显自己的特殊身份，在听众面前摆出一种居高临下的姿态。贾平凹赞赏的“说话”方式，是一种平等的闲聊式“说话”：“它是从台子上或人圈中间的位置下来，蹲着，真诚而平常的说话，它靠的不是诱导和卖弄，结结巴巴的话里，说的是大家都明白的话。”② 如“闲聊式说话”一般的小说叙述方式，在《金瓶梅》和《红楼梦》中，表现得最充分。《废都》中有模仿《金瓶梅》的痕迹，是贾平凹走向闲聊式说话体小说的起点，此后一直到《病相报告》，他都在反复摸索“闲聊式说话体”小说的艺术。尽管贾平凹声称他“真诚而平常的说话”，“说的是大家都明白的话”，但这一时期的语言仍然带有明清白话的语气语调。为了表现自己心仪的“古意”，贾平凹有意收集散落在民间方言里并仍在使用的古语词，《高老庄》中甚至以此为原型构思出子路搜集方言的情节，例如：

> 子路说：“那好吧，你不走，那我也得做我的学问了，我一直想写一篇高老庄地方土语的文章，趁机我就做我的收集工作呀!”……子路也就从此开始他的工作，每日凭记忆在笔记本上记录一些，又向娘问了许多，一有空就去南驴伯家聊天，有意逗引南驴伯和婶娘说些土话，慢慢也将因菊娃而引起的不愉快的事放淡下来。几天内，他整理了一大本，归纳了三大类。第一类，

---

① 贾平凹：《贾平凹文集·白夜》，陕西人民出版社 2008 年版，第 548 页。

② 同上。

> 高老庄人是最纯粹的汉人，土语中使用的一些词原本是上古语言在民间的一种保留，如说口中淡不说淡，说寡，抱孩子不说抱，说携，吃饭不说吃，说咥，滚开不说滚，说避，脏说脏兮兮，自在说受活，汤多说汤宽。一类是高老庄历史上多战事，有兵痞土匪，高老庄人又好武喜斗，有许多江湖语，如土匪叫逛山，当兵的叫粮子，刀叫溜子，鱼叫摆儿，眼睛叫泡儿，死觉叫坚钢。一类与性有关，男生殖器说成锤子，巴子；女生殖器说成屄，瘪，更多的是说（song），什么词都可以配上这个字骂人。每晌回来，子路都会讲一堆土语给西夏听。①

这些留存于方言中的古语如“泼烦”“受活”“拿作”“害娃”“逊眼”“活人”，在贾平凹小说中的出现频率很高。以方言模拟古语，既使小说带有浓郁的“中国味道”，又能形成彰显贾平凹个人精神气质的语言风格。从早期以方言模拟工农兵语言，到此时以方言模拟古语，贾平凹处理方言的准则也由大众群言的合唱改变为听从个人艺术趣味的独吟。方言对于子路而言，是他搜集整理的研究对象，这恰恰映射出此时贾平凹对待方言的态度：方言不代表作家个人的价值立场，只是表现“古老的中国的味道”的语素。从这个意义上说，虽然方言是贾平凹的生活语言，但还不是他理想的“艺术化”形态的小说语言。在方言之外，还设有更高标准。因此，这一时期他理论上阐说的闲聊式的“说话体”还停留在理想中，未化为作品的实际状态。一种小说观念从在思想中形成到落实在作品中，并非一蹴而就。

（三）“生活化”的方言：回归“地方性”的感性体验

在《白夜·后记》里，贾平凹说“小说就是一种说话，说一段故事”。换成一般性的表述，即：小说就是把生活故事纳入叙述。“话有三说”，叙述有多种。在既往的创作中，贾平凹尝试过多种叙述方式。

---

① 贾平凹：《贾平凹文集·高老庄》，陕西人民出版社2008年版，第134—135页。

贾平凹说，从创作《白夜》起，他开始心仪如“闲聊式说话”一般的叙述方式。如“闲聊式说话”一般的小说叙述方式的理想模式，贾平凹在《白夜·后记》中，有个大体的勾画：

> 现在要命的是有些小说太像小说，有些不是小说的小说，又正好暴露了还在做小说，小说真是到了实在为难的境界，干脆什么都不是了，在一个夜里，对着家人或亲朋好友提说一段往事吧。给家人和亲朋好友说话，不需要任何技巧了，平平常常只是真。而在这平平常常只是真的说话的晚上，我们可以说得很久。开始的时候或许在说米面，天亮之前说话该结束了，或许已说到了二爷的那个毡帽。过后一想，怎么从米面就说到了二爷的毡帽？这其中是怎样过渡和转换的？一切都是自自然然过来的呀！禅是不能说出的，说出的都已不是禅了。小说让人看出在做，做的就是技巧的，这便坏了。说平平常常的生活事，是不需要技巧，生活本身就是故事，故事里有它本身的技巧。所以，有人越是要打破小说的写法，越是在形式上想花样，适得其反，越更是写得像小说了。因此，小说的成功并不决定于题材，也不是得力于所谓的结构。读者不喜欢章回体或评书型的小说原因在此；而那些企图要视角转移呀，隔离呀，甚至直接将自己参入行文等的做法，之所以并未获得预期效果，原因也在此。①

“闲聊式说话”，是几个家人或亲朋好友凑到一块堆儿说闲话。“闲聊式说话”，说的无非是柴米油盐、家长里短的碎事儿和道听途说的趣闻。故而如“闲聊式说话”一般的小说叙述方式，应该不拿架子，不唱高调，具有“如话家常”那样的“自自然然”“平平常常”。“闲聊式说话”，从不规定统一的话题，也不安排谁先说，谁后说，总

---

① 贾平凹：《贾平凹文集·白夜》，陕西人民出版社2008年版，第548页。

是自由自在地说话。故而，如“闲聊式说话”一般的小说叙述方式，也应该具有“闲聊式说话”的“自由自在”性：既不受制于“题材”，也不乞灵于“所谓的结构”。“闲聊式说话”，总是想说就说，自自然然，不讲技巧。如“闲聊式说话”一般的小说叙述方式，也应该具有“闲聊式说话”那种“无技巧”的技巧性：在叙述时消解炫耀技巧的冲动，总是随顺“故事里有它本身的技巧”去展开。归纳起来，贾平凹心仪的如“闲聊式说话”一般的小说叙述方式，是这样一种叙述方式：既不受制于题材，也不自拘于“所谓的结构”，更不炫耀技巧，总是瞄准生活的原生态，进行“如话家常”般的平平实实的叙述。如“闲聊式说话”一般的小说叙述方式的本色，在于它扬弃了既往对所谓“宏大叙事”的追求，“叙述”的自然。在这里，“叙述者”并不是悄然退场，而是“叙述者”的叙述立场有了变化，叙述态度有了变化。

尽管“小说就是一种说话，说一段故事”，但有的人能说得津津有味，有的人说来说去，总是寡淡无味。应该承认，小说创作是需要技巧的，包括用如“闲聊式说话”一般的叙述方式创作出来的小说。而按贾平凹所言“给家人和亲朋好友说话，不需要任何技巧了，平平常常只是真”；如“闲聊式说话”一般的小说叙述方式，也应该是除了“如话家常”而外，再也不需要其他任何技巧。贾平凹为什么能这么说？这里涉及对小说叙述技巧本身的认识。叙述技巧有两种：一种是背离小说叙述的本真，为了实现按文学外的某种目的随意打扮生活而衍生出的种种“技巧”。这种“技巧”，乃是中国思想里所指斥的有“机心”者才需要“机巧”，而不是小说叙述所需要的技巧。另一种是遵循小说叙述的本真，除了让叙述沿着所叙述的“故事里有它本身的技巧”去展开而外，别无他求。这种以“无技巧”为技巧的小说叙述方式，才是小说叙述需要的“大智”“大巧”。这种“大智大巧”，通乎《庄子》“庖丁解牛”“梓庆刻鐻”寓言里所昭示的技艺创造中的“以天合天”的境界。以“无技巧”为小说叙述之“大技巧”，实际上是小说叙述技巧上的返璞归真。

强调小说叙述应该返璞归真，渊源于贾平凹对小说新的认识："生活本身就是故事，故事里有它本身的技巧"——作家除了遵循而外，别无他事；舍此而他求，无异于家有宝藏而不自知，却四处乞讨为生。这里透露出对作家"主体性"某种消解的倾向。人的"主体性"的张扬，是20世纪80年代启蒙话语强调的主张，刘再复1985年发表的长篇论文《论文学的主体性》，曾轰动一时。为落实"文学的主体性"，一些作家开始了诸如"视角转移"呀，"隔离"呀，"非小说"呀……各式各样的实验。从贾平凹对这些做法"预期效果"的质疑中，可以看出贾平凹已经开始试图跳出启蒙话语的思维方式。帮助他超越启蒙话语思维方式的，是本土传统的思想资源："禅是不能说出的，说出的都已不是禅了。"禅宗思想蕴含着消解"主体的"人之盲动的智慧。与之相应的是贾平凹对写作素材的选择，他扬弃了"小说的成功在于题材""在于结构"的旧观念。他说："我大部分描写的是日常生活中的琐事，呼呼呼往下走，整个读完会有一个整体的把握。写故事就要消除好多东西，故事要求讲圆，三讲两不讲，就失掉了许多东西。写故事就会跟着故事走，要受故事的牵制。"① 作家就是编个"故事"让人暂时脱出"繁忙"，静下心来品味生活的人。而"故事"——无论编得"圆"还是不"圆"，都是作家本着某种观念对生活进行删改和过滤之后的结果。编故事，总要付出牺牲许许多多、鲜鲜活活的生活细节的代价。越是编得"圆"的故事，付出的代价越大。如何才能既把故事纳入叙述，又少付甚至不付牺牲许多鲜活生活细节的代价？从《白夜·后记》《土门·后记》里能够看到，至少在写《白夜》《土门》时，已经成为贾平凹积极思考的中心。他选择了对既往的叙述策略进行大幅度的调整。

---

① 贾平凹等：《〈土门〉与〈土门〉之外——关于贾平凹〈土门〉的对话》，《小说评论》1997年第3期。

贾平凹在《高老庄·后记》里，陈述了他调整后的小说叙述策略："为什么如此落笔，没有扎眼的结构又没有华丽的技巧，丧失了往昔的秀丽和清晰，无序而来，苍茫而去，汤汤水水又黏黏糊糊，这缘于我对小说的观念改变。我的小说越来越无法用几句话回答到底写的什么，我的初衷里是要求我尽量原生态地写出生活的流动，行文越实越好，但整体上却极力去张扬我的意象。"① 调整后的叙述策略是：不再如既往那样，通过精心设计的情节，去表现生活的"逻辑"，而是"尽量原生态地写出生活的流动"，以"张扬"从"流动的生活"获得的"整体意象"。表现在运笔上，就是文学叙述不再以"扎眼"的故事"情节"为中心，而是以"汤汤水水又黏黏糊糊"的生活"细节"为主体。"情节"是理性和规则的产物，是叙述者按叙述规则组织起来的一系列卷入人物的事件。经验世界里无所谓"情节"，"情节"只存在于叙述文本的符号世界里。经验世界里存在的，是各式各样的琐碎的"细节"。琐碎的细节构成生活。小说是一种如"闲聊式说话"一般的叙述"一段故事"，凡是叙述，必然有"情节"。无"情节"的叙述是不存在的，差别仅在于：有些作家十分重视情节安排，借此来表达自己的情感态度和思想倾向；有些作家则有意识地弱化情节在叙述中的作用，尽可能把自己的情感态度和思想倾向融化进丰盈的细节描述之中。从《高老庄》开始，贾平凹在小说创作中，扬弃了前期创作例如《浮躁》那种依赖宏大的情节结构，编个善恶分明的"故事"以飨读者的创作路数。按贾平凹后来的认识，《浮躁》所遵循的"革命现实主义"的创作路数，局限性很大，难以适应他日益扩大的题材范围。而在扬弃了旧有的创作路数之后，如何才能创作出具有"大境界大技巧的文学作品"来，谁都没底儿。因而贾平凹发愿："在普遍认为不可能产生大境界大技巧的文学作品时"，不妨把功力花在展示日常性、琐碎性、原生态的"生活"上，"将作品写成一份一份

---

① 贾平凹：《贾平凹文集·高老庄》，陕西人民出版社 2008 年版，第 310 页。

的社会记录，留给历史”。在弱化“情节”的创作新路数中，叙述以“细节”为中心，排除了人主观的观念对生活的随意剪裁之后，生活就成为一个“混沌”的整体。他说：“说到混沌，作品要写得混沌，不是文字的混沌，是含义的混沌。越是平白如话的文字而能表现混沌的意象，作品反倒维度更大。”① 从中国当代文学的发展来看，以大量细节呈现生活的原生态，是对启蒙叙事成规的突破和超越。启蒙叙事把生活作为“他者”来审视，对生活进行纯化、提升和改写，以致遮蔽了生活本身的丰富性和原生性。

应该说，贾平凹对启蒙叙事成规进行突破和超越，其动力源于20世纪90年代以来在商业语境中对现代性造就的时代精神废墟的深切感受和反思。从贾平凹20世纪80年代创作的散文《静虚村记事》中，已经能够看到诸如此类的反思。② 虽然他的反思有时未能突破启蒙话语的框架，但已经不再对快速推进的“城市化”抱有憧憬，由此引发他对流行理念的怀疑和拒绝。当贾平凹觉察到“理性”“理念”不可靠时，转而依赖以“感性”的方式把握生活和表现生活，他说：“过去从政治题材入手是文艺的死胡同，现在的从哲理、象征入手也是死胡同，因为同样是一个思维定式。文艺是文艺家的生命意识，靠的完全是感受。”③ “搞创作，完全凭自己的感觉，只是感觉某个东西里面有意思，至于到底走到哪儿也不知道。”④ 类似于贾平凹此处所陈述的经验，在西方20世纪初的文学实践中就出现过，例如普鲁斯特《追忆似水年华》。从《废都》开始，贾平凹就进行“感性”式呈现生活的原生态的探索，但还残留着传统小说以情节为主线的遗痕。《高老庄》的结构方式已经完成了从“情节流”到“细节流”的转变，到了《秦

---

① 贾平凹：《好的文学语言》，《贾平凹文集》散文卷四，陕西人民出版社2008年版，第245页。

② 贾平凹：《静虚村记》，《贾平凹文集》散文卷一，陕西人民出版社2008年版，第27页。

③ 贾平凹：《读贺荣敏画有感》，《贾平凹作品》第19卷，译林出版社2012年版，第168页。

④ 贾平凹等：《〈土门〉与〈土门〉之外——关于贾平凹〈土门〉的对话》，《小说评论》1997年第3期。

腔》（2005），则标志着贾平凹以细节结构小说的闲聊式“说话体”的成熟。《秦腔》是以疯子引生的视点叙述的，这个疯癫的视点一方面排除了历史理性的引导，可以随心所欲地四处窥探，使当今中国乡村杂乱破碎而又颓败的日常生活原状呈现出来；另一方面这个视点看不清真相，不会透视人的内心，也看不到生存的意义。现代主义小说是以发掘人物内心世界的真实为目的，就此而言，《秦腔》具有超越现代主义的那种后现代性。

“跟着感觉走”的创作方式，使贾平凹体验到前所未有的“自在”感：“人在中年里已挫了争胜好强心，静伏下来踏实地做自己的事，随心所欲地去做，大自在地去做。”① 与叙事方式上臻于自在相应，贾平凹在文学语言上也追求自在的状态。要在文学语言上追求自在，首先要“说自己的话”，不再一会儿模仿文言，一会儿借鉴明清白话。那么，商洛方言就成了必然的选择。语言通常被认为是理性的产物，但方言是语言的野生状态，还未经抽象化、概念化，是一种感性化的语言，保留了人类经验与自然的内在统一，保留了人在世界中的原初感受。因此，从《秦腔》开始，贾平凹放弃了以方言模拟古语，不再营造“艺术化”的方言，而是使方言回归到“生活化”的状态。

差不多是鸡都上架打盹了，天还没漫下黑，亮着一疙瘩一疙瘩火云。我在门口啪啦啪啦抖被单，隔壁来顺说：“今日有戏，这天也出祥瑞，怪怪的？”这有啥怪的，秃子，来顺是秃子，天也发了烧么！来顺说：“你才发烧哩！”我就是发烧哩，吃毕宴席回来我睡了一觉，睡着睡着身子发烫，我之所以抖被单，就是看把被单烧着窟窿了没有？没有烧着，只抖下几个屁弹。一只猫从树荫下跑过来，白的跑成了红的，钻进厨房的烟囱中去了，再出来，是个黑猫。来顺硬着脖子往戏楼下去了，我一直等到锣鼓吵

① 贾平凹：《贾平凹文集·高老庄后记》，陕西人民出版社2008年版，第310页。

起，喝下半勺浆水才赶了去。[1]

这里用实录的方式描写生活的本来面目，展示人们吃喝拉撒睡的自然生存状态，原汁原味地还原凡人俗事。叙述者不再脱离人的主观感受纯客观的叙述，而是以第一人称“我”来叙述故事。叙述语言重在表现外界变化引起的人的心理生理感受，倾向于实录式地呈现。“差不多是鸡都上架打盹了，天还没漫下黑，亮着一疙瘩一疙瘩火云”，借助活跃在农民口头的方言，个人的直接经验被还原，呈现出粗陋的、原始的、纯粹的乡土。这样的乡土拒绝理性剖析，混沌一团，读者也借此看到最本真的生活世相。方言被恢复到其本来的“生活化”状态，这是一种诱导读者进行自我体验的诗性语言。在被还原到“生活化”状态的同时，方言也获得本体性地位，不再是实现某种艺术效果的手段，其本身就是目的。有时贾平凹甚至把翻译语言转化为方言来表述，例如：“唉，这社会，幸福的人都是一样的幸福，恓惶的人却是各有各的恓惶。”[2] 由此可知，此时方言在贾平凹心目中的地位。

方言本体地位的获得与贾平凹的本土文化意识的自觉有关。从20世纪80年代到21世纪初，贾平凹一直强调自己是“洋魂土胚”：

这存在两个因素，一是必须是新的观念，二是有丰富的本土生活。我就想，一定要有现代的东西，但也一定要写出中国人的味道来。这个意识从八十年代就有了，所以写了《卧虎说》，到了四十岁，写了《四十岁说》更是专门谈这种想法，一直到五十的时候，又写了《五十大话》。这几十年来，意识还是比较自觉的。在作品的境界上——我说的是境界，我没说思想上，说思想

① 贾平凹：《秦腔》，作家出版社2008年版，第10页。
② 同上书，第38页。

> 上容易引起别的误解——在境界上一定要借鉴西方的东西，在行文表现上一定要有中国的做派。①

从《秦腔》开始，贾平凹思想上不再受到“现代意识”的遮蔽，他开始写自己在生活中深切体验到的城市化进程中乡土的衰败与裂变，开始了祛“现代性”之魅的思想之旅。他说：“在好长时间里，我老认为西安越来越大，像一张大嘴，吞吸着方圆几百里的财富和人才，而乡下，像我的老家棣花，却越来越小。……以前西安人来，皮鞋印子留在门口，舍不得扫；如今西安打一个喷嚏，棣花人就问：咱是不是感冒啦？他们啥事都知道，啥想法也都有。而我，更勤地从西安到棣花，从棣花到西安，我不再以出生在山里而自卑。”② 自卑心理的根源，在于他对启蒙现代性话语的崇信导致的文化自卑心态。虽然贾平凹在城市居住的时间已远远超过住在乡下的时间，但他还是以“农民”自居，并时常反省自己不能融入城市主流的原因是具有“农民意识”。随着现代化推进过程中暴露出越来越多的弊端，随着城乡一体化的进程与农耕生产生活方式的土崩瓦解，他开始深刻地反思：

> 可以这么叩问：我们“民族的”这三个字是什么内容？再叩问：我们民族文化的经典著作有多少人研究过甚至读过？我们常抱怨外国对我们的了解不如我们对外国的了解，而我们自己又了解多少我们传统的东西？我们没有坚持我们民族文化的立场，我们的血液里没有了中国的哲学、美学，虽然使用的是汉语，但中国的味道不足，这是必然的。……我们之所以久久没有我们的文化立场，是我们民族的苦难太多，经历了外来的和内部的种种磨难，我们是不如人又极力要改变处境，当我们觉醒时必须要倾诉。

① 贾平凹、黄平：《贾平凹与新时期文学三十年》，《南方文坛》2007年第6期。

② 贾平凹：《从棣花到西安》，《贾平凹作品》第20卷，译林出版社2012年版，第277页。

> 所以，在一段时间里，我们都在倾诉，我们诉说自己的丑陋，这样，我们习惯了这种倾诉，也养成了外面世界寻找我们就要听我们诉说的习惯。我们需要诉说我们苦难和种种丑陋去唤醒民众，但这如出售能源换取富裕一样，它不能保障长久的富裕、高贵的治安。……我们的文学应该面对全部人类，而不仅仅为中国自己。在面对全部人类时，我们要有我们中国文化的立场，去提供我们生存状况下的生存经验，以此展示我们的国家形象。①

贾平凹“叩问”的，实际上就是我们论路遥时提到的法国哲学家保罗·利科，针对势不可当的“全球化”趋势，给“每个文化”出的一个待“破”之“谜”：“任何又是现代的而又回到自身的资源，任何又恢复一个古老的沉睡的文明而又参与到世界文明中。”这个“谜”的谜底，世界文化精英们正在积极破解之中。贾平凹意识到过去孜孜以求的艺术上、语言上的中国作风和中国气派，由于缺少哲学上的、价值立场上的本土文化的支撑而导致“中国的味道不足”，由此提出“我们要有我们中国文化的立场”的问题，标志着本土文化意识的自觉。贾平凹迈出了破解这一世界之“谜”的第一步。

这种反思促成他的小说创作发生了根本性变化。《秦腔》表现的是原汁原味的秦地生活，展示乡土文化在现代化、城市化进程中的崩溃瓦解及其蜕变再生，贾平凹写这部小说是要“为故乡树一座碑”，这使得作家的创作行为具有文化象征的意味。此后的创作中贾平凹的本土文化情结越发清晰和凸显，推动着他的小说价值观念发生变化。

《高兴》（2007）是《秦腔》的姊妹篇，贾平凹说：“《秦腔》里我写了农民怎样一步步从土地上走出的，《高兴》里写了农民走出土地后的城里生活，总算写完了。但是，农民在城里生活遇到的问题是

---

① 贾平凹：《我们的文学需要有我们的文化立场》，《贾平凹作品》第20卷，译林出版社2012年版，第282页。

无法用小说来解决的。作家不是政治家，起码我不是。我在《高兴》的‘后记’中说过，当现在普遍认为不可能产生大境界大技巧的文学作品时，我们不妨将作品写成一份一份的社会记录，留给历史。”① 这里表达的小说观念“将作品写成一份一份的社会记录”颇含古典色彩，使人联想到中国古代小说的“补史”观念。此前他在《对当今散文的一些看法》中阐述了另外一种小说观：“小说界的情况可以拿来借鉴，如果现在的小说是纯政治化的，那肯定不行。读者不买账，甚至连发表也难发表了。而现在能发表的，肯定能受到社会欢迎的小说就是写人生，写命运。这类小说很普遍，到处都能读到这类小说。但是，小说写到这一层面，严格讲它还不是最高层面，还应该写到性灵的层面，即写到人的自身，人性，生命和灵魂。”② 这里表述的以“人”为中心的小说观念，明显受到人道主义思潮的影响，是中国小说观念现代化的产物。从发掘“人性”的小说观到“社会记录”式小说观，贾平凹的思想在逐步摆脱“现代意识”的影响。在小说叙述方式上，《高兴》沿袭着从《金瓶梅》《红楼梦》借鉴而来的闲聊式“说话体”。贾平凹谈到自己曾对《高兴》做过大的修改：“这一次主要是叙述人的彻底改变，许多情节和许多议论文字都删掉了，我尽一切能力去抑制那种似乎读起来痛快的极其夸张变形的虚空高蹈的叙述，使故事更生活化，细节化，变得柔软和温暖。”③ 可知《高兴》的修改标准就是《秦腔》以细节流展示生活原生态的方法。此后的《古炉》（2010），写“文化大革命”时期一个村庄的生活状态，其间虽然有造反派与保守派之间你死我活的争斗，但被纳入“家常化”的琐碎细节中，被淡化了，只有日常穿衣吃饭的琐事在文本中自然地流淌。贾平凹在《古炉》后记中说：“我依然采取了写实的方法，见识着那个自古以来就

---

① 贾平凹：《高兴·后记》，安徽文艺出版社 2010 年版，第 350 页。

② 贾平凹：《对当今散文的一些看法——在北京大学的演讲》，《贾平凹文集》散文卷四，陕西人民出版社 2008 年版，第 131 页。

③ 贾平凹：《高兴·后记》，安徽文艺出版社 2010 年版，第 351 页。

烧瓷的村子，极力使这个村子有声有色，有气味，有温度，开目即见，触手可摸；以我狭隘的认识吧，长篇小说就是写生活，写生活的经验，如果写出让读者读时不觉得它是小说了，而相信真有那么一个村子，有一群人在那个村子里过着封闭的庸俗的柴米油盐和悲欢离合的日子，发生着就是那个村子发生的故事，等他们有这种认同了，甚至还觉得这样的村子和村子里的人太朴素和简单，太平常了，这样也称之为小说，那他们自己也可以写了，这就是我最满意的成功。”① 由此可知贾平凹在《古炉》中依然在实践着《高兴》后记中提出的“将作品写成一份一份的社会记录”的小说观念。只不过叙述比《高老庄》《秦腔》《高兴》更加“汤汤水水又黏黏糊糊”，以至于让人多少有点腻歪。《秦腔》的叙述方式，使人耳目一新，在《古炉》中继续变本加厉地使用，就难免有重复之嫌。这里出现一个问题：贾平凹发愿“将作品写成一份一份社会记录，留给历史”，其志可嘉。问题是记录社会，是否一定得用“汤汤水水又黏黏糊糊”的叙述手段才能达到？如果真是这样的话，记录社会将流于“格式化”。“格式化”的记录，其真实可信程度是应该怀疑的。好在贾平凹对此已有觉察。

贾平凹在《带灯》（2013）的语言风格上试图有所变化：“《秦腔》《古炉》是那一种写法，《带灯》我却不能再那样写了，《带灯》是不适应那种写法，我也得变变，不能在一棵树上吊死。……几十年以来，我喜欢着明清以至三十年代的文学语言，它清新、灵动、疏淡、幽默、有韵致。我模仿着，借鉴着，后来似乎也有些像模像样了。而到了这般年纪，心性变了，却兴趣了中国两汉时期那种史的文章的风格，它没有那么多的灵动和慰藉、委婉和华丽，但它沉而不糜，厚而简约，用意直白，下笔肯定，以真准震撼，以尖锐敲击。何况我是陕西南部人，生我养我的地方居秦头楚尾，我的品种里有暴力成分，有秀的基因，而我长期以来爱好着明清的文字，不免有些轻轻佻佻油油

① 贾平凹：《古炉·后记》，人民文学出版社 2011 年版，第 607 页。

滑滑的一种玩的迹象出来，这令我真的警觉，我得有意地学学两汉品格了，使自己向海风山骨靠近。可这稍微地转身就何等地艰难，写《带灯》时力不从心，常常能听到转身时关关节节都在响动。”① 贾平凹为什么一改《废都》以来的审美趣味，不再喜欢“清新、灵动、疏淡、幽默、有韵致”的明清以至二十世纪三十年代的文学语言呢？因为那是适宜表现“性情”“性灵”的个性化的语言，既然现在讲究小说创作的去“主体”化，追求客观呈现原生态的生活，小说语言必然要与“社会记录”相适应，贾平凹喜欢两汉时期史的语言那种“以真准震撼，以尖锐敲击”的效果，也就在情理之中了。值得注意的是，贾平凹这次的语言转变，不是要再次以商洛方言模拟汉代史籍的语言表述，不是对商洛方言“生活化”还原的否定，而是使“生活化”的商洛方言，荡涤轻浮油滑色彩，能够更加精准有力地记录社会生活。

《老生》标志着贾平凹的小说创作进入一个新境界。为了更好地发挥小说“记录社会”的功能，贾平凹在《老生》（2014）中把笔触延展到中国近代以来的百年历史的纵深。他说：“人的秉性是好光景过上了就容易忘却以前的穷日子，发了财便不再提当年的偷鸡摸狗，但百年来，我们就是这样过来的，我们就是如此的出身和履历，我们已经在苦味的土壤上长成了苦菜。《老生》就得老老实实地去呈现过去的国情、世情、民情。”② 《老生》在写作手法上也有新变，贾平凹把近百年的历史分为四个阶段以四个各自为政的故事来讲述，并恢复到焦点透视与全知视角的常规叙述方式。表面上看，这是因为时间跨度较长，不适于用以细节呈现原生态生活的散点透视写法，深层原因是作家放弃了此前让自身的观点看法搁置起来的“纯粹的呈现”做法，试图对百年历史发出自己的声音。值得注意的是贾平凹看待历史的立场，他说：“请上海评论家陈思和先生看过了复印稿，昨天收到

① 贾平凹：《带灯·后记》，人民文学出版社2013年版，第361页。
② 贾平凹：《老生·后记》，人民文学出版社2014年版，第293页。

他的短信，他说从文章里看到了‘民间写史和官家写史不一样’，他看得很准，就是不知道我尝试的这种‘民间写史’，这次能在多大程度上被接受。”① 贾平凹明确地指出了《老生》中“民间写史”的立场。《老生》的叙述人是一位几近永生不死的唱丧歌的唱师，贾平凹谈到为什么选择唱师作为叙述人物，他说：“写这个故事要搭一个大纲来看这个历史。这个历史从人文发展角度来看，一百年的建设史一眨眼的工夫，这样一看好多事情就看透。为啥我选取唱师作为叙事人？唱师是社会最基层的一个人，以他的面貌来看这一百多年来的过程。这个人是超越了族类，也超越了不同的制度，超越了人和事，这样就有意识地超越地来讲这些东西。如果你站到很高的时候就不去争是与否、对与错的观念，你完全是看到人生的那种大的荒唐，这些东西就能够看清。”② 选择唱师为叙述人意味着贾平凹选择了民间的叙述角度和话语基点。超越“族类”“制度”“人和事”，表现在作品中，就是超越革命意识形态，超越现代性话语，超越知识界流行的各种观念和学说。因此，唱师“地主死了他也唱，贫农死了他也唱，游击队死了他也唱，都在唱”③。唱师的阴歌充满生死无常的感叹以及基于生死无常无奈之上的佛家“因缘论”式的解脱，彰显着民间的价值观念，例如：

> 人生在世有什么好，墙头一棵草，寒冬腊月霜杀了。人生在世有什么好，一树老核桃，叶子没落它落了。人生在世有什么好，河里鸳鸯鸟，鹰把一只抓走了。人生在世有什么好，说一声死了就死了，亲戚朋友不知道，亲戚朋友知道了，死人已过奈何桥。④

---

① 贾平凹：《我尝试了一次“民间写史”》，《贵阳日报》2014年9月23日。

② 田超：《贾平凹谈〈老生〉——借“唱师”之口写历史变革》，《京华时报》2014年10月31日。

③ 贾平凹、王佳莹：《我总想写一百多年来中国的状况》，《北京青年报》2014年10月31日。

④ 贾平凹：《老生》，人民文学出版社2014年版，第37页。

> 哮喘哥你听着，前世你说话爱嘟囔，今生喉咙里有风箱。麻子哥你听着，前世和猪争过糠，今生里你的脸不光。跛子哥你听着，前世你偷摘人家梨，今生走路腿不齐。①

毫无疑问，民间的价值观念和立场是以商洛方言的语气语调和词汇为载体的。在这里，商洛方言显示出其对于写作的更深层意义：民间性。作为野生语言，就其本性而言，商洛方言应属民间话语，但在不同的时代语境中商洛方言会不时客串其他角色。例如在贾平凹的创作道路上，商洛方言曾作为“革命话语”出现，也曾作为现代性视野中的“奇风异俗”的载体满足都市人群的猎奇心理，还曾作为展示作家精神风度的个性标志。自《秦腔》开始，贾平凹在自觉的本土文化意识的推动下，开始摆脱现代性话语的拘囿，商洛方言也由此获得了本体性的语言地位。商洛方言本体性地位的获得和其民间本性的复归是内在统一的。由此不难理解为什么从《秦腔》开始，贾平凹作品中商洛方言运用得越来越多，也不难理解为什么自《秦腔》开始，作家都会选择一些身份卑微的人物为叙述者，比如《秦腔》中的疯子“引生”，《高兴》中的拾破烂者“刘高兴”，《古炉》中的能预言、能物语却似乎永远长不高的“狗尿苔”，等等。贾平凹似乎喜欢从底层平民的立场旁敲侧击地表现社会生活中重大问题，而不去直接表现社会巨变中主体性的焦点问题。贾平凹在《老生》后记里谈到了他选择民间立场的初衷：“我见到了老人问他怎么就如此的德高望重呢？他说：我只是说些公道话么。再问他怎样才能把话说公道，他说：没有私心偏见，你即便错了也错不到哪儿去。我认了这位老人是我的老师，写小说何尝不也就在说公道话吗？”② 民间立场有别于社会主流立场，不受各种流行话语的干扰，能够最朴素真实地“记录社会”，做出公正

① 贾平凹：《老生》，人民文学出版社2014年版，第49页。
② 贾平凹：《老生·后记》，人民文学出版社2014年版，第292页。

评价。

值得一提的是《老生》中引入《山海经》，全书四个主干故事之间，穿插着许多《山海经》的原文及虚拟问答，看上去古奥难懂的《山海经》和泥土气息的传奇故事不相匹配，但远古的山水传说给小说中的故事提供了一个广大寥廓的背景，由此读者可以获得一个更大的思维空间。贾平凹说："历史地、长远地看问题时，人就特别渺小。乘坐飞机时，看到山川地貌，你会觉得人太小了，太可怜了。看中国的时候也是，就不会只盯着家里乱七八糟的具体事情了。"① 在广大寥廓的时空背景下透视中国近代以来的百年历史，更适合作家表达心目中的"公道话"。

摆脱了现代性话语拘囿的贾平凹一方面自觉选择了远离社会主流的民间立场，另一方面，他的审美趣味越发趋"古"："近些年，不知是不是年龄或心态的原因，我越来越喜欢'老'东西。欣赏的东西，从秦汉上寻到先秦，再上寻到上古、高古，就感觉那个时期，好像天地之间，气象苍茫，一派高古浑厚之气，有着这个民族雄奇强健的气息。"② 贾平凹欣赏的"高古浑厚之气"，来源于中国悠久的历史文化，古老的文化是高古气息的真正载体。在20世纪80年代中期创作的"商州系列"小说中，贾平凹曾构筑过一个充溢着田园诗意的乡土"乌托邦"，由于他对乡村世界真实生活状况的熟悉，也由于现代性迅速蔓延到乡土世界，乡土世界的农业文明逐渐被纳入城市工业文明，成为边缘化的"废乡"，因此他很快就对乡土"乌托邦"进行了解构。贾平凹在现代的城市和乡村都无法找到"精神原乡"，之后就丢弃了"求变求新是现代意识的灵魂"③ 之类的信念与激进主义的文化心态，创作中不再"在境界上一定要借鉴西方的东西"，他把目光投向中国

---

① 贾平凹、王佳莹：《我总想写一百多年来中国的状况》，《北京青年报》2014年10月31日。

② 贾平凹：《我尝试了一次"民间写史"》，《贵阳日报》2014年9月23日。

③ 贾平凹：《关于小说语言——在苏州大学的演讲》，《贾平凹文集》散文卷四，陕西人民出版社2008年版，第143页。

古代，继续自己“精神原乡”的寻找。仅仅“在行文表现上一定要有中国的做派”已经不能使他满足，贾平凹开始在思想观念和价值立场上追寻“民族雄奇强健”之根。如果在现代化、全球化语境下观照中华民族“雄奇强健”的文化之根，可以看出古老的中国文化是一种地方性的、异质性的文化。当世界史在现代性中迅猛推进时，当科技和经济的发展使得“地球村”成为现实，“全球文化走在一体化和标准化的快速公路上。这种一体化和标准化越强大，人们对多样性和异质性的渴望越强烈”①。古老的中国文化在现代性语境中可以有效抗拒全球文化的同质化，为建构丰富多样的健康文化生态提供源头活水。

文化以语言为载体，斯科佩克认为，一种文化存在最明显的标志是“独特的或具有特异性的言语形式”的使用。② 在对抗全球文化的同质化趋势上，方言比普通话更有效。现代汉语是从近代的白话文运动完成文言向口语化转化开始的，这同时也是中国语言“西方语言化”的过程。现代汉语的形成过程中，对其影响最大的是翻译语体，大量外来词汇和西式语法的涌入，使得汉语变成了一种缜密的、细致的、逻辑性比较强的语言。相比而言，古代文言和白话的特点是句式短小、简洁精悍、自然灵活，长于暗示和隐喻。五四以后，很多作家学习翻译语体，运用逻辑严密的长句子，并在句子主干上加挂大量的附加成分以增加信息量，损害了汉语原有的“以简驭繁，以少总多”的精神风骨。新中国成立后，随着汉语规范化活动的展开，一种可以在全国范围内使用的普通话得以建立和推广。普通话是建立在“北京话”语音、“北方方言”词汇、“现代汉语语法”三要素基础之上的，目的是对汉语口语和书面语同时进行规范，使其按照标准化的方向发展。古代汉语书面语虽然统一于文言，但口语范围内方言不受影响，仍在一种多元化的语言生态中自由发展。因此，普通话在帮助不同地

---

① 张法：《全球化重组中的乡土美学》，《文艺报》2005 年 7 月 14 日。

② 转引自［美］丹妮斯·K. 姆贝《组织中的传播和权利：话语、意识形态和政治》，陈德民、曹庆、薛梅译，中国社会科学出版社 2000 年版，第 22 页。

域人们跨越语言障碍实现自由交流的同时，也体现了全球文化同质化的趋势。相比之下，方言中保留了古代口语丰富而微妙的音调、词汇与表达方式，体现了汉民族特有的情感和思维方式，保存着汉民族自身的社会遗传密码。

从这个角度看待自《秦腔》开始，贾平凹作品中出现的越来越多的商洛方言，可以发现方言在“民间性”之外，还蕴藏着对抗全球文化同质化的“地方性”的特质。在贾平凹这里，商洛方言作为地方文化符码，不但成了他对抗标准化寻找个性化语言的手段，而且已被视作本体，成为他建构民间个人视角的言说之道、展示地方叙事能力和地方思想与智慧的出发地。大约在二十年前，那时中国正在经济和文化领域加速推进现代化、市场化、全球化，畅广元先生曾对陕西文学深感忧虑，他说：“只是时下我更多地感受到的，是陕西作家在承继和发展汉唐文化雄浑气象方面仍少自觉，它有可能导致我们这一地域文学丧失其应有的文化根底。”① 反观现在的陕西文坛，已届耳顺之年的贾平凹建立了自觉的本土文化意识，其作品中“海风山骨”的变化正使得陕西地域文学重获曾缺失的“文化根底”。

三　陈忠实：剥离定见、兼收并蓄的民间话语

此前的正文部分已经就陈忠实积极吸纳方言资源进行文学书写的类型特征、形成动因以及语言策略进行了详尽的论述，这里拟把陈忠实的方言写作实践置于本土文化与西方现代文化激烈碰撞的背景下，审视作家的文化立场与价值抉择以及思维方式对作品语言选择的影响，作为对此前论述的一点补充。

陈忠实自“文化大革命”后期开始走上文坛，笔耕不辍，至今已经辛勤耕耘四十余载。他的创作生涯正逢中国现代化、城市化以不可逆转的趋势飞速发展，随着改革开放进入国门的西方现代性文化汹涌

① 畅广元：《地域文学的文化根基》，《小说评论》1996 年第 6 期。

而来，属于传统农耕文化的物质形态、思想观念、生活方式、审美趣味、节日风俗等，无不迅速瓦解、消失、消亡。面对中国文化在西方现代性困境中遭遇到的文化基因变异，深受关中地域文化影响的陈忠实不可能不受到心灵的触动，他以小说这种艺术形式自觉地思考当代文化价值抉择问题，发出了以“方言”为标志的“属于自己的”声音。

陈忠实声称自己的创作道路中有两次突破，他说：“一次是在20世纪70年代末，当时文艺刚刚开始复兴。我此前在‘文化大革命’期间曾经发表过几篇小说，到新时期开始，我们要完成对极左思想，包括文艺思想的清算和批判。不光是在认识意义上，而且涉及艺术本身，都要打破极‘左’的文艺禁锢，使自己能够尽快地接近真正意义上的艺术和文学。这样一个过程我是通过读书来完成的。这大约是在1978年的冬天，我记得很清楚。当时我集中读了一批书。你要去理解真正的文学，你就要阅读真正的文学，通过阅读来开拓你的艺术视野。我当时就是想把我在60至70年代所经历和接受的极左文艺教条，通过真正的文学的阅读和理解，来把它们冲开，这应该是冲破那些僵化的文艺教条的一个原动力，没有这个你就冲垮不了它们。……为此我选择了我比较喜欢的大概有一二十篇莫泊桑的小说作品，集中加以精读……我觉得那个目的是达到了。所以从1979年的春天开始，我感觉非常好，就重新开始写作。这样一直写到大约80年代中期。”① 此时的“突破”意味着陈忠实从“文化大革命”期间发表的几篇小说所演绎的阶级斗争模式中“剥离”出来。推动这次“突破”的是来自于时代语境的巨大变化，陈忠实说：“到了新时期以后，当阶级斗争已经被视为一个很糟糕的概念时，我就陷入了尴尬之中。这是很自然的事情。就在这种情况下，由于我的那几个短篇小说产生过广泛影响，在刚刚

① 陈忠实、李遇春：《在自我反省中寻求艺术突破——与武汉大学文学博士李遇春的对话》，《陈忠实文集》第7卷，广州出版社2004年版，第386—387页。

粉碎‘四人帮’以后甚至引起了行政上、政治上对我的不同看法，所以我就更尴尬。”① 因此，此次“剥离”是在被动的状态下完成的。改变一种思想观念容易，但要摆脱由这种思想观念内化而成的思维方式和艺术法则，就没那么容易了。因此，1979 年的春天“我觉得那个目的是达到了”，这种感觉过于乐观。陈忠实创作的第一部中篇小说《初夏》，从 1981 年写草稿到 1984 年发表，历经四年。这是他写作以来写得最困难的一部作品，因为他要把主人公冯马驹塑造成梁生宝那样的农村先进青年形象，“所以我在创作过程中脑子里始终有那个先进人物的影子。这说明我当时还没有摆脱掉过去的‘革命现实主义’文学的影响”②。真正标志着陈忠实实现第一次艺术突破的标志性成果是《康家小院》（1982），直至此时他才真正摆脱观察生活的政治视角，把目光转向当时的主流——知识分子启蒙话语中的人道主义话语模式，但他并没有全盘接受，而是在有限度肯定之后将其置于乡土生活经验中反思。《康家小院》写勤劳善良的康家父子以诚实的品质感动了玉贤的父亲，父亲因此把玉贤许给了勤娃，婚后康家父子更是真诚相待，虽然玉贤的婚姻不是她自主选择的结果，但也过得平静幸福。后来一位小学教师进入玉贤的生活，向她宣讲现代婚姻自由的文明理念，当她按照启蒙者的教诲去追求合理的生活形态时，启蒙者却没有面对现实的勇气，他退缩了，玉贤后来又回到了勤娃的身边。陈忠实谈到这部小说的意蕴说：“在现实生活中，往往宣传文明的本身并没有错，但由于宣传者本人的某些缺陷，也会造成文明的曲折的历程。”③ 陈忠实没有像启蒙者那样简单地给传统道德贴上“压抑人性”的标签后加以否定，而是先充分肯定传统道德的合理性，然后让同样合理的现代婚姻自由理念向传统道德发起冲击，并置入复杂的现实环

---

① 陈忠实、李遇春：《在自我反省中寻求艺术突破——与武汉大学文学博士李遇春的对话》，《陈忠实文集》第 7 卷，广州出版社 2004 年版，第 422 页。

② 同上书，第 390 页。

③ 同上书，第 410 页。

境中观察可能出现的结果。与其说陈忠实在这里展示了传统道德文化价值观与现代人道主义价值观之间的冲突，不如说他是在思考：某种理念的合理性不能单从理念本身来判断，还要结合具体的现实情况及理念宣传者的动机进行综合衡量。《康家小院》体现出陈忠实非常可贵的坚持独立思考的思想姿态。陈忠实对此也有自觉认识："《康家小院》，写得非常顺，而且写得非常痛快！实际上在《初夏》写作失败的同时，我已经意识到了写作失败的原因，这就是必须面对生活的直接的感受性，而不能依赖于生活中任何既定的人物，让他去限制作家的创作思维。所以我写《康家小院》其实是打开了另一条艺术思路。"① 这里的"必须面对生活的直接的感受性"，也就是陈忠实反复强调的作家要忠于自己对现实生活的主观体验。陈忠实把作家对生活的主观体验区分为"生活体验"和"生命体验"，"生活体验"是以"普通的理性理论去解剖生活"，容易落入某种话语窠臼；而"生命体验是可以信赖的。它不是听命于旁人的指示也不是按某本教科书去阐释生活，而是以自己的心灵和生命所体验到的人类生命的伟大和生命的龌龊，生命的痛苦和生命的欢乐，生命的顽强和生命的脆弱，生命的崇高和生命的卑鄙等难以用准确的理性语言来概括，而只适宜于用小说来表述来展示的那种自以为是独特的感觉"②。生命体验超越了任何一种理论话语对感性体验的规范、引导和干扰，回归感性体验的"本真"，倾听属于自己内心的声音。《康家小院》标志着陈忠实从"生活体验"跨越到"生命体验"的开始。有趣的是，陈忠实诸多文章的题目也透露了他的这一艺术思维特点，诸如《白鹿原》创作手记为《寻找属于自己的句子》，还有《破禁放足不做囚》《背离共性，自成风景》等。

如果对陈忠实第一次创作"突破"所超越的理论话语进行检视，可以看出，在《初夏》之后，他成功地剥离了自走上创作之路就深陷

① 陈忠实、李遇春：《在自我反省中寻求艺术突破——与武汉大学文学博士李遇春的对话》，《陈忠实文集》第7卷，广州出版社2004年版，第391页。

② 陈忠实：《兴趣与体验——〈陈忠实小说自选集〉序》，《小说评论》1995年第3期。

其中的政治话语。或许是出于刚跳出思潮化写作陷阱的警惕性，或许是因为独立的个性使然，《康家小院》中他对当时流行的启蒙话语采取了理性的审视姿态：既没有完全拒绝，又没有全然接受。

陈忠实第二次创作突破是在20世纪80年代中期，他说："当时的整个文坛最是活跃，各种各样的文学理论介绍了进来，各种'主义'开始纷纷得到实践。……当时我觉得对于我最有用的就是文化心理结构学说，我就开始实践这个东西。……自己感觉人物的深度和厚度比以前要好一些了。"① "文化心理结构"是指特定民族文化在长期历史发展过程中凝结积淀在人的内心所形成的较为稳定的心理机制，在此种心理机制的作用下，看似孤立偶然的个体心理行为往往指向背后起作用的文化整体。在"文化心理结构"学说的启发下，陈忠实创作了中篇小说《蓝袍先生》（1985）和《四妹子》（1986），都是从解析文化心理结构的角度去写人物。《蓝袍先生》中的"蓝袍"，象征着主人公徐慎行从父亲那里承袭的谨小慎微、循规蹈矩、故步自封的处世心态。新中国成立后，徐慎行离开家乡在外求学，环境的变化以及同学的鼓励曾使他的心态一度变得舒展开放。但随后"文化大革命"开始，严酷的生活环境和紧张的人际关系使他又回复到自我压抑和封闭的心理状态，即使后来环境再次变得宽松，由于被自己定型的心态所束缚，他的生命也无法重放光彩。陈忠实生动地展示了这种病态心理形成以后，遭遇外部环境的冲击、崩解、重构，新的心态未及稳定又遭冲击而崩解，最后回复到初始状态的过程。由于是从生活在复杂现实状况中人物心理的角度探究传统文化的影响，陈忠实没有像当时流行的启蒙话语那样对中国传统文化进行简单的否定和摒弃，而是以冷静客观的立场具体分析考察影响人物病态心理形成的多种因素，其中有父辈沿袭传统教育方式的作用，有环境的影响，也有个体自我的取舍和选择

---

① 陈忠实、李遇春：《在自我反省中寻求艺术突破——与武汉大学文学博士李遇春的对话》，《陈忠实文集》第7卷，广州出版社2004年版，第387—388页。

的失当。因此，“文化心理结构”学说之所以能够促使陈忠实实现创作上的第二次突破，不仅仅在于引导他更新了观察和塑造人物的方法，更重要的意义在于这种学说能帮助他摆脱启蒙话语对古典传统简单粗暴的全面否定，从而发现自近代以来被遮蔽长达百年之久的本土文化精神世界之魅力，为他的“生命体验”开辟空间，也使得他对启蒙现代性话语的超越变得可能。

《四妹子》中陈忠实继续他的探究“文化心理结构”的创作实践。小说写来自陕北黄土高原的四妹子为了能够吃上粮食，摆脱吃糠的贫苦生活，嫁入关中的一户农家，由此展开了一场陕北带有游牧民族特点的开朗豪放心态与关中农村求稳惧乱、墨守成规的文化心理之间的碰撞和对决。陈忠实说他是写四妹子的“不自在”①，热情奔放、无拘无束的四妹子在讲究“礼性”、一举一动都一板一眼的夫家感到非常的“不自在”，这实际上是作者借文化“他者”的眼光对关中地域文化的批判性审视。陈忠实借“砸不烂的四妹子”勇往直前“闯世事”呼吁新的历史机遇中关中文化的自我转型和创新精神。陈忠实在《中篇小说集〈四妹子〉后记》中说：“农民世界是一个伟大的世界。尽管人们以现代眼光看取这个世界时，发觉它存在着落后、愚昧、闭塞、保守、封建、迷信以及不讲卫生等弊端，然而它依然不失其伟大。在几千年来的缓慢演进和痛苦折腾中而能保持独立的民族个性，仅此一点，就够伟大的了。”② 由此可见陈忠实对于启蒙现代性话语的疏离和对本土文化立场的坚持。值得注意的是，陈忠实的本土文化立场并不是与生俱来的，而是他主观上有意识选择的结果。在一次访谈中，有人问他是否在实践“文化心理结构”学说之前就对中国传统的价值观念有深入的了解，陈忠实说：“对中国传统价值观念，我不仅不了解，

① 陈忠实、李遇春：《在自我反省中寻求艺术突破——与武汉大学文学博士李遇春的对话》，《陈忠实文集》第7卷，广州出版社2004年版，第388页。

② 陈忠实：《中篇小说集〈四妹子〉后记》，《陈忠实文集》第5卷，广州出版社2004年版，第336页。

而且自年轻时就持一种批判乃至轻蔑的姿态。我是1950年上学，学的自然是解放后编的新课本，及至高中毕业，语文课本都是遵循‘厚今薄古’的主导原则编选内容，古文占很小的比例，更谈不上系统的国学基础了。我自初中喜欢文学，多是读当代中国作家的作品，后来更偏重到偏颇地阅读翻译文本，尤其是苏联文学。受那个时代总体潮流的影响，把传统文化和国学一概斥之为封建糟粕。”[①] 陈忠实这里的自我陈述实际上折射出中国当代严重的“文化失根”症候。中国传统文化自五四以来遭遇西方现代性文化的强烈冲击，逐渐成为边缘性的弱势文化；“文化大革命”时期又遭遇针对旧风俗、旧习惯、旧思想、旧文化的“四旧”清算，传统文化的地位更是跌入谷底；新时期的改革开放并没有对“文化大革命”时期文化价值观的颠倒加以拨乱反正，反而是继续沿袭，正如王岳川所言“解放思想的春风，长期没有吹进文化思想的天地”[②]，这使得对传统文化否定、摒弃之风不能及时终止而成为一种长久的现实。在新时期追求现代化的进程中，传统文化再次遭遇西方文化新一轮更猛烈的冲击，斯“文”岌岌乎殆哉！面对汹涌而来的现代化潮流，陈忠实对“文化心理结构”学说情有独钟，主动去探寻传统思想在中国人的心理上发挥作用的机制，这意味着他的文化自觉意识的觉醒。

借着“文化心理结构”学说的推动，陈忠实开始自觉地“寻根”。陈忠实的“寻根”与当时的“寻根文学”的“寻根”有质的区别。韩少功在《文学的“根”》中说：“我们的责任是释放现代观念的热能，来重铸和镀亮这种自我。”[③] 可见，“寻根文学”的企图是用“现代观念”重新照亮传统，其精神向度没有脱离五四以来激进的“现代性”的主题，宣言中的知识分子的启蒙角色意识依然浓厚。陈忠实的“寻根”

---

① 陈忠实：《有关我的创作》，《白墙无字》，西安出版社2013年版，第341页。

② 王岳川：《“发现东方”是化解东西方冲突的关键——王岳川与向云驹对话录》，http://blog.sina.com.cn/s/blog_5a963ebc0102v8y5.html。

③ 韩少功：《文学的“根”》，《作家》1985年第1期。

是努力剥离近代以来对传统文化的历史定见，还原被现代性话语遮蔽的“民族精神世界里的最优秀的东西”。保障陈忠实的“寻根”得以顺利进行的是哺育他的陕西关中地域文化。陈忠实生活在陕西关中，陕西关中是中华民族文化的发源地，所覆盖的地区曾是炎黄部落和周人的发祥地，是秦、汉、唐三代的中心，当时文化的辉煌和繁荣曾独步世界。因此陕西关中文化作为文化的空间性存在，既体现着中国传统主流文化，又因其独有的地理环境和人文传统而形成了鲜明的地域特色。丰厚而悠久的陕西关中地域文化资源是孕育陈忠实小说创作的土壤。他在一次访谈中说：“农村生活首先提供给我的是生存依托，依靠收获土地上的麦谷生存。传统文化、传统道德、传统习惯和风俗，完全在不知不觉，又不留任何痕迹的无意识状态下完成对我的影响和传承。”① 出于对“传统文化、传统道德、传统习惯和风俗”在潜意识中影响自身心理结构的发现和感悟，陈忠实才从“文化失根”的状态中萌生出自觉的本土文化意识。因此，他把目光投向自己所生活的这片土地的历史，试图用一种崭新的眼光整体性地还原民族本土文化的精神，这也是陈忠实超越“生活体验”，抵达“生命体验”深处的过程。陈忠实的独特的“生命体验”，展示在他的代表作《白鹿原》中。

陈忠实在《白鹿原》中生动地描绘了在传统中国处中心地位的士大夫文化在向现代知识分子文化转换之前对民间社会的巨大影响力。传统社会的士人居“四民之首”，是经典和正统的解释者和传播者，小说中的“朱先生”，就是一位传统“士人”的形象。陈忠实说：“这个人物是我们传统文化的一个载体，他是白鹿原家族社会里的一个精神领袖。他也是我们这个民族的传统文化传承了几千年的最后一个传人，是我们民族历史上最优秀的一个知识分子的代表。在白鹿原的社会结构里面，朱先生承担了一种精神领袖、精神教父的角色。”② 朱先

---

① 陈忠实：《作家都在思考这个时代》，《白墙无字》，西安出版社 2013 年版，第 297 页。

② 陈忠实、李遇春：《在自我反省中寻求艺术突破——与武汉大学文学博士李遇春的对话》，《陈忠实文集》第 7 卷，广州出版社 2004 年版，第 396 页。

生是传统的儒家人格的化身，传统儒家精神中那些优秀的东西在他身上体现得很充分。朱先生通过授徒讲学的方式向民间社会传播儒家思想。针对没有机会接受教育的社会底层的贫民，则有士人阶层依据儒家思想制定的乡约族规作为他们的行为准则。陈忠实说："我在读到《乡约》条文①时，不仅惊喜，确曾有一种震撼发生。我的直接感受是，我获得了透视白鹿原地区人的心理结构的途径。作为国学的儒家思想，传播过程中有一个致命的障碍，便是社会底层的广大乡村以及城市的贫民阶层多为文盲，很难领受'之乎者也'的儒学。吕大临的《乡约》大约就是为着打破这道障碍而制作的，文字直白通俗，易懂易记，规范人的行为十分具体。不仅可以作为所有乡村家族教化族人的守则，而且可以成为家庭规范子弟儿孙的做人准则。前文所说到的中国人的文化心理结构，就是《乡约》里的一条一款为竖挂横梁构建而成的。"② 陈忠实以《乡约》为解剖传统社会文化心理结构的关捩，借此厘清了传统儒家思想文化如何演化为相应的制度和行为文化之轨迹和路径。他以浓墨重彩塑造的白嘉轩就是这种社会教化机制培养出来的一个传统道德观念的实践者形象。陈忠实曾说明他塑造这个人物的用心："我就是要写我们最底层的一个'民人'——白嘉轩，他作为一个最底层的农民是如何继承着我们这个民族的优秀品质，并呈现出一种怎样的生存形态的。所以说，不是我留恋这个东西，而是我着力去写我们民族精神的光辉的一面的。"③ 五四以来，一些学者习惯于把中国近代惨遭列强欺凌的原因归结为文化上的落后，对中国传统文

---

① 《乡约》是北宋吕大临为蓝田吕氏宗族制定的规约。吕氏原籍河南汲郡（今河南卫辉县），吕大临祖父那一辈移居陕西蓝田。吕氏是仕宦之家，吕大临的四位兄长皆进士及第，在朝廷为官。唯吕大临潜心求学，不乐仕进，甚得张载、二程的赏识。吕大临在兄长们的支持下，撰《吕氏乡约》，规范族人的行为。内有族人须"德业相劝""过失相规""礼俗相交""患难相恤"等条文，开乡村生活宗族自治之先河。《吕氏乡约》由于重新聚拢了由于佛教流行被涣散了的儒家礼教，因而传诵一时，对更化关中民俗作用不小。

② 陈忠实：《有关我的创作》，《白墙无字》，西安出版社 2013 年版，第 341—342 页。

③ 陈忠实、李遇春：《在自我反省中寻求艺术突破——与武汉大学文学博士李遇春的对话》，《陈忠实文集》第 7 卷，广州出版社 2004 年版，第 416 页。

化的庞杂内容不加区分地口诛笔伐，不知不觉落入“文化殖民”的陷阱而不自知。《白鹿原》出版之后，有人认为陈忠实是一个“文化保守主义”者，对传统价值观有所留恋，陈忠实郑重剖白：“不是我留恋这个东西，而是我着力去写我们民族精神的光辉的一面。”在延续了近百年之久的对传统文化的否定、摒弃之风潮中，能够不随流俗，独抒已见，这需要敏锐而又深刻的思想洞察力和独立的精神品格，这两点是陈忠实抵达“生命体验”的保障。因此陈忠实特别强调独特的思想对于创作的重要性：“作家独立的思想，对生活——历史的或现实的，会发生独特的体验，这种体验决定着作品的品相。思想的深刻性、准确性和独特性，注定着作家从生活体验到生命体验的独到的深刻性。”①

正因为有独立的思想，才会唤醒陈忠实内心潜藏的有关地域文化的心理记忆，才会“着力去写我们民族精神的光辉的一面”，才会认识到“尽管我们这个民族在20世纪初国衰民穷，已经腐败到了不堪一击的程度，但是存在于我们底层民族精神世界里的东西并没有消亡，它不是一堆豆腐渣，它的精神一直传接了下来。”② 当中国城乡加速向着现代化的方向迈进时，陈忠实所熟悉的乡土文化传统面临着巨大危机：“我所看到的生活现象，已经是今非昔比了。浸淫着儒家文化色彩的生活习俗，已经从当代人的生活中悄无声息地消亡了。……《白鹿原》书里写到的乡村生活习俗，已经基本消隐了，《乡约》规范的做人行为准则早已作为‘四旧’破除了。”③ 在全球化时代执着书写民族本土文化最优秀的部分，这一举动与其说是为留恋传统而“立此存照”，不如说是对文化同质化趋势的抵抗以及对现代性的反思和超越。

---

① 陈忠实：《文学的心脏，不可或缺》，《白墙无字》，西安出版社2013年版，第380页。

② 陈忠实、李遇春：《在自我反省中寻求艺术突破——与武汉大学文学博士李遇春的对话》，《陈忠实文集》第7卷，广州出版社2004年版，第398页。

③ 陈忠实：《有关我的创作》，《白墙无字》，西安出版社2013年版，第342页。

可贵的是，陈忠实肯定传统中的优秀部分，并没有因此而拒绝西方现代思想，他融汇吸收了西方现代思想中有益的成分。借助现代思想和视野，陈忠实得以走出了传统，避免了被自己眷念的传统淹没。《白鹿原》没有回避对传统的历史性批判。陈忠实这样看待自己喜爱的两个人物："在朱先生和白嘉轩这两个人物身上，既有我们民族优秀的东西，同时也有我们民族最腐朽、最落后的东西，甚至是成为这个民族精神负担的东西。它不是单一的。譬如朱先生的正直人格、道德良心、铁肩道义，这是一面：但另一面是，他所坚持的那个旧学已经不行了，但他仍然坚守，他不学新学，眼看学生一个一个地流失了，到最后自己只好把门关了。他再也没事可干，他又不愿参与政事，他就想教化民众，所以最后自己只能去编县志，他再也做不了什么了。……而在修镇压小娥鬼魂的塔的时候，是朱先生设计的，这说明朱先生也参与了这场镇压行动。这就流露了他精神里面负面的、腐朽的、陈旧的东西。"① 陈忠实以一分为二的眼光辩证地看待传统和历史，观照生活在其中的人物，这就是他找到"属于自己的"独特体验的思想方法。他肯定民族精神中最优秀的部分，而对传统中负面部分的批判也毫不留情；他站在现代立场上批判传统，却对现代思想怀有警惕和戒备。《白鹿原》中的现代意识在田小娥和白灵两个女性人物形象身上有充分体现。这两个人物都是20世纪上半叶旧的体制、精神、观念的背叛者，她们的反抗都有充分的理由，反抗的方式各不相同：小娥是无意识的本能的反抗，白灵是主动的自觉的抗争，都在奋力捍卫着自己的个体意识和个性尊严。小娥盲目冲撞传统道德文化势力，最终惨死在她公公的刀下；白灵投身民族新民主革命，却在革命的曲折中枉死于自己人之手。从她们共同的悲剧结局看，作者对她们体现现代理念的人生追求是持审慎态度的。在一次访谈中，有

① 陈忠实、李遇春：《在自我反省中寻求艺术突破——与武汉大学文学博士李遇春的对话》，《陈忠实文集》第7卷，广州出版社2004年版，第398—399页。

人询问陈忠实怎样看待今天的人面临着的三种不同的传统：古典传统、启蒙传统和革命传统，陈忠实说：“那么你究竟定点在哪一个传统上头？我觉得哪一个也是不可靠的。对于当时的我来说，我就是用80年代末自己所能接受的现代意识（我不是全面的接受，因为80年代中期到后期的思想界非常活跃，包括思想上和艺术上的各种‘主义’层出不穷，我选择了我自己能接受的东西），然后用我已经形成的理性思维来透视我们的那一段历史，从而形成了我的体验。”① 可以看出，陈忠实对古典传统、启蒙传统和革命传统都是有选择性的，有所保留的，正是由于他不迷信任何一种既定的理论话语，对绝对化的知识观和真理观持审慎态度，采取具体问题具体对待的认知策略，坚持在历史和现实中通过自己的体验来检验这些思想和理论，陈忠实才得以保持思想上卓尔不群的独立个性。

陈忠实思想上卓尔不群的独立个性不仅体现在他迥异于人的“生命体验”中，还体现在他形成相应的“艺术体验”的过程。他说：“我后来比较清醒地决心对影响我的作家进行反叛是在80年代中期，那是我思维最活跃的时候。我已经清醒地意识到我要在文学创作上形成我自己，那么我就必须既要吸纳所有人的优长，以此增进我对文学的理解，同时我又必须摆脱所有某一个人对我的单独影响。如果你不摆脱这个影响，你就永远也走不出别人的阴影，包括思想的阴影和艺术的阴影；你就不能够形成你自己，就发不出自己独特的声音来。”② 陈忠实表达了他在艺术上采纳众长，化人为己，不复依傍的独立追求。值得指出的是，陈忠实所形成的自己独特的“生命体验”和“艺术体验”最终都要落实到语言中，如果没有语言，他的精神个性与艺术个性永远只能停留在自我体验的阶段，无法物化在文本中与读者交流。因此，要在创作中“形成自己”，“发出自己独特的声音”，就要精心

---

① 陈忠实、李遇春：《在自我反省中寻求艺术突破——与武汉大学文学博士李遇春的对话》，《陈忠实文集》第7卷，广州出版社2004年版，第419页。

② 同上书，第426页。

熔铸自己的语言，使语言形态与自己的思想价值立场和艺术追求保持内在的一致性。陈忠实把《白鹿原》创作手记命名为“寻找属于自己的句子”，从一定的意义上透露出这一殷切的用心。

陈忠实成熟的语言形态呈现在《白鹿原》中，他选择了自己的生活语言——关中方言作为文学书写所运用的主体语言。陈忠实说：“我是关中东府人，关中话是我的唯一一种交流工具，好话瞎话丑话酸话都会说，这是自学会说话便逐渐‘积累’下来的。”① 这一语言选择无疑与其思想和艺术上不随俗俯仰的自主意识有关。关中方言土语是陈忠实寻找到的“属于自己的”本色语言，能够更准确地传达自己的“生命体验”和“艺术体验”。但陈忠实又不完全依赖关中方言，他对关中方言的使用是有限度的：“及至《白鹿原》的写作，我对生活语言的选择已有一个基本的法则，那些从字面上可以让外地读者领会至少六七成含义的词汇才用；如果从字面上让人连一半意思都揣摩不来的词汇，坚决舍弃；人物对话语言，尽可能生活化，更争取个性化。我在《白鹿原》的叙述语言里，用了许多生活语言，主要是为了叙述的生动和逼真，避免了任谁都不陌生的纯文学语言的平庸。”② 为防止过于生僻的关中方言成为交流障碍，陈忠实对关中方言词汇进行精心的选择，但他在关中方言句式语气方面的使用却毫无顾虑。例如《白鹿原》的开篇：“白嘉轩后来引以豪壮的是一生里娶过七房女人”，这个为全书奠定了叙述基调的句子就使用了关中方言的句式和语气。

如前所述，陈忠实非常重视思想的独特性和深刻性，认为思想的成色决定着作品的品相，就此而言，陈忠实是一位以理性思维见长的作家，他的理性不仅表现在思想认识上，而且渗透到作品中的方言土语中。他喜欢使用主观议论色彩较强的叙述语言传达清晰的理性认识。例如：

---

① 陈忠实：《有关我的创作》，《白墙无字》，西安出版社 2013 年版，第 346 页。

② 同上。

> 吃罢晚饭，白嘉轩走进白鹿镇的中医堂，摆出的面孔和他的心境正好相反。他心里燃烧着炽烈的进取的欲火，脸孔上摆出的却是可怜兮兮的无奈，疲惫憔悴的神色令人望之顿生怜悯。他声音沉重凄楚地向冷先生述说家父暴亡妻子短命家道不济这些人人皆知的祸事，哀叹自己几乎是穷途末路了，命里注定祖先的家业要败落在他的手里了。这真是天灭自家，不可扭转。他走到这一步路已走绝，下一步是崖是井也得往下跳，只好卖掉祖宗的心头肉——河川里那二亩水地。把白鹿村挨家挨户捋码一遍：有力量一次买走这二亩水地的除非鹿子霖再数不出第二家来。希求冷先生老兄看在与先父交情甚笃的情分上，能出面与鹿家交涉，居中调节。说到此时潸然泪下，变卖祖先业产是不肖子孙啊！白嘉轩将在白鹿村以至白鹿原上十里八村的村民中落下败家子的可耻名声。①

"把白鹿村挨家挨户捋码一遍"，这里的关中方言词语"捋码"，不仅活画出白嘉轩深思熟虑的心理活动，而且也折射出作者在语言组织上井然有序的特点。陈忠实选择了全知全能叙述视角，叙述者如同通晓一切的上帝，导演着作品中人物的一举一动。叙述者的目光无所不在，能洞晓所有人物内心的秘密，过去、现在和将来对他来说毫无隐瞒。与这种全能视角相一致，是作者庄严凝重的叙述语调和认真严肃的叙事氛围，透射出作者对笔下描写人物的思索与反省。方言土语中闪耀着理性色彩，体现着作家强烈的主体性。因此，关中方言在陈忠实手中，是经过过滤和改造的，"为我所用"，不再是原生态的再现。

不仅如此，陈忠实还喜欢翻译语言。他说："从情感上讲，我是喜欢现代文学和欧美文学的，我不是太喜欢咱们的传统文学，尤其是

---

① 陈忠实：《白鹿原》，人民文学出版社2000年版，第31页。

那个语言，我们章回小说的语言好像套话太多。……我上初中二年级的暑假就第一次读了《静静的顿河》。你看书中那个旧俄统治下的哥萨克的生活，它离我多远呀，我当时还是一个十五六岁的孩子，但我就感觉那些人物的思想情感，包括葛利高里的家庭生活、哥萨克农民和我们这里的农民所共同的东西，我都能感受到，没有隔膜！而且我更喜欢那种语言，当然那是翻译语言，并不是原来的语言，但那种语言的流动性、生动性、活泼性，我是感觉更好一些。所以我后来更多地读欧美文学作品。"① 翻译语言是汉语接受西方语言影响的结果，西方语言的语法和词汇会在翻译的过程中进入汉语，改变汉语句式短小、简洁含蓄的特点，强化了逻辑性与严密性，使其能够表达复杂、精密的文意。翻译语言之所以能博得陈忠实的青睐，应该说与他长于理性的思维特点有关。

陈忠实用翻译语体的长句子组织关中方言词语和语气，以庄严、凝重的叙述语调平缓从容地道出，构成了既洋溢着浓郁地域风情又有鲜明现代色彩的语言风格。这种集关中方言与翻译语言的特点于一体，再依自身的个性气质进行锻造，最终以"杂糅"方式融合而成的语言风格，与作家思想和艺术上明确的自主意识达成内在的一致，都体现了兼收并蓄，不复依傍的独立精神气象。如正文所述，早期创作中陈忠实曾言说过革命的政治话语，彼时关中方言土语主要出现在农村各种人物的对话中；新时期初他从政治话语中剥离出来，无意间开始仿效启蒙知识精英的话语言说方式，主要以共同语作为自己的写作语言，关中方言在叙述语言中偶尔出现；后新时期他从对生活的表象描写深入到乡土、民族的历史文化之反思，自觉地书写"民族精神世界里最优秀的成分"，关中方言土语在他的作品中骤然增多，成为他所运用的主体语言。经过陈忠实精心锻造后的关中方言不仅仅被用来展示人

---

① 陈忠实、李遇春：《在自我反省中寻求艺术突破——与武汉大学文学博士李遇春的对话》，《陈忠实文集》第7卷，广州出版社2004年版，第402页。

物的身份性格，也不仅仅是构成陕西关中地区农村的风土人情历史画卷的要素，而是作为承载关中地域文化内涵的符号载体，作为作家独立的人生姿态的标志，在当代急剧的文化变迁之中昭示出作家的文化抉择和价值担当。

结 语

20世纪的中国，一切学问和理论都处于“中西”和“古今”的碰撞与融会的过程中，文学语言问题也不例外。语言既是文化的载体，其本身又是一种文化。它能够影响人们的感知、思维方式，因为人必须用语言来思考问题，感知、思维的成果也必须经由语言表述出来。使用不同的语言，不仅仅是使用不同的表达工具，实际上意味着拥有不同的文化和对事物的不同理解。文学语言是一种感性化的语言，与科技语言、政论语言相比，文学语言与文化有着更加紧密的关系。文言、白话、方言、共同语、翻译语言是当代作家共同的语言资源，对不同语言资源的取舍和处理方式显示出作家不同的文化心态和心理。

如果说文学是人类对自身生存状态的图解方式，文学语言就是人类心灵的存在和显现方式。对作家而言，他所使用的语言变化和演进轨迹显示出他的生存环境、生活方式和思想观念变化和演进的过程。路遥、贾平凹、陈忠实对方言的使用经历了大致相似的几个阶段：“文化大革命”后期至20世纪80年代初，他们都以通俗浅白的工农兵语言“化大众”，此时方言土语的背后承载着政治话语，方言“俗”的一面得以凸显。当新时期革命话语退场，启蒙话语的影响力日益增强之时，他们笔下的方言变得越来越少，都有向着共同语写作靠近的趋势。到20世纪80年代中后期，社会思想日益分化，他们作品中方言的使用也呈现出多样化的特点：路遥尽力弥补陕北方言和共同语之间的差距，使其融合无间；贾平凹发掘商洛方言“雅”的一面，借助商洛方言表现“古老的中国味道”；陈忠实则用翻译体的长句组织蕴含关中地域风情的方言词汇和语调，创造出“属于自己的句子”。从陕西作家运用方言的创作实践看，影响到他们对方言的选择和使用的因素多种多样。首先，推动作家主动撷取方言进行文学书写的最有力的因素莫过于作家所要表现的乡土生活，人物的一颦一笑，乡土的地域风情，都需借重作为地域文化符码的方言才能得以展示。但有时候，作家使用方言是为了追求自己独特的语言个性，因此以方言描绘城市生活也并不鲜见。其次，作家对抗“全球化”的本土文化价值立场和作家疏离国家权力中心的民间立场会自觉不自觉地影响他对方言的选择，特别是对那些语言意识还不够自觉的作家，思想上的转折变化会清晰地表现在语言形态上，如路遥。而对于有明确语言追求的作家来说，作品的语言形态和他的文化立场有时会出现错位。如前所述，贾平凹以方言追求传统的美学趣味，而他的价值立场是现代的；陈忠实以翻译语体组织方言，他的价值立场却是传统的。此时作家的感知方式和审美趣味主导着他们的语言选择。从这个意义上说，以方言为表征的地域文化不仅作用于作家的理性，还以潜隐的方式塑造着他的感性。再次，作家思维的特点也会不自觉地表现在方言的运用中。贾平凹力图淡化主体性，他作品中的方言是一种原生态的呈现。陈忠实是一位主体性突出的作家，他以理性的语调驾驭笔下的方言。最后，作家的小说观念、叙事方式也会影响到作品中方言的样态。对作家来说，他的语言观是他的小说观在语言上的落实，一个作家的语言观包含了他文学创作的所有秘密。

当代陕西作家不约而同地撷取方言进行创作的实践表明，方言对于文学书写有着多层面多维度的意义和价值。方言作为地域文化符码，在作品中可以表现地域民情风俗，显示乡土人物性格和心态，更重要的是，它往往意味着作家的本土文化立场；方言是国家权力控制相对薄弱的边缘地带的百姓日常口语，作家以方言的语气语调和词汇对社会现象进行描写和评价，常常会凸显作家的民间立场；方言还代表着一种“地方性”文化，作家对方言的偏爱在“全球化”语境中具有文化对抗和文化批判的意味。每一种方言，都代表了一种地域文化，众多的方言意味着丰富多样的文化生态的存在。对于当代作家的创作来说，若想不落前人窠臼，不为时风所囿，那将是以方言为源头活水的资源存在为前提的，更是以人们丰富多样的文化生态为基础的。

参考文献

一　著作

[1] 李学勤编：《十三经注疏（标点本）》，北京大学出版社 1999 年版。
[2]《诸子集成》第五册，上海书店 1986 年影印本。
[3]（汉）班固：《汉书》，中华书局 1997 年版。
[4]（宋）陈振孙：《直斋书录解题》卷十五，上海古籍出版社 1987 年版。
[5]（宋）胡仔：《苕溪渔隐丛话·后集》，人民文学出版社 1981 年版。
[6]（明）李梦阳：《李空同全集》卷五十《诗集自序》，明万历浙江思山堂本。
[7]（明）袁宏道著，钱伯城笺校：《袁宏道集笺校》，上海古籍出版社 2008 年版。
[8] 陈友琴编：《古典文学研究资料汇编·白居易卷》，中华书局 1962 年版。
[9] 杨伯峻：《春秋左传注》，中华书局 2009 年版。
[10] 杨伯峻：《论语译注》，中华书局 2009 年版。
[11] 范文澜：《文心雕龙注》，人民文学出版社 1958 年版。
[12] 韩邦庆：《海上花列传》，人民文学出版社 1999 年版。
[13] 鲁迅：《鲁迅全集》，人民文学出版社 1973 年版。
[14] 郭沫若：《郭沫若选集》，湖南文艺出版社、人民文学出版社 2004

年版。
[15] 雨露、杜黎明等编：《李劼人精选集》，远方出版社 2004 年版。
[16] 赵树理：《小二黑结婚》，江苏文艺出版社 2010 年版。
[17] 王汶石：《王汶石文集》，陕西人民出版社 2004 年版。
[18] 路遥：《路遥全集》，北京十月文艺出版社 2013 年版。
[19] 陈忠实：《陈忠实文集》（七卷本），广州出版社 2004 年版。
[20] 陈忠实：《创作感受谈》，陕西人民出版社 1991 年版。
[21] 陈忠实：《关中风月》，东方出版中心 2007 年版。
[22] 陈忠实：《寻找属于自己的句子：〈白鹿原〉创作手记》，上海文艺出版社 2009 年版。
[23] 陈忠实：《吟诵关中》，重庆出版社 2008 年版。
[24] 陈忠实：《原下的日子》，北京十月文艺出版社 2008 年版。
[25] 陈忠实：《走出白鹿原》，陕西旅游出版社 1997 年版。
[26] 陈忠实：《白墙无字》，西安出版社 2013 年版。
[27] 贾平凹：《贾平凹作品》，译林出版社 2012 年版。
[28] 王永生编：《贾平凹文集》，陕西人民出版社 1998 年版。
[29] 贾平凹：《古炉》，人民文学出版社 2011 年版。
[30] 贾平凹：《带灯》，人民文学出版社 2013 年版。
[31] 贾平凹：《老生》，人民文学出版社 2014 年版。
[32] 玄子编：《贾平凹获奖中篇小说集》，西北大学出版社 1992 年版。
[33] 贾平凹：《平凹散文》，浙江文艺出版社 2000 年版。
[34] 范培松编：《贾平凹散文选集》，百花文艺出版社 1992 年版。
[35] 李锐：《无风之树》，春风文艺出版社 2003 年版。
[36] 莫言：《莫言文集》，当代世界出版社 2004 年版。
[37] 李建军编：《路遥十五年祭》，新世界出版社 2007 年版。
[38] 雷达主编、李清霞编选：《陈忠实研究资料》，山东文艺出版社 2006 年版。
[39] 雷达主编、梁颖编选：《贾平凹研究资料》，山东文艺出版社 2006

年版。

[40] 郜元宝、张冉冉编：《贾平凹研究资料》，天津人民出版社 2005 年版。

[41] 孔范今、施战军主编，路晓冰编选：《莫言研究资料》，山东文艺出版社 2006 年版。

[42] 贾玉民主编：《对话：与当代文艺名家面对面》，远方出版社 2005 年版。

[43] 白烨主编：《中国文情报告 2008—2009》，社会科学文献出版社 2009 年版。

[44] 马克思、恩格斯：《马克思恩格斯选集》第四卷，人民出版社 1972 年版。

[45] 邓小平：《邓小平文选（1975—1982）》，人民出版社 1983 年版。

[46] 聂荣臻：《聂荣臻元帅回忆录》，解放军出版社 2005 年版。

[47] 丁晓平：《中共中央第一支笔：胡乔木在毛泽东邓小平身边的日子》，中国青年出版社 2011 年版。

[48] 李希凡：《论中国古典小说的艺术形象》，上海文艺出版社 1961 年版。

[49] 孙立新：《陕西方言语音特点综述》，《陕西方言纵横谈》，华夏文艺出版社 2000 年版。

[50] 费孝通：《费孝通文集》卷四，群言出版社 1999 年版。

[51] 林毓生：《中国传统的创造性转化》，生活·读书·新知三联书店 2011 年版。

[52] 余英时：《士与中国文化》，上海人民出版社 1987 年版。

[53] 王岳川：《后现代主义文化研究》，北京大学出版社 1992 年版。

[54] 王一川：《中国现代性体验的发生》，北京师范大学出版社 2001 年版。

[55] 王一川：《文学理论讲演录》，广西师范大学出版社 2004 年版。

[56] 陈思和：《鸡鸣风雨》，学林出版社 1994 年版。

[57] 陈思和：《中国当代文学史教程》，复旦大学出版社 1999 年版。
[58] 许子东：《当代小说阅读笔记》，华东师范大学出版社 1997 年版。
[59] 陈平原：《二十世纪中国小说史》第 7 卷，北京大学出版社 1989 年版。
[60] 洪子诚：《中国当代文学史》，北京大学出版社 1999 年版。
[61] 郜元宝编：《汉语别史》，山东教育出版社 2010 年版。
[62] 畅广元：《神秘黑箱的窥视》，陕西人民教育出版社 1993 年版。
[63] 畅广元：《陈忠实论——从文化考察角度》，人民文学出版社 2003 年版。
[64] 李继凯：《秦地小说与三秦文化》，湖南教育出版社 1997 年版。
[65] 赵园：《北京：城与人》，上海文艺出版社 1991 年版。
[66] 董正宇：《方言视域中的文学湘军》，中国社会科学出版社 2008 年版。
[67] 李建军：《宁静的丰收——陈忠实论》，华夏出版社 2000 年版。
[68] 公炎冰：《踏过泥泞五十秋——陈忠实论》，陕西人民出版社 2002 年版。
[69] 李遇春：《西部作家精神档案》，商务印书馆 2012 年版。
[70] 王安忆：《我读我看·大陆台湾小说语言比较》，上海人民出版社 2001 年版。
[71] 路德庆：《创作经验谈》，长江文艺出版社 1983 年版。
[72] 郭京龙、郭志族主编：《中国思维科学研究报告》，中国社会出版社 2007 年版。
[73] 张清华：《火焰或灰烬——20 世纪中国文学中的启蒙主义》，中国文联出版社 1999 年版。
[74] 赵澧、徐京安主编：《唯美主义》，中国人民大学出版社 1988 年版。
[75] 王志武主编：《延安文艺精华鉴赏》，陕西人民教育出版社 1992 年版。

[76] 郭京龙、郭志族主编：《中国思维科学研究报告》，中国社会出版社 2007 年版。

[77] 张新颖、[日] 坂井洋史：《现代困境中的文学语言和文化形式》，山东教育出版社 2010 年版。

[78] 黄伯荣、廖序东：《现代汉语》（增订二版）上册，高等教育出版社 1991 年版。

[79] 李建军、邢小利编选：《路遥评论集》，人民文学出版社 2007 年版。

[80] 李秋零编：《康德著作全集》，中国人大出版社 2007 年版。

[81] [法] 雨果：《雨果论文学》，柳鸣九译，上海译文出版社 2011 年版。

[82] [法] 保罗·利科：《历史与真理》，姜志辉译，上海译文出版社 2004 年版。

[83] [美] 伊曼纽尔·沃勒斯坦：《现代世界体系》第 1 卷，尤来寅等译，高等教育出版社 1998 年版。

[84] [英] L. R. 帕默尔：《语言学概论》，李荣、王菊泉、周流溪译，商务印书馆 2013 年版。

[85] [德] 舍勒：《资本主义的未来》，刘小枫编，罗悌伦等译，香港牛津大学出版社 1995 年版。

[86] [美] 丹妮斯·K. 姆贝：《组织中的传播和权利：话语、意识形态和政治》，陈德民、曹庆、薛梅译，中国社会科学出版社 2000 年版。

[87] [德] 恩斯特·卡西尔：《人论：人类文化哲学导引》，甘阳译，上海译文出版社 2013 年版。

[88] [德] 卡西尔：《语言与神话》中译本"代序"，《语言与神话》，于晓等译，生活·读书·新知三联书店 1988 年版。

[89] [英] 渥德尔：《印度佛教史》，王世安译，商务印书馆 1987 年版。

[90] [瑞士] 雅各布·布克哈特：《意大利文艺复兴时期的文化》，何新译，商务印书馆 1979 年版。

二　学术论文

[1] 王一川：《近五十年文学语言研究札记》，《文学评论》1999 年第 4 期。
[2] 钱乃荣：《质疑"现代汉语规范化"》，《上海文学》2004 年第 4 期。
[3] 畅广元：《地域文学的文化根基》，《小说评论》1996 年第 6 期。
[4] 许纪霖：《个人主义的起源——"五四"时期的自我观研究》，《天津社会科学》2008 年第 6 期。
[5] 李星：《论"农裔城籍"作家的心理世界——陕西作家论之一》，《当代作家评论》1989 年第 2 期。
[6] 李星：《在现实主义的道路上——路遥论》，《文学评论》1991 年第 4 期。
[7] 陈晓明：《本土、文化与阉割美学——评从〈废都〉到〈秦腔〉的贾平凹》，《当代作家评论》2006 年第 3 期。
[8] 柳青：《生活是创作的基础》，《延河》1978 年第 5 期。
[9] 韩少功：《文学的"根"》，《作家》1985 年第 1 期。
[10] 贾平凹等：《〈土门〉与〈土门〉之外——关于贾平凹〈土门〉的对话》，《小说评论》1997 年第 3 期。
[11] 贾平凹、黄平：《贾平凹与新时期文学三十年》，《南方文坛》2007 年第 6 期。
[12] 张法：《全球化重组中的乡土美学》，《文艺报》2005 年 7 月 14 日。
[13] 石凤珍：《左翼文艺大众化讨论与延安文艺大众化运动》，《文学评论》2007 年第 3 期。
[14] 姜德华：《愿这样的顺口溜不再流传》，《上海戏剧》1981 年第 1 期。

[15] 邵明：《儒家话语的革命转述——“十七年”小说的文化透视》，《重庆三峡学院学报》2011 年第 1 期。

[16] 韩承红、江秀玲：《小说唱响的秦之声——陈忠实小说的关中方言与民俗色彩》，《中华文化论坛》2005 年第 3 期。

[17] 多洛肯：《唐代诗歌语言研究刍论》，《新疆大学学报》2005 年第 6 期。

[18] 杜纯粹：《柳宗元诗文中的方言词笺注五例》，《云梦学刊》2004 年第 4 期。

[19] 田中阳：《论方言在当代小说中的叙述功能》，《求索》1996 年第 1 期。

[20] 田中阳：《论方言在当代小说中的修辞功能》，《中国文学研究》1995 年第 3 期。

[21] 何锡章、王中：《方言与中国现代文学初论》，《文学评论》2006 年第 1 期。

后　记

我对“方言写作”感兴趣，起始于陈忠实的《白鹿原》积极调动关中方言资源进行文学书写创造出的艺术辉煌让我怦然心动。引领我真正进入“方言写作”研究状态的，则是冯希哲教授。冯教授较早开始关注中国当代作家撷取方言资源进行文学书写的实践，围绕“方言写作”进行过一系列深入的思考，并将思考所得在平日闲谈中毫无保留地惠及于我。其中，他有关“方言写作的背后是方言思维”的言谈，启发了我“方言写作”课题之研究思路的转换。

文学的表现介质是语言。文学语言研究，是文学研究中的重要课题。按照对20世纪世界思想走向影响至巨的索绪尔《普通语言学原理》研究语言，应该对“语言”和“言语”做出明确的区分：“语言”是操控人用此语言进行言说的“共时性结构”，“言语”则是“语言”这个“共时性结构”在不同时代之人言说实践中的“历时性”展开。据此，尽管“语言”是个“共时性结构”，但在不同的时代，各有用此“共时性结构”之“语言”展开具体言说的“言语”。“言语”才是“语言”活生生的事实。不同时代的“言语”，言说的内容和言说的方式是有同有异的。按我的理解，决定“语言”在不同的时代向不同的“言语”形态“历时性”展开的，有“共因”，有“现缘”。“语言”既然是个“共时性结构”，而任何一个“结构”，都有其应对具体情况变化在“结构”之内进行“自适性调节”的功能。此是“语言”向不同的“言语”形态“历时性”展开的“共因”。不同的时代，各有其要求“语言”如此“言语”的“语境”，“语境”规定着一般性的语言在“言语”中的具体展开。此是“语言”向不同的“言语”形态“历时性”展开的“现缘”。因此，文学语言研究的研究对象，应该是一位个体作家用语言去表情达意时的具体“言语”实践以及决定作家坚持采用此种方式“言语”而不采用彼种方式“言语”的深层动因。而有关文学语言研究的习惯路数，多是在孔子“《志》有之：‘文以足言，言以足志’。不言，谁知其志？言之不文，则行之不远”提供的平台上，致力凸显一位作家如何在语言这个“共时性结构”之内腾挪变化，以实现“足言”“足志”之表达理想的“言语”实践。此类研究，对研究文学语言运用艺术，贡献颇丰。有类乎诗词名家对古典诗词名篇所做的艺术鉴赏，让人美不胜收。但这一惯常的研究路数，在让人感到美不胜收的同时，又让人觉得似有未尽——我时常觉得这种研究路数，多关注作家语言运用的技术层面，缺乏对作家为什么要采用此种方式“言语”而不采用彼种方式“言语”更深层次的追问，因而不足以把握作家“言语”实践的全部事实，尤其是不足以把握我所关注的“方言写作”作家们的“言语”事实。在“方言写作”研究中如何弥补文学语言研究惯常研究路数的“未尽”之憾，向文学语言研究更深层次延伸？冯希哲教授“方言写作的背后是方言思维”，及时地点拨了我。它促成我从人、语言、世界关系的多样性和多变性以及其间相互关系的复杂性入手，探讨我所关注的陈忠实、路遥、贾平凹三位积极调动方言资源进行文学书写之“言语”实践的深层动因。于是有《让文学语言重归生活大地》这部书稿。

在这里，我还要对我的业师梁道礼教授表示特别的感谢。我曾在梁先生门下攻读硕士学位。梁先生知识博富，视域开阔，思理绵密，守道敬业，诲人不倦，给每一位弟子都留下了深刻的印象。听梁先生授课，常觉如沐春风。梁先生的志业虽在中国古代文论，却时常提醒我们，一定要密切关注西方文学思想和当代文学创作，他自己也是这么身体力行的。我关注的这三位作家，也在梁先生关注的现代作家之列。本书初稿草成，即呈梁先生过目，希望得到梁先生的批评指正。没想到过了一段时日，竟收到梁先生对书稿字斟句酌式的全面修改。在修改稿中，梁先生对初稿中思之未至之处，逐一进行了别开生面的增定；对初稿中思之未周之处，逐一进行了严谨而周密的补正；对初稿中辞之不文、辞之未达之处，逐一进行了豁人耳目的重新表述，细大不捐，触处点铁成金。责善之心，恳恳切切。捧读梁先生的修改，恍若重返课堂，受益匪浅，顿生类乎“齐一变，至于鲁；鲁一变，至于道”的脱胎换骨之慨。

设若没有冯希哲教授的点拨，不会有这部书；设若没有梁先生对书稿“点铁成金，夺胎换骨”式的修改，本书不会有如今这个模样。在本书交付出版之时，谨以为记，聊表志谢之心。

本书为2013年陕西省社会科学基金项目“当代陕西作家群‘方言写作’现象研究”（项目批准号：13J187）及陕西省教育厅2016年度专项科学研究计划项目“陕西地域文化与社会主义核心价值观培育研究”（项目批准号：16JK1355）的研究成果，获得西安工业大学专著基金项目资助，承蒙畅师广元先生作序，中国社会科学出版社的熊瑞编辑为本书的出版付出了辛勤的劳动，谨在此一并表示诚挚的谢意！

王　素

2016年5月8日